Das Buch

Die rothaarige Maximiliane ist eine attraktive, erfolgreiche Architektin Ende Dreißig. Seit ihrer Scheidung vor zehn Jahren lebt sie allein mit ihrem Sohn Matthias, der inzwischen 19 Jahre alt und damit praktisch erwachsen ist. »Max«, wie Maximiliane genannt wird, betont immer wieder, in ihrem Leben sei kein Platz für einen Mann, und tatsächlich ist in dieser Hinsicht in den letzten Jahren nicht viel passiert, obwohl es ihr an Möglichkeiten nicht gefehlt hat. Eines Abends aber geht Maximiliane auf eine Party – aus rein beruflichen Gründen natürlich – und trifft dort jemanden, mit dem sie gar nicht mehr gerechnet hätte. Sohn Matthias allerdings ist gar nicht einverstanden damit, daß ein Unbekannter ihm nun die Mutter streitig macht. Er findet immer noch, daß nur ein Mann wirklich zu Maximiliane paßt: sein Vater Nicolas.

Ein witziger erotischer Frauenroman – vergnüglich und unterhaltsam!

Die Autorin

Franziska Bender ist Schriftstellerin und Journalistin. Sie lebt in Stuttgart.
Im Heyne Verlag erschien von Franziska Bender *Das Klaviertrio* (01/10811).

FRANZISKA BENDER

IN EINER SOMMERNACHT

Roman

WILHELM HEYNE VERLAG
MÜNCHEN

HEYNE ALLGEMEINE REIHE
Nr. 01/10871

Dieser Roman ist ein Fantasieprodukt, eine fiktive Geschichte. Ähnlichkeiten mit lebenden oder toten Personen ist rein zufällig und nicht beabsichtigt.

Umwelthinweis:
Das Buch wurde auf
chlor- und säurefreiem Papier gedruckt.

2. Auflage

Redaktion: Barbara Imgrund

Originalausgabe 9/99

Printed in Germany 1999
Umschlagillustration: The Image Bank/Philip Porcella
Umschlaggestaltung: Nele Schütz Design, München
Satz: Pinkuin Satz und Datentechnik, Berlin
Druck und Bindung: Ebner Ulm

ISBN 3-453-15190-9

http://www.heyne.de

Kapitel 1

Maximiliane geht zu einer Party

»Du siehst toll aus, Mom!« Matthias angelte einen rotwangigen Apfel aus der Glasschale und lümmelte sich auf das breite Bett. Genüßlich biß er in die Frucht, schlug die langen Beine in Jeans übereinander und schlug vor: »Du solltest die Haare immer offen tragen! Mit deinem komischen Dutt siehst du aus wie Captain Janeway von der Voyager. Wahrscheinlich denken alle Männer, die dich damit sehen, daß du ihnen gleich befehlen wirst, auf Warp zu gehen!«

»Wenn ich die Typen, die mir auf Ilsebills Party begegnen werden, damit dazu veranlassen könnte, für die nächsten achtzig Jahre im Gamma-Quadranten zu verschwinden, würde ich den Dutt glatt zementieren!« Maximiliane Simon legte den Kopf zur Seite und striegelte energisch ihre dicken, kupferroten Locken. Matthias räkelte sich auf dem Bett.

»Mom, wieso gehst du eigentlich auf eine Party, wenn du schon vorher weißt, daß dich die Leute anöden werden?« wollte Matthias wissen.

Maximiliane seufzte, fing die Haarpracht mit einem Bändchen ein und begann, Creme in ihrem feingeschnittenen Gesicht zu verteilen.

»Ich würde mit Wonne daheim bleiben und mir sogar eine Folge ›Raumschiff Voyager‹ mit deiner bedutteten Lieblingscaptaineuse reinzwitschern«, sie schraubte den Cremetopf zu und stellte ihn zurück auf die Kommode, »aber dummerweise werde ich von Ansprüchen verfolgt. Da ist zum Beispiel ein Sohn, der jeden Monat Taschengeld möchte. Und da sind Mitarbeiter, die jeden Monat ein Gehalt von mir wollen, anstatt einfach darüber glücklich zu sein, daß sie's bei mir warm und gemütlich haben und sogar noch Unterhaltung in Form von Arbeit geboten bekommen.« Sie grinste über die Schulter zu Matthias hinüber. »Damit aber nicht genug: Ich werde von Konkurrenten verfolgt, die genau dieselben Aufträge wie ich wollen. Und deswegen muß ich zu dieser Party.«

»Du erwartest nicht, daß ich den Zusammenhang verstehe?«

»Ich erwarte generell nicht, daß du einen Zusammenhang verstehst!« flachste Maximiliane. »Du bist ein Mann – und dazu noch ein blonder! Zu erwarten, daß du etwas verstehst ...« Sie kam nicht weiter, denn Matthias hob drohend ein Kissen.

»Du läufst Gefahr, daß ich deine Arbeit untergrabe!«

»Na hör mal – warst du nicht derjenige, der mir letzte Woche noch erzählt hat, daß es besser wäre, schöne Altbauten zu sanieren, anstatt immer neu zu bauen? Und nun willst du meine Gesichtssanierungsmaßnahmen verhindern?« Maximiliane setzte jeweils einen Tupfen Make-up auf Stirn, Nase, Kinn und Wangen.

»Na ja – als Altbau würde ich dich nicht unbedingt bezeichnen.«

»Ich ahnte es – du siehst mich als nicht sanierungswürdige Plattenbausiedlung!« klagte Max grinsend.

»Nö.« Matthias biß noch einmal in den Apfel. »Als platt kann man dich nun wirklich nicht bezeichnen!« Er schluckte den letzten Bissen und entsorgte den Apfelbutzen, in dem er ihn in hohem Bogen durchs offene Fenster warf.

Max schüttelte den Kopf. »Warum kann man sich eigentlich von seinen Kindern nicht scheiden lassen?«

»Weil die vorher nicht gefragt worden sind, ob sie diese Eltern haben wollen!« Matthias' Lächeln verblaßte. »Apropos scheiden lassen ...« sagte er ernst. »Bist du eigentlich immer noch sauer auf Dad?«

Maximiliane stockte in ihrer Bewegung, dann drehte sie sich um und schaute ihren Sohn aufmerksam an.

»Wie kommst du auf diese Frage?«

»Morgen werden es zehn Jahre, daß du ihn rausgeschmissen hast.«

Einen Moment schwiegen beide, dann sagte Maximiliane leise: »Ich weiß – für dich war das schlimm.«

Matthias richtete sich auf.

»He, Mom – ich habe es dir nicht vorgeworfen! Dad hat dich betrogen – du konntest damals wohl gar nicht anders reagieren.«

Maximiliane schüttelte den Kopf. »Ach, Thissy ...« Sie stand auf, ging zum Bett hinüber und setzte sich auf die Kante. Versonnen wuschelte sie einmal durch seinen blonden Schopf. »Daß dein Vater fremdgegangen ist, war nur der Tropfen, der das Faß zum Überlaufen brachte. Daran ist mir deutlich geworden, wie sehr wir uns schon auseinandergelebt hatten. Eigentlich warst du das einzige, was uns noch zusammengehalten hat ...«

»Und deswegen hast du ewig ein schlechtes Gewissen!« Matthias klang fast gelangweilt. »Du verteidigst und rechtfertigst dich jedesmal, wenn die Sprache darauf kommt. Dabei wollte ich vorhin nur wissen, ob du wegen Dad eine kollektive Abneigung gegen den Teil der Spezies Homo sapiens entwickelt hast, der XY im Chromosomensatz hat.«

»Huch?« entfuhr es Max. Sie ging wieder zur Frisierkommode zurück. »Mache ich den Eindruck, unter die Männerhasserinnen gegangen zu sein?«

»Manchmal schon!« Matthias angelte nach einem weiteren Apfel und biß hinein.

»Himmel – mußt du mir immer meine Äpfel wegessen? Manchmal glaube ich, du gibst mir nur die Ehre deiner Gesellschaft, weil unten keine Äpfel mehr sind!«

»Vielleicht solltest du dir mal einen Kerl suchen, der dich mit frischen Äpfeln versorgt?« kaute Matthias.

»Nachtigall, ick hör' dir trampeln!« berlinerte Max. »Abgesehen davon, daß ich mich durchaus schon selbst mit Äpfeln versorgen kann – willst du mir mit dieser Aussage andeuten, daß dir armem, vaterlosem Knaben nach einem Stiefpapi wäre?«

»Nicht unbedingt«, antwortete Matthias ernst. »Ich fühle mich nicht arm und vaterlos. Um ehrlich zu sein: Für meinen Bedarf an männlicher Erziehungsberechtigung reicht Dad am Wochenende. Aber wenn ich mal ausziehe, hockst du alleine hier.«

»Du meinst, ich brauche dann starken, männlichen Schutz?«

Matthias schob sich zum Fußende des Bettes, hockte sich darauf und streichelte mit dem Zeigefinger über die nackte Schulter seiner Mutter.

»Sei ehrlich, Mrs. Tough: Fühlst du dich nicht manchmal allein?«

Maximiliane hatte sich die Wimpern getuscht, nun setzte sie das Bürstchen ab. Einen Augenblick schaute sie in den Spiegel – ihr immer noch jugendliches Gesicht mit den kobaltblauen Augen, dahinter Matthias – verflixt, warum mußte der Bengel seinem Vater nur so ähneln? Jedesmal, wenn sie ihn ansah, meinte sie, den Jungen wiederzusehen, in den sie sich damals verliebt hatte. Sein Kinn, sein Mund, seine Augen, sein Lächeln, seine Hände – nur die schmale Nase mit dem kleinen Stups und die dicken, blonden Locken paßten nicht dazu.

Sie griff hinter sich und faßte in den Schopf. »Mach dir keine Sorgen, Thissy – wenn du mal gehst, werde ich bestimmt nicht hier sitzen und bittere Zähren in deine alten Stofftiere weinen! Ich habe einen Beruf, und ich habe Freunde.«

»Solche wie Ilse Jensen-Pauly?«

»Uh!« graulte sich Max. »Die gute Ilse würde als Freundin glatt drei Feinde ersetzen!«

Matthias beförderte den zweiten Apfelrest aus dem

Fenster. »Madame Jensen-Pauly wird an Gräßlichkeit eigentlich nur von Dads derzeitigem Herzblatt, Frau Doktor Benthin, dem lebenden Vorbild für die Comic-Hexe Wanda Witch überboten! Hab' ich dir schon erzählt, daß sie mir am Wochenende mit süßsaurem Lächeln angeboten hat, sie ›Cosima‹ und ›du‹ zu nennen? Ich habe ihr daraufhin gesagt, daß mir der hohe Respekt vor ihrer werten Person zusammen mit der guten Erziehung, die mir meine Mami angedeihen ließ, derartige Vertraulichkeiten verbietet.« Er grinste: »Dad hat übrigens geguckt, als ob er gerade überlegen würde, ob das Ersäufen eines Sohnes noch als notwendige Erziehungsmaßnahme gilt oder schon als Folter angerechnet wird. Wahrscheinlich hat er in der kommenden Nacht wenig Spaß an Cosima-Schätzchen gehabt und sich statt dessen stundenlange Klagen darüber anhören müssen, daß ich so ein unverschämter Bengel bin!«

»Wenn ich so höre, wie du dich über die Lebensabschnittsbegleiterinnen deines Vaters ausläßt, weiß ich, warum ich dir keinen potentiellen Stiefpapi zum Verbalfraß vorwerfe!«

Matthias streifte die Tennisschuhe ab und zog die Füße bequem unter sich.

»Ich glaube nicht, daß du es schaffen würdest, ein männliches Pendant zu den Suppenhuhnqualitäten der Dame Cosima aufzutun! Die ist wirklich ein Sonderfall!« meckerte Matthias.

»Wenn ich mich richtig erinnere, hast du das auch von ihrer Vorgängerin behauptet«, versetzte Maximiliane.

»Na ja«, brummte der Junior. »Marina-Schätzchen war ja auch nicht gerade ein Ausbund an Intelligenz und Schläue. Dad hat, was Frauen angeht, einen Geschmack wie eine Wildsau.«

»Das muß der Grund gewesen sein, warum er an mich geraten ist.« Maximiliane sagte es ganz trocken, doch es beeindruckte Matthias wenig.

»Du warst die Ausnahme in seiner Sammlung.«

»Thissy, kann es sein, daß du seinen Freundinnen gegenüber nicht ganz objektiv bist? Ich kenne die Damen zwar nicht, aber ich kann mir nicht vorstellen, daß sie nur gräßlich sind. Dein Vater ist nämlich weder dumm noch unsensibel ...«

»Genau das ist das Problem!« unterbrach Matthias. »Dad gerät immer an solche Suppenhühner, weil er nicht Gefahr laufen will, daß ihm noch mal eine unter die zu dünne Haut geht!«

Maximiliane stand auf und hob die Arme. »Mach mir doch mal bitte den Reißverschluß zu, Söhnchen!« Während Matthias ihrem Wunsch nachkam, zupfte sie an einer der Strähnen, die ihm in die Stirn fielen. »Du denkst viel über deinen Vater nach, hmm?«

Er hatte den Verschluß zu und lächelte sie verlegen an. »Als ich klein war, dachte ich, er sei der Größte, er könne alles und habe alles im Griff. Ich wollte so werden wie er ...«

Maximiliane schmunzelte. »O ja – daran erinnere ich mich nur allzugut! Als du vier warst, hast du darauf bestanden, genauso eine Latzhose zu bekommen, wie er sie damals trug! Und ich bin durch halb Tübingen gerannt, um eine aufzutreiben, weil ich wußte, daß dich ganz Weihnachten nicht freut, wenn du diese blöde Hose nicht kriegst.«

»Hast du mir nicht auch das Minibuch dazu geschenkt?«

»Klar!« lachte Max. »Dein Daddy-Look wäre doch nicht perfekt gewesen, wenn du kein Buch für die Brusttasche in der Latzhose gehabt hättest!«

»Was das angeht, trage ich heute noch Daddy-Look!« Matthias zog ein abgegriffenes Reclam-Bändchen aus der Gesäßtasche seiner Jeans. »Aber gelesen habe ich ja auch in den Jahren, in denen ich stinkig mit ihm war.«

»Stimmt – aber da am liebsten Science fiction, weil du

genau wußtest, daß er mit dem Genre nichts anfangen kann.«

»Er hat sich so schön geärgert!« Matthias grinste. »Im Gegensatz zu dir konnte er mit meinem heftigen Pubertieren nicht so toll umgehen!«

»Du warst manchmal eine üble Nervensäge, mein Guter!« Sie legte die Hände auf seine Schultern, stellte sich auf die Zehenspitzen und küßte seine Nasenspitze. »Um so mehr genieße ich es jetzt, einen vernünftigen, erwachsenen Sohn zu haben!«

»Was würdest du davon halten, wenn der dich zur Party fährt? Dann könntest du dort wenigstens ein Glas Champagner trinken, ohne dich um deinen Führerschein sorgen zu müssen.«

Maximiliane grinste. »Ich verzichte darauf, darüber nachzudenken, welches Motiv wirklich hinter deinem großmütigen Angebot stehen könnte!«

Thissy trällerte eine Melodie. »Ich weiß überhaupt nicht, was du damit andeuten willst«, spielte er den Harmlosen.

Max zwinkerte ihn an und kippte dann den Inhalt einer großen Handtasche aufs Bett, griff den Geldbeutel heraus und drückte Thissy einen Hundertmarkschein in die Faust.

»Laß es mich so sagen: Ich hätte gerne morgen früh einen vollen Tank. Ich muß nämlich in aller Herrgottsfrühe nach Ulm und würde ungern erst eine Tankstelle suchen.« Sie packte Portemonnaie, Brieftasche, ein kleines Notizbuch, Stift und eine Packung Papiertaschentücher in eine kleine Abendtasche, den Rest Utensilien schaufelte sie wieder in das ursprüngliche Behältnis zurück. »Okay – dann laß uns losziehen!«

Kapitel 2

Maximiliane fängt nichts mit fremden Männern an

Matthias bremste das silbergraue Mercedes-Cabrio vor einem weißen Palisadenzaun ab; ohne den Motor abzuschalten, legte er den Leerlauf ein, zog die Handbremse an und sprang um die Kühlerhaube herum, um seiner Mutter beim Aussteigen behilflich zu sein. Wohlwollend lächelte er auf sie herunter.

»Für dein Alter hast du übrigens immer noch tolle Beine!« versuchte er sich an einem Kompliment.

Max lachte lausbubenhaft. »Ich find's auch beachtlich: Im hohen Alter von 39 Jahren bin ich immer noch fähig, mich ohne Stock zu bewegen!« Sie schielte zu dem erleuchteten Haus hinter dem Zaun. Aus dem Garten drang Musik und Stimmengewirr. Sie seufzte leise: »Ich werde meine tollen Beine jetzt wohl einsetzen müssen, um meinen hoffentlich nicht weniger deine Zustimmung findenden Hintern in dieses Getümmel hineinzutragen!«

»Ich wünsch' dir viel Spaß! Und übrigens, Mom: Fang nichts mit fremden Männern an! Ich tu' das nämlich auch nicht!« Sein Grinsen wurde noch breiter. »Wenn du aber einen netten Bekannten findest, der ein paar neue Computerspiele für deinen Sohn hat – den fang ein!«

Maximiliane sah ihm nach, wie er mit quietschenden Reifen ihren Sportwagen durch die stille Wohnstraße steuerte. Er würde jetzt wohl seinen Freund Basti einsammeln und mit ihm in einen Biergarten fahren. Sie beneidete ihn darum – sein Abend würde sicher amüsanter werden als der ihre! Sie wäre soviel lieber zu Hause geblieben! Ein gutes Buch, bequeme Jeans, ein Glas

Wein, die Liege im Garten – das wäre es gewesen! Statt dessen sollte sie jetzt Konversation machen, sich von der Gastgeberin vorführen lassen und dabei lächelnd am Image der erfolgreichen, karrierebewußten Architektin stricken. Und wahrscheinlich würde sie wieder von einigen hauptberuflichen Gattinnen gefragt, ob denn ihr Sohn nicht unter dem beruflichen Engagement zu leiden habe, während die dazugehörigen Ehemänner darauf lauerten, ihr in einer dunklen Ecke das Knie zu tätscheln und dabei Nettigkeiten loszuwerden wie zum Beispiel: »So ein tapferes Frauchen! Aber fühlen Sie sich denn ohne eine breite Schulter zum Anlehnen nicht sehr alleine?« Manchmal mußte sich Maximiliane verkneifen, anzüglich auf die eher schmächtigen Schultern der entsprechenden Herren zu gucken und sarkastisch zu fragen, ob Bierbauch in dieser Saison als Alternative getragen werde.

Vielleicht sollte sie doch einmal Leahs Rat folgen? Die träumte davon, auf den unvermeidlichen Szenepartys einmal in Gesellschaft eines gutbemuskelten Bauarbeiters aufzulaufen. Wie sagte Ilse Jensen-Pauly doch bei jeder Einladung? »Und natürlich würde ich mich freuen, wenn Leah und du in Begleitung kommen würdet!« Dabei klang jedesmal eine Mischung von Mitleid und Neugier durch, denn schließlich beschäftigte Ilse Jensen-Pauly die Tatsache, daß sowohl Leah Diettrichs als auch Maximiliane Simon grundsätzlich ohne Mann auftauchten, intensiv. Wahrscheinlich, so hatte sie einmal gegenüber einer gemeinsamen Bekannten vermutet, finde sich einfach keiner, der diese ›Superemanzen‹ zu ertragen bereit sei. Den Hinweis darauf, daß die Existenz von Max' Sohn auf das Gegenteil hinweise, hatte sie damals mit der Bemerkung abgetan: »Na ja – das wird ein One-Night-Stand gewesen sein! Jedenfalls hat noch niemand den Vater zu dem Jungen gesehen! Wahrscheinlich war's einer ihrer Bauarbeiter.«

Als Max davon gehört hatte, hatte sie sich vor Lachen ausgeschüttet – und Leah hatte es zu der Überlegung veranlaßt, ob sie nicht einmal einen starken Pedro oder Ali auf eine Party mitbringen sollten:

»Ilse-Schätzchen steht doch so auf Muckis! Die wäre bestimmt begeistert, wenn wir ihr einen Anwärter für ihre Männersammlung bescheren würden!«

Max klingelte an der blumengeschmückten Haustür, und schon wenige Sekunden später öffnete die Gastgeberin. Ilse Jensen-Pauly, eingestandene 42 Jahre alt und laut Selbstauskunft ›Süddeutschlands erfolgreichste Interieurdesignerin‹, trug eine verwegene rote Lederkreation mit bis zum Bauchnabel reichendem, geschnürtem Ausschnitt. Sie hatte die blonden Haare zu einer kunstvoll verwuschelten Mähne aufgetürmt, auf ihren Augenlidern glänzte etwas, das Max überlegen ließ, ob in dieser Saison etwa der Tutanchamun-Emaille-Look angesagt war.

»Maxi-Darling!« begrüßte Ilse die Architektin strahlend. »Es ist so zauberhaft, daß du kommst!« Küßchen links, Küßchen rechts, dann klemmte sie Max' Hand unter ihren Arm. »Heute ist ein ganz besonderer Abend – ich habe lauter wundervolle, hochinteressante Gäste! Du wirst begeistert sein!« Sie beugte sich zu Max' Ohr. »Ich bin natürlich besonders von einem begeistert!« Sie kicherte gespielt mädchenhaft-verlegen.

Max fixierte ihre Mundwinkel eine Nuance höher.

»Du bist frisch verliebt?« fragte sie wunschgemäß. »Wer ist denn der Glückliche?«

»Er weiß noch nichts von seinem Glück – aber heute abend werde ich es ihm beibringen! Ich habe diese Party extra für ihn gegeben – und du wirst begeistert sein, wenn du ihn kennenlernst! Er ist nicht nur gebildet, intelligent und erfolgreich, sondern dazu noch ungemein attraktiv und sexy!« schwärmte Ilse. »Eigentlich sollte ich ihn dir gar nicht vorstellen – nicht, daß wir Rivalinnen werden!«

»Wie charmant, daß du mir Chancen als Konkurrenz einräumst!« sülzte Max und ließ sich durch den großen Wohnraum auf die Gartenterrasse ziehen. Zu ihrer Erleichterung lauerte Ilses potentieller Liebhaber nicht schon an der Tür, statt dessen stand dort in einem Grüppchen Leah Diettrichs, Max' Partnerin und Freundin. Sie winkte Max entgegen, die ein erneutes Klingeln an der Tür nützte, um die Gastgeberin aus ihrer Unterhalterinnenpflicht zu entlassen und sich zu Leah zu gesellen. Die, beneidenswert graziös und elegant in eisblauer Spitze, zupfte Max am Arm.

»Ich muß dich warnen ...«

Sie kam nicht weiter, denn ein ganz in Weiß gewandeter Jüngling mit schütteren, rötlichen Haaren und Sommersprossen stürzte sich auf Max.

»Maximiliane! Wenn ich gewußt hätte, daß Sie kommen, hätte ich natürlich Rosen gestreut!« Er nahm ihre Hand und beugte in einer Geste, die er von einem Valentino-Film abgeschaut hatte, sein gelbeklatschtes Haupt darüber. »Ich habe befürchtet, daß es wieder einmal einer dieser völlig uneleganten, uninspirierten, todlangweiligen Abende werden würde!« nölte er in weinerlichem Ton. »Aber jetzt sind Sie ja da! Warum haben Sie mich nicht angerufen? Ich hätte Sie doch gerne abgeholt und ...« Maximiliane bekam einen Blick ab, den der Jüngling wohl für schlafzimmertauglich hielt, der sie hingegen mehr an den eines Kälbchens am Futtertrog erinnerte – »wir hätten den Abend ganz privat miteinander ausklingen lassen können!«

Max schielte zu Leah hinüber. Die Warnung war eindeutig zu spät gekommen! Sie ahnte, daß sie wieder einmal eine ganze Weile damit beschäftigt sein würde, sich der ebenso stürmischen wie penetranten Avancen ihres jugendlichen Verehrers zu erwehren. Alexander Schulten, einziger Sohn und Erbe eines Immobilienhändlers, hatte sich nun einmal vorgenommen, seinen Ruf als Spätzleplayboy durch die Eroberung der zurückhaltenden Maximiliane aufzupolieren. Maximiliane sehnte sich danach, ihn ultimativ vors Schienbein treten zu können – aber sie hatte Rücksichten zu nehmen, denn sie mußte mit seinem Vater zusammenarbeiten. Der wiederum versäumte keine Gelegenheit, für die Lendenkraft seines Sprößlings zu werben: »Alexander ist – höhö – ein heißblütiger junger Mann – höhö.«

In solchen Momenten bedauerte Maximiliane, nicht gebunden zu sein. Es wäre so einfach gewesen, Jung-Alexander beziehungsweise seinen Erzeuger mit einem bedauernden Augenaufschlag ein »Bitte, bleiben Sie Gentleman! Mein Lebensabschnittsgefährte ist ja so eifersüchtig« zuflüstern zu können! Danach hätte sie darauf hoffen können, daß Schulten senior seinen heißblütigen Junior bremsen würde, denn schließlich war man bei Schultens doch wohlerzogen beziehungsweise legte Wert darauf, dafür zu gelten.

Doch mangels eines derartigen Platzhirsches mußte sich Max nun von Jung-Alexander zur Tanzfläche auf dem Rasen ziehen lassen. Max wußte, daß zwei oder drei Tänzchen mit ihm die einzige Chance sein würden, ihn für eine Weile loszuwerden, und unterzog sich dem Tango mit der Schicksalsergebenheit, die sie üblicherweise den Bohraktionen ihres Zahnarztes entgegenbrachte.

»Wollen Sie mich nicht am Wochenende nach Verona begleiten?« fragte Jung-Alexander, während sie miteinander über die polierten, extra zu diesem Behuf ausgebrachten Dielen schoben. »Wir könnten ›Aida‹ in der Arena hören und dann unter dem Kreuz des Südens ...«

Max hörte nur mit einem Ohr zu und schaute sich dafür über seine Schulter um. Vor der Drei-Mann-Band, die erbittert, aber vergeblich darum rang, argentinisches

Tango-Temperament zu produzieren, zerfloß Ilse Jensen-Pauly in den Armen ihres Angebeteten – beziehungsweise sie meinte wohl, dekorativ dahinzuschmelzen, während Max eher an einen nassen Sack über kräftigen Schultern in weißem Dinnerjackett dachte. Über den Schultern glänzte ein – gelinde gesagt – nicht sehr behaarter Hinterkopf. Gerade eine Handbreit kurz geschnittener, silbergrauer Haare war zu sehen, durch die die dunkle Kopfhaut schimmerte und so den Übergang zur Vollglatze milderte. Maximiliane hörte durch die Musik hindurch ein dunkles Lachen, dann drehte der Kahlköpfige seine Partnerin und sah Maximiliane an, die prompt ins Stolpern kam und dachte: »Schei...benkleister! Leah hat gar nicht die Schulten-Pest gemeint, als sie mich warnen wollte!«

Ihr Stolpern brachte Alexander so aus dem mühsam mitgezählten Takt, daß er ihr auf den Fuß trat. Max unterdrückte eine Unfreundlichkeit und bemühte sich, ihren Jüngling wieder in die rechte Spur und außer Sichtweite von Ilses männlicher Trophäe zu bugsieren. Die Aktion gelang nur teilweise – Alexander verließ zwar ihren großen Zeh, aber als sie das nächstemal zu Ilse und Co. hinüberspechtete, blieb sie an grünen Augen hängen.

Sehr grüne Augen – olivgrüne Augen, leicht schräggestellt, verwirrend exotisch in einem dunklen Männergesicht mit ausgeprägter Römernase und energischem Kinn. In diesen Augen schien ein kleiner Funke zu glimmen – und er löste bei Max ein Kribbeln im Magen und weiche Knie aus. Sie konnte nicht wegsehen, im Gegenteil! Ihr Blick haftete an ihm und registrierte mit fast klinischem Interesse weitere Details: blitzend weiße Zähne, zwischen den mittleren oben und unten eine winzige Lücke, die seinem Lächeln etwas rührend Jungenhaftes gaben; das Grübchen im energischen Kinn; die großen Hände, die Ilse hielten; die kräftigen Arme unter dem weißen Stoff; am linken Gelenk eine edle, goldene Armbanduhr am schwarzen Lederband.

Ilse schien zu bemerken, daß die Aufmerksamkeit ihres Partners nicht mehr ihr galt, sie drehte den Kopf, registrierte Max und sagte etwas zu ihm. Er stutzte, bedachte sie dann aber mit einem charmanten Lächeln, bevor er antwortete. Ilse Jensen-Pauly strahlte ihn an und ließ sich von ihm zu Max hinübertanzen.

Deren Puls hämmerte in den Schläfen, als die beiden vor ihr standen. Sie war froh, daß der Garten nur spärlich von Lampions erleuchtet war – so konnte man wenigstens nicht gleich sehen, daß sie unter dem Make-up bleich geworden war.

»Max, Alexander – ich hoffe, ihr amüsiert euch gut!« sagte Ilse Jensen-Pauly. »Ich wollte euch meinen …« – sie stockte einen Moment und schien über eine passende Bezeichnung nachzudenken, dann entschloß sie sich – »Ehrengast vorstellen.«

Max zog die Augenbraue eine Winzigkeit nach oben, Ilses Begleiter hatte den Fauxpas aber schon bemerkt, in seinen Augenwinkein stand ein Schmunzeln, als er sich zu einem angedeuteten Kuß über Maximilianes Hand beugte. »Ich bin Nicolas Berninck – und ich freue mich, Sie kennenzulernen, Frau Doktor Simon. Ich habe nämlich schon viel von Ihnen gehört. Erst gestern durfte ich das von Ihnen erbaute neue Audimax an der Stuttgarter Universität bewundern. Ich beneide die Stuttgarter darum – viel Licht, viel Luft und dazu eine herrliche Akustik.«

»Sie interessieren sich für Architektur?«

»Nö!« lächelte er. »Aber ich mag die Ergebnisse guter Architektur. Ihr Audimax ist ein Raum, in dem man sich wohl fühlen kann.«

Max deutete einen Knicks an.

»Meine eitle Architektenseele räkelt sich bei solchen Nettigkeiten!« Ihre Nervosität war weg, sie fühlte sich plötzlich beschwingt wie nach einem Glas Champagner. Doch Jung-Alexander schien der Flirt zwischen Max und Ilses Beute gar nicht zu gefallen.

»Ich wußte gar nicht, daß man Sie mit Komplimenten beeindrucken kann!« giftete er und legte besitzergreifend den Arm um ihre Schulter.

Max entzog sich, indem sie an Ilses Seite trat und die Hand auf deren Unterarm plazierte.

»Ohne Ilses einfallsreiche Beleuchtung und das von ihr ausgesuchte Mobiliar wäre das Audimax lange nicht so gelungen!« lobte sie.

»Ich habe Frau Jensen-Pauly bereits meine Bewunderung ausgedrückt!« sagte Berninck, doch seine Augen blieben dabei an Max hängen, glitten über das schmale Gesicht hinunter zu den nackten Schultern und die vollen Brüste unter dem dünnen, schwarzen Stoff. Der Blick berührte Max wie ein Streicheln, und ihr Körper reagierte darauf. Sie fühlte, wie sich ihre Brustwarzen prickelnd zusammenzogen und sich schwere Wärme in ihrem Unterleib ausbreitete.

»Wir wollten doch tanzen!« maulte Alexander Schulten.

Ilse Jensen-Pauly nahm seinen Einspruch dankbar auf. »Ja, Nicki – eigentlich wollten wir tanzen! Du hast sicher später noch Gelegenheit, dich mit Maximiliane zu unterhalten!« Energisch zog sie ihren Tanzpartner am Arm, was Alexander als Startschuß für eine erneute Runde Tangostolpern betrachtete.

»Kennen Sie diesen Glatzkopf?« fragte er eifersüchtig, als sie ein paar Schritte von dem Paar entfernt waren.

»Sie etwa nicht?« spielte Max die Harmlose.

»Müßte ich?«

»Aber ja doch – als gebildeter Mensch schon!« stichelte sie. »Professor Nicolas Berninck ist nicht nur der Inhaber des Lehrstuhls für Literatur an der Universität Konstanz, sondern dazu der Literaturkritiker der Württembergischen Zeitung und dem Fernsehpublikum als Moderator des Buchforums bekannt. Wer nur ein wenig Interesse für Literatur hegt, hat von ihm schon einmal gehört und gelesen.«

»Sie finden ihn ja offensichtlich toll!«

»Das war nicht die Frage«, konterte Max.

»Finden Sie ihn toll?« insistierte Alexander.

Maximiliane blieb stehen und trat einen Schritt zurück, um sich aus seiner Umarmung zu lösen. Plötzlich hatte sie keine Lust mehr auf weitere gesellschaftliche Rücksichtnahme.

»Ich glaube, ich muß heute mal wieder deutlich werden, Herr Schulten. Ob ich Professor Berninck toll finde oder nicht, geht Sie nichts an. Ich bin Ihnen keine Rechenschaft schuldig, und ich habe keine Lust auf Ihre unangebrachten Eifersüchteleien!« Sie nickte ihm zu. »Sie entschuldigen mich?« Hocherhobenen Hauptes marschierte sie durch den Garten hinauf zur Terrasse.

Leah stand immer noch an der Sektbar und unterhielt sich mit einem älteren Ehepaar, Max trat dazu, grüßte freundlich und nahm ein Glas Champagner in Empfang. Sie schielte zur Tanzfläche hinunter – Nicolas Berninck und Ilse Jensen-Pauly hatten das Tanzen auch eingestellt. Ilse stand neben ihm, die Hand besitzergreifend auf Bernincks Arm gelegt, dabei redete sie ununterbrochen auf ihn ein, was ihn aber nicht davon abhielt, immer wieder nach Max zu schauen. Und wieder wurde Max warm unter dem Blick! Ihr Mund fühlte sich plötzlich an wie Holzwolle im Hochsommer. Durstig stürzte sie Champagner hinunter und schob sich dann näher zu Leah.

»Hmmm?« machte die fragend.

»Tja ...«, bestätigte Max mit einem kleinen Seufzen, um dann sofort wieder zu lächeln und sich der Frau eines Baurats zuzuwenden: »Frau Dannert – Ihr Kleid ist wirklich umwerfend! Dieses zarte Apricot ist genau Ihre Farbe – Sie schmeichelt Ihnen ungemein!«

Die nächste Stunde arbeitete sie sich geradezu methodisch durch die Gäste. Hier ein freundliches Wort, dort ein Kompliment, ein Lächeln für die Herren, drei Sätze über neue Projekte – sie hatte keinesfalls vergessen, warum sie die Einladung angenommen hatte. Manchmal schielte sie aus den Augenwinkeln nach Ilse, die am Arm ihrer Eroberung Hof hielt. Und immer war da Bernincks Blick, der sie dazu bewegte, sich sofort wieder in ein Gespräch zu stürzen.

Immerhin schien Jung-Alexander die heutige Abfuhr verkraftet zu haben. Maximiliane grinste, als sie sah, wie er seinen klebrigen Charme an der Sektbar über eine kichernde Blondine und eine Rothaarige ergoß. Letztere trug Pink und ließ, wenn sie nicht gerade damit beschäftigt war, den letzten Rest Kohlensäure aus ihrem Champagner zu quirlen, Gelangweiltes aus dem Überbiß fallen.

Dabei, dachte Max, war es doch so ein schöner Maiabend! Der Himmel spannte sich wie goldbesetzter Samt über die nächtliche Stadt, und ein lauer Wind blies den Geruch nach Geißblatt und aufgeheiztem Asphalt die Hügel hinauf. Max schlenderte zwischen duftenden Rosen über den Kiesweg zum unteren Ende des Gartens und blieb unter einer Linde stehen, um über ein Mäuerchen auf die Stadt hinunterzusehen. Sie liebte Stuttgart – die sanft ansteigenden Hügel, die den Talkessel umgaben; die Weinberge, die sich bis zur Innenstadt hinunterzogen; das Rumpeln und Quietschen der gelben Straßenbahnen, die sich die Steigen hinaufquälten; die verschwiegenen Staffeln, die zwischen Gärten hindurch die stillen Straßen in Halbhöhenlage mit der belebten City verbanden.

Natürlich, Thissy sah es anders. Er deklamierte gerne: »Stuttgart: morgens ein Nebelmeer, abends ein Lichtermeer, nachts gar nichts mehr«, und nölte darüber, wie öde die baden-württembergische Landeshauptstadt im Vergleich zu Städten wie Berlin und Los Angeles doch sei. Max erinnerte sich an Zeiten, an denen sie selbst davon geträumt hätte, die Nächte zu verbummeln – damals war ihr Stuttgart auch provinziell vorgekommen und Hinweise zu seiner Chor- und Ballettkultur hatten sie nicht trösten können. Irgendwann würde es auch Matthias ruhiger angehen lassen – und spätestens dann würde er Stuttgarts Gemütlichkeit zu schätzen wissen.

Sie lehnte sich an die Linde und trank noch einen Schluck Champagner – doch, so ließ es sich aushalten.

»Da liegst du nun im Lichterglanz, mein Stuttgart, wieder da …«, ertönte hinter ihr eine leise, dunkle Stimme. Max erkannte sie sofort. Ohne sich umzudrehen, antwortete sie: »Karl Gerok, Hopfrediger in Stuttgart.«

»Sie interessieren sich für Literatur?«

»Nö«, grinste Max. »Aber ich mag die Ergebnisse.«

Nicolas Berninck trat neben sie, mit der einen Hand stützte er sich über ihrer Schulter am Baum ab, mit der anderen öffnete er seine schwarze Schleife. Er stand so dicht vor ihr, daß sie die Wärme seines kräftigen Körpers spüren konnte. Es erregte sie. »Eigentlich hasse ich solche Partys«, sagte er leise.

»Ich auch«, gab Max zurück.

»Aber ich wußte, daß dieser Abend sich ausnahmsweise lohnen würde.« Er kam noch näher, sein Atem streifte ihr Gesicht. Sie konnte nicht anders, langsam bückte sie sich und legte das leere Champagnerglas ins Gras. Als sie sich wieder aufrichtete, zog er sie in die Arme.

»Max …«, flüsterte er.

Sie hob den Kopf, ihre Lippen strichen über seine Wange, er drehte ihr den Mund zu und drückte sie noch etwas mehr an sich. Sie spürte die harten Konturen seines Körpers, die Muskeln unter den Fingern, die sie auf seine Schulter gelegt hatte, und eine erregte Männlichkeit, die gegen ihren Bauch pochte.

»Das ist doch verrückt!« wollte sich etwas in ihr wehren, doch sie kam nicht dazu, es auszusprechen, denn er küßte sie. Seine Lippen drängten die ihren auseinander, seine Zunge suchte Kontakt zu der ihren und begann mit ihr zu spielen, während seine Hand auf ihren Hintern rutschte und sie an sich preßte. Max atmete schwer, endlich gelang es ihr, sich aus dem Kuß zu lösen.

»Das ist verrückt, Nicolas!« protestierte sie.

»Magst du keine Verrücktheiten?« Er küßte ihren Hals und legte die Hand um ihre Brust. »Würdest du lieber weiter mit diesem Schnösel von vorhin tanzen?« Er knabberte am Übergang zwischen Hals und Schulter, seine Finger streichelten ihre Brust. Max' Knie gaben nach, und zwischen ihren Beinen wurde es warm. Es war viel zu lange her, seit sie so geküßt und umarmt worden war!

Er schob seine Hand seitlich unter ihr Kleid und umfaßte die nackte Brust. Max seufzte leise und schloß die Augen. Sein fester Griff tat so gut! Sie wollte mehr davon! Ihre Weiblichkeit entwickelte ein Eigenleben, sie schien alles Blut und eine süße, schwere Wärme in sich aufzusaugen und sich dabei zu weiten. Alles in ihr schrie danach, sein heißes Fleisch in sich zu spüren, seinen Schweiß auf den Lippen zu schmecken, die Finger in seine festen Muskeln zu krallen und sich von ihm nehmen zu lassen.

Er küßte sich an ihrem Hals entlang nach oben zum Ohr.

»Laß uns verschwinden!« drängte er. Er saugte an ihrem Hals. Max konnte nur mit einem Seufzen antworten. Er sah sich um, überlegte einen Moment, dann grinste er. »Komm!« Er nahm sie kurzerhand auf den Arm und stieg über die kleine Mauer in das dahinterliegende

Gebüsch. Max legte den Kopf an seine Schulter und wehrte mit ausgestreckter Hand die Zweige ab, bis sie nach zwei oder drei Metern vor einem morschen Palisadenzaun landeten.

»Kommst du da rüber?« fragte Nicolas und setzte Max ab. Sie nickte, zog schnell entschlossen die hohen Pumps aus, warf sie über den Zaun und streckte sich dann, von ihm gehalten, nach oben. Mit einer geschmeidigen Bewegung schwang sie sich rittlings über den Zaun und landete auf der anderen Seite weich federnd im hohen Gras. Nicolas folgte ihr mit Schwung, sammelte gleich ihre Schuhe ein und schob sie in die Taschen seines Jacketts.

»Wo sind wir hier?« wollte Max wissen.

»Im Garten des Städtischen Wasseruntersuchungsamtes.«

»Du kennst dich gut aus!«

»Ich hatte mal eine Freundin in der Nähe«, antwortete er ruhig und zog sie wieder in die Arme. »O verdammt – ich will dich!« flüsterte er und griff nach ihrem Oberschenkel. Langsam, jeden Millimeter ihrer Haut genüßlich streichelnd, schob er ihren Rock nach oben. Max konnte und wollte nicht mehr warten. Sie ließ ihre Hand an seinem Oberkörper entlang zu der Wölbung in seiner Hose gleiten. Er ächzte, als sie durch den Stoff hindurch sein Glied drückte.

»Max ...« Ein Finger drängte den Stoff zwischen ihren Beinen zur Seite, schob sich tiefer in die feuchte Hitze hinein und fand die kleine Erhöhung. Sie hielt sich mit der einen Hand an seiner Schulter fest, mit zitternden Fingern öffnete sie seine Hose und wühlte sich durch den Stoff. Mit der flachen Hand strich sie an der ganzen Länge nach unten. Als ihre Finger die samtüberzogenen Hoden fanden, drückte die seidige Spitze seines Penis gegen die Innenseite ihres Armes und schien ihren Pulsschlag pochend aufzunehmen.

Er hielt einen Augenblick die Luft an, dann glitten seine Lippen wieder über ihre Wange und legten sich sanft auf ihren erwartungsvoll geöffneten Mund. Max konnte das herb-frische Aroma des Champagners, den er getrunken hatte, noch schmecken. Doch da war mehr, etwas so süß wie eine reife Frucht, so frisch wie klares Wasser. Und da war Wärme und Willkommen, Vertrauen und Geborgenheit. Sein Mund schien perfekt auf den ihren zu passen, ihr war, als ob ihre Lippen miteinander verschmelzen würden. Für ein paar Sekunden zählte nur dieser Kuß, nur diese Nähe, seine Zärtlichkeit. Doch dann – o Himmel! Sein Finger war in sie geglitten, sie schrie auf, in seinen Mund hinein, plötzlich wurde ihr auch wieder bewußt, daß da heißes, hartes Fleisch in ihrer Hand drängte.

Max wollte nicht mehr warten, sie wollte, daß er endlich die Leere füllte, die nach ihm schrie.

»Bitte, Nick ...« Warum klang ihre Stimme so heiser, ihr Atem so rauh? Erregung, eine Erregung, die fast schmerzlich war. War sie je so erregt gewesen? Sie konnte sich nicht erinnern. Wie auch? Erinnern hätte klares Denken verlangt. Max wollte aber nicht einmal klar denken: Sie wollte genießen, mit allen Sinnen, nur dem Augenblick hingegeben. Seine Nähe, seine Wärme, die Dringlichkeit, mit der er sie küßte und seinen Steifen in ihrer Hand rieb – oh, sie wollte ihn!

»Bitte, Nick ...«, wiederholte sie. Er verstand – endlich verstand er! Sein Körper drückte gegen den ihren, sie sank nach hinten, aufgefangen von einem massiven Baumstamm, ihr Kopf ruhte an dem rauhen Holz, ihre nun an das Dämmerlicht gewöhnten Augen genossen den Anblick seiner geschmeidigen Finger, die ihr Kleid vollends nach oben schoben. Mit einem Ruck zerriß er den Bund ihres Höschens, sein schmales Gesicht gespannt in Konzentration. An seinen Schläfen traten die Adern hervor; Max meinte, das Blut darin pulsieren zu sehen und wunderte sich, wie sie gleichzeitig soviel innige, fast mütterliche Zärtlichkeit und forderndes, ungeduldiges Verlangen empfinden konnte. Sie mußte ihn haben – jetzt und tief in sich.

»Bitte, Nick ...« Sie hob ein Bein, verankerte den Oberschenkel an seiner Hüfte und drängte sich ihm entgegen.

Unter ihrem nackten Fuß war der Boden feucht und kühl, ihre Zehen krallten sich in eine bemooste Wurzel, an ihrem nackten Hintern fühlte sie die rauhe Rinde des Baumes, doch all das war bedeutungslos. Sie wollte diesen Mann, sie wollte ihn mit jeder Faser ihres Körpers. Ihr war, als ob sie jahrelang nur darauf gewartet hätte, ihn zu bekommen und ihn in sich aufzunehmen. Ihr war, als ob nur dieses heiße, zuckende Stück Fleisch ihre Weiblichkeit mit Leben füllen konnte.

Irgendwo im Hinterkopf protestierte eine tadelnde Stimme: »Du spinnst wohl, Maximiliane! Du kannst doch nicht einfach mit diesem Mann hier, in einem fremden Garten, an einen Baum gelehnt ...« Doch die Lust schwemmte den Einwand hinweg. Was zählte der fremde Garten, der Baum? Nicht einmal die Gefahr, daß jemand sie hören könnte, zählte. Wichtig war das Brennen, das Begehren, das Feuer, das er löschen sollte.

Er ging in die Knie, seine Hände spannten sich um ihren Po, sie spürte, wie sich seine Finger in ihr Fleisch gruben. Jetzt zuckten seine Hüften nach oben, sein Penis schob sich in sie. Obwohl sie so erregt war, war sie auf seine Größe nicht vorbereitet. Ihr war, als ob er sie aufreißen würde. Es schmerzte, doch es war süße Pein, es war intensivste Lust.

Er hatte ihr Stöhnen gehört und verharrte einen Moment.

»Tue ich dir weh?« fragte er besorgt.

Max schloß die Augen, lehnte den Kopf an den Baum und entspannte die Muskeln. Langsam, ganz langsam, senkte sie sich auf ihn herab, und so wie ihr Fleisch vor ihm zurückwich, verging der Schmerz und machte wohliger Wärme Platz. Jetzt war er in seiner ganzen Länge in ihr – und es tat wohl! Er war wie für sie geschaffen, wie etwas, das ihr schon viel zu lange gefehlt hatte.

»Stoß mich, Nick!« stöhnte sie. »Du mußt nicht vorsichtig sein. Bitte nimm mich und laß es mich spüren! Ich will dich!«

Sie krallte sich in seine Schultern, als er begann, sie in kurzen, heftigen Stößen zu nehmen. Es war so gut, so absolut perfekt! Sein harter Penis dehnte und weitete sie bei jedem Stoß, er massierte ihr Inneres, drückte gegen das empfindliche Lustgewebe darin und versetzte ihren ganzen Körper in Aufruhr. Jeder Stoß schien durch und durch zu gehen und sie in lodernde Flammen zu versetzen. Sie spürte, wie sich etwas in ihr zusammenzog, sie hielt die Luft an – und dann war es, als ob die Lust in ihr explodieren würde. Hatte sie geschrien? Sie wußte es nicht, sie spürte nur noch, wie er ein letztes Mal in sie drängte und dann stillhielt, alle Muskeln gespannt.

»O Himmel, Max ... oh ...« Sie meinte zu spüren, wie sein Schwanz noch einmal zuckte und heiße Essenz sie füllte.

»Max – o Max!« Nicolas flüsterte es tonlos, atemlos, annähernd besinnungslos vor süßer Pein. Er hatte Mühe, sie festzuhalten, sie war plötzlich so schwer geworden. Langsam ließ er sie gegen den Baum sinken und holte tief Luft. Eine Weile schwiegen sie beide, Max' Kopf ruhte an seiner Schulter, er streichelte gedankenverloren über ihr Haar.

»Ich brauche Wundsalbe!« lachte sie, als sie wieder zu Atem kam.

»Von dem bißchen schon?« Er hatte ebenfalls wieder zurückgefunden zu fast normalem Puls.

Sie legte seine Hand auf ihren Po, er spürte eine rauhe Stelle.

»Was ist das denn?«

»Du hast mich so gegen den Baum gedrängt!«

»Entschuldige – das wollte ich nicht!«

Max legte die Arme um seine Schultern und drückte sich fest an ihn.

»Es ist okay – es war schön. Es war genau das, was ich wollte«. Sie löste sich von ihm und zog ihren Rock nach unten. »Aber jetzt sollte ich wohl zusehen, daß ich heimkomme.«

»Nimmst du mich mit?« fragte er.

Max schüttelte den Kopf.

»Bedaure – das geht nicht.«

»Hmm.« Er biß sich auf die Unterlippe. »Es gibt jemanden, der zu Hause auf dich wartet?«

»Ja – einen gewissen Matthias. Und dem mußte ich vorher versprechen, daß seine Mutter nichts mit fremden Männern anfängt. Er tut das nämlich auch nicht.«

»Wie beruhigend!« Nicolas beugte sich über sie und küßte ihre Nasenspitze. »Glaubst du nicht, daß dein Sohn es noch eine Weile ohne dich aushält? Ich möchte dich noch nicht loslassen. Im Gegenteil – ich möchte dich noch einmal lieben – ausführlich, in aller Ruhe und Bequemlichkeit.« Der nächste Kuß traf ihren Mund. Er hob ihren zerrissenen Slip auf. »Der ist hinüber. Sorry – soll ich dir einen neuen schenken?«

»Nein, danke – ich werd's verschmerzen können!«

»Komm mit mir, Max!« Seine Stimme war weich und bittend.

»Ich werde morgen früh um sieben Uhr auf meiner Baustelle in Ulm erwartet!« sagte sie leise. Er hörte das Bedauern in ihrem Ton.

»Dann hast du noch sieben Stunden. Schenk mir zwei davon!« Er deutete mit dem Kinn in Richtung Straße. »Mein Auto steht da vorne. In zehn Minuten können wir im Hotel sein. Bitte komm mit! Wenigstens auf einen Drink!« Er legte den Kopf etwas schräg und hob die Hände vor die Brust. »Soll ich bittebitte machen?«

Max mußte lachen, küßte sein Kinn, angelte ihre Schuhe aus seiner Tasche und zog sie an. »Wenn du dich traust, mit einer reichlich zerstrubbelten, halb abgeschminkten Dame, der man ansieht, was du gerade mit ihr angestellt hast, durch eine Hotelhalle zu marschieren …«

»Abgesehen davon, daß es in meinem Hotel einen Aufzug aus der Tiefgarage gibt und wir nicht durch die Halle müssen« – er nahm sie an der Hand und ging mit ihr zum Zaun – »… siehst du großartig aus! Ich wäre stolz darauf, dich an meinem Arm vorführen zu können!«

Sie traten aus dem Schatten der Bäume hinaus auf den Weg und gingen um das Gebäude herum. Im Licht der Straßenlaternen war das hohe, geschlossene Tor und daneben ein Zaun aus stabilem Schmiedeeisen zu erkennen. Max fackelte nicht lange. Bevor Nicolas ihr helfen konnte, warf sie die Handtasche voraus, ließ die Pumps folgen und kletterte barfuß über das Gitter. Er lächelte, dann zog er sich am Tor nach oben, sprang darüber und landete, in den Knien nachfedernd, neben ihr.

»Du kletterst gut!« lobte er. »Machst du das öfter?«

»In den letzten Jahren selten. Aber als Mädchen bin ich eine Zeitlang jeden Abend am Rosenspalier vor meinem Zimmer hinuntergestiegen und dann über den Zaun in Nachbars Garten. Da gab's nämlich eine halbzerfallene Laube …«

Nicolas nahm ihren Ellbogen und führte sie zu einem silberblitzenden Jaguar, der unter einer Straßenlaterne wartete. Er schloß auf, half ihr auf den Beifahrersitz, klemmte sich hinter das Steuer und fuhr los.

»Erzähl weiter von deinen Kletterübungen!« bat er. »Hat in der Laube jemand auf dich gewartet?«

»Ja«, erinnerte sie sich. Ihre Stimme klang verträumt. »In der Laube wartete ein junger Mann. Ich brachte immer Kerzen mit, manchmal habe ich meinem Vater auch eine Flasche Trollinger stibitzt. Dafür brachte er den Schlafsack mit, auf dem wir dann miteinander geschmust haben.«

»Nur geschmust?«

»Am Anfang haben wir uns geküßt wie die Verrückten, manchmal faßte er auch in meine Bluse. Aber viel mehr war nicht – ich war eine wohlerzogene Tübinger Pfarrerstochter, und er war ein bißchen schüchtern.«

»Armer Junge! Hat er es irgendwann geschafft, dich zu verführen?«

»Er hat sich und mir viel Zeit gelassen. Er war ein sehr lieber Junge und hat geduldig gewartet, bis ich dazu bereit war.«

»Und?« hakte Nicolas nach. »War es schön für dich?«

Max lachte und legte ihm die Hand aufs Knie.

»Wenn es ein Roman oder ein Film wäre, müßte ich jetzt mit verklärten Augen ›Ja‹ sagen ...«

»Aber?«

»Es war die Realität.«

»Die dich enttäuscht hat?«

»Nein, enttäuscht wäre zu hart«, sagte sie. »Es war schön, ihn so nahe zu spüren, es war angenehm.« Sie lachte: »Stell dir vor, ich war darauf eingestellt, daß es schrecklich weh tun und ein Blutbad werden würde. Meine Freundinnen hatten die wildesten Geschichten erzählt. Doch nichts davon – es tat nicht sehr weh, es gab höchstens zwei oder drei Bluttröpfchen, aber ...« Sie stockte und seufzte leise.

»Es war auch nicht toll?«

Maximiliane zuckte mit den Schultern. »Na ja – ich fühlte mich hinterher groß und stark und mächtig erwachsen, aber im tiefsten Inneren habe ich gedacht: ›Wenn das alles ist, dann verstehe ich wirklich nicht, weswegen sich die ganze Welt so aufführt.‹«

Er mußte an einer Ampel anhalten und nutzte die Gelegenheit, zu ihr hinüberzusehen. »Kann es sein, daß dein junger Mann unerfahren und ungeschickt war?«

»Was ihm an Erfahrung fehlte, ersetzte er durch Zärtlichkeit. Außerdem haben wir uns geliebt. Ich habe damals gedacht, daß wir ein Leben lang zusammenbleiben würden, daß ich nie einen anderen Mann als ihn haben würde, daß er nie eine andere Frau lieben würde.«

Nicolas fuhr wieder an, geschickt lenkte er den schweren Wagen durch die Kurven in die Stadt hinunter.

»Vielleicht träumte dein junger Mann auch davon?«

»Ich glaub' schon. Er hat mir Liebesgedichte geschrieben. Zu meinem achtzehnten Geburtstag schenkte er mir einen Ring – den und die Gedichte habe ich heute noch.« Sie lachte über ihre Verlegenheit. »Ich glaube, ich bin manchmal sentimental.«

Er griff nach ihrer Hand und zog sie an die Lippen, ohne dabei den Blick von der Straße abzuwenden.

»Und ich glaube, ich mag deine Sentimentalität. Ich denke nämlich auch noch sehr oft an meine erste Liebe.«

»Wie war sie?« fragte Max neugierig.

Nicolas lächelte. »Sie war wie ein Vollblutfohlen – ungestüm, temperamentvoll, frech, sensibel, empfindsam, graziös, ein Versprechen für die Zukunft. Ich liebte es, ihr zuzusehen. Manchmal, wenn ich sie von der Schule abholte, stellte ich mich hinter einen Baum – nur um zu sehen, wie sie ungestüm, immer zwei Stufen auf einmal nehmend, die Treppe herunter rannte, im Hof stehenblieb und dann mit einer Hand in ihrem Haar wühlte. Wenn ich dann aus dem Schatten trat, strahlte sie mich an, nahm Anlauf und sprang in meine Arme. Manchmal hat sie mich fast umgeworfen.« Er lachte. »Außerdem konnte sie küssen und gleichzeitig reden. Jedenfalls empfand ich es so, wenn sich ihr ungebändigter Mitteilungsdrang über mich ergoß.« Er atmete tief ein und lächelte aus dem Augenwinkel zu Maximiliane hinüber. »Ich liebte sie, wie man nur mit neunzehn lieben kann – ohne jeden Zweifel, ohne jeden Vorbehalt. Sie war alle Frauen für mich – Shakespeares Beatrice so gut wie Fontanes Effi, Hölderlins Diotissima und Goethes Friederike. Für sie schlug mein Herz geschwind …« Er brach ab, nach einem Moment fügte er leise und fast ein wenig traurig hinzu: »Ich werde nie wieder ein Frau so lieben wie sie …« Er mußte wieder an einer Ampel anhalten, und diesmal beugte sich Max zu ihm hinüber und küßte seine Wange.

»Herr Professor, ich befürchte, Sie sind noch sentimentaler als ich!«

Er nahm ihren leichten Ton auf.

»Also passen wir zusammen?«

»So weit würde ich nicht gehen!«

Nicolas schaute aus dem Augenwinkel zu ihr hinüber, sagte aber nichts, sondern bog in eine kleine Seitenstraße ab. Vor ihnen blinkte das Zufahrtsschild einer Tiefgarage, er fuhr den Wagen hinein und manövrierte ihn in eine Parklücke, dann wandte er sich Max zu.

»Buchst du es auch unter Sentimentalität ab, wenn ich jetzt sage, daß ich dabei bin, mich in dich zu verlieben?«

Max legte die Hand an seine Wange.

»Das, mein Lieber, ist nicht Sentimentalität, sondern eine vorschnelle und außerdem ziemlich übertriebene Maßnahme! Schließlich wollen wir ja nur miteinander schlafen.« Sie küßte seine Wange. »Oder habe ich deine Einladung vorher falsch verstanden?«

Wieder antwortete er nicht, sondern küßte zurück und stieg aus.

Er brach das Schweigen erst, als sie in seiner Suite hoch über der Stadt angekommen waren.

»Soll ich uns eine Flasche Wein bestellen? Vielleicht …« – er schien sich um das Lächeln bemühen zu müssen – »… Trollinger?«

Max war an eines der raumhohen Fenster getreten und hatte sich den Schloßgarten von oben angesehen. Langsam drehte sie sich um.

»Wäre Champagner der Situation nicht angemessener?«

Nicolas atmete tief durch.

»Gut, wenn du möchtest.« Er griff nach dem Telefon. »Zimmerservice? Hier ist Berninck, Zimmer 1216 – bitte bringen Sie mir eine Flasche Pommery!« Er legte auf und wandte sich ihr zu. »Was sieht das Programm für den weiteren Ablauf des Abends vor?«

Max nahm seinen scherzenden Ton auf.

»Du wartest brav und keusch, bis der Champagner kommt, ich gehe unterdessen unter die Dusche. Und wenn der Zimmerservice verschwunden ist, wirst du zu mir kommen und mir den Rücken schrubben.«

»Das klingt verlockend. Was habe ich danach zu tun?« Nicolas hielt die Luft an, denn nun schlüpfte Max aus dem Kleid, hängte es sich über den Arm und deutete auf die linke Tür.

»Da hinein?«

»Nein – rechts! Aber ...«, seine Stimme klang wieder heiser, »... warte.«

Max blieb vor ihm stehen, er schaute an ihr hinunter, sein Blick streichelte die vollen Brüste mit den zartrosa Brustwarzen, die sich langsam aufrichteten. Er mußte sich fast zwingen, die Augen weiter nach unten gleiten zu lassen – über das kleine Bäuchlein und das kupferrot schimmernde Dreieck zwischen ihren langen, schlanken Beinen. »Du bist wunderschön, Max!«

Sie legte die Hand unter ihre linke Brust und hob sie ihm entgegen, er beugte sich darüber und küßte sie.

»Ich hoffe, der Zimmerservice mit dem dummen Champagner läßt nicht zu lange auf sich warten!« Sie streichelte seinen Nacken, was er als Aufforderung nahm, sich intensiver mit ihrem Busen zu beschäftigen.

Er leckte genüßlich über die Spitze, dann knabberte er ganz vorsichtig daran. Max hielt seinen Kopf, er merkte, daß sie schwer atmete, und schob die Hand zwischen ihre Beine. Sie war feucht und heiß, sie drängte sich seinem streichelnden Finger entgegen.

»Du kannst das gut, Nick!« Sie mußte ganz tief einatmen. »Uh ... ich mag das!«

»Hm ...«, brummte er statt einer Antwort.

»Nick – ich möchte lange und ausführlich von dir geliebt werden!« Max lächelte in seine grünen Augen hinein.

»Das kannst du haben!« Seine Finger fanden zielsicher den richtigen Punkt und streichelten darüber. Max japste, er lächelte zufrieden, seine Stimme klang tiefer und rauh: »Ich werde dich lieben – mit allem Komfort und allen Finessen! Ich werde nicht aufhören, bevor du mindestens zweimal gekommen bist. Du wirst um Gnade flehen, bevor ich mit dir fertig bin ...« Seine Lippen suchten ihren halbgeöffneten Mund. »Du schmeckst besser als Champagner!« flüsterte er. Er wollte sie intensiver küssen, doch das Klingeln des Telefons kam dazwischen. Mit einem unwilligen Brummeln nahm er ab und meldete sich.

Max löste sich aus seinem Arm und schlich auf nackten Füßen ins Bad. Sie konnte sich ein Grinsen nicht verkneifen, als sie ihn hörte: »O Ilse – entschuldige, daß ich so durch die Hintertür abgehauen bin! Ich hatte plötzlich schreckliche Kopfschmerzen und wollte dich nicht damit behelligen.« Sein Pech war es, daß genau in diesem Moment der Keller klopfte und lauthals verkündete:

»Zimmerservice – ich bringe den bestellten Champagner!« Er schob den Servierwagen mit einem Eiskühler in den Raum. »Soll ich die Flasche für Sie öffnen, Herr Professor?« bot er freundlich an.

»Nein, danke, das mache ich selbst!« antwortete Nick.

Max setzte sich auf den Wannenrand und hörte amüsiert zu, wie er wieder nach dem Telefonhörer griff. Anscheinend hatte Ilse noch nie von einer Champagnerkur gegen Kopfschmerzen gehört. Und offensichtlich wußte sie auch über den Umgang mit Nicolas Berninck noch nicht allzugut Bescheid. Er hatte so gar keine Lust, Rechenschaft über seine ungewöhnliche Migränetherapie abzulegen! Sein dunkler Bariton klang genervt:

»Nein, dein Fest war nicht langweilig. Ich hatte dir aber schon vorher gesagt, daß ich nicht unbedingt ein Partylöwe bin. Zudem habe ich morgen eine Besprechung mit meinem Verleger und einen Vortrag zu halten!« Offensichtlich genügte diese Erklärung noch nicht. Max sah durch die offene Badezimmertür nur seine Hand auf der Sessellehne, aber sie erkannte die ungeduldig trommelnden Finger als Symptom zunehmenden Ärgers.

»Ilse, du hattest mich gebeten, deine Party zu besuchen. Ich ahnte allerdings nicht, daß du aus meinem Kommen Weitergehendes abzuleiten gedachtest. Ich bin mir jedenfalls keiner Verpflichtung bewußt – und ich wäre dir sehr dankbar, wenn du mir nun erlauben würdest, meine Kopfschmerzen ins Bett zu bringen. Schönen Abend noch!« Er legte auf und trat zu Max ins Bad. »Na, Kopfschmerz – willst du in mein Bett?« grinste er.

»Bedaure – ich bin eine sehr verschwitzte Migräne und muß erst mal geduscht werden!«

Er zog das Jackett aus und knöpfte das Hemd auf. »Und dabei willst du den Rücken eingeseift bekommen – ich eile, der Dame Wünsche zu erfüllen!«

»Ich fühle mich geschmeichelt – vor allem, wenn ich daran denke, daß du heute abend nicht generell so großzügig bist.«

»Hmm?« Er hatte das Hemd offen und warf es auf den Sessel im Wohnraum.

»Na ja – Frau Ilsebills Wünsche wolltest du offensichtlich nicht erfüllen!« kicherte Max.

»Ich hatte Angst, daß sie mich mit Haut und Haaren fressen würde!« lächelte er. Er war an der Hose angekommen, und Max schaute interessiert zu, wie er Bund und Reißverschluß öffnete und sie über die kräftigen Beine nach unten rutschen ließ. Seidene Boxershorts folgten, dann streifte er die schwarzen Socken ab und stand nackt vor ihr.

Sie strich mit der Kuppe des Zeigefingers über sein Brustbein nach unten zum Bauch. Ihr gefiel, was sie sah und berührte: trainierte Muskeln unter dunkel-seidiger Haut, eine straffe Bauchdecke und einen Penis, der unter ihrem Streicheln dick und schwer wurde und sich langsam aus einem Busch dichter, graumelierter Haare erhob. Max nahm ihn zwischen Daumen und Zeigefinger und lächelte darauf hinunter.

»Er ist hübsch.«

»Hmm ...« Nicolas schnurrte und schloß die Augen und lächelte sie dann an: »Wollten wir nicht duschen?« Er trat in die Wanne, drehte das Wasser auf und reichte ihr die Hand. »Komm, Rotschopf – du wolltest den Rükken gewaschen bekommen!« Er verteilte duftenden Schaum auf seinen Händen, wartete, bis Max naß war, stoppte dann den Wasserstrahl und begann, ihren Hals einzuseifen. Über ihre Schulterblätter arbeitete er sich langsam am Rückgrat hinunter, wobei er Wirbel für Wirbel massierte, bis er am Steißbein angekommen war. Max seufzte zufrieden, als er es sanft massierte und dann Seife auf ihren Pobacken verteilte.

»Du hast einen sehr hübschen Hintern!« flüsterte er in ihr Ohr und zog sie an sich. Sein Steifer drückte gegen ihren Po, er schob die Hände unter ihren Armen hindurch auf ihre Brüste und knetete sie. »Das fühlt sich großartig an – du bist genau an den richtigen Stellen optimal gepolstert!«

»Was du zu bieten hast, ist auch nicht ganz schlecht. Ich werd's genießen, wenn du mir damit nähertrittst!«

Nicolas ließ sie los, schob ihre Haare zur Seite und küßte ihren Nacken. »Du wolltest erst eingeseift werden. Also, dreh dich um!«

Sie erfüllte seinen Wunsch, worauf er konzentriert und zügig ihre Brust, ihren Bauch und ihre Beine, die sie ihm bereitwillig entgegenstreckte, einschäumte. Als er an den Oberschenkeln angekommen war, lächelte er in ihre strahlenden Augen.

»Ich hätte nicht zu hoffen gewagt, daß der Abend so enden würde!« Er griff nach dem Duschgel und schäumte noch eine ordentliche Portion zwischen den Händen auf, dann strich er den Schaum auf ihr Fellchen. Sie spreizte die Beine und drückte das Becken nach vorne, dann nahm sie ihm die Tube ab und erwiderte seinen Dienst. Über Brust und Bauch abwärts faßte sie mit beiden Händen nach ihm – die eine tupfte sanft gegen die Hoden, die andere rieb den steifen Schaft.

Nicolas hielt die Luft an. »Willst du mich verrückt machen?« fragte er. Er fühlte sich, als ob er gleich explodieren müßte. Obwohl er alles andere als unerfahren war, erregten ihn Max' Zärtlichkeiten in einem Maß, das ihn selbst erstaunte. Allein der Gedanke, sie noch einmal zu lieben, noch einmal in sie einzudringen, diese heiße, feuchte Enge um seinen Steifen zu fühlen, ihr Stöhnen und Schreien zu hören und zu spüren, wie der Höhepunkt ihren Körper erbeben ließ, brachte seine Hoden zum Prickeln und den Penis zum Zucken. O ja – er wollte sie!

Warum noch darauf warten? Er griff nach dem Duschkopf, drehte das Wasser auf und wusch den Schaum von ihrem und seinem Körper. Dann stellte er das Wasser ab und griff nach zwei großen Badelaken. Zärtlich hüllte er Max ein und rubbelte sie trocken, dann frottierte er sich ab, warf das Handtuch über die Wanne und hob sie auf die Arme. Schweigend trug er sie ins Schlafzimmer und bettete sie sanft auf die breite Matratze. Seine Erektion hatte sich währenddessen um keinen Millimeter verkleinert, er hatte im Gegenteil das Gefühl, daß sie noch größer und härter, fast schmerzhaft, geworden war. Dennoch wollte er sich und ihr Zeit lassen – es sollte eine ganz besondere Nacht für sie werden.

Max streckte ihm die Arme entgegen.

»Komm zu mir, Nick – laß mich nicht warten!«

Er sank in ihre Arme und küßte sie, seine Zunge spielte mit der ihren, während seine Hände über ihre samtige Haut strichen. Sie maunzte enttäuscht, als er sich aus dem Kuß löste und den Mund langsam über ihr Kinn und den Hals nach unten gleiten ließ. Seine Zungenspitze tippte erst gegen die rechte und dann gegen die linke Brustwarze, doch er verweilte dort nicht, sondern leckte über das Brustbein und den Bauch. Er schnappte ein Kissen.

»Heb mal deinen süßen Arsch, Schönheit!« kommandierte er, schob das Kissen darunter und rutschte zwischen ihre gespreizten Beine. Ganz sanft strich er die Locken, die ihre Scham bedeckten, zur Seite. »Du bist wundervoll, Max! Eine verborgene Blüte im Tau – ich liebe es, dich anzusehen! Und ich liebe es, dich zu streicheln und zu küssen!«

Sie fühlte seinen warmen Atem auf ihren empfindlichsten Stellen, seine Finger, die unendlich zärtlich über die Schamlippen streichelten und schließlich seine Zunge, die ihre Klitoris leckte. »Du bist nicht nur schön, du schmeckst auch gut! Du schmeckst nach mehr!« Schmetterlingzarte Küsse, seine Zunge neckte sie, tippte spielerisch gegen ihren Kitzler und schickte kleine Schauer durch ihren ganzen Körper.

Max schob die Fäuste unter ihr Becken und stemmte sich ihm entgegen. Sie wollte mehr! Es war nicht genug, es konnte nicht genug sein, solange er sie nicht ausfüllte, solange er das brennende Verlangen ignorierte, das auf ihn wartete.

Ja – jetzt hatte er es verstanden, jetzt war da wenigstens ein Finger, der in ihr spielte, der den richtigen Punkt fand, jetzt saugte er intensiver und nahm den Rhythmus auf, in dem ihr Körper ihm entgegenkam.

»O Gott – Nick, hör nicht auf! Bitte hör nicht auf! Es ist so gut – Nicolas, o Nick!« Sie spannte alle Muskeln an, einen Augenblick verharrte sie stumm und wie in der Bewegung erstarrt, dann stöhnte sie noch einmal und kam mit einem Schrei.

Er stemmte sich nach oben und schloß sie in die Arme. Ihr ganzer Körper zitterte noch in den Nachwehen des Höhepunkts, ihre Haut war mit einem feinen Schweißfilm überzogen, und sie atmete schwer. Er ließ ihr Ruhe und hielt sie fest, bis sie schlapp und satt ins Kissen sank, die Augen öffnete und ihn anlächelte.

»Ich glaube, deine Migräne zu sein, ist anstrengend!«

»Hast du so wenig Kondition?«

»Du wirst dich wundern!« Sie richtete sich auf dem Ellbogen auf und drückte mit der flachen Hand gegen seine Brust. Brav ließ er sich auf den Rücken sinken und hob die Arme über den Kopf.

»Was hast du vor?« fragte er lächelnd.

Sie beugte sich über ihn und küßte seine Stirn. »Ich glaube, du wirst gleich um Erbarmen flehen!« verkündete sie und schwang sich über ihn. Er wollte sich etwas aufrichten und nach ihr greifen, doch sie war schneller, sie hatte seinen steifen Penis schon an der richtigen Stelle positioniert. Dann spreizte sie die Beine etwas weiter und drückte sich auf ihn herunter. Er schloß die Augen und genoß – es fühlte sich an, als ob tausend kleine Fingerchen ihn zärtlich drücken und massieren würden. Nein, es war noch besser – es war das Beste überhaupt, ein Gefühl, mit nichts anderem vergleichbar! Er ballte die Fäuste und biß die Zähne zusammen, denn nun knabberten die Fingerchen wieder nach oben – es war fast zu intensiv! Ganz langsam, wie in Zeitlupe, ließ sie ihn Millimeter für Millimeter wieder aus sich herausgleiten, bis nur noch die Spitze in ihr war, dann sank sie mit einer raschen Bewegung auf ihn zurück. Nun das Ganze noch einmal – war er es, der da stöhnte und ächzte? Er faßte nach ihren Brüsten – er wollte dieses feste Fleisch fühlen und kneten, er wollte sich daran festhalten, die seidige Glätte genießen, jedes Knubbelchen ihrer Nippel kosten!

Offensichtlich erregte sie die Berührung, denn sie erhöhte das Tempo. Er öffnete die Augen und schaute sie an: Sie hatte den Kopf zurückgeworfen, die Haare fluteten über ihre Schultern, ihr Mund war ein wenig geöffnet, er konnte ihre Zähne blitzen sehen, die Lippen schimmerten feucht und lockten ihn. Mit einem Ruck richtete er sich auf und umarmte sie, ihre Münder fanden sich in einem leidenschaftlichen Kuß. Er ließ sich zurücksinken und zog sie mit sich: Jetzt konnte er ihren Stößen entgegenkommen und sie erwidern. Doch er wollte noch mehr, noch tiefer, noch intensiver!

Er hielt ihre Hinterbacken fest und spannte die Muskeln an. Mit einem Schwung flippte er über sie und rollte sie auf den Rücken.

»O ja, Nick – ja!« rief sie. »Stoß mich!« Er ließ sich nicht zweimal bitten. Das war es ja, was sein Körper forderte, was sein Fleisch, hart und glühend wie Eisen im Feuer des Schmieds, verlangte! Er richtete sich etwas auf und nahm ihre Beine, legte sie sich über die Ellbogen und stieß in stetigem, schnellem Rhythmus in sie. Seine Hoden klatschten bei jedem Stoß gegen ihren Damm – er meinte, sie seien nun so hart und gespannt wie sein Penis, und er wunderte sich, daß sie nicht platzten.

»Nick – ich komme ...«, flüsterte sie – und er fühlte es! Er fühlte nichts anderes mehr als die Wärme, die vom Zentrum ihres Körpers ausging, als die heißen Wellen, die über ihn hinwegrollten und ihn umhüllten. Alles Denken und Wollen löste sich auf, da war nur noch Gefühl, nur noch süße Qual und schließlich ein Augenblick, der sich in die Ewigkeit auszudehnen schien und ihm schließlich vollkommene Zufriedenheit schenkte.

Kapitel 3

Matthias wundert sich

Was war das denn? Eine Autotür fiel ins Schloß, das Motorengeräusch entfernte sich in der stillen Straße, Matthias hörte das Klappern von Absätzen auf den Treppen vor dem Haus, dann das Geräusch der Haustür. Er drehte sich gähnend um und blickte auf das Leuchtzifferblatt seiner Uhr: halb fünf morgens! Draußen dämmerte es schon. Konnte es wirklich sein, daß Maximiliane erst jetzt von der Party zurückkam? Sie, die sonst bei solchen Feiern nach spätestens zwei Stunden schon genug hatte?

Er hatte sich schon gewundert, als er nach Hause gekommen war – es war kurz nach Mitternacht gewesen, und er hätte eigentlich darauf gewettet, daß sie mit einem Buch im Wohnzimmer oder an ihrem Schreibtisch sitzen würde. Er hatte sogar, weil er gar nicht glauben konnte, daß sie noch nicht da war, vorsichtig in ihr Schlafzimmer gesehen.

Halb fünf – das konnte nicht sein! Matthias knipste seine Nachttischlampe an und schaute noch einmal auf die Uhr: doch, tatsächlich, halb fünf! Und der Wecker in seinem Regal bestätigte die Zeit. Die Neugierde trieb ihn vollends hoch. Diese Party mußte ja sensationell gewesen sein!

Matthias schlurfte barfuß auf den Flur hinaus. Seine Shorts rutschten, er mußte sie mit einer Hand festhalten. Maximiliane kam gerade die Treppe hoch, sie hatte die Pumps ausgezogen und hielt sie in der Hand, dabei pfiff sie leise. Matthias registrierte mit einem Blick die aufgelösten und verwuschelten Haare, das zerknautschte Kleid und ihr blankes Gesicht.

»'n Abend!« brummelte er. »Du bist ja reichlich spät dran!«

»Oh – hab' ich vergessen, um Erlaubnis für Ausgang bis zum Wecken zu bitten?« kicherte sie.

»Hast du was getrunken?« Er hob mißbilligend eine Augenbraue.

»Ja, mein Sohn – ich habe mich im Champagner gesuhlt! Und jetzt habe ich einen richtigen Schwips, den ich garantiert in einigen Stunden durch einen richtigen Kater büßen muß!« Sie pfiff eine Melodie, dabei drehte sie sich mit einigen Tanzschritten auf ihre Schlafzimmertür zu.

»Warum bist du eigentlich noch wach?« Sie wuschelte durch seinen Schopf. »Kleine Jungs sollten um diese Zeit im Bett liegen!«

»Aha!« machte Matthias skeptisch. »Und rothaarige Architektinnen?«

»Die gehen jetzt ins Bett, ins menschenleere!« Sie ließ Schuhe und Handtasche auf den Boden und sich auf die Matratze fallen. »Ach, Söhnchen – nachher werde ich wahrscheinlich Aspirin frühstücken müssen! Aber das war's wert ...«

»Muß ja eine tolle Party gewesen sein! Ich wußte gar nicht, daß du dich bei so was so amüsieren kannst.«

Sie lächelte in sein Mißtrauen hinein. »He, gönnst du's mir nicht?«

»Mom, ich gönn' dir jede Gaudi. Aber ich war in Sorge, weil du so lange weg warst. Das ist doch sonst gar nicht deine Art!«

»Manchmal muß man halt über die Stränge schlagen, Söhnchen!« Sie gähnte: »Du, bist du mir bös', wenn ich dich jetzt rausschmeiße? Ich bin hundemüde – ich muß jetzt wirklich schlafen!«

Sie stand noch einmal auf, küßte ihn im Vorübergehen auf die Wange und verschwand im Bad. Matthias schaute ihr nach, schüttelte dann den Kopf und verzog sich wieder in sein Bett.

Kapitel 4

Maximiliane macht eine Feststellung

»Max?«

Maximiliane Simon schreckte hoch, nahm die Beine in Jeans und Turnschuhen vom Schreibtisch und lächelte Leah an, die in der Tür ihres Büros stand.

»Sorry – ich habe dich nicht gehört! Ich bin ...« – sie gähnte hinter vorgehaltener Hand – »... hundemüde! Anscheinend werde ich alt. Es schafft mich, den ganzen Morgen auf der Baustelle rumzuturnen!«

Leah schloß die Tür und kam zum Schreibtisch. Sie trug ein leichtes, weißes Sommerkleid mit aufgedruckten, bunten Blumen und sah darin so frisch und munter aus, wie Max sich erschlagen und verschwitzt fühlte. Leah angelte sich eine Zigarette aus der Packung, die offen vor der Freundin lag, und ließ sich in den Sessel gegenüber dem Schreibtisch sinken.

»Sag mal, meine Große – kann es sein, daß dich nicht nur die Morgenvisite auf der Baustelle geschafft hat?«

»Was meinst du denn damit?« Maximiliane guckte harmlos. Leah hatte die Zigarette angesteckt, sie rauchte einen tiefen Zug und legte dann den Kopf mit den dunklen Haaren etwas zur Seite.

»Ist es möglich, daß du von einer langen, anstrengenden Nacht mit einem gewissen Professor Nicolas Berninck erschöpft bist?«

»Wie kommst du denn darauf?« Max versuchte sich immer noch in Harmlosigkeit.

»Es gibt gewisse Indizien, die darauf hinweisen. Zuerst hat er dich fast mit den Augen gefressen. Dann ist unsere Freundin Ilse-Bilse-keiner-willse fast im Oktagon gesprungen, weil er plötzlich verschwunden war. Ungefähr zu dieser Zeit fiel mir auf, daß du dich auch verdrückt hattest. Und als ich heute morgen, pflichtbewußt und gähnend, diese noch leeren, aber dennoch heiligen Hallen betreten habe, klingelte bereits das Telefon – der Herr Professor wollte dich sprechen. Vor lauter Dringlichkeit versäumte er sogar, mich mit seinem sonst üblichen Charme zu beglücken.« Sie stand auf und ging ins Sekretariat hinaus.

Mit einem großen Blumenstrauß kam sie zurück. Sie stellte die roten Rosen und weißen Gerbera vor Max auf den Tisch und angelte mit spitzen Fingern nach der Karte. »Madame – vermute ich richtig, daß du das Frischgemüse samt der schriftlich ausgedrückten Wertschätzung Herrn Professor Berninck zu verdanken hast?«

Max packte die Karte aus – es stand nur ein Satz darauf: ›Wann sehe ich Dich wieder? N.‹ Sie schob die Karte über den Schreibtisch zu Leah.

»Ups – sieht ja ernst aus!«

»Hmm …«, brummte Max. »Er meinte heute nacht, erwähnen zu müssen, daß er dabei sei, sich in mich zu verlieben.«

»Nette Idee. Und du?«

»Ich kann mich zurückhalten!« wehrte Max ab. »Lieber würde ich barfuß mit Reinhold Messner durch den Himalaya kraxeln und mit dem Yeti schäkern!«

»Du stehst neuerdings auf behaart? Dann verstehe ich, warum der gute Professor keine allzugroßen Chancen bei dir hat!« blödelte Leah, um sofort wieder ernst zu werden. »Jung-Alexander äußerte heute nacht den Verdacht, daß du generell was gegen Männer hättest, und war darob so frustriert, daß er Ilse-Bilse, der ebenfalls Enttäuschten, die Eröffnung einer Selbsthilfegruppe offerierte!«

»Die beiden gönne ich einander!« sagte Max trocken, zündete sich eine Zigarette an und lehnte sich wieder in ihren bequemen Sessel zurück. »Allerdings erstaunt es mich – ich dachte bisher, Jung-Alexander habe einen Intelligenzpunkt mehr als ein Huhn ...«

»Du meinst den, der es ihm ermöglicht hat, stubenrein zu werden?« grinste Leah.

»Denselben! Aber an dem zweifle ich jetzt auch ...«

»Entnehme ich dem, daß du der holden Männlichkeit nicht abgeschworen hast, sondern mein Anfangsverdacht richtig war?«

»Hmm ...«

»Du bist also in des Professors Armen und in seinem Bett gelandet?« staunte Leah. Max nickte, Leah grinste. »Warum auch nicht? Selbst ich erkenne, daß er ein ausgesprochen attraktives Exemplar der sonst eher nervigen Gattung Mann ist. Und du mußt ja über seine Qualitäten Bescheid wissen.«

»Wenn der gute Nicolas als Ehemann nur halb so gut wäre wie als Lover, wären wir nicht geschieden.« Sie zog kräftig an ihrer Zigarette. »Was letzteres angeht, habe ich ihn vermißt. Manchmal in den letzten Jahren habe ich gedacht, daß er anscheinend der einzige Mann ist, der wirklich zu mir paßt! Und als ich ihn gestern abend wiedergesehen habe ...« Sie schwieg einen Augenblick, dann lachte sie auf: »So was kann nur mir passieren! Jahrelang bin ich ihm aus dem Weg gegangen. Wenn er Thissy abgeholt oder gebracht hat, habe ich mich verdrückt. Ich habe mich darauf beschränkt, das Notwendigste mit ihm am Telefon zu besprechen – sachlich, cool, kurz. Und dann läuft er mir nach fast zehn Jahren auf einer blödsinnigen Party vor die Füße – und ich weiß nichts Gescheiteres, als mich mit ihm in die Büsche zu schlagen! Aber schön war's ...«

»Du hast es genossen?«

»Und ob!« Max lächelte in sich hinein.

»Warum auch nicht?« Leah erhob sich und trat neben

Max. »Es gibt Durchgeknallteres, als mit dem eigenen Mann ins Bett zu gehen!«

»Er ist nicht mehr mein Mann! Wir sind seit neun Jahren geschieden!« erinnerte Max.

»Na und? Du hast nicht wieder geheiratet, er ist ebenfalls jedem Versuch, ihm ein Fangeisen zu verpassen, ausgewichen. Ihr seid frei und niemandem verpflichtet – warum sollt ihr also nicht miteinander schlafen, wenn euch danach ist?«

»Tja ...« Max drückte ihre Zigarette aus. »Das einzige Problem für mich ist Thissy. Wie soll ich ihm beibringen, daß ich mit seinem Erzeuger auf der Matte war? Er liebt ihn, er vermißt ihn und wahrscheinlich träumt er immer noch davon, daß Nick und ich uns versöhnen und wieder in Familie machen. Er hat damals alles mögliche angestellt, um uns wieder zusammenzubringen!«

Leah legte die Hand auf Max' Schulter. »Süße, es ist fast zehn Jahre her. Ich glaube, Matthias hat sich mittlerweile damit abgefunden.«

»Genau deswegen will ich es nicht wieder aufwärmen!«

»Das mußt du ja auch nicht!« Leah strich mit einem Finger über Max' Wange und zog sich wieder auf den Stuhl zurück. »Du mußt doch deinem Sohn keine Auskünfte über dein Liebesleben geben!«

»Du hast recht«, erwiderte Max. »Ich muß es ihm nicht sagen. Ich muß nur dafür sorgen, daß es Nick auch nicht erwähnt.«

»Dein Exmann sieht nicht aus, als wenn er üblicherweise bei seinem Sohn mit nächtlichen Großtaten angeben würde!«

Max nickte. »Bestimmt nicht. Nick hat seine Fehler – aber er hat Stil. Nicht mal ich weiß von jeder Lady, bei der er damals außereheliches Betthupferl war.«

»Vielleicht solltest du mal nach einer Liste fragen?« schlug Leah vor. »Ich habe nämlich manchmal den Eindruck, daß du ihm mehr unterstellst, als war – und vielleicht wäre weniger Galle in deinem Wein …«

Max unterbrach: »Leah, meine Ehe mit Nicolas ist Geschichte. Ich beabsichtige nicht, ein Jahrzehnt danach die große Vergangenheitsbewältigungsoper aufzuführen. Ich bin mit meinem Leben, so wie es ist, sehr zufrieden. Für Nick ist darin kein Platz mehr.«

Kapitel 5

Nicolas gräbt in der Vergangenheit

Nicolas Berninck ließ den Wagen auf dem Parkplatz vor der großen Doppelgarage ausrollen, schaltete den Motor ab und schwang die langen Beine aus der Tür. Er öffnete den Kofferraum, buckelte sich den Kleidersack auf die Schulter und nahm die schwarze Ledermappe unter den Arm. An einem Beet mit blühenden Rosen vorbei ging er auf den Eingang der schönbrunngelbgestrichenen Jugendstilvilla zu. Er wollte eben den Schlüssel in die Tür der geschnitzten Doppeltür stekken, als sie von innen geöffnet wurde. Eine knochige Frau, die grauen Haare im Nacken zu einem Knoten geschlungen, in freudloses Dunkelblau gekleidet, betrachtete ihn vorwurfsvoll.

»Mit Ihnen habe ich noch nicht gerechnet, Herr Professor!« begrüßte sie ihn. »Warum haben Sie nicht angerufen? Dann hätte ich Ihnen ein Abendessen vorbereiten können!«

»Erst mal guten Abend, Frau Wolters!« Er schob sich an ihr vorbei durch den Vorraum in die große Halle, in der eine breite Treppe nach oben führte. An ihrem Fuß stellte er den Kleidersack ab. »Machen Sie sich keine Sorgen um mein Abendessen. Ich habe keinen großen Hunger, ich nehme einen Apfel und mache einen Spaziergang.« Er ging zu einer verglasten Doppeltür hinüber. »Lassen Sie sich von mir nicht bei Ihrer Abendgestaltung stören.«

»Ich gehe zur Volkshochschule – ein Kurs über die Kraft der Edelsteine!« kündigte Amalie Wolters an, als ob sie nicht ganz sicher war, daß sich ihr Arbeitgeber nicht doch als Störfaktor herausstellen würde. Nicolas schob die Tür auf und trat ins Zimmer.

»Es ist gut, Frau Wolters! Ich wünsche Ihnen einen schönen Abend!«

Er betrat einen hellen, freundlichen Raum, dessen Rück- und eine Seitenwand von deckenhohen, bis zum Anschlag gefüllten Bücherregalen eingenommen wurde. An der Wand neben der Tür stemmten zwei spärlich bekleidete Marmordamen einen Kaminsims, auf dem einige Bilderrahmen, Pfeifen, Tabakdosen und Pfeifenbestecke vom nicht sehr ausgeprägten Ordnungssinn ihres Besitzers kündeten. Mitten im Zimmer wuchsen aus dem glänzend polierten Parkett zwei Mäuerchen aus rotem Backstein, darauf ruhte eine Glasplatte, die mit Papieren, Büchern und Notizzetteln überzogen war. Aus dem Wust ragte der flache Bildschirm eines Laptops hervor, und Kabel führten von ihm zum Regal, in dem ein Laserdrucker neben einem Fax stand, aus welchem sich wiederum Papier meterlang über den Boden schlängelte. Das Telefon fiepte, und nach dem zweiten Piepsen schaltete sich der Anrufbeantworter ein:

»Bedaure – Nicolas Berninck ist im Augenblick nicht da. Bitte hinterlassen Sie Ihre Nachricht nach dem Signalton …« hörte Nicolas seine eigene Stimme. Er packte Papiere aus seiner Mappe auf den Tisch, ein Ohr auf das Telefon konzentriert.

»Nicolas – hier ist deine Mutter!« nörgelte es aus dem Lautsprecher. »Ich habe schon den ganzen Tag und auch gestern versucht, dich zu erreichen, aber …«

Nick angelte nach dem Hörer des drahtlosen Telefons neben dem Anrufbeantworter.

»Guten Abend, Mama!« sagte er geduldig. »Ich bin gerade erst heimgekommen.«

»Wo warst du denn?«

Nick ging mit dem Hörer am Ohr zur großen Fensterwand, öffnete eine Glastür und trat auf die Terrasse über dem etwas verwilderten Garten hinaus. An dessen unterem Ende strich eine leichte Sommerbrise durchs mannshohe Schilf, dahinter blitzte das Wasser des Bodensees. »Ich war in Stuttgart beim Verlag«, gab er bereitwillig Auskunft.

»Schreibst du ein neues Buch?«

»Vielleicht.« Er ging langsam über den zu hohen Rasen ans Ufer hinunter. »Frau von Hardenwegs Sohn hat auch ein neues Buch geschrieben!« drang es an sein Ohr. »Er hat es ›in Liebe und Dankbarkeit‹ seiner Mutter gewidmet!«

Nicolas verzog das Gesicht. »Ich glaube nicht, daß du sehr begeistert wärst, wenn ich dir eines meiner Bücher widmen würde.«

»Ja – weil du immer soviel über das Körperliche schreiben mußt! Frau von Hardenweg hat gesagt, daß dein Buch über diese Schriftstellerinnen und ihre perverse Neigung zu Frauen sehr indezent war! Ihr Sohn würde so etwas nicht schreiben!«

»Kann das daran liegen, daß es keine lesbischen Computer gibt?« fragte Nick mit gelindem Amüsement.

»Ich finde es unpassend! Denkst du eigentlich nie daran, daß du einen halbwüchsigen Sohn hast? Für den muß das doch peinlich sein! Und dein Schwiegervater, der Herr Prälat – was hätte der dazu gesagt?«

Nicolas atmete tief durch: »Mama, hast du mich angerufen, um dich mit mir über meinen Mangel an sittlicher Reife und meine fehlende Moral zu unterhalten? Oder ist da noch etwas?«

»Ja, da ist noch etwas!« Gertrude Berninck klang nun vollends beleidigt. »Dein Sohn hat sich bis heute nicht für sein Geburtstagsgeschenk bedankt! Vor einer Woche habe ich es ihm geschickt, und er hat es seitdem nicht für nötig befunden, mir zu schreiben oder mich wenigstens anzurufen!«

Nicolas lehnte sich an einen Baum. »Mama – Matthias steckt momentan mitten in den Abiturprüfungen! Du solltest dich erinnern, daß das mit einigem Streß verbunden ist!«

»Deswegen kannst du ihm derartige Unhöflichkeiten dennoch nicht durchgehen lassen! Wenn schon seine Mutter ...«

Nicolas unterbrach energisch, »Mama – das Thema hatten wir schon hundertmal! Anscheinend zwingst du mich gerne zu Wiederholungen. Wenn du von Matthias einmal weniger Dankbarkeit einfordern würdest, hättest du wahrscheinlich eine sehr viel höhere Chance, Zuneigung von ihm zu bekommen. Wenn du dann auch noch die ständige Kritik an seiner Mutter unterlassen würdest, würde er dich wahrscheinlich lieber anrufen.« Er bemerkte, daß sie noch etwas sagen wollte, sprach aber unbeirrt weiter. »Und was Maximilianes Erziehung angeht: Ich habe dir schon x-mal gesagt, daß ich hundertprozentig hinter ihr stehe!«

»Warum hast du dich eigentlich von dieser Frau scheiden lassen, wenn du doch so hinter ihr stehst?« giftete seine Mutter. »Ich finde, sie hat nie zu dir gepaßt! Sie ist eine egoistische, undankbare Person! Seit der Scheidung hat sie nie wieder etwas von sich hören lassen ...«

Nicolas seufzte, dann unterbrach er wieder. »Wie ich eben schon erwähnte: Ich bin eben erst nach Hause gekommen. Es war ein langer, harter Tag, ich bin müde und habe noch eine Menge zu tun. Ich möchte nicht mit dir streiten.«

»Aber man muß doch miteinander reden!«

»Muß man?« Nicolas bemühte sich um ein Lächeln. »Mama – können wir das nicht verschieben? Ich komme nächste Woche mal bei dir vorbei. Aber jetzt muß ich wirklich wieder an meinen Schreibtisch! Darf ich dir einen schönen Abend wünschen?«

Entgegen der Ankündigung, noch arbeiten zu wollen, war Nicolas ins Haus zurückgegangen, hatte sich umgezogen und schlenderte nun in einer bequemen Jeans, einem verwaschenen T-Shirt und einer Baseballkappe auf dem Kopf durch den Garten zum Seeufer. Der Wind hatte aufgefrischt und jagte Wolken über den bleigrauen Himmel, er peitschte Schilf und Rohr am Ufersaum und ließ das Wasser hart gegen die Pflöcke des Stegs schlagen. Nick ging langsam auf den schlüpfrigen Planken durch das Schilf hinaus zum See. In der Ferne hörte er eine Sirene heulen, er schützte mit der flachen Hand die Augen vor dem immer noch hellen Licht und spähte am Ufer entlang. Tatsächlich, vorne an der Promenade in Lietzelstetten stiegen gerade die zwei roten Bälle am Mast empor. Er sah in den Himmel – die Wolken wurden dichter und dunkler, eine Möwe flatterte krächzend gegen den aufkommenden Sturm an.

Nicolas, am Ende des Stegs angekommen, bückte sich und prüfte die Vertäuung der schnittigen Jolle, die auf den Wellen schaukelte. Über ihre Bordwand hingen zwei dicke, rote Fender, so daß sie nicht gegen den Steg treiben konnte. Der Mast der Jolle ragte steil in die Höhe; an seiner Spitze drehte sich ratternd der Verklicker, das Metall ächzte unter dem Druck des Windes. Die grüne Plane, die über die aufgerollten Segel und den Innenraum des Bootes gezogen war, hatte sich am Heck etwas gelöst und knatterte in den Böen. Nicolas legte sich flach auf den Steg, ungeachtet des Wassers, das durch die Spalten gegen seinen Bauch klatschte. Er zog das Boot zu sich und knotete die Persenning wieder fest. Sein Blick blieb an dem schwungvollen Schriftzug am Heck hängen: *Mamani.* Er war oft gefragt worden, wofür der Name seines Schiffes stehe. In den letzten Jahren log er meist leichthin: »Mamani ist die Südseeschönheit mit Baströckchen und wippenden Brüsten, von der ich mir gerne unter Palmen die rheumatischen Knochen warmen lassen würde.«

Tatsächlich war *Mamani* aber eine Abkürzung für Maximiliane–Matthias–Nicolas, und der Name war einmal als Symbol ihrer Einheit von ihm ausgewählt worden – damals, vor zwölf Jahren, als Max ihm die Jolle geschenkt hatte.

»Du bist total verrückt!« hatte er gesagt. »Dein erster großer Auftrag, das erstemal, daß du richtig Geld verdienst …«

»… und dann gebe ich es für dich aus!« Sie hatte ihn geküßt. »Ich weiß, daß du immer davon geträumt hast, ein eigenes Boot zu haben – und du wolltest mir das Segeln beibringen!«

Es war nicht mehr dazu gekommen. Einen Törn hatten sie auf der *Mamani* gemacht, dann war es Winter geworden. Er hatte die Jolle aus dem Wasser gezogen und in der Garage eines Freundes eingestellt. Dort hatte sie fast drei Jahre auf ihn gewartet – die Zeit, in der er alleine in einem kleinen Apartment in Konstanz gelebt hatte, frisch geschieden, trotzig und verletzt. Er hatte nicht einmal mehr an die *Mamani* denken wollen, sie war ihm ein Symbol für sein Scheitern. Doch dann kam der erste Sommer im Haus am See – mit Matthias zwischen Farbkübeln und dröhnenden Maschinen, Tage, an denen sie gemeinsam den Keller ausräumten und Möbel rückten, und Abende, an denen sie im See badeten oder auf dem Steg faul in der Abendsonne dösten. Irgendwann, an einem dieser Abende, hatte Matthias einem Boot nachgeschaut, das unter einem bunten Spinnaker über das spiegelglatte, blitzende Wasser glitt.

»Papa, was ist eigentlich aus der *Mamani* geworden? Hast du sie verkauft?«

»Nein. Sie liegt immer noch in Georgs Garage!«

»Könnten wir sie nicht rausholen und herbringen? Ich würde so gerne mal mit dir segeln!«

Als Matthias in den Herbstferien wiederkam, schaukelte die *Mamani* als Überraschung für ihn vor dem Steg im Wasser – und das hatte Nicolas eine der raren Umarmungen seines Jungen beschert.

Wie oft waren sie seitdem mit der Jolle draußen gewesen? Nick erinnerte sich an leuchtende Sommertage, an das helle Lachen seines Sohnes, an seinen knochigen Körper, von der Sonne braungebrannt, das Wasser in dicken Tropfen auf der Haut glitzernd, wenn er neben dem Boot auftauchte und sich von Nicolas wieder an Bord ziehen ließ. Es war noch keinen Monat her, daß sie das letztemal einen Törn über den See gemacht hatten, und Nicolas erinnerte sich nur zu gut daran, wie sie unter kleinen Segeln im Sonnenuntergang wieder am Steg angelegt hatten. Als eingespieltes Team brauchten sie keine Worte, um das Boot wieder einzupacken: Matthias barg die Segel und zurrte sie fest, Nicolas hob das Ruder aus dem Wasser, gemeinsam spannten sie die Plane, dann kletterten sie an Land. Matthias hatte morgens zwei Bierflaschen an einer Angelschnur neben dem Steg ins Wasser gelassen – nun zog er sie heraus, öffnete die Kronkorken geschickt an seiner Gürtelschließe und reichte seinem Vater eine Flasche, bevor er sich auf den Steg setzte und die nackten Füße ins Wasser baumeln ließ.

»Sag mal, Dad«, begann er nachdenklich, »wie sieht's eigentlich mit deinen Finanzen aus?«

Nick setzte sich neben ihn und nahm einen kräftigen Schluck Bier.

»Ich kann nicht klagen. Ich habe bekanntlich von meinem Vater nicht nur das Haus geerbt. Zudem verdiene ich nicht schlecht. Wieso fragst du?«

»Weil ich nach dem Zivildienst und ein oder zwei Semestern in Stuttgart gerne in den USA studieren würde – und das kostet 'ne Kleinigkeit.«

»Was sagt deine Mutter dazu?«

»Sie meint, sie schafft das schon, aber ich sollte auch mal mit dir reden.«

»Hmm …«, machte Nick.

»Ich glaube, sie hat dabei weniger an Geld gedacht als daran, daß du vielleicht gefrustet bist, wenn ich mich nicht mit Literatur beschäftige. Ich will aber Architekt werden.«

»Warum sollte mich das denn frustrieren? Ich habe mir nie eingebildet, daß sich die Welt um Literatur drehen müßte. Und ich habe mir nie eingebildet, daß du in meine Fußstapfen treten müßtest. Du sollst deinen Weg gehen – und daß ich dir helfen werde, soweit es in meiner Macht steht, habe ich dir schon versprochen, bevor du stubenrein warst!«

»Dad …« Matthias lehnte sich eine Winzigkeit an ihn an. »Hab' ich dir das eigentlich schon mal gesagt, daß du schwer in Ordnung bist?«

»Selten«, lächelte Nick und wuschelte durch den blonden Schopf. »Aber hin und wieder läßt du es mich spüren.«

»Hmmm … sag mal, Dad, was ich dich schon immer mal fragen wollte: Warst du eigentlich damals, als ich geboren wurde, nicht geschockt? Ich war doch 'ne ziemlich ungeplante Frühgeburt …«

Seine Frage hatte Erinnerungen in Nick hervorgerufen, Bilder erschienen vor seinem inneren Auge. Da war der laue Abend im September 1975. Er war gerade drei Wochen in Tübingen und er fühlte sich, als ob ihm jemand nicht nur die von Herbstsonne vergoldete alte Universitätsstadt, sondern auch noch den Rest der Welt und ein gutes Stück des Universums obendrein zu Füßen gelegt hätte. Er war frei, zum erstenmal in seinem Leben frei! Frei von den Zwängen, die er als Sohn der Lehrerin im kleinen Bodenseeort Horn immer empfunden hatte, frei auch vom Nörgeln und der Verbitterung seiner Mutter! Neunzehn Jahre lang hatte er das Gefühl gehabt, sein Dasein durch Wohlerzogenheit entschuldigen zu müssen; neunzehn Jahre lang hatte es, so empfand er es jedenfalls, jeden Tag etwas gegeben, was er, gerade er, nicht tun durfte. »Was sollen denn die Leute denken? Du kannst dir das nicht leisten!« und »Du bist wie dein Vater!« waren die Standardsätze gewesen, die seine ganze Kindheit und Jugend begleitet hatten – und schon, als er zwölf Jahre alt gewesen war, regte sich jedesmal, wenn er sie zu hören bekam, Widerstand in ihm. Mit sechzehn war er dann nach einer Auseinandersetzung mit seiner Mutter aus der engen, vollgestopften Wohnung gerannt und per Anhalter nach Zürich geflüchtet. Er war am Morgen dort angekommen und mit der Straßenbahn in die Innenstadt gefahren. Fast zwei Stunden drückte er sich auf der Straße vor dem prachtvollen Verwaltungsgebäude des Bankhauses Röckli & Söhne herum, dann nahm er all seinen Mut zusammen und betrat die in mattem Marmor und Gold schimmernde Halle. Ein Portier im Gehrock kam ihm entgegen und musterte den schmalen Jungen in Jeans und angeschmuddeltem Hemd mißtrauisch.

»Womit kann ich Ihnen dienen, junger Mann?« fragte er in kehligem Schwyzerdeutsch.

Nicolas errötete und schob die schweißfeuchten Hände trotzig in die Hosentaschen. »Ich bin Nicolas Berninck – und ich möchte gerne Herrn Tobias Röckli sprechen.«

»Haben Sie eine Verabredung mit Herrn Röckli?«

»Nein.« Nicolas atmete tief durch und sagte entschieden: »Aber ich bin sicher, daß er mich trotzdem empfangen wird.«

In den fünf Minuten, die er warten mußte, überlegte er – was wollte er Tobias Röckli eigentlich sagen? Auf dem Weg nach Zürich war er wütend gewesen, und in seinem Zorn hatte er genau gewußt, was er mitzuteilen hatte. Doch nun, in dieser Halle, in der distinguierte Herren leise ihren Geschäften nachgingen, kam ihm die Idee herzukommen sehr albern und kindisch vor. Am besten würde es sein, sich umzudrehen und einfach wieder zu gehen.

Er kam nicht dazu, diesen Entschluß in die Tat umzusetzen, denn plötzlich stand ein Mann in dunklem Anzug mit Weste und blütenweißem Hemd vor ihm; die Lichter der Halle spiegelten sich auf seinem kahlen Schädel.

»Du bist also Nicolas. Ich habe darauf gehofft, daß du einmal kommen würdest«, sagte er statt einer Begrüßung. Er musterte den Jungen aufmerksam. »Sie hat mir nie ein Bild von dir geschickt. Ich habe dich mir immer als einen Buben in kurzen Hosen vorgestellt – dabei bist du schon fast ein Mann.«

Nicolas wußte nichts zu antworten, dafür legte Tobias Röckli für einen Augenblick eine gepflegte Hand auf seinen Rücken. »Du siehst aus, als ob du ein kräftiges Frühstück vertragen würdest. Komm mit – meine Frau und deine Schwester werden sich freuen, dich kennenzulernen!« Er winkte nach dem Portier: »Lassen Sie meinen Wagen vorfahren, und bitten Sie meine Sekretärin, meine Frau zu benachrichtigen. Ich komme mit einem Gast zum Frühstück.«

Im Auto hatte Nicolas endlich den Mund aufbekommen. Erstaunt fragte er: »Ihre Frau weiß von mir?«

»Sag doch ›du‹ – ich bin immerhin dein Vater!« bat Tobias Röckli. »Und um deine Frage zu beantworten: Ja, Madeleine weiß von dir. Du wurdest geboren, bevor sie und ich uns kennengelernt haben, und so war es für mich kein Problem, ihr meinen jugendlichen Fehltritt zu beichten. Sie hat immer bedauert, daß wir keine Gelegenheit hatten, dich zu sehen …«

»Warum haben Sie …«, Nicolas verbesserte sich, als er die hochgezogene Augenbraue seines Gegenübers sah, »… warum hast du dich nie bei mir gemeldet? Ich wußte deinen Namen nur von den Überweisungen, die du jeden Monat schickst.«

»Deine Mutter wollte nicht, daß ich dich besuche«, erklärte Tobias Röckli. »Sie war damals sehr von mir enttäuscht und sehr böse.«

»Du hast sie geschwängert und dann sitzengelassen!« warf Nick ihm vor.

Röckli nickte. »Ich muß zugeben, es war so. Ich war zwanzig, für mich war es ein Urlaubsflirt – und für sie die große Liebe. Es wäre aber nicht gutgegangen, wenn wir geheiratet hätten.«

Nicolas sah schon damals ein, daß sein Vater recht hatte. Er konnte ihm nicht einmal verübeln, daß er Gertrude nicht geheiratet hatte – im Gegenteil. Je älter er wurde, desto mehr sträubte sich in ihm, wenn seine Mutter wieder einmal darüber lamentierte, daß Tobias Röckli ihr Leben zerstört habe. Gertrude Berninck schob immer alle Schuld an dem, was in ihrem Dasein schiefgegangen war, auf andere. Sie gefiel sich in der Rolle des Opfers – ein Grund mehr für Nicolas, sich nach dem Abitur an der Uni in Tübingen, immerhin hundert Kilometer von ihr entfernt, endlich frei zu fühlen.

So saß er an jenem Abend mit einem Eis auf den Treppen vor der Stiftskirche und blinzelte in die Sonne. Neben ihm lümmelte Richard, ein gebürtiger Tübinger, schon ein Jahr lang Student an der ehrwürdigen Eberhard-Ludwigs-Universität und Nicks Nachbar auf dem ausgebauten Dachboden im Häuschen der Witwe Kächele. Und dann sah er sie: streichholzkurz geschnittene, kupferrote Haare, ein Lausbubenlächeln im Gesicht und blaue Augen, deren Farbe und Schimmern Nick an den heimatlichen See erinnerten. Auf Rollschuhen flitzte sie gewandt durch die Menge, bremste vor der Eisbude und kaufte sich eine Tüte. Richard hatte sich aufgerichtet und winkte ihr zu.

»He, Duracell!« rief er. »Fährst du wieder Leute platt?«

»Nur Typen wie dich, die mir im Weg stehen! Und um die ist es schließlich nicht schade!« Sie wirbelte in einer Pirouette über den Platz, hüpfte über Richards ausgestreckte Beine und verschwand in Richtung Markt.

Nicolas staunte ihrem Temperament hinterher. »Wer war das denn?«

»Das war des heiligen Simons unheiliges Töchterchen!« kicherte Richard.

»Hmm?«

»Maximiliane Simon!« bequemte sich Richard zu einer Erklärung. »Sie ist die Tochter des Prälaten Julius Simon, der das Stift leitet und darum der ›heilige Simon‹ genannt wird. Ich bin mit einem ihrer Brüder in die Schule gegangen.«

»Und warum nennst du sie Duracell?«

»Das Powerpaket mit dem Kupferkopf! Alle nennen sie so.«

»Sie ist hübsch!« sagte Nick verträumt.

»Sie ist mehr als das! Sie ist das leckerste Schnittchen in ganz Tübingen!« Richard schaute Nick an und bemerkte seine Plüschaugen. »Himmel – denk nicht mal dran, Landei! Die Süße hat vier ältere Brüder! Und jeder von denen ist jederzeit bereit, irgendwelchen Knaben, die sich an ihrem kleinen Schwesterchen vergreifen, die Zähne einzudrücken und die Nase zu verbiegen – wobei's um deinen Zinken besonders schade wäre.«

Drei Tage später hatte Nicolas sie wiedergesehen. In einer fröhlichen Clique saß sie auf der Mauer an der Neckarpromenade, ihr dunkles Lachen tönte neben dem hellen Kichern eines anderen Mädchens. Nicolas wollte nicht an ihr vorbeigehen, er konnte nicht. Irgend etwas zwang ihn, stehenzubleiben und sie anzuschauen. Und weil er sich nicht von ihr losreißen konnte, ließ er sich an einem der Tische im Straßencafé gegenüber der Ufermauer nieder. Richard hatte recht gehabt! Sie war mehr als hübsch. Sie war außergewöhnlich in ihrer sprühenden Vitalität und Lebenslust.

Das Mädchen neben ihr, eine etwas dralle Blondine, hatte Nicolas bemerkt. Sie zupfte Maximiliane am Ärmel und flüsterte ihr etwas zu. Nicolas zog den Kopf ein und stierte in sein Bierglas. Er befürchtete, daß sie gleich kichern würde – und er haßte kichernde Mädchen! Doch nichts dergleichen geschah – als er den nächsten Seitenblick in ihre Richtung wagte, traf er auf ernste Augen, die ihn interessiert musterten. Da er sich nicht vom Fleck rührte, hüpfte Maximiliane von der Mauer, hängte sich einen bunten Beutel über die Schulter und kam auf ihn zu.

»Hallo. Ich bin Max. Und du bist ein Freund von Richard, nicht?«

Nicolas errötete – und ärgerte sich nicht nur darüber, sondern auch, weil seine Antwort wegen eines trockenen Mundes und eines dicken Kloßes im Hals kürzer und brummiger ausfiel, als er es sich wünschte. Doch Max störte sich nicht daran.

»Bist du neu in Tübingen?«

»Hmm!« nickte er und rückte einen Stuhl neben den seinen. »Magst du dich setzen?«

»Gerne.« Sie legte die Tasche auf den Tisch und ließ sich nieder. »Wie heißt du?«

»Nick – äh, Nicolas – Nicolas Berninck«, stotterte er.

»Und was studierst du, Nick-äh-Nicolas?«

»Germanistik und Literaturwissenschaft«, brachte er heraus. Der Kellner war unterdessen an den Tisch getreten. Nick schluckte. »Darf ich dich zu einer Cola oder so was einladen?«

»Nö!« grinste sie. »Ich kaufe mir selbst eine Limo und schone deinen kleinen Bafög-Etat.«

Sie warteten, bis der Ober ihre Getränke brachte, dann beugte sie sich über den Tisch.

»Hast du Lust, heute abend mit uns ins Kino zu gehen? Steffi ...« – sie schielte über die Schulter zu der verlegen kichernden Blondine hinüber, »... findet dich nämlich süß und möchte dich kennenlernen.«

Er war enttäuscht – als sie ihn gefragt hatte, hatte er gehofft, daß sie an ihm interessiert sei. Aber wie hatte er sich das einbilden können? Warum sollte sie an ihm, dem schmalen Landei mit beginnendem Haarausfall und zu großer Nase, interessiert sein? Die Enttäuschung ließ ihn schroff werden.

»Warum kommt Blondie nicht selbst, wenn sie was von mir will? Bist du ihre Mutter oder so was?«

»Nein, bestimmt nicht. Aber Steffi ist schüchtern.« Sie nuckelte an ihrem Strohhalm und schielte unter langen, seidigen Wimpern zu ihm hinüber. »Das müßtest du doch verstehen – oder? Du bist doch auch schüchtern?!«

Er schwieg in sein Glas hinein, eine Weile sprachen beide nichts, dann lächelte Max und wirkte damit sehr jung und sehr lieb. »Entschuldige, Nicolas – ich habe eine zu große Klappe! Vielleicht sollte ich mir doch mal angewöhnen, vor Inbetriebnahme derselben das Gehirn einzuschalten. Ich wollte dich nicht nerven – und ich hau' auch gleich wieder ab, okay?« Sie kramte in ihrem Beutel nach ihrer Börse.

Nicolas nahm all seinen Mut zusammen. »Ich möchte nicht mit deiner Freundin ins Kino gehen. Aber mit dir würde ich gerne ...«

Max hob den Kopf, legte ihr Portemonnaie auf den Tisch und dachte einen Augenblick nach.

»Steffi fände es wahrscheinlich nicht so prall, wenn ich heute abend mit dir im Capitol antraben würde.« Sie lächelte. »Aber eigentlich habe ich gar nicht so viel Lust auf Kino. Ich würde lieber einen Spaziergang mit dir machen.«

An diesem Abend hatten sie sich auf dem Schloßberg getroffen, am nächsten Abend waren sie in den Weinbergen spazierengegangen, und am übernächsten hatte er sie zu einer Bootsfahrt auf dem Neckar eingeladen. Dann mußte sie einen Abend in die Probe des Kirchenchors, aber danach wartete er auf sie und brachte sie nach Hause. Dabei verabredeten sie sich für den Samstagnachmittag zu einer Radtour ins Kloster Bebenhausen. Auf dem Weg sprachen sie von Büchern und Musik, Max erzählte von ihrer Familie und ihren Freunden. Sie lachten und diskutierten miteinander, sie blödelten und schwiegen. Nick hatte sich noch nie mit einem Menschen so wohl gefühlt wie mit Max.

Er war verliebt – so sehr, daß es ihn manchmal erschreckte. Wie sollte er lernen, wo er doch nur an sie denken konnte? Wie sich auf die Bücher konzentrieren, wenn draußen das Leben lockte, verkörpert in ihrem Lachen? Dennoch vernachlässigte er sein Studium nicht – im Gegenteil! Er ging es an wie Sankt Georg den Drachen, denn immer noch stand er manchen Abend vor dem Spiegel im kleinen Bad und betrachtete sein viel zu schmales, eckiges Gesicht mit der viel zu großen Nase – nein, durch Attraktivität konnte er kein Mädchen wie sie für sich gewinnen. Er hatte nur eine einzige Chance: durch seinen Intellekt zu brillieren.

Es dauerte vier Wochen, bis er es endlich wagte, sie zu küssen. Es regnete an diesem Nachmittag in Strömen, und er hatte befürchtet, sie würde gar nicht zu ihrer Verabredung auf dem Schloßberg kommen. Er war, wie immer, etwas zu früh dran und stand schon eine Viertelstunde unter dem Torbogen, als sie auf ihrem Fahrrad über das Kopfsteinpflaster auf ihn zukam. Sie war naß, und ihre Haare ringelten sich in winzigen Locken um den Kopf, aber ihre Augen leuchteten. Sie ließ das Fahrrad gegen die Mauer plumpsen und strahlte ihn an.

»Sorry, Nick – der blöde Schieber meinte heute mal wieder, er müsse uns in der letzten Stunde noch mit so einem doofen Vokabeltest traktieren!« Sie schüttelte sich wie ein nasser Hund. »Take out a sheet of paper, we're writing a test!« imitierte sie ihren Englischlehrer. »Kannst du mir mal erklären, warum ›Prince John without any knowledge‹ immer behauptet, wir würden einen Test schreiben, wenn er sich doch bloß faul auf seinen knochigen Hintern zu setzen und uns zu plagen gedenkt?«

Ihr Temperament entzückte ihn. Er konnte nicht widerstehen und tat, was er sich schon hundertfach ausgemalt hatte: Er zog sie an sich und küßte ihren weichen, süßen Mund. Zu seiner Beglückung legte sie die Arme um seinen Hals und schmiegte sich an ihn.

»Mensch, Nick«, lachte sie, als er endlich die Lippen von ihren löste. »Ich dachte schon, du würdest mich nie küssen!«

»Wolltest du denn von mir geküßt werden?«

Sie nickte: »Hmm. Schon damals auf der Neckarpromenade – mir ging's wie Steffi: Ich fand dich auch süß!« Sie küßte seine Nasenspitze. »Und ich finde dich immer noch süß!«

»Und ich bin in dich verliebt! Max – ich habe mich schon in dich verliebt, als ich dich das erstemal vor der Stiftskirche gesehen habe. Wollen wir zusammenbleiben?« Er hielt sie fest und strich eine nasse Locke aus ihrer Stirn, und völlig selbstverständlich hob sie den Kopf und bot ihm ihren Mund an.

Was hatten sie an diesem Nachmittag noch unternommen? Nick erinnerte sich nicht mehr daran, doch um so deutlicher war ihm der Druck ihrer Brüste unter dem dünnen, feuchten Blüschen im Gedächtnis geblieben. Ihr Körper war voll entwickelt – und er machte ihn fast verrückt!

Er hatte schon die ersten Erfahrungen hinter sich – im

Sommer davor, mit einem Mädchen aus Bochum, das mit ihren Eltern Urlaub am See gemacht hatte. Sie hieß Katharina, wollte aber ›Karo‹ genannt werden, war achtzehn Jahre alt und langweilte sich in der kleinen Familienpension in Horn so sehr, daß sie wahrscheinlich sogar mit dem bleichen, pickeligen Eisverkäufer von der Strandpromenade ausgegangen wäre, wenn er sie nur gefragt hätte. Statt dessen aber landete sie bei Nicolas, der neben der Pension wohnte – und schon am zweiten Abend zog sie ihn in ihr Zimmer. Nick wußte noch, wie sie ihn geküßt und seine Hand an ihren Busen gedrückt hatte. Sie war mager, fast knabenhaft, und die Hügelchen unter ihrer Bluse waren kaum mehr als zwei Knospen. Dennoch war er wahnsinnig erregt gewesen und hatte mit zitternden Fingern an ihr herumgefummelt. Karo war es schließlich nicht genug, sie zog sich aus und legte sich aufs Bett, zog ihn neben sich und führte seine Hand zwischen ihre Beine. Sie wand sich und stöhnte und gab ihm Anweisungen:

»Da – ja, da! Drück da! Ah, so ist es gut! Ja, mach weiter!« Dabei hatte sie seine Jeans geöffnet und nach seinem Glied gefaßt. Es war das erste Mal, daß eine andere Hand als seine eigene über seine Erektion strich. Nick wollte brüllen, als sie die Eichel berührte, im letzten Moment besann er sich auf die Nachbarn und schluckte den Schrei, aber die Reaktion seines Körpers konnte er nicht aufhalten, der Samen spritzte schon aus ihm heraus.

»He, bist du immer so schnell?« fragte Karo.

»Nein«, stotterte er.

»Bringst du ihn noch mal hoch?« erkundigte sie sich mit fast klinischem Interesse. Er schaute an sich hinunter, auf seinen Penis, der schlaff und schwer aus seiner Hose hing. Der feuchte Fleck, den er hinterlassen hatte, begann anzutrocknen und fühlte sich unangenehm klebrig an.

»Ich glaube schon«, antwortete er endlich.

»Okay, dann mach weiter!« Sie holte eine Packung Kondome aus der Nachttischschublade. »Streichel mich – und wenn du wieder kannst, ziehst du den Präser drüber und steckst ihn mir rein. Ich hoffe, daß du dann länger durchhältst!«

Ein paar Minuten später hatte er wieder eine Erektion. Er versuchte, das Kondom darüberzufummeln, Karo half schließlich ungeduldig nach, ließ sich nach hinten sinken und machte die Beine breit:

»Nun komm schon! Bums mich! Aber spritz nicht gleich wieder ab –ich will ja auch was davon haben!«

Etwas in ihm protestierte. Das war so anders, als er es sich erträumt hatte! Da war nichts von Verzauberung und von Beglückung, da war nicht einmal Zärtlichkeit. Karo kam ihm fremd vor, sie war bestimmt nicht, was er sich erträumt hatte, und ihm war, als ob er neben sich stehen und mit einem Teil seines Selbst einen ihm unvertrauten Nicolas beobachten würde.

Was hatte er mit diesem Körper zu tun, der zwischen Karos Schenkeln zuckte und sich bemühte, immer wieder ganz tief in sie hineinzustoßen? Was mit dem Stöhnen und Keuchen und den Händen, die sich in seinen Rücken krallten?

Und doch war da dieses Drängen, ein Verlangen, das fast schmerzte. Es war sein Körper, der Befriedigung forderte, es war sein Penis, der es gut, so unendlich wohltuend fand, von heißem, feuchtem Fleisch gehalten und gedrückt zu werden, der mehr davon wollte und nicht aufhören konnte, sich immer wieder in sie hineinzuschieben. Er mußte – etwas schien ihn zu zwingen, vorwärtszutreiben, es hatte von ihm Besitz ergriffen und machte das Denken mehr und mehr unmöglich. Karo hatte geschrien und sich unter ihm gewunden, irgendwie, mit einem letzten Rest bewußten Denkens, hatte er es registriert und erleichtert als Signal, sich vollends loslassen zu dürfen, verstanden. Nur noch einmal in sie hineinstoßen, nur noch einmal – ja, das war es gewesen, eine heiße Welle, die ihm endlich Erlösung brachte.

Was danach kam, war Müdigkeit. Nicolas war, als ob er alle Substanz in sie ergossen hätte. Es kostete ihn Überwindung, sich von ihr herunterzurollen und die Hand zu heben, um das Kondom von seinem immer noch prallen Glied zu ziehen.

Karo hatte sich zur Seite gedreht, legte die Arme um ihn und den Kopf an seine Schulter. Abwesend streichelte er ihren Rücken.

»Dafür, daß du vorhin so einen Frühstart hingelegt hast, warst du ziemlich gut«, hörte er sie sagen. Sie faßte an seine weicher werdende Erektion. »Schon gestern, als du in der Badehose am Strand standest, habe ich mir gedacht, daß deine Ausstattung wirklich nicht übel ist.«

»Hmm?« fragte er eher desinteressiert.

»Ich dachte, daß einer, der nach einem Bad im kalten See noch so eine pralle Hose hat, sicher auch im Bett was bietet«, erklärte Karo bereitwillig.

War es Dankbarkeit für diese vollkommene Entspannung, die ihn dazu brachte, ihre Stirn zu küssen, sie enger an sich zu ziehen und zu sagen »Du bist auch nicht gerade langweilig«?

Nicolas fühlte dabei so etwas wie ein schlechtes Gewissen. »Männer wollen sowieso immer nur das Eine!« hatte seine Mutter ihm oft genug erzählt. Was würde sie sagen, wenn sie ihn so sehen würde, mit diesem fremden, ihn nicht einmal sonderlich interessierenden Mädchen in einem Bett? Nicolas stellte ohne großes Erstaunen fest, daß es ihn eigentlich eher kalt ließ, was seine Mutter dazu meinen würde. Er nahm niemandem etwas weg, er tat niemandem weh. Im Gegenteil – sowohl Karo als auch er hatten es genossen.

Karo war noch zehn Tage geblieben, und sie hatten jeden Abend, wenn ihre Eltern zu Bett gegangen waren, in ihrem Zimmer miteinander geschlafen. Er war nicht in sie verliebt, er bildete es sich keine Minute lang ein. Es war sein hungriger Körper, der ihr entgegendrängte, sein ständig erregtes Fleisch, das in ihr Erlösung fand. Doch danach fühlte er sich jedesmal leer und ausgepumpt, fast beschmutzt. Wenn er durch den Hinterausgang aus der Pension schlich, war er nie direkt nach Hause in sein Zimmer gegangen, sondern hatte immer erst ein nächtliches Bad im See genommen.

Doch mit Max war es anders. Er begehrte sie – so sehr, daß er nachts, wenn er an sie dachte, nicht mehr einschlafen konnte, weil sein steinharter Penis zuckte und spannte. Meist schob er nach einer Weile die Hand unter die Bettdecke und faßte nach dem festen Fleisch. Er stellte sich vor, es wären ihre Finger, die sich um ihn legten und ihn massierten, es wären ihre Finger, die seine prallen Hoden streichelten, und er stellte sich vor, daß er ihre Brüste berühren würde – diese festen, warmen Halbkugeln, die unter ihrer Bluse wippten. Er wollte die zarten, kleinen Nippel küssen und daran saugen, er wollte ihr Lustzentrum berühren und sie zärtlich zum Höhepunkt streicheln. Max sollte es sein, die in seinen Armen bebte und zitterte! Und wenn er daran dachte, zuckte sein Steifer, und der Samen schoß aus ihm heraus.

Als der Winter kam, galt er schon als Max' ›fester Freund‹ und war in ihrem Elternhaus willkommen. Er aß mit ihr, ihren Eltern und ihren Brüdern am runden Tisch, und nach dem Abendbrot, im Hause Simon schwäbisch ›Vesper‹ genannt, durfte er sie dann in ihr Zimmer unter dem Dach begleiten. Er half ihr bei den Deutsch- und Lateinaufgaben, sie hörten Musik und redeten. Manchmal landeten sie dann auch auf ihrem schmalen Jungmädchenbett zwischen Stoffteddybären und Lavendelkissen. Sie küßten sich hingebungsvoll und viertelstundenweise. Doch mehr als die Hand um ihre Brust zu legen, wagte er nie – nicht im Haus ihrer Eltern, unter den Augen und Ohren des gestrengen Pfarrers Simon, der ihm einmal ernst und bestimmt gesagt hatte:

»Meine Tochter ist noch sehr jung und sehr in Sie verliebt. Ich verlasse mich darauf, daß Sie ihr und mein Vertrauen nicht mißbrauchen, Nicolas!«

So war er an diesen Winterabenden meist mit prallem Glied in sein Zimmer bei der Witwe Kächele geradelt und hatte onaniert – oft genug nicht nur einmal, sondern zweimal, weil ihre Küsse und Zärtlichkeiten ihn maßlos erregt hatten.

Endlich war es wieder Sommer geworden. An einem Sonntagmorgen hatte ihnen Max' Mutter einen Picknickkorb gepackt, und sie waren zusammen durch den Schönbuch an einen kleinen Baggersee gefahren. Sie hatten ein verschwiegenes Plätzchen am Waldrand unter einem großen Holunderbusch gefunden und dort ihre Decke ausgebreitet. Hand in Hand waren sie zum See hinuntergerannt und hatten vergnügt miteinander gebadet; dann hatte er sie zärtlich in das große Badelaken gehüllt und abgetrocknet. Sie lag neben ihm, der feuchte Stoff ihres Badeanzugs klebte wie eine zweite Haut auf ihrem Körper. Er küßte sie und ließ die Hand unter das nasse Gewebe auf ihre Brust gleiten. Sie fühlte sich großartig an! Er schob den Träger nach unten und legte die linke Brust frei, dann beugte er sich darüber und tat endlich, was er den ganzen Winter herbeigesehnt hatte: Er küßte ihre Brust.

Max streichelte seinen Nacken, nach einer Weile fragte er leise: »Magst du das?«

»Ja – es ist schön.« Max' Stimme klang ganz klein. Er hob den Kopf und sah in ihr Gesicht. Ihre Augen waren halb geschlossen, sie hatte die Stirn in Falten gelegt. Er war sich nicht ganz sicher, was er tun sollte, doch dann drückte sie seinen Kopf sanft wieder auf ihre Brust und schob sogar den zweiten Träger des Badeanzuges nach unten. Er leckte über ihre kleine, harte Brustwarze, die andere Brust wurde sanft gestreichelt, und nach einer Weile traute er sich, die Finger über ihren Bauch nach unten gleiten zu lassen; erst berührte er durch den Badeanzug ihren Venushügel, dann stahl sich seine Hand zwischen ihre Beine. Sie war nicht nur vom Bad feucht – er spürte die Hitze ihrer Erregung, und sie ermutigte ihn, sie durch den Stoff hindurch zu streicheln. Max seufzte leise und schlang die Arme um ihn. Er ließ ihr Zeit, er konzentrierte sich ganz darauf, ihren Körper zu erkunden und aus ihren Reaktionen zu lernen. Er spürte, wie sich ihre Bauchmuskulatur anspannte, wie sie die Hand erwartete, bis sie ihre Finger um sein Handgelenk legte und lächelnd die Augen öffnete. Sie sagte kein Wort, statt dessen löste sie sich aus seiner Umarmung, setzte sich auf und zog den Badeanzug aus. Dann lehnte sie sich zurück, die Hände unter dem Kopf und ein wenig verlegen unter seinem atemlosen Staunen.

Zum erstenmal sah er sie ganz nackt und konnte sich an ihrem geschmeidigen, milchweißen Körper nicht satt sehen. Sie war vollkommen – ganz Frau schon, nicht nur mit herrlich gerundeten Brüsten, sondern auch mit einem kupferrot behaarten, sich aufwölbenden Venushügel, unter dem ihre schlanken Schenkel sich für ihn öffneten und eine pralle Lustknospe sich seinem vorsichtig streichelnden Finger entgegendrängte. Er war froh, mit Karo geschlafen zu haben – immerhin hatte er dabei gelernt, eine Frau zu erregen! Er legte sich auf die Seite und zog Maximiliane in die Arme, dann schob er die Hand zwischen ihre Beine und fand seidige Haut, wie von Tau befeuchtet. Seine Finger zitterten in dem Bemühen, die Berührung federleicht zu halten, sie daran zu gewöhnen und ihr gutzutun.

Offenkundig gelang es ihm. Ihr Atem beschleunigte sich, als er ihre Lustperle fand. Er tippte dagegen, er spielte mit ihr, seine Bewegungen wurden fester und zielgerichteter, als er merkte, wie sie das Becken hob und ihm entgegenkam. Die Wirkung ließ nicht auf sich warten – ihre Haut überzog sich mit einem feinen Schweißfilm, ihr Atem ging schneller, und mit einem kleinen Aufschrei fand sie ihren Höhepunkt.

Er war stolz wie nie zuvor – das Strahlen in ihren Augen, das Zittern ihrer Finger auf seinen nackten Schultern waren befriedigender, als er es sich je hätte vorstellen können! Obwohl sein Glied schon seit Minuten stand und er das Gefühl hatte, daß es gleich explodieren würde, dachte er nicht an seine eigene Befriedigung, sondern freute sich an ihrer Lust. Doch Max begnügte sich nicht damit, zu nehmen. Sie schob die Hand über seinen Bauch, tastete sich an ihm entlang, ein Finger stahl sich in den Bund seiner Shorts und berührte die empfindliche Spitze seiner Steifheit. Er hielt die Luft an und biß sich auf die Unterlippe, plötzlich in Schweiß gebadet. »Max – oh, Max – bitte …« Worum wollte er bitten? Darum, daß sie aufhörte? Nein – es war viel zu schön, diese Hand zu spüren. Sie traute sich nun weiter, die Finger krabbelten über den Schaft nach unten, schließlich schloß sie die Faust darum und schaute ihm in die Augen.

»Er ist so groß!« sagte sie leise. »Ich kann mir nicht vorstellen, daß du ihn je in mich schieben kannst.«

»Willst du das denn?« keuchte er.

»Ja«, sagte sie leise. »Nicht gleich – aber bald. Ich möchte, daß du der Erste bist. Aber …«, sie strich mit einem Finger an ihm entlang, »ich brauche noch ein bißchen Zeit. Ich muß mich erst an ihn gewöhnen.«

»Ja …«, ächzte er. »Ich werde dich nicht drängen – keine Angst.«

Max drehte sich und stützte sich auf den Ellbogen. Waren ihre Augen immer so dunkelblau gewesen?

»Nicolas«, fragte sie und tippte dabei mit einem Finger gegen seine Eichel. »Darf ich ihn anschauen?«

Er mußte schlucken, bevor er antworten konnte. »Natürlich!« Er schob die Shorts nach unten, sein Glied kam frei und reckte sich ihr zuckend entgegen, die Spitze feucht schimmernd. Max schaute ihn an, dann legte sie einen Finger an die Basis und streichelte nach oben. Sie hob den Kopf und schaute ihn an. »Das fühlt sich an wie Samt über Stahl«, sagte sie staunend. Mit zwei Fingerspitzen folgte sie dem Lauf einer Ader an der Unterseite. »So warm und lebendig ...«

Nick rang nach Luft, als Max ihn vollends in die Hand nahm. Die Wärme ihrer Haut schien sich auf ihn zu übertragen, ihre Zärtlichkeit trieb ihm Tränen in die Augen.

»Magst du das, Nick?« fragte sie leise. »Du mußt mir sagen, was ich tun soll! Ich will, daß es für dich so schön ist, wie es das eben für mich war!«

»Alles, was du tust, ist schön für mich!« flüsterte er.

Ihre Fingerspitzen streichelten wieder nach unten, eine ganz leichte, sanfte Berührung, die jeden Nerv in ihm unter Strom setzte. Jetzt strich sie über seine Hoden, legte die ganze Hand darüber und wiegte sie sanft. Nick schloß die Augen, er konzentrierte sich ganz auf dieses neue, sensationelle Gefühl. Sie schien zu ahnen, wonach er sich sehnte, denn bald legte sie die Finger um ihn und drückte ihn fester, ihre Hand glitt an ihm auf und ab, sie beobachtete sein angespanntes Gesicht und rieb schneller, bis er stöhnend kam.

Doch nicht jeder Tag war ein Samstag am See. Schon am nächsten Abend landeten sie wieder in ihrem Zimmer, und als er sie diesmal küßte, wand sie sich aus seinem Arm und setzte sich auf.

»Du, Nick«, begann sie, »hast du mal in den Garten unseres Nachbarn gesehen?«

»Nein, was ist da?«

»Unser Nachbar ist Professor Gärtner von der medizinischen Fakultät. Er ist für ein Gastsemester mit seiner ganzen Familie in den USA und ...« Sie stockte und biß sich auf die Unterlippe.

»Und?« half er nach.

»Er hat eine Laube.«

»Und?« fragte er noch einmal.

»Sie ist ganz verborgen und fast zugewachsen, aber ich habe einen Schlüssel dafür. Und innen drin ist eine bequeme Liege und ...« Sie küßte ihn. »Wir könnten uns dort treffen und ...« Sie küßte ihn noch einmal, dann sagte sie leise: »Ich fand's schön, wie du mich am See gestreichelt hast. Ich möchte, daß wir es wieder tun, und in der Laube wären wir ungestört. Niemand würde uns sehen. Wir könnten uns nachher, wenn meine Eltern schlafen gegangen sind, dort treffen. Wir müssen nur über den Zaun klettern ...«

Von diesem Abend an verabschiedete er sich jeden Tag gegen neun Uhr an der Haustür von ihr, radelte unter den Augen ihres Vaters die Straße hinunter, stellte sein Rad dann in einen Ständer vor einem Uni-Institut und rannte mit pochendem Herzen zwei Straßen zurück, eine Seitengasse hinauf und kletterte über den Zaun in den Nachbargarten, um auf Max zu warten. Sobald nebenan die Lichter ausgegangen waren, was im Hause des Prälaten meist schon gegen halb zehn der Fall war, kam sie zu ihm.

In der Laube hatten sie dann auch das erstemal miteinander geschlafen. Er erinnerte sich auch noch daran – an jede Sekunde sogar! Er erinnerte sich, wie sie sich in seinen Arm geschmiegt und gesagt hatte: »Liebster, laß es uns endlich tun! Heute abend! Ich möchte mit dir schlafen!«

Er hatte gemerkt, daß es für sie nicht sensationell gewesen war, und es hatte ihn traurig gemacht. Doch er hatte ja immerhin noch gewandte Finger und Übung darin, sie durch Streicheln zum Höhepunkt zu bringen. Außerdem war er lernfähig – und so hatte er bald herausgefunden, daß er am Anfang zu sanft gewesen war. Max mochte es, wenn er schnell und ausdauernd in sie stieß, damit gelang es ihm immer, sie bis zum Gipfel zu erregen.

Dann kam ihr achtzehnter Geburtstag. An diesem Abend nahm ihn der Prälat lächelnd zur Seite. »Nicolas, auch wenn meine Kleine am heutigen Tag volljährig geworden ist, endet meine väterliche Fürsorge für sie nicht. Ich möchte nicht, daß sie sich jetzt im Winter auf irgendwelchen Parkbänken erkältet. Daher denke ich, daß Sie künftig zumindest am Wochenende bei uns übernachten sollten.« Er hatte ihm den Arm auf die Schulter gelegt. »Sie sind ein vernünftiger und verantwortungsbewußter Junge, Nicolas. Ich schätze Sie sehr – und ich verlasse mich auf Sie!«

In dieser Nacht lagen sie zum erstenmal zusammen in ihrem Bett. Sie waren beide beschwipst und verrückt nacheinander. Als Max sich über ihn schwang, hatte er sie zu bremsen versucht.

»Nicht, Max – nicht. Ich habe kein Kondom da!«

»Aber ich will dich, Nick!«

»Ich will dich doch auch – aber ich habe deinem Vater versprochen …«

Sie hatte ihn mit einem Kuß zum Schweigen gebracht. »Es wird schon nichts passieren!«

Es war so wundervoll gewesen, sie endlich einmal ohne den störenden Gummi, der immer soviel Gefühl nahm, zu lieben! Er hatte gar nicht genug davon bekommen können! Fast am schönsten war es, nach dem Höhepunkt in ihr bleiben zu dürfen und sie in den Armen halten zu können! Es war so schön und erregend gewesen, daß sein Schwanz in ihr wieder steif geworden war und er sie lange und ausführlich bis zu einem zweiten Orgasmus hatte lieben können.

»Ich will es immer so erleben!« sagte sie danach. »Mit Kondom ist es einfach nicht so gut. Morgen gehe ich zum Arzt und laß mir die Pille verschreiben! Und dann ist nie wieder so was Blödes aus Gummi zwischen uns!«

Acht Wochen voller Seligkeit folgten. Sie hatten sich in allen nur denkbaren Positionen geliebt, mal sanft und innig, mal verrückt und leidenschaftlich. Oft genug mußte er ihren Kopf ins Kissen ziehen, wenn sie beim Orgasmus aufschrie, oft genug mußte sie ihm mit einem Kuß den Mund verschließen. Doch fast am schönsten für ihn war es, danach mit ihr einzuschlafen, eng aneinandergeschmiegt, den Penis immer noch in ihrer Wärme. Und dann morgens – sie hatte den Wecker immer auf sechs Uhr gestellt, so blieb ihnen eine halbe Stunde, in der sie sich noch einmal lieben konnten, was sie stets genüßlich taten.

Doch dann kam er an einem trüben Dezembernachmittag aus dem Institut am Schloßberg. Max erwartete ihn unter dem Torbogen, er dachte sofort an den Tag, an dem er sie dort zum erstenmal geküßt hatte. Doch diesmal war ihr Gesicht nicht vom Regen feucht, sondern von Tränen. Sie legte die Arme um ihn und drückte den Kopf an seine Schulter. »Nick, liebst du mich? Wirst du bei mir bleiben, was auch geschieht?« schluchzte sie.

Er hatte erschrocken ihren zuckenden Rücken gestreichelt. »Du weißt doch, daß ich dich liebe! Und natürlich bleibe ich bei dir. Was ist denn passiert?«

»Ich bin schwanger, Nick. Wir bekommen ein Kind.«

»Scheiße!« rutschte es aus ihm heraus. »Wie konnte das denn passieren? Ich denke, du nimmst die Pille?«

»Der Arzt meint, es sei passiert, als mir vor vier Wochen mal schlecht war. Weißt du noch? Ich hatte doch diesen Magen-Darm-Virus und mich deswegen schon morgens nach dem Frühstück übergeben. Doktor Hiller sagt, ich hätte da wohl auch die Pille, die ich kurz davor genommen hatte, wieder rausgespuckt.« Sie begann wieder zu weinen, die Tränen rannen über ihre Wangen, sie schaute ihn aus ihren geröteten Augen verzweifelt an. Er atmete tief durch und versuchte, tapfer und ermutigend zu lächeln, obwohl er sich alles andere als tapfer und mutig fühlte. »Max, mein Mäxchen, hör auf zu weinen!« sagte er schließlich hilflos. »Du kannst ja nichts dafür.«

»Aber was sollen wir denn jetzt machen?«

»Ich werd' mir einen Job suchen, und dann brauchen wir eine Wohnung ...« Er umarmte sie fest. »Wir schaffen das, Max! Wir heiraten, und du kriegst unser Baby – das haben schon andere geschafft.«

»Wenn ich dich bloß an meinem Geburtstag nicht überredet hätte«, jammerte sie.

Nick unterbrach, indem er sie küßte. »Mäxchen, Liebes – ich habe es genauso gewollt wie du. Es bringt nichts, wenn wir jetzt über die Vergangenheit jammern. Es ist passiert. Wir können es nicht mehr ändern. Wir müssen nun damit klarkommen.«

Sie schien seinen rationalen Argumenten mehr zu vertrauen als er selbst, ihr Schluchzen verebbte.

»Ich bin so froh, daß ich dich habe! Aber ich will nicht, daß du dein Studium schmeißt! Kannst du nicht mit deinem Vater reden? Vielleicht gibt er uns genug Geld, daß du wenigstens so lange weitermachen kannst, bis ich das Abi und das Baby habe. Dann gehe ich arbeiten.«

»Blödsinn!« lehnte er ab. »Du willst doch auch studieren!«

»Das kann ich doch auch noch, wenn du fertig bist!«

Manchmal, in den Jahren danach, wunderte er sich, wie flexibel und optimistisch sie damals ihre Zukunftsplanung angegangen waren. War es jugendlicher Leichtsinn gewesen oder Unverbrauchtheit? Auf jeden Fall war es gut gewesen, daß sie in den ersten Wochen nicht geahnt hatten, was auf sie zukommen würde!

Max hatte das Gespräch mit ihrem Vater am meisten gefürchtet. Nicolas fühlte sich für sie verantwortlich, darum war er schon am nächsten Abend mit ihr an der Hand zu Prälat Simon ins Studierzimmer gegangen.

»Herr Prälat«, begann er fest. »Ich weiß, daß ich Ihr Vertrauen enttäuscht habe, und ich bedaure es. Ich kann und will aber nicht mehr ändern, was geschehen ist: Maximiliane und ich erwarten ein Kind. Wir werden heiraten, und ich bitte Sie dafür um Ihren Segen.«

Prälat Julius Simon hatte den Kopf in beide Hände gestützt und eine ganze Weile nichts gesagt. Nick streckte trotzig das Kinn nach vorne und drückte beruhigend Max' schweißfeuchte Hand. Schließlich lehnte sich der Prälat zurück und donnerte los:

»Nicht einmal ihr Mondkälber in eurer großen Naivität könnt euch einbilden, daß es so einfach ist! Wie wollt ihr denn ein Kind ernähren?«

»Wir schaffen das schon ...«, sagte Max leise.

»Dich habe ich nicht gefragt, junge Dame. Ich wollte von deinem Galan wissen, wie er eine Familie ernähren will.«

»Ich werde mir einen Job suchen, Herr Prälat.«

»Ach ja? Als was? Taxifahrer? Gläserspüler in einer Kneipe? Bauarbeiter? Oder willst du ans Fließband? Und dann ziehst du mit meiner Tochter und meinem Enkel in ein Einzimmerapartment, weil ja in der kleinsten Hütte Raum für ein glücklich liebendes Paar ist?« giftete der empörte Simon. »Hättet ihr nicht vor dem Geschlechtsverkehr mal das Hirn einschalten können? Ich dachte immer, eure Generation ist aufgeklärt! Und nun steht ihr vor mir und erzählt mir ganz nonchalant, daß ihr euch durch ein Kind die Karrieren und die Zukunft ruiniert!«

»Ich glaube nicht, daß man das so sehen kann, Herr Prälat. Max und ich wollten zusammenbleiben, wir wollten Kinder. Natürlich kommt das jetzt zu früh – aber dadurch wird unsere Zukunft nicht ruiniert, sondern nur im Ablauf verändert!« erwiderte Nicolas.

»Ich glaube, ich höre nicht recht«, hob Simon wieder an, und was er dann im weiteren zu sagen hatte – nun, Nick und Max waren auf ein Strafgericht eingestellt gewesen, sie ließen es über sich ergehen. Max weinte, und Nick spürte darin den hilflosen Zorn – auf sich selbst, auf den Vater, der ihr so verständnislos erschien, auf die ganze Situation. Er war nicht wütend – zumindest nicht auf Max oder ihren Vater. Im Gegenteil: Er verstand seinen künftigen Schwiegervater.

»Max, wenn ich an seiner Stelle wäre, wenn wir eine Tochter bekommen, und sie steht in achtzehn Jahren so vor mir, dann werde ich auch toben! Er hatte Hoffnungen und Träume für dich; er will, daß du glücklich wirst, und er kann sich ausrechnen, wie schwierig es für uns werden wird. Kein Vater wünscht das seinem Kind. Er macht sich Sorgen – und ebenso werden wir uns einmal Sorgen um unsere Tochter machen!«

Eine Tochter – ein kleines Mädchen mit Max' schönen Augen, mit ihrem Lachen, zärtlich und fröhlich wie Max. Der Gedanke wärmte Nick. Obwohl er Angst hatte, begann er, sich auf das Kommende zu freuen. Sie würden ein Kind haben! Max' flacher Bauch würde sich runden, ihre Brüste würden schwellen, und dann würden sie ein Baby bekommen! Was da in ihr wuchs, war ein Teil von ihm, war der Ausdruck ihrer Liebe und ihres Zueinandergehörens – und er würde es lieben, schützen und verteidigen.

Die Gelegenheit, es zu verteidigen, kam früher, als er gedacht hatte, und der Angreifer war einer, mit dem Nick nicht gerechnet hatte: Tobias Röckli. Nick hatte ihn angerufen und um ein Gespräch gebeten, und Röckli war seinetwegen nach Tübingen gereist. Es war drei Tage vor Weihnachten, und in Schals und dicke Mäntel gewickelt gingen sie den Schloßberg hinauf.

»Wenn ich richtig verstanden habe, hast du ein Mädchen in Schwierigkeiten gebracht, Sohn?« fragte Röckli.

»So könnte man es nennen«, nickte der Junior.

»Ich bin wohl der Letzte, der dir Vorwürfe machen dürfte. Also laß uns die Angelegenheit sachlich besprechen. Wie alt ist sie? Was macht sie?«

»Sie ist achtzehn und geht noch zur Schule.«

»Da hat sie sich ja einiges verpfuscht!« brummte Röckli und schaute ihn besorgt an. »Sag mal, Sohn – bist du sicher, daß das Kind von dir ist? Ich würde ungern für anderer Knaben Vergnügen löhnen!«

»Vater!« empörte sich Nick. »Du hast etwas mißverstanden! Max ist ein anständiges Mädchen. Ich liebe sie, und sie liebt mich, wir wollen heiraten.«

»Heiraten?« wiederholte Röckli. Er blieb stehen, sein Atem kondensierte in der kalten Winterluft zu kleinen Wölkchen. »Du bist kaum zweiundzwanzig, Nicolas! Du hast noch mindestens drei Jahre bis zur Promotion, du hast noch das ganze Leben vor dir. Du kannst nicht heiraten!«

»Warum nicht?«

»Weil du dir damit die Karriere und das Leben ruinierst! Außerdem werde ich nicht zulassen, daß mein Sohn ein kleines Tübinger Flittchen heiratet!« erregte sich Röckli. »Wahrscheinlich weiß sie, daß du mein Sohn bist, wahrscheinlich hat sie sich von dir schwängern lassen, weil sie auf dein Erbe giert!«

Nicolas wurde wütend. »Vater, ich erlaube nicht, daß du so von Maximiliane sprichst! Du kennst sie doch nicht einmal! Wie kannst du solche Gemeinheiten von ihr denken?« Zorn kochte in ihm. »Hast du auch so über meine Mutter gedacht? War sie für dich auch nur ein kleines Flittchen, das versucht hat, dich reinzulegen?«

»Meine Vergangenheit mit deiner Mutter ist irrelevant!« wehrte Röckli ab. »Hier geht es um deine Zukunft. Du wirst promovieren, dann kommst du nach Zürich und machst eine Lehre bei Röckli & Söhne. Ich habe keinen ehelichen Sohn, aber Madeleine ist damit einverstanden, daß wir dich adoptieren, damit du den Namen und die Bank weiterführen kannst. Du wirst bei uns wohnen, du wirst in adäquaten Kreisen verkehren und dort ein Mädchen kennenlernen, das zu dir paßt und mit dem eine Ehe eine Zukunft hat!«

»Wie bitte?« Nicolas starrte seinen Vater an. »Du scheinst ja sehr genaue Vorstellungen von meinem Leben zu haben! Schön, daß ich auch mal davon erfahre! Das gibt mir immerhin Gelegenheit, dir klarzumachen, daß du dir diese Pläne abschminken kannst! Ich studiere Germanistik und Literaturwissenschaft. Wenn ich Banker werden wollte, hätte ich Betriebs- oder Volkswirtschaft angefangen! Zu deutsch und deutlich: Deine Bank interessiert mich nicht! Ich will weder adoptiert werden noch ein passendes Mädchen aus deinen Kreisen heiraten! Ich heirate Max und werde Literaturwissenschaftler!«

»Darf ich dich darauf hinweisen, daß du von meinem Geld abhängig bist, junger Mann?« fragte Röckli gelassen. Er war daran gewöhnt, seinen Willen durchzusetzen. Doch bei Nicolas hatte er keine Chance. Der stand vor ihm, den rechten Mundwinkel zu einem zynischen Lächeln nach oben gezogen.

»Vergiß es, Vater!« fauchte er. »Es tut mir leid, daß du mit deinem passenden Mädchen aus den adäquaten Kreisen nicht zu einem ehelichen Sohn gekommen bist und daher meinst, deine Träume auf mich projizieren zu müssen. Du hast dich dabei nämlich leider verrechnet – ich bin nicht käuflich. Ich werde mich nicht deinem Willen fügen und das von dir vorgezeichnete Leben leben, weil du das Geld hast.«

»Du willst also lieber dieses kleine Mädchen heiraten und mit ihr und dem Baby romantisch in der Dachkammer leben?«

»Ja«, sagte Nicolas fest. »Es wäre schön und einfacher gewesen, wenn du mir geholfen hättest. Aber ich schaffe es auch ohne dich. Wenn du deine Zuwendungen – sowohl die emotionalen als auch die finanziellen – davon abhängig machst, daß ich wie eine Marionette an deinen Fäden zapple, werde ich künftig leichten Herzens darauf verzichten.«

Tobias Röckli wurde wütend. »Du bist genauso stur und verbohrt wie deine Mutter! Bildest du dir ein, daß ich nach deiner Pfeife tanze? Bildest du dir ein, daß ich wider besseres Wissen in ein Projekt investiere, von dem ich nichts halte?« brüllte er.

Nick schüttelte den Kopf. »Vater, hier geht es nicht um ein Projekt. Hier geht es um mein Leben. Aber ich werde nicht darum betteln, daß du es mir erleichterst. Vielleicht ist es gut, wenn ich es allein schaffe – dann muß ich mich wenigstens nicht bei dir bedanken.« Er stieß sich von der Mauer ab, an der er gelehnt hatte. »Entschuldige, daß ich dich nach Tübingen bemüht habe. Ich muß ins Seminar. Schöne Weihnachten für dich und deine Familie!«

»Wenn du mich jetzt hier stehenläßt, brauchst du dich nie mehr an mich zu wenden!« drohte Röckli, legte dem aufgeregten Jungen dann aber doch die Hände auf die Schultern: »Nicolas, Bub, ich will doch nur verhindern, daß du eine glänzende Zukunft wegwirfst!«

»Für mich gibt es keine Zukunft ohne Maximiliane und unser Kind!«

Es war für lange Zeit die letzte Begegnung zwischen Nicolas und seinem Vater gewesen. Irgendwann hatte Nick in der Zeitung gelesen, daß seine Halbschwester geheiratet und ihr Mann die Bank übernommen hatte. Er hatte lächelnd gedacht: »Dann hat er ja doch noch bekommen, was er wollte«, und sich wieder seiner Arbeit zugewandt. Um so mehr hatte er gestaunt, als er eines Tages Post aus Zürich bekommen hatte. Der Notar seines Vaters setzte ihn davon in Kenntnis, daß Tobias Röckli ihm eine Villa am Bodensee und Wertpapiere überschreiben wollte. Nick war darauf nach Zürich gereist und hatte seinen Vater schon schwerkrank angetroffen. Aber er war immer noch der pragmatische Banker.

»Du würdest sowieso erben, wenn ich sterbe. Du hast den Anspruch, von dem entbindet mich nichts. Also gebe ich es dir lieber jetzt, dann kannst du wenigstens die Erbschaftssteuer sparen.«

Es war darüber hinaus zu einer Aussöhnung gekommen – worüber Nicolas nach dem Tod seines Vaters sehr froh war. Er hätte nicht in der Villa leben wollen, wenn Tobias im Streit mit ihm gestorben wäre.

Doch bis dahin war es noch ein weiter Weg gewesen. Davor lag die Zeit in Tübingen nach dem Streit mit seinem Vater und die Auseinandersetzungen mit seiner Mutter. Sie war erst einmal in Tränen ausgebrochen, dann hatte sie Maximiliane bezichtigt, ihren Jungen verführt zu haben; schließlich hatte sie wortreich und in ausführlichen Briefen ihr Schicksal beklagt, das sie so früh zur Großmutter machte. Es war nicht einfach gewesen. Nicht nur, daß die zarte Maximiliane unter der Schwangerschaft litt und von ständiger Übelkeit gequält wurde – nein, Nick hatte bald einsehen müssen, daß er der Doppelbelastung Studium und Taxifahren nicht auf Dauer gewachsen sein würde. Er verbrachte die Nächte am Steuer und schlief dann morgens fast in der Vorlesung ein. Er war müde, hatte Kopfschmerzen und war ständig gereizt. Max ging es nicht viel besser, und so kam es zu Auseinandersetzungen, die häufig genug in Tränen bei ihr und trotzigem Schweigen bei ihm endeten.

Manchmal hätte er am liebsten mit ihr geweint – vor Erschöpfung und Mutlosigkeit. Wie sollte das erst werden, wenn auch noch ein Baby schreien würde?

An einem Abend kurz vor Semesterende stand er mit dem Taxi vor dem Tübinger Bahnhof, als einer seiner Professoren in den Wagen stieg. Er musterte Nicolas erstaunt.

»Jetzt muß ich mich wohl nicht mehr wundern, warum Sie in meinem Seminar schlafen und Ihr letztes Referat unter aller Kanone war!« schimpfte er. »Verdammt noch mal, Berninck, was soll das denn werden? Sie waren mein bester Student, Sie hatten eine Chance, Ihr Studium in Rekordzeit und brillant zu absolvieren. Warum verzetteln Sie sich jetzt mit Taxifahren? Brauchen Sie neuerdings Geld? Reicht Ihnen nicht mehr, was Ihre Eltern Ihnen geben?«

Nicolas zuckte mit den Schultern. »Es kann nicht mehr reichen, Herr Professor. Meine Freundin ist schwanger, wir werden in Kürze heiraten. Darum muß ich Geld verdienen.«

»Ihre Freundin? Ist das nicht die Kleine von Prälat Simon? Na ja ...« Der Professor zündete sich seine Pfeife an. »Mit vier studierenden Söhnen und der Tochter wird sein Haushaltsetat wahrscheinlich reichlich angespannt sein. Aber trotzdem geht es nicht, daß Sie nachts Taxi fahren und tagsüber an der Uni pennen!«

Nicolas lächelte tapfer. »Ich kann's nicht ändern, Herr Professor. Eventuell muß ich die nächsten zwei Semester sogar aussetzen und mir einen Vollzeitjob suchen.«

»Das kann's nicht sein!« schimpfte sein Lehrer. »Wenn Sie erst aufhören, kommen Sie nicht mehr rein! Aber ich habe eine Idee – kommen Sie morgen nachmittag zu mir ins Institut! Vielleicht kann ich etwas für Sie tun.«

Tatsächlich konnte Nicks Professor helfen – er nützte seine Verbindungen zu einem befreundeten Stuttgarter

Verleger und schanzte seinem Lieblingsstudenten Lektoratsaufträge zu, die er zu Hause erledigen konnte. Außerdem fand sich für die Semesterferien ein Job bei einem Bootsverleiher am Bodensee. Doch das hatte einen Nachteil: Nick mußte Anfang Juli antreten, zu einer Zeit, als Max noch mitten in ihrem Abitur steckte. Sein schmaler Ehering glänzte noch ganz frisch, als er am Bodensee ankam und den Wohnwagen neben der Anlegestelle bezog. Drei Wochen ohne Max! Zum erstenmal, seit sie sich kannten, würden sie so lange getrennt sein. Sie hatte geweint, als er sich in Tübingen von ihr verabschiedet hatte, und in ihren Abschmiedsschmerz mischte sich noch der Kummer über den Streit in der Nacht davor. Nick wäre am liebsten bei ihr geblieben. Ihm war das Herz so schwer gewesen, als der Zug aus dem Bahnhof gefahren war und ihre Gestalt auf dem Bahnsteig immer kleiner wurde!

Aber nach dem Tag auf dem Bootssteg fand er an dem kleinen Tisch im Wohnwagen Ruhe, mit dem ersten Manuskript aus dem Verlag zu beginnen, und schon nach der zweiten Woche war er damit fertig. Er wußte, daß er gute Arbeit geleistet hatte. Außerdem bekam ihm die Beschäftigung an der Anlegestelle. Frische Luft, Bewegung und Sonne sorgten dafür, daß er abends ins Bett fiel und acht Stunden tief und fest schlief. Doch davor stand immer ein kleiner Marsch über die Uferpromenade und das Zehnminutentelefonat mit Max; schon in der zweiten Woche freute er sich wieder darauf. Max hatte die Angstfächer Deutsch und Französisch hinter sich, um Mathematik und Physik mußte sie sich keine Sorgen machen; zudem schien sich ihr Körper an die Hormonumstellung gewöhnt zu haben, und sie wurde nicht mehr von dauerndem Erbrechen gepeinigt. Endlich konnten sie wieder miteinander lachen, endlich mußte er nicht mehr bei jedem Wort auf ihre Empfindlichkeit Rücksicht nehmen.

An einem Donnerstagmorgen, in seiner dritten Woche am Bodensee, mußte sie dann zur letzten Prüfung in der Schule antreten. Nicolas dachte an sie – und er freute sich, denn abends würde sie dann zu ihm kommen. Um zwanzig nach sieben würde ihr Zug am Bahnhof in Friedrichshafen ankommen, und er würde sie endlich wieder in die Arme schließen können. Allerdings – da war etwas, was ihn ängstigte. Am Morgen hatte er skeptisch das Bett im Wohnwagen gemustert. Hundertvierzig Zentimeter – eigentlich sollte es reichen.

»Du bist doch erst 'n paar Tage verheiratet. Für dich muß das doch fast zuviel sein!« hatte sein Brötchengeber gewitzelt, als er ihm den Wagen übergeben hatte. Genau das aber war Nicks Kummer. Max war in den letzten Wochen sehr zurückhaltend gewesen – kein Wunder, schließlich war ihr fast ständig übel, ihre Brüste schmerzten, ihr Rücken tat weh, sie hatte Blähungen und war entweder deprimiert oder nervös. Er verstand, daß sie in diesem Zustand nicht an Sex interessiert war. Das änderte aber nichts daran, daß sein Körper sich danach sehnte und er schon erregt wurde, wenn sie ihn nur umarmte! Und es war auch nicht einfacher geworden, nachdem er einmal eine Umarmung falsch interpretiert und nach ihrer Brust gefaßt hatte. Sie war von geradezu mimosenhafter Empfindlichkeit und daher prompt in Tränen aufgelöst gewesen: »Kannst du mich nicht einmal nur in den Arm nehmen und lieb zu mir sein? Denkst du eigentlich immer nur an Sex?«

Er bemühte sich, ihr durch Zurückhaltung seine Liebe zu beweisen – und lag darum abends neben ihr auf dem Bauch, um seine Erektion zu verbergen. Manchmal, wenn sie eingeschlafen war, schlich er ins Bad, und auf dem Wannenrand hockend verschaffte er sich selbst Erleichterung – hinterher fühlte er sich beschämt und leer. Er fürchtete, daß sie ihn dabei ertappen würde, und die Angst schien ihn noch weiter von ihr zu entfernen.

Wie sollte es nur in dem kleinen Wohnwagen gehen? Die winzige Duschkabine war nur durch eine papierdünne Wand vom Innenraum abgetrennt! Es würde ihn seine ganze Selbstbeherrschung kosten, sich weiter zurückzuhalten.

An diesem Donnerstagnachmittag ertappte er sich dabei, daß er ständig auf die Uhr sah und rechnete: »Noch vier Stunden, bis ich sie wiederhabe ... noch drei Stunden ...« Die Zeit wollte fast nicht vergehen, die Boote schienen Ewigkeiten auf dem See zu bleiben und kilometerweit hinauszufahren! Es würde doch wohl nicht irgendein Tretbootfahrer sich verfahren und nicht zurückfinden? Wenn das passierte, mußte er mit dem kleinen Außenborder los und suchen. Manchmal dämmerte es schon, bis er es geschafft hatte, das verirrte Schaf zu finden und in den heimatlichen Pferch zu treiben. Heute durfte das nicht passieren, sonst würde Max alleine auf dem Bahnhof stehen!

Er warf den Lappen, mit dem er eines der Boote poliert hatte, über das Geländer des Stegs und blinzelte auf den See hinaus. Das Wasser glitzerte, in der Ferne tukkerte die Fähre vorbei, Möwen segelten über ihr, ein kleiner Haubentaucher ließ sich direkt neben ihm von der anlaufenden Brandung schaukeln. Doch Nick hatte keinen Blick für die Schönheit dieses Sommertages. Er suchte seine Boote – vier waren draußen, drei hatte er im Blick. Wo war das vierte?

Ein Motorrad knatterte an den Steg; irritiert drehte Nicolas sich um und sah einen langbeinigen Mann in schwarzem Leder und rotem Helm, der eine schwerbeladende BMW aufbockte. Vom Rücksitz kletterte eine kleinere Gestalt und nahm den Helm ab – darunter leuchtete rotes Haar.

»'tschuldigung, bin gleich wieder da!« rief Nick zwei Besuchern zu und rannte an ihnen vorbei zum Ufer. »Max!«

Himmel, wie hatte er dieses Lächeln vermißt! Dieses Lächeln und die Arme, die sich um seinen Hals legten; die weichen, süßen Lippen auf seinem Mund, ihr leises: »Nick! O Nicolas – du hast mir so gefehlt!« Sie legte die Hände an seine Wangen und schaute ihn an. »Gut siehst du aus!«

»Du auch!« erwiderte er. »Ich hab' ganz vergessen, wie schön du bist.«

»Süßholzraspler!« lachte es hinter ihm. Ulrich Simon, Max' ältester Bruder, grinste ihn an: »Nu' lob mich mal, Schwager! Immerhin habe ich dir die Kleine hergefahren!«

»Danke, Uli. Aber ...« Nick hielt Max an den ausgestreckten Armen vor sich. Sie hatte sich die Lederkluft von einem der anderen Brüder geliehen, die Ärmel waren zu lang, die Hose hatte sie unten aufkrempeln müssen, dafür spannte die Lederjacke über dem Bauch. »Ist es nicht ein bißchen gefährlich, wenn Max in dem Zustand noch mit dem Bike unterwegs ist? Wenn euch was passiert wäre!«

»Sag mal, Duracell, wie hast du's eigentlich geschafft, von diesem Reichsbedenkenträger schwanger zu werden? Hat er da nicht vorher überlegt, was beim Bumsen alles passieren kann?« feixte Uli Simon und legte eine Hand auf den Bauch seiner Schwester. »Schwager, das da drin ist zur Hälfte ein Simon – die sind hart im Nehmen!«

»Die Bernincksche Genetik scheint mir aber auch nicht ganz schlecht!« verteidigte Max ihren Mann.

»Wie war deine Matheprüfung?« interessierte diesen jedoch viel mehr.

»Ich hab's geschafft!« jubelte sie. »Ich habe das Abi in der Tasche.«

Es war kurz nach sechs, als er endlich das letzte Boot gesichert, das Kassenhäuschen abgeschlossen und das Tor auf dem Steg verriegelt hatte. Uli hatte sich schon vor einer Stunde verabschiedet, und Nick freute sich darauf, mit Max alleine zu sein – und gleichzeitig fürchtete er sich davor.

Leise öffnete er die Tür zum Wohnwagen. Er hatte am Abend vorher aufgeräumt und einen Strauß Wiesenblumen in einem Glas auf den Tisch gestellt, nun war daneben eine blaue Papierserviette ausgebreitet, zwei Teller, ein Körbchen mit Brot, eine Platte mit Frikadellen, eine Schüssel mit Kartoffelsalat und eine strahlende Max erwarteten ihn.

»Mama meinte, du solltest wenigstens heute abend mal das Gefühl kriegen, ein treusorgendes Weib zu haben. Darum hat sie mir Futter für dich mitgegeben.«

»Vielleicht hätte ich deine Mutter heiraten sollen?« grinste er. »Ihr Kartoffelsalat wäre schon fast ein Grund!«

Er war hungrig, aber fast noch mehr auf Max als auf das leckere Abendessen. Sie sah süß aus in ihrem überweiten, bis zu den Oberschenkeln reichenden Shirt. Sie war auch nicht mehr so durchsichtig wie in den Tagen vor seiner Abreise, die tiefen Schatten unter den Augen waren verschwunden. Er legte beide Hände gegen ihren Bauch.

»Na, Embryo?« blödelte er. »Hast du jetzt auch Abitur?«

»Logisch! Er ist der gebildetste Embryo der Welt! Die letzte Woche habe ich ihn mit mathematischen Formeln gefüttert, außerdem hat er mir bei Physik geholfen – seit ich ihn habe, begreife ich plötzlich, was Schwerkraft ist! Und heute morgen hat er mir auch beigestanden. Der Prüfer hat wohl Angst gehabt, daß ich in der Prüfung niederkomme, wenn er mich zu sehr nervt – und darum hat er es kurz und schmerzlos gemacht. Dabei war Embryo ganz brav. Er war mucksmäuschenstill und hat kein einziges Mal Überschläge an der Nabelschnur gemacht.

Seine Turnstunde hat er dafür vorhin nachgeholt – und jetzt ist er so müde, daß er mir versprochen hat, früh schlafen zu gehen!« Sie legte ihm die Hände um den Hals und küßte sein Kinn. Leise sprach sie weiter: »Ich find' das sehr nett von ihm. Ich will nämlich endlich mal wieder ungestört mit seinem Vater zusammensein.« Sie schmiegte sich an ihn. »Nick – ich war die letzten Wochen so unausstehlich! Kannst du mich überhaupt noch leiden?«

»Dumme Frage!« lächelte er. »Ich liebe dich – auch wenn du kratzbürstig bist!«

»Aber ich habe dich genervt, nicht wahr? Ich war manchmal so empfindlich und unfair. Ich habe meinen ganzen Frust und Streß an dir ausgelassen.« Sie drückte den Kopf an seine Schulter. »Es ist so gut, wieder bei dir zu sein. Ich hab' dich so sehr vermißt – nicht nur tagsüber!« Er war sich nicht sicher, ob er sie richtig verstanden hatte, so nahm er ihr Gesicht zwischen die Hände und schaute ihr fragend in die Augen. »Ja, Nick«, flüsterte sie.

Er küßte ihre Nasenspitze, dann sagte er ernst: »Max, du mußt das nicht tun. Wenn du dich nicht danach fühlst, verstehe ich das. Ich möchte nicht, daß du mit mir schläfst, weil du denkst, ich wäre sonst unzufrieden. Ich kann damit leben, daß du dich momentan ganz auf das Baby konzentrierst.«

»Ich freu' mich auf unser Baby. Aber ich mag auch dich und …« Sie biß sich auf die Unterlippe und senkte die Augen. »Findest du mich mit dem Bauch häßlich?«

Er schüttelte den Kopf. »Im Gegenteil! Er steht dir sehr gut. Und natürlich würde ich gerne mit dir schlafen – aber eben nur, wenn du das auch willst!«

Statt einer Antwort löste sie sich aus seinem Arm und zog das Shirt über den Kopf. Sie war darunter nackt. Nick staunte: Ihre Brüste waren voller geworden, die Brustwarzen größer und dunkler. Der runde Bauch darunter erschien ihm wie die Verkörperung des Weiblichen. Lust und Zärtlichkeit erfüllten ihn. Er zog sein Hemd aus und nahm sie in die Arme. Endlich wieder ihre nackte Haut an der seinen, endlich wieder ihr Mund, der sich für ihn öffnete, und ihre Zunge, die mit seiner spielte! Sie streichelte über seinen Hintern und schob ihn zum Bett.

»Wolltest du nicht erst etwas essen?« fragte er lächelnd.

»Möchtest du?«

»Nein. Ich habe viel mehr Hunger auf dich.« Er streifte Jeans und Unterhose nach unten, sein Penis stand steif und prall, doch wichtiger als seine Erregung waren ihm Max und das Baby. Er schnappte die Kissen, die auf dem Bett lagen. »Leg dich hin, Liebling!«

Sie kam seinem Wunsch nach, er schob die Kissen unter ihren Hintern und drückte sanft ihre Knie auseinander. Obwohl seine Steifheit schon fast schmerzte, wollte er ihr Lust bereiten. Er wußte, daß sie immer etwas mehr Stimulation als er brauchte. Eigentlich hatte er vorgehabt, sich zwischen ihre Beine zu knien und sie zu streicheln, doch dann glitt sein Blick über das kupferrote Fellchen auf ihre zartrosa schimmernde Weiblichkeit, die sich unter seinem Streicheln entfaltete wie eine Blüte. In ihrem Zentrum lockte perlmuttfarben die kleine Perle. Er wußte, wieviel Lust er seiner Liebsten bereiten konnte, wenn er sie streichelte. Er konnte gar nicht anders – er beugte den Kopf darüber und küßte sie sanft. Dann leckte er sich über die Lippen – sie schmeckte wundervoll! Salzig-herb, der Geschmack erinnerte ihn an frische Muscheln. Er wollte mehr davon, und so küßte er sie noch einmal, aber diesmal mit geöffnetem Mund.

»Nick, Nick …«, hörte er sie. Offensichtlich gefiel ihr, was er tat. Ob es ihr auch gefallen würde, wenn er mit der Zunge von oben nach unten strich? Er probierte es und wurde mit einem langgezogenen »Oh« belohnt.

Und als er die Zungenspitze in ihren Eingang zu schieben versuchte, atmete sie schwerer, ja, sie keuchte fast und legte die Hand auf seinen Kopf.

Nick hatte das Gefühl, den Schlüssel zur Schatzkiste gefunden zu haben! Und da war ja das Juwel! Wie würde sie es finden, wenn er sich intensiver damit beschäftigte? Er schob den Mund über die Klitoris und saugte daran. Die Wirkung erschien ihm sensationell: Nicht nur, daß sie seinen Kopf zwischen ihre Beine preßte, nein, sie rief auch: »Bitte – ja, bitte hör nicht auf, o ja!« Er hatte nicht vor aufzuhören – im Gegenteil! Ihm kam statt dessen die Idee, den Kopf etwas zu drehen, so bekam er Platz, den Finger in sie zu schieben. Und das war es wohl, was sie brauchte, denn schon nach drei sanften Stößen verkrallte sich ihre Hand in seinem Haar, sie trommelte mit den Hacken gegen die Matratze und schrie die Lust hinaus, die sie in langen Wellen überkam.

Als sie wieder ruhiger atmete, streckte sie ihm die Arme entgegen. »Komm zu mir, Nick! Ich will dich in mir spüren!«

Er richtete sich auf und schob sich etwas nach vorne, die empfindliche Spitze seines Gliedes glitt über ihre nasse Klitoris und fand ohne Hilfe ans Ziel seiner Wünsche. Max stemmte sich ihm etwas entgegen, er spürte die Wärme, die ihn willkommen hieß. Sie war eng – so eng und so gut! Langsam, Millimeter für Millimeter, weitete sie sich unter dem sanften Druck seiner angeschwollenen Eichel und ließ ihn ein, bis er endlich in ganzer Länge in ihr steckte. Er sah auf ihren Leib hinunter, der Anblick erregte ihn ebenso sehr wie das Gefühl, von ihr auf- und angenommen zu sein. Er zog sich etwas zurück, und als er sich wieder in sie schob, kam sie ihm entgegen, sie nahm seinen Rhythmus auf, einen zunehmend schneller werdenden Tanz, dessen Takt durch seinen ganzen Körper pochte und sein Blut zum Kochen brachte. Nie zuvor war sie ihm so entgegengekommen, hatte sich so für ihn geöffnet und ihm so sehr das Gefühl gegeben, mit ihr in der Lust vereint zu sein! Er wollte es hinauszögern, er wollte, daß es eine Ewigkeit währen würde, und spürte doch, wie er unaufhaltsam einem Höhepunkt entgegenjagte. Noch einmal stieß er in sie – und dann war alles Denken am Ende, er erstarrte in der Bewegung, wie im Schmerz stöhnte er ihren Namen und sank nach Atem ringend in fast peinigend-intensiver Lust auf sie.

Nicolas wurde unsanft aus seinen Erinnerungen gerissen. Von oben klatschten dicke Regentropfen auf seinen Kopf, von unten spritzte das aufgewühlte Wasser an seine Füße. Grelle Blitze zerrissen den Himmel, gefolgt von lautem Donnergrollen – innerhalb von Minuten war der angekündigte Sturm in all der Heftigkeit ausgebrochen, die Seeanwohner so fürchteten.

Für Nicolas war das Wissen um die Gefährlichkeit eines solchen Sturms Teil seiner Liebe zum See. Manchmal, so schien es Nick, war er wie eine Frau: Lieblich und strahlend an der Oberfläche, doch darunter lauerten Strömungen und Gefahren, das Unbeherrschbare, das Elementare, das den, der es aufnahm, aller Masken und Attitüden beraubte und seine bloße Menschlichkeit prüfte.

War es so nicht auch in der Liebe zu einer Frau? War es nicht das, was Max bei ihm ausgemacht hatte und woran sie gescheitert waren? Damals hatte sie ihn gefragt: »Warum?«

Er hatte keine Antwort gewußt – keine jedenfalls, die zufriedenstellen konnte. Daß es nicht nur die Verlokkung des Neuen, Anderen gewesen war, daß er mehr als den Unterleib aus ihrer ehelichen Gemeinschaft hinausgetragen hatte, ahnte sie – und darum hatte sie ihn nach dem Warum gefragt. Mit mehr Geduld, als er von ihr gewohnt war, hatte sie auf seine Antwort gewartet. Doch er konnte ihr damals keine geben. Hätte er sagen sollen: »Ich betrüge dich, weil ich es nicht ertragen kann, bei dir alle Masken fallenlassen zu müssen«? Hätte er antworten können: »Du bist mir zu nahe gekommen, du machst mir damit angst«? Hätte er erwidern sollen: »Ich will mich nicht noch mehr in dir verlieren«? Jeder Satz wäre wahr gewesen – und keiner für sie und ihren Absolutheitsanspruch akzeptabel. Sie hatte ihn ja ganz und ohne Maske gewollt. Sie hatte ja die Mauern, die er schon als Junge um sein verletzliches, verängstigtes, zweifelndes Selbst errichtet hatte, gestürmt, Breschen in sie geschlagen und sie schließlich abgetragen. Max hatte immer alles oder nichts gewollt – und sie hätte ihm nicht zugestanden, zu »allem« weder fähig noch willens zu sein.

Was brachte ihn nun, Jahre später, dazu, wieder ihre Nähe zu suchen? Als Ilse ihm erzählt hatte, wer zu ihrer Party kommen würde, und Max' Name gefallen war, hatte er spontan sein Erscheinen zugesagt. Er wollte Max wiedersehen, und in diesem Moment hatte es ihn amüsiert, daß Ilse offensichtlich nichts von seiner Verbindung zu ihr wußte.

Doch in der Nacht, die der Zusage folgte, hatte er angefangen, sich darüber zu ärgern. Warum verschwieg Max in ihrem Freundeskreis, daß sie mit ihm verheiratet gewesen war? Schämte sie sich gar seiner? Die Idee hatte ihn wütend gemacht. Er war nicht gewillt, das hinzunehmen. So war er mit dem Vorsatz zu der Party gefahren, Max in ihre Geheimnissuppe zu spucken.

Kapitel 6

Maximiliane hat sturmfreie Bude

»Also, Mom – ich fahr' jetzt!« Matthias beugte sich über seine Mutter und küßte sie auf die Wange. Er ging zwei Schritte weiter um den runden Tisch und blieb neben Leah stehen. »Darf ich dich auch küssen, Schönheit?« Leah Diettrichs legte den Kopf zur Seite; das Licht der Kerzen fing sich in ihren Haaren und ließ sie aufschimmern wie poliertes Ebenholz. »Ich würde mich selbstverständlich geehrt fühlen!«

Matthias ging neben ihr in die Knie und plazierte mit gespitztem Mund einen vorsichtigen Kuß auf ihre Wange. Er richtete sich sofort wieder auf und stolzierte steifbeinig zur Tür, an der sein Rucksack im Rahmen lehnte.

»Fahr vorsichtig, Sohn, ja?« bat Max.

»Ja, Mami!« grinste der Junior.

»Und sieh zu, daß du am Montag pünktlich in die Schule kommst!«

»Ja, Mami!« Matthias' Grinsen wuchs in die Breite. Max fing es auf und sagte:

»Zum Abschluß empfiehlt die Mutterglucke: Benimm dich! Sag immer lieb ›bitte‹ und ›danke‹ und gib allen Tanten, die dein Vater dir vorstellt, brav das schöne Händchen!«

»Ja, Mami!« nickte Matthias. »Soll ich Vater irgendwas ausrichten?«

Die Frage hing ein paar Sekunden in der Luft, dann senkte Max die Wimpern und antwortete ruhig: »Nein, ich wüßte nicht, was.«

»Okay – dann ciao!«

Matthias nahm den Rucksack und verschwand. Leah

und Max schwiegen, bis die schwere Haustür ins Schloß fiel. Dann stand Max auf, blies die Kerzen aus, schob die Teller zusammen und trug den Geschirrstapel in die Küche. Leah folgte ihr mit Gläsern und Besteck. Sie räumte die Spülmaschine ein, während Max die beim Kochen entstandene Unordnung aufräumte.

»Sag mal, Max«, begann Leah, als sie die Maschine schloß, »hast du Nicolas wirklich nichts auszurichten?«

Max wischte das Kochfeld sauber, ihre Kupferlocken fielen ihr so übers Gesicht, daß Leah den Ausdruck darin nicht erkennen konnte.

»Was sollte ich ihm zu sagen haben? An unserem Verhältnis zueinander hat sich nichts geändert.«

»Sieht er das auch so?«

Max zuckte mit den Schultern und schrubbte hingebungsvoll einen eingetrockneten Rand auf dem Herd.

»Offensichtlich. Nachdem er letzte Woche im Büro angerufen und mich nicht erreicht hat, hat er sich nicht mehr gemeldet.«

»Vielleicht hat er darauf gewartet, daß du ihn zurückrufst?«

»Warum sollte ich? Ich habe ihm nichts zu sagen!« Max klang etwas trotzig.

Leah nahm ein Glas von einem Bord und schenkte sich Mineralwasser ein.

»Du hast immerhin mit ihm geschlafen.«

»Ach, Leah!« wehrte Max ab. »Welche Bedeutung hat das? Wir leben in den Neunzigern, wir haben die Zeiten, in denen frau sich nur der Liebe ergab, doch hinter uns! Ich habe mit ihm geschlafen, weil ich Lust auf ihn hatte – und daß die aufkam, hat bestimmt nichts mit Liebe zu tun, sondern ganz einfach damit, daß er ein guter Lover ist! Und da die selten genug sind …« Sie wusch ihren Lappen aus und hängte ihn in den Schrank unter das Spülbecken, dann trat sie zum Kühlschrank. »Du hast die Wahl: Ich habe einen wundervollen weißen Rioja, einen feinen Chablis, einen spritzigen Veltliner oder einen trockenen Riesling.«

»Du klingst wie 'ne Weinkarte!«

»Ich weiß doch, was du magst!« grinste Max.

»Den Riesling – wenn's noch der ist, den du vom Baubürgermeister in Esslingen gekriegt hast.«

»Er ist es!«

Leah leckte sich in genießerischer Vorfreude über die Lippen: »Wir sollten öfter in Esslingen bauen! Und von mir aus könnten die uns unsere Gage in Wein auszahlen!«

Während Max die schlanke Flasche aus dem Kühlschrank holte und mit der Vorsicht entkorkte, die das Edelgewächs verdient hatte, nahm Leah zwei Kristallgläser aus einer Vitrine und den Tonkühler vom Fensterbrett. »Ich sag's doch immer: Nix geht über einen Weiberabend mit der einen oder anderen Flasche Riesling!«

»Ich hoffe, du hast deine Zahnbürste mitgebracht!« lachte Max.

»Klar doch!« nickte Leah und trug die Gläser in den großen Wohnraum. »Ich habe schon heute morgen gehofft, daß du mir Riesling anbieten würdest!«

Max folgte ihr mit der Flasche und dem Kühler, stellte beides auf den Tisch und ließ sich auf das bequeme Sofa sinken. Mit einem zufriedenen Seufzer streifte sie die Pumps von den nackten Beinen und öffnete den obersten Knopf ihrer weißen Jeans. Leah setzte sich ihr gegenüber in den Sessel, goß sich ein Glas Wein ein, lehnte sich zurück, packte die Füße auf den Tisch und schlürfte den ersten Schluck.

»Hmm, ist der gut!« lobte sie und nahm noch einen Schluck. »Habe ich dir übrigens schon erzählt, daß ich gestern abend noch im *Fresco* war?«

»Sag mal – schläfst du eigentlich nie?« wunderte sich Max.

»Weniger als du, meine Süße!« grinste Leah.

»Ja, gib's mir – laß mich spüren, daß ich 'ne alte Kuh bin!«

»Wenn alle alten Kühe aussehen würden wie du, würde ich glatt zoophil werden!« Leah trank ihr Glas aus und schenkte sich nach. »Aber ich wollte dir doch vom *Fresco* erzählen. Du errätst nämlich nie, wen ich dort getroffen habe!«

»Wenn ich eh nicht draufkomme, kannst du es mir ja gleich verraten.«

»Mache ich ja! Es war unsere geliebte Freundin Ilse-Bilse, aufgetakelt wie ein Dreimastschoner bei der kaiserlichen Flottenparade ...«

»In Rot, mit einem Ausschnitt, den Thissy als ›tief, aber vergeblich‹ bezeichnen würde?« warf Max ein.

»Och, so ganz vergeblich war er diesmal gar nicht!« wußte Leah. »Sie war nämlich in Begleitung! Klein-Alexander stierte auf ihre angewelkten Titten und sah aus, als ob er es gar nicht erwarten könnte, seine heißblütige Jung-Männlichkeit daran zu beweisen!«

»Ih!« graulte sich Max. »Ich hätte Ilseken einen besseren Geschmack zugetraut!«

»Tja, was soll sie machen? Sie hat nun mal ein Faible für deine abgelegten Verehrer! Und nachdem sie Nicolas nicht kriegen konnte ...«

»Das hätte ich ihm auch übelgenommen«, grollte Max. »Ilse wäre ja noch übler als dieser platinblonde Marilyn-Monroe-Verschnitt mit Hollywoodambitionen, der dem großen Vorbild folgend plötzlich literarisches Interesse entdeckte und wegen Nicolas publicityträchtig Mann und Kinder verließ.«

»Um dann nach einem Vierteljahr reumütig und pflichtbewußt zurückzukehren.« Leah tratschte fröhlich weiter: »Ich bin bis heute überzeugt, daß dein Exgatte da nachgeholfen hat! Wahrscheinlich hatte er die Schnauze von ihr voll!«

»Immerhin war das Timing perfekt! Der Skandal

rechtzeitig zum Start ihres neuen Films, der Verzicht in der Woche, in der sein neues Buch erschien. Das war PR-Arbeit vom Feinsten!« lobte Max. Sie biß sich auf die Unterlippe. »Ich hoffe bloß, Alexander und Ilse haben nicht bemerkt, daß ich auf der Party mit ihm abgehauen bin. Ich brauche nämlich keine PR.«

Leah, die sich gerade eine Zigarette angezündet hatte, beugte sich zu Max hinüber und tätschelte beruhigend ihren Arm. »Keine Sorge! Die waren viel zu sehr mit der Entdeckung ihrer aufeinander fokussierten Leidenschaft beschäftigt.« Sie kicherte. »Außerdem muß Ilse Propaganda für ihre und die besonderen Qualitäten des Jünglings betreiben.«

»Wie bitte?« fragte Max mit zusammengezogenen Augenbrauen.

»Klar doch! Ich habe Ilse-Bilse auf dem Klo getroffen. Während sie die Risse im Verputz zuspachtelte, hat sie mir erzählt, wie toll es mit Alexander im Bett ist.«

»Is' nich' wahr!« staunte Maximiliane.

»Doch, du Pfarrerstochter! Du weißt doch: Wenn uns-Ilse angeschickert ist, vergißt sie immer, daß zur Dame mehr als die prätentiöse Wortwahl gehört.« Sie kicherte: »Ich finde ihre Versuche, damenhaft über des Knaben Wunderhorn zu konversieren, immer sehr unterhaltsam. Wie sonst hätte ich je erfahren können, daß Klein-Alexander besonders darauf steht, fellationiert zu werden?«

Maximiliane konnte es nicht fassen. »Wie bitte? Was bitte?«

Leah lachte. »Ja! Im O-Ton: ›Alex ist ja so dankbar und glücklich, wenn ich ihn fellationiere!‹«

»Und das erzählt sie dir auf dem Klo?«

»Mei, Max, das heißt in diesem Fall nicht Klo, sondern bei Ilse, der Anglophilen, ›ladies washroom‹. Und sie hat es mir natürlich nicht untermalt vom Rauschen der Wasserspülung berichtet, sondern als wir unsere Näschen puderten«, kicherte Leah. »Leider kam jemand rein.

Sonst hätte ich sie glatt gefragt, ob er seiner Dankbarkeit Ausdruck gibt, indem er sie cunnilinguiert!«

»Um sie anschließend kräftig zu penetrieren?« Max trank einen Schluck Wein. »Wenn es, wie du vermutet hast, einen Zusammenhang zwischen Penetranz und Penetration gibt, hat Ilse diesbezüglich bestimmt viel Spaß mit Jung-Alexander!«

»Ja – in Sachen Penetranz macht dem so schnell keiner was vor! Was das angeht, paßt er doch wunderbar zu Ilse-Bilse!« Leah hängte eines ihrer hübschen Beine über die Sessellehne. »Ich habe mir vorgestellt, was los gewesen wäre, wenn Ilse deinen Exgemahl erwischt hätte!«

»Ich vermute, bei dem würde die schönste Erregung in sich zusammensinken, wenn ihm eine androhen würde, daß sie ihn jetzt gleich fellationiert!« amüsierte sich Max. »Außerdem würde er es nicht so sehr goutieren, wenn die Geheimnisse seines Alkovens im ›ladies washroom‹ ausgeplaudert werden!«

»Bei den Bettgeschichten seiner Literaten ist er aber nicht so diskret. Hat er nicht mal über die homosexuellen Einflüsse im Werk gewisser Literaten geschrieben?«

»Er hat!« bestätigte Max. »In seinem ersten Buch schon. Das hat in Tübingen einen Skandal verursacht, der ihn fast seinen Job gekostet hätte.«

»Aber es verhalf ihm zu einiger Medienpräsenz und brachte das Buch in die Bestsellerliste.«

»Du hast's ihm immer noch nicht verziehen?« lächelte Max.

Leah nickte grimmig. »Es war die Zeit meines Coming-out, in der ich politisch sehr aktiv war. Ich fand's gut, daß ein anerkannter Literaturwissenschaftler sich mit dem Thema der gleichgeschlechtlichen Sexualität auseinandergesetzt hat, aber es hat mich verdammt geärgert, daß er dabei nur an die Herren der Schöpfung dachte! Die lesbischen Literatinnen waren nicht weniger in diesem Spannungsfeld zwischen Sexualität und gesellschaftlichen Normen gefangen.«

»Was erwartest du? Er ist ein Mann!« Max drehte ihr Weinglas am Stiel zwischen den Fingern. »Die Herren der Schöpfung empfinden bei der Vorstellung einer Sexualität, die ohne ihr Zentralorgan auskommt, profundes Unbehagen.«

»Klar!« nickte Leah. »Das macht ihnen bewußt, daß unsere Sexualität variabler und unabhängiger ist.«

Max schwieg in ihr Glas hinein, auf ihrer Stirn entstanden ein paar kleine Denkfalten. Leah beobachtete sie eine Weile, dann fragte sie vorsichtig: »Du empfindest das nicht so?«

Max schüttelte langsam den Kopf. »Was das angeht, war's wohl keine gute Idee, mit Nick zu schlafen.«

»Wie meinst du das?«

Max drehte immer noch ihr Glas, sie lächelte verlegen.

»Zehn Jahre«, begann sie, »bin ich mit meiner unabhängigen Sexualität gut zurechtgekommen. Ich hatte meist keine Zeit, an Sex zu denken. Ich war in erster Linie Thissys Mutter und in zweiter mit dem Aufbau unserer Firma beschäftigt. Da blieb nicht viel Raum für anderes. Ich habe meine sexuellen Wünsche am Schulferienkalender ausgerichtet: Wenn Thissy Ferien hatte und bei Nick war, leistete ich mir die eine oder andere kleine Affäre. Damit bin ich immer ganz gut klargekommen. Aber jetzt ...« Sie beugte sich zum Tisch vor, schenkte sich Wein nach, dazu zündete sie sich eine Zigarette an. »Jetzt habe ich das Gefühl, daß es ziemlich bescheuert war, mit Nick zu schlafen. Er hat mich daran erinnert, wie das ist, wenn man einen richtig guten Liebhaber hat ...«

»Will heißen: Er hat dich richtig angeschärft?«

»Hmmm!« bestätigte Max. »Ich bin momentan so scharf, daß es mich richtig nervt ...«

»Und? Was machst du dagegen?«

Max lächelte – nun nicht mehr so verlegen: »Was wohl? Was machst du, wenn du allein und scharf bist?«

Leah lächelte auch: »Selbst ist die Frau – und solange ich noch zwei gesunde Hände habe, besteht keine Gefahr, daß ich mich unbefriedigt in den Schlaf weinen muß.«

Max nagte an ihrer Unterlippe. »Sei mal ehrlich: Befriedigt es dich wirklich?«

»Dich nicht?«

Max schüttelte den Kopf. »Nur bedingt. Sicher, der Körper ist danach zufriedener. Die Spannung ist raus, ich kann einschlafen. Aber so befriedigt wie nach Sex mit einem Partner bin ich nie.«

»Schämst du dich?« wollte Leah wissen.

»Nein.« Max antwortete spontan und überzeugt. »Die Zeiten sind vorbei. Früher dachte ich, daß Sex und Liebe immer Hand in Hand gehen müssen, daß einer anständigen Frau Verlangen selbstverständlich an den inniglich geliebten Mann gebunden ist. Heute stehe ich dazu, daß mein Körper Bedürfnisse hat, und ich bin stolz darauf, daß ich Lust empfinden und geben kann. Ich sehe nichts, wofür ich mich schämen müßte.« Sie räkelte sich auf dem Sofa, ihre champagnerfarbene Seidenbluse löste sich aus dem Hosenbund und rutschte ein wenig nach oben. Leah konnte eine Handbreit milchweiß schimmernder Haut darunter erkennen. Sie atmete tief durch.

»Sag mal, Max«, begann sie leise. »Hast du eigentlich, wenn du über Sex nachgedacht hast, schon mal an eine Frau gedacht?«

»Zum Beispiel an dich?« fragte Max direkt.

»Es wäre naheliegend – oder?«

Max lächelte. »Ja. Und ich würde lügen, wenn ich abstreiten würde, daß ich auch schon an dich gedacht habe. Du hast nie ein Geheimnis daraus gemacht, daß du lesbisch bist. Aber ...«, sie räusperte sich, »... würdest du denn mit mir schlafen wollen? Ich bin heterosexuell. Ich könnte mir nicht vorstellen, mich in eine Frau zu verlieben. Bei mir wäre es höchstens Neugierde ...« Sie verstummte und schaute Leah fragend an.

»Die Vorstellung, daß ich scharf auf dich sein könnte, gefällt dir nicht«, konstatierte die.

Max wiegte den Kopf von einer Seite auf die andere. »So kann man das nicht sagen. Es würde mich nur insofern stören, als ich dich ja mag und dir Glück wünsche. Mit mir könntest du das aber nicht finden, weil ich deine Gefühle nie erwidern würde.«

Leah stellte ihr Glas auf den Tisch und legte Max die Hand auf den Arm.

»Ich kann dich beruhigen, meine Süße: Ich bin nicht in dich verliebt. Ich mag dich, ich arbeite gerne mit dir zusammen, aber dein Anblick löst bei mir weder Herzklopfen noch weiche Knie aus, und ich träume auch nicht davon, dermaleinst, wenn wir beide alt sind, mit dir auf dem Bänkchen zu sitzen und deinen Enkelchen beim Spielen zuzusehen. Allerdings ...«, sie glitt mit dem Zeigefinger über den Unterarm der Freundin und stellte mit Entzücken fest, daß sich die Härchen unter ihrem Streicheln aufrichteten, »... von der Bettkante würde ich dich nicht schubsen. Im Gegenteil: Ich finde deinen Körper sehr aufregend. Ich wollte schon immer mal rauskriegen, ob du eigentlich eine durchgehend echte Rothaarige bist.« Sie war während ihrer Worte vom Sessel gerutscht und kniete neben Max auf dem Boden. Ihre goldbraunen Augen waren dunkel geworden, die Stimme leise und lockend. Max schaute in die vertrauten und jetzt doch so neuen Augen, ihr Blick glitt über Leahs feine Nase zu dem etwas geöffneten Mund, dessen Lippen sanft schimmerten. Ihr Herz schlug ganz oben am Hals, sie fühlte, wie ihre Brustspitzen unter der dünnen Bluse zum Leben erwachten. Zwischen ihren Beinen breitete sich feuchte Wärme aus, und ihre Hände machten sich plötzlich selbständig, knöpften die Bluse auf und warfen sie hinter das Sofa, dann öffnete sie den Reißverschluß ihrer Hose und strich sie mitsamt dem kleinen Slip nach unten.

»Wie du siehst, bin ich wirklich rothaarig«, sagte sie beherrscht.

Leah streckte die Hand aus und faßte nach einer der zartrosa Brustwarzen, nahm sie zwischen Daumen und Zeigefinger und zwickte sie sanft. Mit der anderen Hand strich sie langsam an Max' Bein nach oben, jeden Zentimeter der weichen, seidigen Haut kosend. »Du bist nicht nur echt rothaarig, du bist außerdem wunderschön – noch schöner, als ich mir dich vorgestellt habe. Im Vergleich zu dir habe ich wirklich eine Figur wie eine Hundehütte: In jeder Ecke ein Knochen.« Max richtete sich etwas auf und faßte mit beiden Händen nach Leahs Shirt. »Ich beneide dich manchmal um deine Zierlichkeit. Neben dir sehe ich aus wie Benjamin Blümchen neben einer Elfe.« Leah streckte die Arme nach oben und ließ sich aus dem Hemd helfen. Dann stand sie auf, wand sich aus ihrem engen Minirock und ließ das Höschen folgen.

Max betrachtete den nackten Körper, angefangen von den kleinen, festen Brüsten mit den schokoladenbraunen, großen Höfen, dem flachen Bauch und dem dunkel schimmernden Fellchen. Leahs Haut war wie mit Bronze übertönt. Max war neugierig, wie sie sich anfühlen würde, und so legte sie die Hände auf die schmalen Schenkel und strich daran nach oben bis zu dem kleinen, festen Po.

Leah stand einen Moment still und genoß die Zärtlichkeit, dann lächelte sie und drückte Max an den Schultern aufs Sofa zurück.

»He, Frau Doktor, bei dem Spiel bin ich die Meisterin und du die Novizin! Es kommt mir zu, dich in Sapphos Nachfolge einzuführen!« Sie strich mit den Lippen über

Max' Wange und küßte sanft ihren Mund. Dabei legte sie die Hände auf die Brüste der Freundin. »Du hast den tollsten Busen, den ich kenne!« sagte sie und begann, mit den Fingern um die Brustwarzen zu kreisen, die sich unter der Berührung noch mehr zusammenzogen. Leah drängte ihre Schenkel zwischen Max' Beine und drückte sie auseinander, dann ging sie, ohne dabei das Streicheln zu unterbrechen, vor ihr in die Knie.

Max schloß die Augen und lehnte sich zurück, überließ sich ganz den kundigen Fingern, die ihre Brüste massierten. Nun legte Leah die Hand unter die linke und drückte sie etwas nach oben, in ihren wartenden Mund hinein. Ihre Zähne knabberten an der Spitze, mit Daumen und Zeigefinger der freien Hand bearbeitete sie gleichzeitig die andere Brust.

»Uh – das ist gut!« seufzte Max. »Du machst das wunderbar!« Sie legte die Arme um Leah und streichelte ihren Rücken. »Hör nicht auf, Liebes – es tut so gut! Eines Tages werde ich noch einen Orgasmus allein davon bekommen, daß jemand meine Titten so bearbeitet!« Leah brauchte keine weitere Aufforderung. Max' leidenschaftliche Reaktion erregte sie und gab ihr das Gefühl weiblicher Stärke. Das war es, was sie wollte und genoß! Und dazu spürte sie an ihrem Bauch Max' feuchte, heiße Weiblichkeit pochen, die sich an ihr rieb und dabei kleine Schauer durch Leahs Körper schickte.

Leah hatte oft daran gedacht, wie es sein würde, Sex mit Max zu haben, aber sie hätte sich nicht vorstellen können, daß es ihr gelingen könnte, ihre Freundin so schnell zu erregen. So sehr es ihr gefiel – Leah schätzte weder Unbequemlichkeit noch Halbheiten. So hob sie den Kopf von Max' Brust und lächelte sie an.

»Wäre das nicht der richtige Moment, mich in dein Bett einzuladen?«

»Hmm!« nickte Max und stand auf.

Leah zögerte noch einen Augenblick, mit einem genießerischen Lächeln schaute sie Max auf der Wendeltreppe nach, dann sprang sie auf, schnappte ihre große Tasche und folgte der Freundin. In der Schlafzimmertür blieb sie stehen und wühlte in ihrem Beutel, bis sie ein längliches, schmales Etui aus besticktem Samt gefunden hatte. Sie ließ die Tasche einfach fallen und ging mit dem Etui zu Max, die die blaue Tagesdecke von dem breiten Bett zurückgezogen hatte und etwas ratlos daneben stand. Leah nahm sie lächelnd in die Arme.

»Meine Süße, ich verspreche dir eine unvergeßliche Nacht – ich werde dich verwöhnen, wie du noch von keinem Mann verwöhnt worden bist!«

Max küßte ihre Stirn. »Und du? Ich möchte nicht bloß verwöhnt werden –ich will etwas zurückgeben!«

»Das darfst du dann schon, keine Sorge!«

»Ich weiß aber nicht, ob ich das so gut kann wie du. Ich habe noch nie mit einer Frau geschlafen.«

»Angst vor der eigenen Courage?« lächelte Leah. »Keine Angst: Du hast schon! Du kennst dich und hast mit dir Spaß. Ich bin eine Frau wie du ...« Leah nahm Max' Nippel wieder in den Mund. Die Reaktion ließ nicht auf sich warten. Max wölbte ihr den Körper entgegen. Diesmal beließ Leah es dabei, an der Brustwarze zu saugen, und setzte die Hände anderweitig ein: Mit der Rechten streichelte sie in Max' Körper entlang bis zum Venushügel, legte sie dann darüber und begann, mit dem Zeigefinger den Ansatz der Klitoris zu streicheln. Mit der Linken öffnete sie das Etui, nahm einen Vibrator in Form eines Delphins heraus und schaltete ihn ein. Sie setzte sich breitbeinig ans Kopfende des Bettes und zog Max zwischen ihre Beine, so daß Max' Kopf an ihrer Schulter zu liegen kam.

Max schaute mit großen Augen auf den surrenden Vibrator. »Was du alles bei dir hast!« staunte sie.

Leah ließ die vibrierende Spitze des Delphins über Max Brüste streichen. »Ich halte mich an das Motto ›Allzeit bereit‹, grinste sie. »Man weiß ja nie, wann und wo man einen kleinen Freund zur Entspannung brauchen kann.«

Der Vibrator glitt über Max' Bauch und den Lusthügel, sie spreizte die Beine und schrie überrascht auf, als der summende Delphin ihre empfindlichsten Stellen berührte. Leah ließ ihn darum kreisen. »Uh – das ist ja irre!« Max atmete schwer, zu Leahs Entzücken schien sie Schwierigkeiten zu haben, sich zu artikulieren. Leah setzte ihr Spielzeug etwas unterhalb der Klitoris an, Max kam ins Hecheln, ihr Becken ruckte unwillkürlich. Leah beobachtete die Reaktion aufmerksam, dann strich sie mit dem Vibrator noch ein Stück nach unten. Die Reaktion kam prompt: Max' Kopf fiel schwer an ihre Schulter. Sie drückte sich dem Delphin entgegen, und Leah gab ihr, was sie begehrte: Sie schob das sanft vibrierende Gerät in sie und zog ihn dann, in einem stetigen, ruhigen Rhythmus, wieder heraus.

»Ja – o ja!« stöhnte Max. Leah erhöhte das Tempo und streichelte gleichzeitig mit der freien Hand Max' Brüste. Es dauerte nur wenige Minuten, bis ihre Freundin in einem explosiven Orgasmus aufschrie. Leah hielt sie einfach fest und lächelte zufrieden. Als Max wieder zu Atem kam, sagte Leah amüsiert: »Du bist ganz schön hetero, Süße!«

»Wie meinst du das?« Max keuchte immer noch ein bißchen.

»Du kommst am besten, wenn du gebumst wirst, nicht?«

»Hmm«, bestätigte Max. »Ab einem bestimmten Moment ist für mich alles Streicheln Spielerei – dann will ich ausgefüllt und gestoßen werden. Ist das bei dir anders?« Sie dreht sich, rutschte ein wenig nach unten und schaute Leah fragend an.

»Mein bevorzugtes Lustorgan ist die Klitoris. Ich komme, wenn die gestreichelt wird. Bumsen finde ich nicht so toll.«

Max lächelte.

»Dann weiß ich ja, was ich jetzt zu tun habe.«

Obwohl sie so bestimmt geklungen hatte, war Max sich ihrer selbst nicht ganz sicher, als sie auf dem Bett etwas nach unten zwischen die gespreizten Beine ihrer Freundin rutschte. War da Lust in ihr? Max erinnerte sich, wie sie Nicks Penis geküßt und an ihm gesaugt hatte, daran, wie seidig sich die Haut darauf anfühlte, wie warm und lebendig er gewesen war. Sie dachte an seine Reaktionen, sein Stöhnen, wie er ihr das Becken entgegengestemmt hatte, wie er die Fäuste geballt und alle Muskeln angespannt hatte, an seine heisere Stimme – ja, das war erregend gewesen, selbst die Erinnerung daran war es.

Doch Max war sich bewußt: Ein nicht zu kleiner Teil des Genusses daran entsprang dem Gefühl, Nicolas, den eigenwilligen, unabhängigen, nicht faßbaren Nicolas, dabei ganz in der Hand zu haben, ihn so hilflos und ausgeliefert zu wissen und ihn, den Stolzen, gar so weit bringen zu können, daß er geradezu um Erlösung flehte.

Mit Leah würde es anders sein. Zwischen Leah und Max gab es keine Machtkämpfe und keine Zweifel. Es bedurfte nicht der Hingabe und Auslieferung als Vertrauensbeweis.

»Will ich das wirklich tun?« dachte Max und beantwortete sich die Frage sofort: Ja. Sie war Leah zärtlich verbunden, und sie wollte ihr zeigen, wieviel sie ihr bedeutete. Sie war dankbar – für die selbstlose Liebe, die sie bei Leah so oft erfahren hatte, für ihren Humor, ihre Wärme und ihre Loyalität. »Wenn jemand meine Zuneigung verdient, dann ist es Leah«, dachte Max, packte die letzten Vorbehalte in eine der untersten Schubladen ihres Gehirns und streichelte ihre Freundin zärtlich, fast erstaunt darüber, wie gut sich das anfühlte.

»Oh …« Leah ächzte – das war nicht mehr nur ein sanfter Finger! Das war eine wohltuende, zärtliche Zunge und ein weicher, voller Mund! Sie öffnete überrascht die Augen und sah eine Flut kupferroter Haare, die sich über ihren Schoß ergossen.

»Ja, genau das! O ja, Max – hör nicht auf! Es ist wundervoll – hör nicht auf!« flehte Leah, denn nun intensivierte sich das Saugen und Lecken. Sie faßte mit beiden Händen nach ihren eigenen Brüsten und drückte sie, zwirbelte in höchster Erregung ihre Brustwarzen und stöhnte unartikuliert. Sie spürte schon das vertraute Ziehen im Unterbauch, diese süße Schwere, die sich ganz in ihrer Lustknospe zu sammeln schien und von dort aus den ganzen Körper wärmte, um sie schließlich auf die große Welle emporzuheben. Sie hatte das Gefühl, minutenlang in einem Wirbel aus sanften Farben, Gerüchen und Berührungen zu schweben, bevor sie sich wieder in Max' Armen fand und das stolze Lächeln in ihren Augen sah.

»Uff – ich werde nie wieder behaupten, daß du in irgendwas eine Novizin wärest!« lobte Leah. »Ich bin selten besser bedient worden!«

»Tja – ich bin ein Naturtalent!« lächelte Max. Sie küßte Leahs Wange. »Aber jetzt brauche ich erst mal was zu trinken und einen Apfel!« Sie stand auf, nahm im Abmarsch einen Apfel aus dem Korb und eilte dann die Treppe ins Wohnzimmer hinunter.

Mit der Weinflasche und den Gläsern kam sie zurück, schenkte ein und reichte Leah ein Glas. Dann sank sie mit einem zufriedenen Seufzer wieder aufs Bett. Der kleine Delphin lag immer noch am Kopfende, Max nahm ihn und schaute ihn interessiert an.

»Hast du noch nie einen Vibrator benutzt?« fragte Leah.

»Nein.« Max wirkte ein wenig verlegen. »Ich bin anscheinend immer noch die prüde Pfarrerstochter – und war viel zu lange Meisterin darin, meine sexuellen Wünsche zu verdrängen.«

»Hast du das auch in deiner Ehe gemacht?«

Max schüttelte den Kopf. »Nein, ich glaube nicht. Da war's ja erlaubt. Aber danach – in den ersten Monaten nach der Scheidung hätte ich mir nicht vorstellen können, je wieder mit einem Mann zu schlafen, schon gar nicht mit Nick. Ich habe viel Abstand gebraucht. Manchmal beneide ich dich – du scheinst mit deiner Sexualität viel weniger Probleme als ich gehabt zu haben.«

Leah trank einen Schluck Wein, dann schüttelte sie den Kopf. »Das hat mir schon mal jemand gesagt – damals klang es für mich wie Ironie, denn die, die da meinte, mich um meine Unabhängigkeit beneiden zu müssen, war die, der ich sie sofort freudig geopfert hätte.«

»Eine unerwiderte Liebe? Du hast nie davon erzählt.«

»Ich habe sehr lange nicht mehr daran gedacht. Erst heute fiel es mir wieder ein – vielleicht, weil du mich ein wenig an sie erinnerst. Sie hat wie du eine ausgeprägt weibliche Figur, wie du ist sie so ein bißchen ›höhere Tochter‹. Ich befürchte nur, sie hat es nicht so wie du geschafft, sich von diesen anerzogenen Werten zu lösen und eine eigenständige Persönlichkeit zu werden. Schade drum.« Leah schaute versonnen in ihren Wein. »Wahrscheinlich würde Blandine nie mit einer Frau schlafen. Du hast einfach mal deiner Neugierde nachgegeben. Sie hätte wohl zuviel Angst, damit alles in Frage zu stellen.« Sie wandte den Blick wieder Max zu und lächelte: »Aber vielleicht ist es gut so. Mit dir zu schlafen war schön, aber es hat an unserer Freundschaft nichts verändert. Ich werde ohne Probleme damit leben können, daß es sich nicht wiederholt. Bei Blandine hätte ich gelitten – ich wollte sie wirklich.«

»War sie deine erste große Liebe?«

Leah schüttelte den Kopf, stellte das Glas ab und legte sich wieder neben Max, den Kopf an ihrer Schulter.

»Nein. Meine erste Liebe war Amanda – meine Klavierlehrerin. Sie war einige Jahre älter als ich, ein bißchen das, was du ›Kampfemanze‹ nennen würdest. Bei ihr war die Neigung zu Frauen auch eine Frage der Weltanschauung, und damit hatten wir dann schließlich Probleme, weil ich eben nicht pur lesbisch, sondern bisexuell bin. Amanda war stinksauer, als ich einmal festzustellen wagte, daß ich ganz gerne mal mit einem Mann schlafen würde. Sie nahm mir einfach nicht ab, daß das wirklich aus mir kommt, sondern unterstellte mir, ich wolle mich bloß der Bequemlichkeit halber an die herrschenden Verhältnisse anpassen, ich hätte nicht den Mut, als Voll-Lesbe zu leben. Das hat uns schließlich auseinandergebracht.«

»Und dann kam Blandine?«

»Nein. Die kannte ich schon sehr lange. Sie war eine Schulkameradin. Die ersten Jahre ist sie mir allerdings nicht weiter aufgefallen. Sie hing viel mit den anderen herum, die über Jungs kicherten und sich vorwiegend für Mode interessierten. Ich fand diese Clique doof und fühlte mich sehr darüber erhaben. Aber irgendwann redete ich mit Blandine, und mir fiel auf, daß sie ein bißchen mehr im Kopf hat, daß sie Ansätze zum eigenständigen Denken zeigt. Und außerdem hatte sie Witz.« Die Erinnerung daran ließ Leah lächeln. »Ich war immer sehr ernst – auch durch Amandas Einfluß, denn die fand die ganze Welt so beklagenswert, daß sie meist mit angesäuerter Miene rumlief und total betroffen war. Mit Blandine habe ich dann so ein Stück Jugend nachgeholt – kichern, lachen, albern, sich aufführen wie die berühmten Backfische.«

»Wie lange warst du mit ihr zusammen?« wollte Max wissen.

»Leider nie wirklich. Ich habe mich in sie verliebt, aber ich habe mich nie getraut, ihr das zu sagen. Ich dachte, es würde unsere Freundschaft kosten.«

»Sie wußte gar nicht, daß du bi bist?»«

Leah atmete tief durch. »Doch. Sie hatte mich mal gefragt, und ich hatte es ihr gesagt. Aber mehr eben nicht – bis zu unserer Abifeier. Da hat sie mich in die Arme genommen und geküßt. Es war kein freundschaftlicher Kuß – es war viel mehr! Ich war selig, ich war glücklich, ich fühlte mich am Ziel meiner Wünsche, ich wollte ihr gerade sagen, daß ich schon seit Monaten in sie verliebt bin, ich wollte mit ihr von der Zukunft träumen. Doch bevor ich den Mund aufmachen konnte, teilte sie mir mit, daß sie sich mit einem Mitarbeiter ihres Vaters verloben würde.«

Max strich tröstend über Leahs Arm. »Das war sicher schlimm für dich.«

»Das Übelste daran war: Ich fand diesen Kerl gräßlich! Bei der Vorstellung, daß er sie anfaßt, daß sie ihn küßt, daß sie mit ihm schläft, wurde mir ganz schlecht! Dieser Klaus-Dieter war ein Macho: eitel, affig, ein Kerl, der meint, die ganze Welt müsse sich um seinen Schniedel drehen und von ihm beeindruckt sein. Er hat meine strahlende, schöne, begabte Blandine innerhalb eines Jahres zur frustrierten Hausmaus degradiert, jeder Ansatz zur Eigenständigkeit war dahin. Ein Jahr nach der Hochzeit hat sie mich in München besucht – es war absolut scheußlich! Sie hat nur noch davon geredet, daß sie endlich ein Kind bekommen wolle, weil das doch ihrer biologischen Bestimmung entspräche und eine Frau nur durch Mutterschaft ihre Erfüllung finden könne. Und überhaupt war Klaus-Dieter ja so scharf auf einen Stammhalter!«

Max schüttelte sich. »Die Sorte Männer mag ich! Als ich Thissy geboren habe, gratulierte mir einer der Ärzte mit den Worten: ›Ihr Mann freut sich bestimmt über den Stammhalter‹. Ich glaube, der wäre vom Glauben abgefallen, wenn ich ihm verraten hätte, daß mein Mann lieber eine Tochter gehabt hätte.«

»Tja – ich wußte schon lange, daß es dem guten Nick am männlichen Profil gebricht!« grinste Leah.

»Wie bitte?« Max klang fast etwas empört. »Ich dachte immer, an dem sei alles dran, was einen Kerl ausmacht – inklusive seiner verdammten Promiskuität und der Einbildung, einem Mann stehe das zu!«

»Hat er das gesagt?«

Max richtete sich auf und warf ihre Locken zurück. »Nein. Aber er denkt es wohl und verhält sich dementsprechend. Früher hat er mich betrogen, jetzt hintergeht er seine Freundin mit mir – Untreue gehört bei ihm wohl dazu.«

»Na ja ...« Leah drehte sich auf den Bauch und stützte den Kopf in die Hände. »Wenn ich an Blandines angeehelichtes Ekelpaket denke ...« Sie schüttelte sich: »Nicks Hintern ist mir sympathischer als Klaus-Dieters Gesicht!«

»Nicks Hintern ist gut! Wenn alles an ihm so gut wäre wie der ...«

Leah grinste: »Wenn ich dich richtig verstanden habe, ist der Rest auch nicht unbegabt.«

»Ach, Leah – so habe ich das nicht gemeint.«

»Ich weiß, ich weiß: Bei einem Gespräch über Nick darf man nie vergessen, daß er der böse, untreue Nicolas ist, der die liebe, unschuldige Max betrogen hat.«

Max zog eine Augenbraue nach oben. »Du siehst es anders?«

Leah nickte. »Ja. Ich lege einen anderen Maßstab an. Ich denke zum Beispiel an Blandines Eheglück, diesen selbstgerechten, spießigen Kotzbrocken und seine miese Einstellung zu Frauen. Nicolas hat deine Karriere gefördert, er hat dich ernstgenommen, er hat nie versucht, dich an Herd und Bügelbrett zu ketten, sondern war immer stolz darauf, eine erfolgreiche, gescheite Frau zu haben.«

»Willst du ihn heiraten, Leah?«

»Oh, oh, Mäxchen stellt die Stacheln auf!« lächelte Leah. »Dabei wollte ich keineswegs deine Entscheidung, dich von ihm zu trennen, kritisieren. Ich hab' nur verglichen und festgestellt, daß mir ein untreuer Nick lieber wäre als ein treuer Klaus-Dieter. Ich vertrete eben eine andere Einstellung in Sachen sexueller Treue.«

»Hältst du sie für überholt?«

»Nein«, sagte Leah ruhig. »Ich möchte auch die Erste und möglichst Einzige im Herzen des Menschen sein, den ich liebe. Ich bin überzeugt, daß Glück und Intimität einer gewissen Exklusivität bedarf. Aber ich weigere mich, sexuelle Treue zum einzigen Kriterium einer Partnerschaft zu machen. Ich halte es nämlich für relativ normal, daß Menschen auch mal in eine andere Richtung gucken. Hast du denn in zehn Ehejahren nicht einmal einen anderen Mann als Nick begehrt?«

»Ich habe Nick nie betrogen!« betonte Maximiliane.

»Ich habe dich nicht gefragt, ob du mit einem anderen Mann geschlafen hast. Ich wollte wissen, ob du einen anderen begehrt hast. Das ist ein Unterschied.«

Max atmete tief durch. »Die ersten Jahre nicht » sagte sie dann versonnen. »Ich liebte Nicolas sehr – so sehr, daß ich keinen anderen Mann auch nur angeschaut oder zur Kenntnis genommen habe. Mein sexuelles Verlangen war an meinen Mann geknüpft, er war alles, was ich wollte, er war der Mann meiner Träume.«

»Aber später hat sich das doch geändert, oder? Ich erinnere mich da an einen gewissen Philipp Wagner. Hat der nicht mehr als deinen Intellekt stimuliert, dieser geschätzte Kollege?«

Max nickte langsam. »Du hast recht. Philipp gefiel mir sehr – und wenn ich nicht verheiratet gewesen wäre, hätte ich seinen Avancen bestimmt nicht soviel Widerstand entgegengesetzt. Aber …«, begehrte sie auf, »ich habe Nicolas nicht betrogen! Ich war treu!«

»Auch im Geiste? Hast du dir nie vorgestellt, wie es sein würde, mit Philipp zu schlafen?«

»Ja, schon …«, gab Max zu. »Ich habe schon mal daran gedacht. In London, auf dem Symposium ...« Sie zögerte, sprach dann aber doch weiter: »Ich hatte Streß mit Nick in der Zeit. Wir hatten uns so zerstritten, er hat tagelang nicht mit mir gesprochen. Ich hab's gehaßt, wenn er schweigend in seinem Schmollwinkel saß, und ich war deswegen so sauer, daß ich ihn abblitzen ließ, als er sich danach mit mir versöhnen wollte. Und da war ich eben anfällig für Philipp. Immerhin hatte ich davor an die vier Wochen nicht mit Nick geschlafen ...« Sie lachte bitter. »Was die Geschichte angeht, hat sich der liebe Nicolas dann ja als Chauvi erster Güte erwiesen. Als ich ihm von Philipp erzählt habe, hörte er nur einen Teil der Geschichte: Daß ich Philipp attraktiv fand. Darob war er so in seiner Eitelkeit gekränkt, daß ihn der Rest der Mitteilung nicht mehr interessiert hat. Er hat sich benommen, als wenn ich ihn betrogen hätte. Komisch – bei mir war das ganz schlimm. Aber als er es dann wirklich getan hat, fand er es anscheinend nicht so tragisch.«

Leah hatte einen Apfel aus der Schale genommen und angebissen. Nun studierte sie nachdenklich das weiße Fruchtfleisch.

»Den Eindruck hatte ich nicht. Außerdem war diese Kleine, mit der er sich da amüsiert hat, doch nur eine Affäre.«

»Du meinst, ich hätte sie ihm verzeihen und die ganze Sache vergessen sollen?« schnaubte Max.

»Wäre das so unmöglich gewesen?« fragte Leah leise. »Er war doch dein Mann, du hast ihn doch geliebt. War für dich wegen dieser Affäre alles dahin?«

»Nein«, sagte Max langsam. »Aber er hat mich nie um Verzeihung gebeten. Er hat es dargestellt, als ob es mein Fehler gewesen wäre.«

»Warst du da nicht ein wenig empfindlich?«

»Wärest du es nicht gewesen?«

Leah biß wieder in ihren Apfel. Eine Weile schwieg sie, dann sagte sie: »Ich glaube, ich hätte anders reagiert –

aber wie schon gesagt: Für mich ist Treue nicht das einzige Kriterium.«

»Ach ...«, seufzte Max leise. Sie dachte eine Weile nach, dann sagte sie leise: »Wahrscheinlich mußte ich damals zu oft zuviel beweisen. Nick hat mir mal vorgeworfen, daß ich nie aus der Rolle der kleinen Schwester von vier großen Brüdern rausgefunden hätte.«

Vielleicht hatte er ja recht gehabt? Es war nicht immer einfach gewesen, die kleine Schwester von vier großen Brüdern zu sein – und es war auch nicht dadurch einfacher geworden, daß sie ein ausgesprochen hübsches Mädchen war. Jeder der vier Simon-Jungen hatte geglaubt, die kleine Schwester beschützen zu müssen, und oft genug hatte sie gehört: »Das kannst du nicht, du bist ein Mädchen.« Alle, inklusive ihrer Eltern, schienen davon auszugehen, daß sie irgend etwas ›Nettes‹ studieren und dann heiraten und Kinder haben würde. Zudem hatte sie in Tübingen unter Beobachtung gestanden. Von der Pfarrerstochter erwartete man ›botmäßiges Verhalten‹, und als sie das erstemal im Minirock zur Chorprobe gekommen war, hatte das allgemeine Entrüstung zur Folge gehabt. Sie hatte sich ihre Unabhängigkeit hart erkämpfen und immer wieder klarmachen müssen, daß sie nicht vorhatte, eine brave Pfarrersehefrau zu werden, sondern eine eigene Karriere wollte.

Warum hatte sie das Nick eigentlich immer wieder unter die Nase gerieben? Sie hatte noch seine Stimme im Ohr: »Ich scheine das letzte Glied zu sein, das die Sünden der Väter zu büßen hat. Ich bin der, der an dir wieder gutzumachen hat, was Generationen von Männer an Frauen verbockt haben.«

Wann hatte er das gesagt? Ja – es war die Auseinandersetzung wegen des Symposiums in London gewesen. Nick saß damals über seiner Habilitationsarbeit, der Termin zur Einreichung rückte näher, und er wurde immer unzufriedener und nervöser. Er zweifelte an seinem Thema, seiner Auswertung, seinen Fähigkeiten, er hätte am liebsten noch einmal ganz von vorne angefangen.

In der Zeit erhielt Max die Einladung zu einem fünftägigen Architektenkongreß in London und fühlte sich ungeheuer geschmeichelt, von einem so erlauchten Kollegenkreis zur Kenntnis genommen zu werden. Nicolas hatte ihr dazu gratuliert, aber beglückt war er nicht gewesen, im Gegenteil.

»Es hätte kaum einen ungeschickteren Zeitpunkt geben können. Ich hoffte, du würdest dich die nächsten Wochen ein bißchen mehr um Thissy kümmern, damit ich Luft bekomme.«

Prompt hatte ihr ältester Bruder, der die Debatte mitbekommen hatte, ihm sekundiert: »Du kannst doch deinem Mann den Jungen nicht aufhalsen, wenn er eigentlich an seiner Habil schreiben sollte! Er braucht jetzt deine Unterstützung!«

Max war hochgegangen wie eine Rakete. »Er braucht meine, weil es um seine Karriere geht? Und was ist mit meiner? Ich bin zum erstenmal zu einem Symposium eingeladen! Aber das soll ich selbstverständlich opfern, weil die Karriere meines Mannes wichtiger ist. Warum eigentlich? Weil er ein Mann ist?«

»Wer ernährt die Familie?« hatte ihr Bruder gefragt. »Nick verdient doch den größten Teil, oder?«

»Aber das auch bloß, weil er etwas älter ist und Vorsprung hat!«

Nick hatte sich eingeschaltet. »Ich habe gar nicht gesagt, daß ich etwas dagegen habe, daß du zu diesem Symposium gehst. Ich habe nur festzustellen gewagt, daß der Zeitpunkt ungünstig ist.«

»Weibliches Karrierestreben liegt für Männer nie günstig!« hatte Max spitz erwidert. »Ich weiß, daß es dir lieber wäre, wenn ich brav zu Hause bleiben, deine Hemden bügeln und deine Socken waschen würde. Ich weiß, daß du mein Bruderherz darum beneidest, daß seine Frau ihm brav dient und er zu Hause keinen Finger krumm machen muß. Dein Pech, daß du so eine Emanze geheiratet hast!«

»O Gott, Max – warum mußt du unsere Ehe dauernd zum Schlachtfeld im Geschlechterkampf machen? Warum verteidigst du ständig Positionen, die ich gar nicht angreifen will? Bin ich schon durch meinen Penis als Chauvi ausgewiesen? Denkst du wirklich so kleinkariert?«

»Nein! Aber du argumentierst wie ein Chauvi!« hatte sie gebrüllt.

Nick hatte den Kopf geschüttelt. »Ist es Chauvinismus, von seiner Partnerin Unterstützung und Loyalität zu erwarten? Ist es Chauvinismus, auf Gleichberechtigung zu hoffen? Manchmal habe ich das Gefühl, du brauchst keinen Partner. Du willst einen Priester, der sich in den Dienst der Göttin stellt! Zu dumm für dich, daß du statt dessen mich erwischt hast!«

Das war eine ihrer vielen Auseinandersetzungen – die sie damals nicht wirklich ernst genommen hatte. Die Kabbeleien mit Nick gehörten dazu – sie hatte nie bemerkt, daß er verletzbarer war als sie, daß er ermüdete und irgendwann resignierte.

Kapitel 7

Nicolas und Matthias spielen

»Ich muß 100 000 Mark für einen Kohledampfer anlegen, dafür bekomme ich pro Fahrt 25 000, also hat sich der Kahn nach vier Fuhren amortisiert«, rechnete Nick.

Matthias schüttelte den Kopf und tippte auf den Computerbildschirm vor ihnen. »Dad, Betriebswirtschaft ist eindeutig nicht deins. Du mußt noch die Kosten für den Kanal einkalkulieren. Und der kommt dich teurer als jede Bahnlinie!«

»Nachher haben wir aber wieder zu viele Züge!«

Matthias grinste. »Komm, gib's zu: Du findest Schiffchen einfach witziger als Eisenbahnen!«

»Klar! Und wenn ich schon spiele, dann will ich auch meinem Spieltrieb freien Lauf lassen.« Nick schob die Computermaus über den Tisch und drückte eine Taste. In der Landschaft auf dem Bildschirm entstand ein Loch, er grinste, schob die Maus weiter und ließ das nächste Loch graben.

»Ich glaube, ich muß den Kinderschutzbund anrufen!« stöhnte Matthias. »Die können mir vielleicht sagen, was man gegen einen Vater unternehmen kann, der immer blöde Kanäle durch den Transport-Tycoon bohrt!«

»Wenn du nicht willst, daß ich Kanäle baue, dann laß uns doch flippern!« schlug Nick vor.

»Das ist endlich mal eine richtig pralle Idee! Ich habe nämlich einen geilen Flipper programmiert – total scharf!« Matthias wühlte in dem Rucksack, den er neben den Schreibtisch gestellt hatte. Mit enttäuschtem Gesicht kam er wieder nach oben. »Mist! Diskette zu Hause vergessen!« Er kratzte sich am Kopf, dann kam ihm eine

Idee: »Mom ist doch daheim. Wenn sie meine Kiste anwirft und das Modem anschaltet, kann ich mir die Flipperdatei holen!« Er angelte nach dem Telefon. »Darf ich?«

Nick stellte das Tablett mit Teekanne, Bechern und einer Karaffe mit Rum auf den Schreibtisch und lächelte Matthias an, der nachdenklich auf den Bildschirm schaute.

»Na, hat's geklappt? Bekommst du deine Datei?«

»Hmmm«, grummelte der Junior.

Nick schenkte Tee in zwei Becher und goß großzügig Rum dazu. Weil Matthias sich im Schreibtischstuhl niedergelassen hatte, zog er den Besucherstuhl zu sich, ließ sich darauf nieder und legte die Füße auf die Tischkante. Einige Minuten sah er Matthias zu, der schweigend, mit ernster Miene, die Dateiübertragung beendete und dann das Programm installierte.

»Du bist so still, Sohn ...«, sagte Nick freundlich.

»Hmmm«, machte Matthias noch einmal. Er trank einen Schluck Tee, ohne den Blick vom Monitor abzuwenden. »Du, Dad«, setzte er dann an, »kann ich dich mal was Indiskretes fragen?«

»Kommt darauf an«, lächelte Nicolas. »Wenn du mir das Recht der Aussageverweigerung bei zu indiskreten Fragen zugestehst ...«

Matthias nagte an seiner Unterlippe, endlich fragte er: »Dad, kannst du dir vorstellen, daß Mom lesbisch geworden ist?«

Nick fiel fast der Teebecher aus der Hand. »Wie bitte?« staunte er. »Wie kommst du denn auf die Idee?«

»Na ja – als ich eben in Stuttgart angerufen habe, hat Leah abgenommen. Ich bat sie, mir Mom zu geben. Die muß in ihrer Nähe gewesen sein, Leah hat jedenfalls nicht nach ihr gerufen, sondern ganz normal gesprochen. Ich bat Mom, an meinen Computer zu gehen und den anzuschalten.« Er nahm einen Schluck Tee. »Du kennst unser Haus nicht, aber wahrscheinlich kannst du es dir vorstellen: Unten ist ein großes Wohnzimmer, das Eßzimmer und die Küche. Das Wohnzimmer reicht bis in den ersten Stock, über die Hälfte des Raumes ragt eine Galerie mit einer Wendeltreppe. Im ersten Stock neben der Galerie ist Moms Schlafzimmer, daneben meines. Unter dem Dach haben wir dann noch ein Gästezimmer und Moms Arbeitsraum. Kannst du mir folgen?«

»So weit reicht es gerade noch.« Nick nahm die Füße vom Tisch und schenkte sich Tee nach. »Bleibt die Frage, ob rothaarige Architektinnen, die gerne Wohnräume mit Galerie bauen, eine besondere Affinität zur gleichgeschlechtlichen Liebe haben.«

»Nö!« befand Matthias etwas genervt. »Aber es war so: Mom brauchte nur drei oder vier Schritte, bis sie an meinem Computer war. Auf jeden Fall ist sie keine Treppe raufgegangen.«

»Und was schließen Sie daraus, mein lieber Sherlock?«

»Daß Mom in ihrem Schlafzimmer war! Leah war bei ihr. Und Leah ist – na ja, zumindest bisexuell.«

»Und daraus schlußfolgerst du nun, deine Mutter könnte reif für einen Besuch auf der Insel Lesbos sein?« Nick klang amüsiert.

»Nicht nur deswegen.« Matthias füllte seine Tasse nach. »Vor ein paar Tagen war sie abends auf einer Fete. Vorher hat sie gemault, daß sie eigentlich keine Lust habe und müde sei. Dann kam sie aber erst im Morgengrauen heim – beschwipst, mit verwuschelten Haaren, ziemlich zerknautschtem Kleid und mehr oder weniger abgeschminkt.«

Nick nahm die Füße vom Tisch und richtete sich auf. »Sohn«, begann er ernst, »abgesehen davon, daß ich mir beim besten Willen nicht vorstellen kann, daß deine Mutter das Lager gewechselt hat – unser Gespräch fängt an, degoutant zu werden! Deine Mutter ist ein erwachsener, freier Mensch. Weder du noch ich haben das Recht, uns in ihr Liebesleben einzumischen. Ob sie mit ihrer Freundin im Schlafzimmer ist oder eine Nacht durchbummelt, geht keinen von uns etwas an.«

Matthias faltete die Arme über der Brust.

»Im Gegensatz zu dir ist sie mir nicht gleichgültig«, sagte er spitz. »Ich mache mir Sorgen um sie!«

Nick seufzte leise.

»Thissy, das weiß ich. Aber du solltest dich dennoch aus ihrem Privatleben raushalten. Mir gestehst du doch auch zu, ein solches zu haben, ohne daß ich dich vorher um Genehmigung fragen müßte.«

»Ich dachte immer, ich sei ein Bestandteil eures Privatlebens!« schmollte der Junior.

»Gut.« Nick atmete tief durch. »Ich sollte mich präziser ausdrücken. Du bist bei deiner Mutter und mir wahrscheinlich der wichtigste Bestandteil des Privatlebens. Aber daneben haben wir auch noch ein Liebesleben – und an meinem beziehungsweise dem von Maximiliane hast du so wenig Anteil, wie wir uns in deines einmischen.«

Matthias versank in Grummeln, dabei rührte er in seinem Tee und schaute konzentriert in den Becher. Nicolas ahnte, daß er diese kampflose Hinnahme mehr seiner väterlichen Autorität als seiner Überzeugungskraft zu verdanken hatte, doch im Gedanken an die Nacht mit Max entschied er, es gut sein zu lassen. Er wechselte das Thema und tatsächlich – eine Viertelstunde später fand er sich in einem spannenden Flipperduell mit seinem Sohn wieder.

Doch der Gedanke an Max und Leah ging ihm nicht mehr aus dem Kopf. Er war kurz vor Mitternacht ins Bett gegangen, doch obwohl er müde war, konnte er nicht einschlafen. Seit fast drei Wochen versuchte er, Max wieder aus seinen Gedanken zu verdrängen. Als er am Morgen in seinem zerwühlten Stuttgarter Hotelbett aufgewacht war und festgestellt hatte, daß er alleine war, hatte er lächelnd gedacht: ›Sie frühstückt immer noch mit ihrem Baby.‹ Er hatte sich daran erinnert, wie oft sie ihn gescholten hatte, wenn er morgens nur eine Tasse Kaffee im Stehen getrunken hatte.

»Nicht zu frühstücken ist ungesund! Das mußt du deinem Sohn nicht vorleben!«

Nun würde sie mit Matthias am Tisch sitzen und Kaffee trinken. Danach würde er sie anrufen.

Er hatte sie nicht erreicht. Sie hatte ihn nicht zurückgerufen, sie hatte sich nicht einmal für die Blumen bedankt – und das war wohl ihre Art, ihm zu sagen: »Diese Nacht hat nichts verändert!«

Zuerst hatte es ihn geärgert. Er war drei Tage danach zu einem Kongreß gefahren und dort erst einmal zwei Tage durch Schweigsamkeit und eine verschlossene Miene aufgefallen. Am dritten Morgen hatte er dann einen Vortrag zu halten. In der zweiten Reihe saß eine junge Blondine. Eigentlich war sie nicht sein Typ – kurze Haare, Nickelbrille, schwarzer Rollkragenpullover und schwarze Jeans, etwas flachbrüstig und reichlich intellektuell, was sie vor allem dadurch zu beweisen bemüht war, daß sie ihn skeptisch betrachtete und im Anschluß an seine Ausführung kritisch-spitze Fragen stellte. Er kannte diesen Typ, er kannte ihn nur zu gut: Wahrscheinlich unterrichtete sie zeitgenössische Literatur, hatte ihre Dissertation über den latenten Sexismus bei Brecht geschrieben und zog bei Nennung des Namens ›Berninck‹ skeptisch die Augenbrauen hoch, um sodann in eine längere Philippika darüber auszubrechen, daß Populisten wie er die Identifikation der Arbeiterbewegung mit der zeitgenössischen Literatur verhinderten.

Was war es, das ihn an diesem Tag dazu brachte, ihre erste Frage mit dem strahlendsten Lächeln, das ihm zur

Verfügung stand, zu beantworten und sie nach der Diskussion im Foyer zu suchen, um sich dort dann mit x-mal Gehörtem auseinanderzusetzen?

Er hatte sich nicht die Mühe gemacht, über seine Motive nachzudenken. Er hatte sie zum Abendessen eingeladen, und sie hatte angenommen. Im Restaurant erzählte sie ihm dann, daß sie Sonja hieß und an der Universität in Hamburg unterrichtete. Dann wurde er vier Gänge lang über ihren mühsamen Selbstfindungsprozeß unterrichtet, den sie mit Hilfe ihrer Frauengruppe und ihrer Wegbegleiterin bewältigt hatte. Anscheinend hatte ihr die keine Warnung vor gelangweilten Kollegen übermittelt, und so waren sie schließlich in seiner Suite gelandet – allerdings erst, nachdem sie ihm dreimal versichert hatte, daß sie sonst nicht »einfach auf Kongressen rumvögele«. Damit hatte sich ihr Widerstand dann auch. Im Zimmer ließ sie sich willig küssen und als ihre Hände über seinen Körper wanderten, zippte sie den Reißverschluß seiner Hose auf und griff nach seinem halbsteifen Penis. Bei dem Versuch, ihn zu befreien, quetschte sie ihn; Nicolas schluckte ein wehleidiges »Autsch«. Er hatte nicht zum erstenmal das Gefühl, in diesem Zustand empfindlicher als andere Männer zu sein, und war nicht scharf auf eine Debatte darüber. Außerdem – er hatte es mit einem unterdrückten Seufzen festgestellt – war er eigentlich nicht scharf auf Sonja. Aber seine Hände und sein Körper hatten sich bereits routiniert auf den Weg gemacht. Knopf für Knopf öffneten seine Finger ihre Bluse, er küßte die linke und die rechte Brust und sagte freundlich: »Du hast süße Titten!« Dabei dachte er: »Für meinen Geschmack hast du allerdings zuwenig davon!« Dann war ein Jeansknopf zu öffnen, er schob die Hose nach unten, sie half ihm, indem sie sich vollends herausstrampelte. Darunter kam ein fleischfarbener Baumwollslip zum Vorschein, dünne, dunkle Härchen ringelten sich darüber. »Also keine echte Blondine«, dachte Nick und ermahnte sich im Anschluß: »Junge, nun hast du sie in dein Bett manövriert und Erwartungen geweckt. Konzentrier' dich!« Mit einigem Mißtrauen beobachtete er seinen kleinen Freund – der schien auch nicht unbedingt motiviert zu sein.

Also zog er Sonja vollends auf die Matratze und begann, sie intensiv zu streicheln. Offensichtlich gefiel ihr, was er unternahm – sie seufzte leise und hob ihm ihre feuchte, erregte Venusfalle entgegen. Schon nach kurzem Streicheln hatte sie einen Orgasmus, und ihre Erregung steckte Nick schließlich doch an, sein Glied wurde endlich ganz steif. Nick beschloß, die Gunst der Minute sofort zu nutzen, und glitt über sie. Es tat doch immer wieder gut, in so einen heißen, feuchten Tunnel hineinzustoßen, den Steifen von festem Fleisch massieren zu lassen und das erregte Atmen einer Frau zu hören. Sonja spreizte die Beine für ihn, und ihre Hände krallten sich in seinen Rücken, als sie einen zweiten Höhepunkt erreichte. Trotz seiner Erregung dachte er: »Mist – das gibt wieder Kratzer an einer Stelle, an der schlecht Salbe aufzutragen ist!«

Nick war, als ob ein Teil von ihm neben dem Bett stehen und die Szene beobachten würde. Dieser Teil übte sich in Sarkasmus und prognostizierte kühl: »Bruder, wir sind uns einig: Diese Veranstaltung wäre nicht nötig gewesen. Wann wirst du Idiot endlich lernen, daß Sex mit einer Zufallsbegegnung kein Pflaster für deine verletzte Eitelkeit ist, sondern daß du dich danach mies fühlst? Du benimmst dich mal wieder, als ob du immer noch nicht begriffen hättest, daß Erfüllung nichts mit der Ausfüllung diverser Damen zu tun hat!« Und dieser Teil in Nick war es dann auch, der drei Buchstaben wie eine kalte Dusche einsetzte: »MAX! Das, du Narr, ist bei dir nicht nur die Abkürzung von Maximiliane, sondern steht auch für Maximum. Warum gibst du dich mit weniger zufrieden?«

»Halt endlich die Klappe! Ich muß mich konzentrieren!« fauchte Nick den Kommentator an. Doch er ahnte schon: Es war vermasselt. Zwar stöhnte sich Sonja gerade ihrem dritten Orgasmus entgegen, doch ihm konnte nicht einmal mehr Konzentration helfen. Sein kleiner Freund verweigerte jede weitere Kooperation und begab sich statt dessen auf den Rückzug. Nick ahnte bevorstehende Diskussionen mit der Eröffnung »Warum bist du nicht gekommen? War ich nicht gut genug für dich?«, und er wußte: Ein solches Gespräch würde weder seine Stimmung noch seinen Lustpegel erhöhen. Dieser war sowieso kurz vor dem schlappen Minimum, und so beschloß er, seine schauspielerischen Fähigkeiten zum Einsatz zu bringen: noch einmal kräftig – soweit überhaupt noch möglich – zustoßen, dazu lautstarkes Stöhnen und ein heiseres »Liebling, ich komme«, dann für einen Augenblick stillhalten, Augen zu und ernste Miene, anschließend ein dankbares Lächeln, ein Kuß und: »Du bist eine tolle Frau!« Sonja schluckte den Brocken, ohne auch nur mit der Wimper zu zucken.

»Du bist auch nicht schlecht!« verkündete sie.

Nick rollte sich von ihr herunter und nahm sie in die Arme. Der Gedanke »Vielleicht lügt sie genauso wie ich?« schoß ihm durch den Kopf, und er mußte sich das Lachen verbeißen. »Soviel zur sexuellen Befreiung«, kommentierte er bei sich. »Als es noch verboten war, log man sich darüber hinweg, daß man Lust hatte. Heute ist man frei – und darum lügt man sich darüber weg, daß man keine hat.« Warum wurden Schauspielpreise eigentlich immer nur an Bühnenprofis vergeben? Nick war sicher: Die meisten oscarreifen Leistungen wurden im Bett vollbracht!

»Max!« dachte er sehnsüchtig. Sie hatte ihm nichts vorgemacht: Sie war so erregt und voll Lust gewesen wie er. Er war sicher – nicht nur, weil er den Schauer auf ihrer

Haut gesehen und den Schweiß geschmeckt hatte, sondern auch, weil er ihre Lust gefühlt hatte wie die eigene. Und nun sollte Leah diesen Genuß haben?

Nick sah die beiden Frauen vor sich: Leahs schmalen, fast knabenhaften Körper mit der dunklen Haut, der Kopf mit den schwarzen Haaren zwischen Maximilianes weißen Schenkeln, Leahs Hände mit den kurzgeschnittenen Nägeln auf Maximilianes Brüsten, Bronze gegen Sahne mit Erdbeere. Verdammt – warum quälte ihn diese Vorstellung so sehr? Er ballte die Fäuste und biß die Zähne zusammen, um nicht aufzuschreien.

»Max ist meine Frau!« Er dachte es erst, dann sprach er es aus, leise, aber mit Betonung auf jeder Silbe: »Max ist meine Frau!«

Nein, er hatte den Prozeß ›Berninck vs. Simon-Berninck‹ nicht vergessen. Er erinnerte sich nur zu gut an den Richter mit dem traurigen Walroßschnauzbart und den dunklen Tränensäcken unter den Augen, der gelangweilt seine Fragen gestellt hatte. Eine Ehe, reduziert auf Daten und Fakten – Nick kam es vor wie der Versuch, die Cheopspyramide als ›Millionen aufeinandergetürmter Steine‹ zu beschreiben. »Wann hat der letzte eheliche Verkehr stattgefunden?« fragte der Richter, und Nick hatte der Versuchung widerstehen müssen, rückzufragen, ob nach vollzogener Scheidung der Gedanke daran als ›Eheverkehrsregelverstoß‹ geahndet werden könne. Er hatte in dieser Verhandlung aber nicht nur verbaler Versuchung widerstehen müssen. Als der Richter nämlich sein Barett aufsetzte, um ›im Namen des Volkes‹ sein Urteil zu verkünden, lag Maximilianes rechte Hand neben der von Nick auf dem Tisch. Er meinte, am Ringfinger noch den schmalen, hellen Streifen zu erkennen, den der Ehering hinterlassen hatte. Ihre Fingerspitzen zitterten etwas, die Kuppe des Daumens war verpflastert. Wahrscheinlich hatte sie beim Bau eines Modells wieder einmal zu unbedacht mit dem scharfen

Schnitzmesser hantiert. Das passierte ihr öfter, eine Narbe am Mittelfinger oben kündete von einem schwereren Unfall dieser Art.

Diese schmale, kleine Hand mit den kurzen Nägeln sah so kalt und trostbedürftig aus! Am liebsten hätte er seine darüber gelegt, um ihr von seiner Wärme und Stärke abzugeben. Wie konnte sich dieser schwarzgekleidete Mann da vorne anmaßen, im ›Namen des Volkes‹ den Totengräber seiner Gefühle zu spielen? Wie konnte er sagen »erkläre ich die Ehe für geschieden«? War da nicht einmal ein anderer Mann in einem schwarzen Talar gewesen, der diese Ehe »im Namen Gottes« geschlossen hatte, bis »daß der Tod euch scheidet«?

Nick hatte es später immer als Ironie empfunden, daß er in der Scheidungsverhandlung zum erstenmal gedacht hatte: »Niemand wird mich je von dem Gefühl für sie scheiden können. Max ist meine Frau. Ich werde nie für eine andere so empfinden.«

Warum hatte er nur zehn Jahre und unzählige Sonjas gebraucht, um die Konsequenz daraus zu ziehen?

Kapitel 8

Maximiliane erprobt Verbindendes

Max nahm den blauen Schutzhelm ab, kratzte sich nachdenklich mit einem Finger hinter dem Ohr und stülpte dann den Helm wieder über ihre in einen Zopf gebändigte Mähne.

»Ne, Jungs, das kann nicht funktionieren«, sagte sie entschieden. »Ich habe mir bei der Planung was gedacht, und wir haben an der Statik lange genug getüftelt. Wenn wir das Konzept von den aufgehängten Verbindungsstegen jetzt verwässern, sieht's zum einen nicht mehr aus, und zum anderen kostet es ein Schweinegeld, von oben nach unten sämtliche tragenden Säulen zu verstärken.«

»Aber wenn unser Bauherr ...«, begann der hochgewachsene blonde Mann an ihrer Seite. Max schenkte ihm ein Lausbubengrinsen.

»Seit wann nehmen wir denn unsere Bauherren ernst?« Sie zwinkerte. »Ich schlage vor, wir machen hier weiter wie geplant. Leah fährt morgen zu unserem Bauherrn und rechnet ihm – beflissen und entgegenkommend, wie diese unsere Firma ihren Kunden gegenüber immer ist – vor, was sein Änderungswunsch kosten würde.«

»Wenn Leah ihm das vorrechnet, singt er uns danach ein Loblied für unsere kostenbewußte Planung!« lachte der Blonde. Er rollte eine große Zeichnung auf und hielt sie an die Betonwand. »Hier habe ich aber doch Bauchweh! Das ist nämlich mal wieder eine echte Max-Schönwetterplanung! Wenn ich ...« – er deutete mit dem Finger auf die Zeichnung – »... den Steg nur an den beiden Säulen aufhänge, kann ich erst weitermachen, wenn der Beton ganz abgebunden hat – und das kann bei diesem Sauwetter dauern!«

Max runzelte die Stirn.

»Wo du recht hast, hast du recht.« Sie legte den Kopf in den Nacken und blickte am Rohbau entlang nach oben. »Links und rechts ein Anker in die tragende Geschoßwand ...«, überlegte sie laut. »Was hältst du davon, Bernie?«

Bauleiter Bernhard Lehmann wiegte den Kopf.

»Früher hätte ich dich darauf hingewiesen, daß es in der Statik nicht darauf ankommt, was wir davon halten, sondern allein darauf, was die Konstruktion hält. Aber«, er rollte seinen Plan zusammen, »inzwischen habe ich gelernt, deiner Intuition zu trauen!«

»Brrr!« machte Max lächelnd. »Fang so was nicht an, mein Alter! Mir fehlt was, wenn du mir nicht mehr jede Bauchentscheidung nachrechnest.« Sie wurde ernst und legte eine Hand auf seinen Arm. »Ohne Witz: Ich würde nicht so intuitiv entscheiden, wenn ich dich mit deiner Erfahrung und Präzision nicht hinter mir wüßte!«

Bernhard Lehmann errötete etwas.

»War das dein heutiger Beitrag zur Mitarbeitermotivation?«

»Klar!« grinste Max. »Lob kommt billiger als angemessener Lohn. Das ist eine alte Architektenweisheit.«

»Die scheint aber bisher geheim gewesen zu sein!« knurrte Lehmann. »Jedenfalls bist du die erste Architektin, bei der ich das Gefühl habe, als Bauleiter nicht nur der Depp zu sein, der für alles verantwortlich ist, was schiefgeht.«

»Wenn du jetzt noch behauptest, daß ich mich kommunikationsmäßig total gut ins Team eingebracht habe, schubse ich dich vom Gerüst!«

Max beugte sich über das Geländer und schaute auf den mit Maschinen und Material zugestellten Bauhof hinunter.

»Das Einbringen – kommunikationsmäßig und so – überlassen wir der Frau Jensen-Pauly«, grinste Lehmann.

Max antwortete nicht, statt dessen sagte sie leise:

»Was macht der denn hier?« Sie setzte sich in Richtung Leiter in Bewegung. Lehmann folgte ihrem Blick und sah einen roten Golf, der direkt unter dem Kran parkte. Daneben stand ein kräftiger Mann in Schwarz, der am Gerüst hinauflinste.

»Trottel – ohne Helm auf der Baustelle!« knirschte Lehmann.

Maximiliane konnte ihn schon nicht mehr hören. Mit der Gewandtheit einer Katze, durch reichlich Baustellenübung erworben, kletterte sie die Leiter hinunter, schnappte im zweiten Stock nach dem Seil eines Flaschenzuges und ließ sich daran auf den Boden hinunter. Unten angekommen, zog sie die dicken Arbeitshandschuhe aus und klemmte sie hinten in den Bund ihrer Jeans.

»Hallo, Tarzan!« grüßte Nicolas. »Warum habe ich das Gefühl, daß der Stunt eben nicht ganz den geltenden Sicherheitsbestimmungen auf dem Bau entsprach?«

Max deutete nach oben, wo am Ausleger des Krans eine schwere Werkbank schwebte.

»Auf einer Baustelle, auf der Leute ohne Helm direkt unter dem Kran rumturnen, kommt es darauf auch nicht mehr an!« Sie nahm ihn am Arm und zog ihn ein Stück zur Seite. »Was verschafft mir die Ehre deiner Visite? Ist was mit Thissy?«

»Nein«, antwortete er beruhigend. Er legte den Kopf in den Nacken und sah an den sich auftürmenden Betonwänden hinauf. »Interessanter Bau!«

Max lachte.

»O Nick – du mußt dich nicht verrenken! Du könntest in diesem Stadium eine Kläranlage nicht von einer Kathedrale unterscheiden!«

»Hmm – eine Kathedrale hat Türme?«

»Moderne Kläranlagen auch!« Max zog fröstelnd die Schulter unter der abgeschabten Jeansjacke hoch, denn es hatte wieder zu nieseln begonnen. Sie ging auf eine Reihe Container zu, die am Rand des Geländes neben einem Bretterzaun standen. »Bist du gekommen, um dich bei mir über Kläranlagen zu informieren?« fragte sie über die Schulter, während sie die Treppe zu den oberen Containern hinaufstieg.

»Warum nicht?« Nick folgte ihr. »Du kannst mir sicher viel Interessantes darüber erzählen.«

Max schloß eine Blechtür auf, knipste das Licht an, betrat das spartanisch eingerichtete Büro, hängte den Helm über einen an der Wand angebrachten Haken und lehnte sich an den Schreibtisch. Erwartungsvoll betrachtete sie ihn.

Nicolas ließ sich Zeit. Er studierte erst einmal eine an die Wand gepinnte Rißzeichnung des geplanten Gebäudes, dann sah er durch das Fenster noch einmal hinüber zur Baustelle. Schließlich ließ er sich in den einfachen Drehstuhl vor dem Tisch fallen.

»Wenn du mir nichts über Kläranlagen erzählen willst, können wir uns ja über Blumen unterhalten«, schlug er vor.

Max rutschte vom Schreibtisch und schaltete den Heizstrahler ein.

»Entschuldige«, sagte sie leise. »Ich hätte mich für den schönen Strauß bedanken sollen.«

»Du kannst es nachholen.«

Sie drehte sich wieder zu ihm; zwischen ihren Augen stand eine steile Falte.

»Gut, wenn du Wert darauf legst.« Sie atmete tief durch. »Danke für die Blumen, Nicolas. Sie waren sehr schön, und ich habe mich darüber gefreut.« Mit über der Brust gefalteten Armen stand sie vor ihm, das Becken herausfordernd nach vorne geschoben. »Zufrieden?«

»Nein«, antwortete Nick. Er lehnte sich zurück und schlug die Beine übereinander. »Als Wiedergutmachung könntest du mit mir essen gehen.«

»Ach, Nick!« seufzte sie. »Was soll das werden? Der Versuch, etwas längst Vergangenes wiederzubeleben?«

Er schüttelte langsam den Kopf.

»Mäxchen, du überschätzt dich.« Er lächelte sarkastisch. »Du bist eine sehr attraktive Frau. Aber so attraktiv, daß ich nach einer Nacht mit dir meine Freiheit wieder aufgeben würde, bist du dann auch wieder nicht.«

»Ach ja? Und warum bist du dann hier?«

»Ganz einfach ...« Nick stand auf und griff nach dem losen Bund ihrer Jacke. »Ich bin nicht scharf darauf, noch mal eine feste Beziehung einzugehen. Und ich bin schon gar nicht scharf darauf, noch einmal zu heiraten. Aber ich bin scharf auf dich.« Er zog sie am Hosenbund in seine Arme. Max wollte ihn im ersten Impuls von sich wegschieben. Was bildete er sich eigentlich ein? Sie war doch nicht irgendein abenteuerlustiges Mädchen, das er an irgendeinem Touristenstrand am See aufgelesen hatte!

Doch da war sein Körper – fest und warm, vertraut und doch fremd genug, ein Prickeln in ihrem Unterleib auszulösen. Und da war sein Duft – ein herbes Rasierwasser, das Leder seiner Jacke, darüber noch etwas. Was war das? Babypuder? Nein, es roch ganz leicht nach Lavendel. Der Duft war ihr mehr als angenehm. Er zog sie an, machte Lust darauf, die Nase an seinen Hals zu legen.

Und überhaupt: Was sprach eigentlich dagegen? Daß er sie vor Jahren einmal betrogen hatte? Daß sie es damals als Demütigung empfunden hatte? Daß ihr damals der Stolz befohlen hatte, sich von ihm zu trennen? Es war mehr als ein Jahrzehnt seitdem vergangen. Sie war nicht mehr die verletzbare, empfindliche junge Frau. Sie war nicht mehr die brave Pfarrerstochter, die schon den Gedanken an Sex mit einem anderen als dem Geliebtesten ›unanständig‹ fand. Sie hatte gelernt, sie war erwachsen geworden. Und sie konnte dazu stehen, daß sich ihr Körper nach seiner kraftvollen Männlichkeit gesehnt hatte, daß sie seit dieser Nacht ständig daran dachte, wie er sie an den Baum gelehnt hatte und in sie eingedrungen war.

Sie hob die Augen und schaute ihn.

»Du bist ganz schön unverschämt, Nicolas.«

Er nickte, seine Hände strichen an ihrem Rücken entlang, er zog die Handschuhe aus ihrem Hosenbund und warf sie auf den Tisch, dann griff er nach ihren Hinterbacken und drückte sie daran an sich.

»Als wir uns das letztemal getroffen haben, hat dich meine Unverschämtheit nicht gestört«, schnurrte er an ihrem Ohr. Er strich mit den Lippen über ihre Wange bis zum Mundwinkel. Es war nur eine federleichte Berührung, doch sie genügte, Maximilianes Knie in Pudding zu verwandeln. Sie legte die Arme um seinen Hals und drehte den Kopf gerade so weit, daß ihre Münder sich deckten. Ihre Zungenspitze schnellte hervor und tippte gegen seine Lippen; er reagierte, indem er ihr die seine entgegenhob.

Diesmal würde er nicht schauspielern; er würde es nicht müssen. Schon das Spiel ihrer Zungen, die Wärme ihres Körpers an seinem Mund und die festen Rundungen unter seinen Händen erregten ihn. Er stülpte den Mund über den ihren und küßte sie leidenschaftlich. Max erwiderte nicht nur den Kuß, sondern drückte ihn auf den Stuhl zurück, setzte sich auf seinen Schoß und zog ihm dann die schwarze Wollmütze vom Kopf. Weiche Hände streichelten über seine empfindliche Haut, liebkosten seinen Nacken und schoben sich unter den Kragen seines Hemdes. Er stützte mit dem einen Arm ihren Rücken, mit der anderen Hand schob er ihr T-Shirt nach oben und faßte nach ihrer Brust.

Der Hügel paßte genau in seine Hand – ein runder,

praller Apfel, der sich hineinschmiegte, als ob er dafür geschaffen wäre. Mit den Fingerspitzen hob er den Rand des BHs an und krabbelte darunter, bis seine Fingerspitze die Brustwarze erreichte. Max zuckte zusammen, als er darüberstrich, dann entspannte sie sich und ließ sich weich in seinen Arm sinken. Nick nahm es als Aufforderung, die Brust nun vollends aus dem Halter zu heben und den Kopf darüberzubeugen. Er küßte sie zärtlich.

»Habe ich dir schon mal gesagt, daß du wundervolle Brüste hast?« fragte er leise. »Ich könnte sie stundenlang streicheln und damit spielen!« Er biß sanft in die Brustwarze und hielt sie mit den Zähnen fest, während er mit der Zungenspitze darüberleckte.

Unten heulte ein Automotor auf. Max schrak zusammen und sprang von Nicks Schoß.

»Das war der Bauleiter«, stellte sie fest.

»Der ist weggefahren. Wir sind also allein.« Nick angelte wieder nach ihrer Jacke und wollte sie daran zu sich zurückziehen. Sie wehrte sich.

»Lehmännchen ist zwar weg, aber dafür kommt in Kürze der Nachtwächter. Von dem möchte ich mich nicht unbedingt erwischen lassen.« Sie streichelte über seinen Kopf. »Außerdem habe ich Hunger. Wolltest du mich nicht zum Essen einladen?«

Er erhob sich – ein wenig mühsam, durch den mächtigen Ständer in der Hose behindert. Max, die ihre Kleidung wieder geordnet hatte, grinste und tippte mit dem Zeigefinger gegen die Auswölbung in seiner Hose.

»Damit bist du nicht unbedingt gesellschaftsfähig!«

»Wenn du ihn nicht weiter provozierst, verzieht er sich auch wieder!«

Max nahm seine Mütze vom Schreibtisch und zog sie ihm über. Dann küßte sie seine Nasenspitze – und faßte beidhändig unter seine Gürtellinie. Ihre linke Hand knetete die prallen Hoden, mit der rechten rieb sie an der Stange entlang.

»Es wäre schade, wenn er sich verziehen würde!« schnurrte sie. »Man könnte soviel Spaß mit ihm haben!«

»Biest! Nimm sofort die Hände weg! Oder du läufst Gefahr, daß ich dich über diesen Schreibtisch da werfe!« drohte er.

Max zog die Hände zurück und knipste den Heizstrahler aus.

»Nein, lieber nicht. Der Nachtwächter ist sowieso davon überzeugt, daß Frauen nichts auf dem Bau verloren haben. Außerdem bin ich hungrig.«

»Also – wo wollen wir essen?«

Max dachte einen Moment nach, dann lächelte sie.

»Magst du immer noch Krabben in Knoblauchbutter?«

»Ich sterbe dafür!«

»Das wäre mir aber unangenehm. Mir ist überhaupt nicht danach, heute abend noch 80 Kilo toten Kerl aus meinem trauten Heim zu zerren.«

»Du willst den bösen Wolf in dein Stüblein einlassen?« spielte Nick den Erstaunten.

»Ja. Dein Sohn feiert sein Abi auf einem Zweitagesausflug in den Schwarzwald. Ich habe Krabben in der Gefriertruhe, und wenn wir unterwegs noch Salat und Brot besorgen ...«

»... wird es ein perfekter Abend!« vollendete Nick und marschierte zur Tür. »Ich fahre hinter dir her – okay?«

»Hmm!« nickte Max, löschte das Licht und schloß die Tür ab. »Wo hast du eigentlich deine Nobelkarosse?« fragte sie mit Blick auf den Golf.

»Die steht in Friedrichshafen am Flughafen. Ich war zur Aufzeichnung des neuen Magazins in Mainz.«

»Und hast spontan beschlossen, über Stuttgart heimzureisen?«

Er nickte. »Ich wollte dich sehen.«

Nick pfiff fröhlich die Songs im Radio mit, als er hinter ihr in Richtung Innenstadt fuhr. Das hatte besser geklappt, als er zu hoffen gewagt hatte! Die Idee, sie zu besuchen, war ihm sofort gekommen, als Matthias am Telefon von seinem Ausflug erzählt hatte. Ein kleines Problem war's allerdings gewesen, ihrer Sekretärin die Adresse der Baustelle zu entlocken, doch mit einigem Charme und dem Versprechen, Max nichts von dieser Indiskretion zu verraten, hatte er es geschafft. Und wegen der Behauptung, nur an einem Abenteuer interessiert zu sein, hatte er nicht die Spur eines schlechten Gewissens. Sie hatte ihm doch gar keine andere Wahl gelassen! Die Wahrheit würde sie nur dazu veranlassen, wieder alle Schotten dichtzumachen und ihn aus ihrem Leben zu verbannen. Er hatte damals ihr Vertrauen verspielt – nun mußte er es sich mit Geduld wieder verdienen.

»Und wenn sie denn der Meinung ist, nicht mehr als eine Affäre mit mir haben zu wollen – nun gut, dann soll sie ihr Abenteuer haben. Ich werde dafür sorgen, daß sie für den Rest ihres Lebens mit mir abenteuert!« grinste er in sich hinein.

Vor ihm tauchte der Hauptbahnhof auf. Kurz entschlossen setzte er den Blinker und steuerte den Wagen auf den Parkplatz am Nordeingang.

Zielstrebig eilte er durch die große Halle, steuerte geschickt um eine Gruppe schnatternder Japaner herum und erreichte schließlich das Blumengeschäft am südlichen Ende. Er sah sich kurz um: Rosen, Gerbera, Nelken, Fresien. Nichts davon erschien ihm angemessen. Doch da waren auch noch Orchideen, zarte, weiße Blüten auf einer eleganten Rispe. Er zog drei Zweige aus der Vase und hielt sie der Verkäuferin hin.

»Bitte etwas Grün dazu und einpacken!«

Mit den Blumen in der Hand spurtete er zurück zu seinem Wagen, legte sie vorsichtig auf den Rücksitz und fädelte sich wieder in den Verkehr Richtung Stuttgart-Süd ein. Eine halbe Stunde später war er in Sillenbuch und fuhr seinen Wagen vor die Doppelgarage am unteren Ende des Grundstücks. Max war noch nicht da – klar, sie hatte ja noch Brot und Salat besorgen wollen. Er lehnte sich zurück und zündete eine Zigarette an. Als er sie gerade ausgedrückt hatte, steuerte Max ihr Cabrio neben seinen Wagen. Gleichzeitig stiegen sie aus; Max rief über sein Dach hinweg: »Wo warst du denn?«

Er holte die Orchideen aus dem Auto und packte sie aus.

»Einer schönen Frau muß man Tribut zollen!« Er verbeugte sich vor ihr, drückte ihr die Blumen in die Hand und nahm ihr dafür die Supermarkttüte ab.

Max strich mit dem Zeigefinger vorsichtig über eine der Blüten, dann lächelte sie ihn an.

»Soll ich mich jetzt bedanken oder reicht's später noch?«

Sie ließ ihm keine Zeit zum Antworten, sondern eilte vor ihm die Treppe zum Haus hinauf. Er ging langsam hinterher und betrachtete wohlgefällig ihren Po in den engen Jeans. Nachher würde er wieder die Hände darauflegen, dann würde er ihr die Hose ausziehen. Sie trug sicher keine fleischfarbenen Baumwoll-Liebestöter mit Nierenwärmqualität darunter – das, was sie anhatte, bildete jedenfalls noch nicht einmal einen störenden Rand. Wahrscheinlich war es, passend zum Oberteil, ein spinnwebfeines Nichts – und vielleicht schon feucht und warm?

Die Vorstellung brachte sein Blut wieder in Wallung und seinen immer noch steifen Penis zum Zucken. Er trat hinter ihr durch die Haustür in den Flur, stellte die Einkaufstüte ab und zog sie in die Arme.

»Max«, flüsterte er in ihr Haar hinein. Sie hob den Kopf und küßte ihn.

»Ich habe immer noch Hunger!«

»Ich auch!« Genau, wie er es sich vorher vorgenommen hatte, legte er die Hände auf ihre Pobacken. »Ich habe sogar einen Riesenappetit – auf dich!«

Max schmiegte sich einen Moment an ihn, dann biß sie ihn spielerisch in die Nasenspitze und wand sich aus seinen Armen.

»Erst die Arbeit, dann das Vergnügen!« Sie schnappte die Tüte und die Orchideen und wirbelte damit in die Küche. Die Blumen wurden mit einer Glasvase und Wasser versorgt, dann zog sie die Jacke aus, hängte sie in den Flur, zog auf dem Rückweg in die Küche eine Packung tiefgefrorene Krabben aus dem Gefrierschrank, schüttete sie auf einen Teller und schob ihn in die Mikrowelle. Dann packte sie ihren Einkauf aus.

»Wie sieht's eigentlich mit deiner Tauglichkeit als Küchenhilfe aus?«

Nick hängte die Lederjacke über einen Stuhl, trat zum Ausguß und wusch sich die Hände.

»Ich stehe ganz zu deiner Verfügung!« verkündete er.

Sie schob ihm zwei Salatköpfe, ein Küchenmesser und ein Sieb hin.

»Wenn du Wein dazu brauchst, bedien' dich am Regal! Ich gehe kurz duschen und ziehe mir was Bequemeres an.«

»Ich würde dir gerne beim Duschen helfen!« bot er an.

»Putz lieber Salat, Lustmolch!« Beim Abgang kniff sie in seine Kehrseite. »Hmm – ich fange an, mich aufs Dessert zu freuen!«

Er hörte sie die Treppe hinaufgehen, dann klappte oben eine Tür. Nicolas lehnte sich erst einmal an die Spüle und sah sich in der großzügigen Küche um. Der Herd stand in den Raum hineingezogen und teilte ihn in einen Arbeitsbereich mit Spüle, Schränken und auf Augenhöhe angebrachtem Backofen und der Mikrowelle, und einen Eßbereich, in dem ein Tisch, zwei Stühle und eine weißgelackte Bank zum gemütlichen Klön einluden. Seitlich neben der Bank waren deckenhoch Tonröhren mit der Öffnung nach vorne eingemauert, in den meisten lagen Weinflaschen, ein Korkenzieher hing an einer Kette daneben. Nick nahm ein bauchiges Rotweinglas vom Bord über der Spüle und ging zum Regal. Er zog einige Flaschen heraus, studierte die Etiketten und entschied sich schließlich für einen Roten aus den Côtes du Rhône. Mit dem Glas in der Hand drehte er sich noch einmal um und schaute zum Fenster, das sich auf Augenhöhe über die halbe Wand zog. Auf dem breiten Fensterbrett standen Schweine – jede Menge großer und kleiner Stoff-, Porzellan- und Tonschweine. Es gab liegende, sitzende und auf den Hinterbeinen stehende Schweine, grinsende und traurige. Ein besonders fröhlich lachendes Schwein hielt einen kleinen Holzwinkel in der Hand und hockte auf einem Mäuerchen aus winzigen Backsteinen. Nick sprach es an.

»Wenn du mein Schwein wärest, hättest du ein Buch in der Hand. Aber vielleicht kommt hier ja bald ein Literatenschwein in die Sammlung? Bis dahin kannst du mir die Daumen drücken, damit ich bei der Architektin Schwein habe!«

Nick grinste in sich hinein. »Ich bin glücklich – so glücklich, daß ich mit einem Porzellanschwein schäkere. Obwohl sie mir deutlich machen will, daß ich nicht mehr als eine Affäre für sie bin, bin ich zum erstenmal seit Jahren richtig glücklich. Es macht mich glücklich, in ihrer Nähe zu sein. Es macht mich glücklich, daran zu denken, daß sie heute nacht in meinem Arm einschlafen wird. Das ist wichtiger, als mit ihr zu schlafen – und daß dem so ist, macht mich glücklich«, dachte er.

Die Mikrowelle schaltete sich mit einem Piepsen ab und erinnerte ihn an den Salat. Er trank noch einen Schluck, dann wandte er sich dem Becken zu, ließ lauwarmes Wasser ein und begann, die Salatköpfe zu putzen.

Er war gerade mit dem zweiten fertig, als Max wieder in die Küche kam. Sie hatte den strengen Zopf gelöst und die Haare zu einem weichen Knoten im Nacken geschlungen. Statt Jeans und Shirt trug sie nur noch ein einfaches, über dem Knie endendes Hemd aus einem schwarzen, sanft schimmernden Stoff. Es betonte ihre hellen Schultern und Schenkel und ließ sie fragil, fast zerbrechlich wirken.

Nick trocknete die Hände ab und faßte um ihre Taille.

»Ich habe brav Salat geputzt. Bekomme ich dafür einen Kuß?«

Max lehnte sich lächelnd in seinem Arm zurück.

»Da du diesen Salat auch zu essen gedenkst, hast du ihn mindestens so sehr für dich wie für mich geputzt!«

»Da du an einem Kuß mindestens so viel Anteil hast wie ich ...«, gab er zurück und beugte sich über sie. Anscheinend war sein Argument überzeugend, denn sie kam seinem Mund willig entgegen. Eigentlich hatte er sie nur zärtlich-spielerisch küssen wollen, doch ihre Hand an seinem Hinterkopf, der Körper in seinem Arm und vor allem ihre Lippen schmeckten nach mehr und nach Nicht-wieder-loslassen-wollen. Seine Hand stahl sich an ihrem Oberschenkel hinauf unter das Hemd auf ihren Hintern. Er hatte richtig vermutet – sie war nackt unter dem Stoff. Am liebsten hätte er sie genommen und auf den Tisch gelegt, ihre Beine gespreizt und sich zwischen ihre Schenkel versenkt. Doch Max löste sich von ihm. Ihre Nasenflügel bebten etwas, die Wangen hatten sich gerötet.

»Wenn du so weitermachst, bekommen wir heute nichts mehr zu essen!«

»Wäre das so schlimm?«

»Ja.« Sie war hinter ihm, schob die Arme um seine Taille und küßte seinen Nacken. »Mir ist danach, ausführlich und im bequemen Bett der Liebe zu huldigen – und dabei würde mich ein knurrender Magen ausgesprochen stören.« Noch ein Kuß in seinen Nacken. »Also sei jetzt ein braver Nick und hilf mir beim Kochen, ja?« Sie ließ ihn los und holte einen Topf vom Bord. »Willst du lieber Kräuter hacken oder Knoblauch in die Butter manschen?«

»Im Manschen bin ich gut!« strunzte Nick. »Es gibt Leute, die behaupten, meine Bücher seien ein einziger Mansch!«

Max nahm Butter aus dem Kühlschrank, reichte sie ihm, stellte ein Schüsselchen, ein Messer, die Knoblauchpresse und den Knoblauchtopf daneben und sagte freundlich:

»Ich habe sowohl dein letztes Buch als auch die bösartige Kritik in der ›Süddeutschen Allgemeinen‹ gelesen. Ich weiß nicht, was du dem Kritiker getan hast – aber ich hatte das Gefühl, daß er eine persönliche Animosität durch Polemik abarbeiten mußte.«

Nick setzte sich mit den Kräuterbutterutensilien an den Tisch.

»Du liegst richtig mit deiner Vermutung. Der hochgeschätzte Kollege Stuppe, dem ich diese Kritik zu verdanken habe, empfindet mich seit Jahren als Karrierebremse. Beim erstenmal, als ich ihn ausgebremst habe, warst du übrigens schuld – so sah es jedenfalls Stuppe.«

»Ich?« Max sah von ihren Kräutern auf. »Welchen Einfluß habe ich denn auf den Literaturbetrieb?«

»Stuppe war in Tübingen Doktorand, als Professor Reinhard mich zum Assistenten erwählte. Stuppe hatte auf den Job gehofft und erzählte dann allerorten, ich hätte ihn nur gekriegt, weil Reinhard mit deinem Vater befreundet war und man die Versorgung des Simon-Enkels sicherstellen wollte.« Er lachte. »Zehn Jahre später sollen es dann die Beziehungen meines Vaters gewesen sein, die mir zum Lehrstuhl in Konstanz verhalfen. Auf den hatte sich Stuppe auch beworben.«

»Und nun wirft er dir vor, daß du in deinen Büchern

ein ›fast-foodartiges Gebräu aus Schlafzimmertratsch, populistischen Thesen und Altbekanntem‹ verhackstückst?«

Nick grinste.

»Formulieren war eben noch nie seine Stärke! Vielleicht liegt's daran, daß er keine Gelegenheit bekommen hat, seine Erkenntnisse vor dem Fernsehpublikum auszubreiten? Als mein Büchermagazin in der Konzeption war, war er als Moderator im Gespräch, fiel dann aber bei den Probeaufnahmen durch. Wahrscheinlich gelang es ihm nicht, vor laufender Kamera trockene Allgemeinplätzchen süffig zu verkaufen.« Nick lachte. »Seine besten Formulierungen spart er sowieso immer für seine Bücher auf. Letztes Jahr bot er Heidebrecht eine von ihm editierte Novellensammlung an. Im Vorwort rühmte er die ›von tiefer Betroffenheit kündende, transparente Luicidität‹ einer dieser Geschichten.«

»Ih!« machte Max. »Wie war die Geschichte?«

»So anspruchsvoll, daß sie meinen Horizont bei weitem überstieg. Ich bin nach der dritten Seite eingeschlafen.«

Max schob ihm ein Schälchen mit kleingehackten Kräutern zu.

»Rührst du die bitte in die Butter?« Sie stand auf und ging zum Schrank. »Vermute ich richtig, daß du als Berater deines Verlegers von einer Veröffentlichung der Novellensammlung abgeraten hast?«

»Hmm!« bestätigte Nick. »Ab September werde ich übrigens zu hundert Prozent von diesem Verlag leben, daher ist mir an seinem merkantilen Erfolg gelegen.«

»Willst du deinen Lehrstuhl aufgeben und vollends unter die Autoren gehen?« fragte Max neugierig.

»Schlimmer!« lächelte Nick. »Heidebrecht wird bekanntlich dieses Jahr 70 und hat keinen Erben. Er hat mir die Nachfolge angeboten.«

»Dafür verläßt du die Uni?« Max betrachtete ihn erstaunt. »Du überraschst mich immer wieder. Ich dachte, dein ganzer Ehrgeiz wird als Lehrer befriedigt.«

Er seufzte leise.

»Das dachte ich auch einmal. Aber inzwischen ist zum einen die Situation an den Universitäten immer unbefriedigender geworden, und zum anderen fühle ich mich zunehmend wie ein Eunuche – wie einer, der meint, genau zu wissen, wie es geht, aber selbst nicht kann.« Er ließ die Gabel sinken und lehnte sich zurück. »Seit fast zwei Jahrzehnten beweine ich wortreich den Zustand der deutschen Literaturszene, angefangen dabei, daß sie im internationalen Markt nach dem Krieg keinen Stellenwert mehr hat bis dahin, daß unsere etablierten Autoren im deutschen Betroffenheitssaft dahinköcheln und ihre Leser durch prätentiöse Vergangenheitsbewältigung langweilen ...« Er unterbrach sich. »Ich blubbere – verzeih! Was ich damit sagen wollte: Es wird Zeit, nicht mehr nur zu reden, sondern etwas zu tun. Darum werde ich Verleger.«

»Schöne Antrittsrede!« lobte Max. »Hast du noch eine Knoblauchzehe für den Salat?« Er kam zu ihr an die Spüle und drückte Knoblauch über der Salatschüssel aus. Max klapste auf seinen Hintern. »Fein machst du das!« Sie zog die aufgetauten Krabben aus der Mikrowelle, goß den Saft ab und verteilte Kräuterbutter darüber. »Hast du was dagegen, in der Küche zu essen?«

»Im Gegenteil! Ich finde es hier sehr gemütlich.«

»Dann schlage ich vor, daß wir erst mal den Salat verspeisen und dann die Krabben.«

»Und als Dessert?«

»Bist du dran!« kicherte sie. »Ich weiß nur noch nicht, ob ich dich mit Früchten oder mit Sahne garnieren soll!« Sie breitete ein geblümtes Tischtuch aus, stellte Teller und Gläser darauf, ließ Besteck und den Korb mit Weißbrot folgen und schob dann die Krabben in den Backofen. Nick brachte den Salat, über den er noch Schinkenstreifen und Eier dekoriert hatte.

Max hatte wirklich großen Hunger. Nick schaute ihr amüsiert zu, wie sie Salat auf ihren Teller häufte und konzentriert zu essen begann. Als sie sich das zweitemal auftat, lachte er.

»Warst du am Verhungern?«

»Kurz davor!« kaute sie. »Heute morgen hat mir Matthias als Wecker gefehlt, also fiel das Frühstück aus. Das Mittagessen habe ich einer Besprechung mit zwei Menschen von der Bau-Aufsichtsbehörde geopfert.« Sie biß in ein Stück Brot. »Jetzt geht's mir besser!« Langsam streckte sie den Arm aus und legte die Hand an seine Wange. »Ich bin froh, daß du da bist. Du bewahrst mich davor, mit einem Joghurt vor dem Fernseher einzuschlafen.«

Er küßte ihre Hand.

»Du bewahrst mich davor, einen Abend am Schreibtisch zu verbringen.«

»Gibt es am See niemanden, der auf dich wartet? Thissy erwähnte ...« Sie stockte, als er den Kopf schüttelte. Sekundenlang schauten sie sich in die Augen, dann streckte Maximiliane auch noch den anderen Arm aus und nahm ihm die Brille ab. »Ich sehe deine Augen am liebsten ohne Verglasung!« erklärte sie leise. Sie stand auf und holte die Krabben aus dem Ofen. Nick wartete, bis sie die Schüssel abgesetzt hatte, dann zog er sie auf den Schoß.

»Führende Köche empfehlen immer öfter etwas Heißes als Zwischengang!« flüsterte er.

Max antwortete nicht, streichelte aber seinen Nacken, während sie sich lange und intensiv küßten. In Nick erwachte der Appetit nach mehr. Die Erregung war die ganze Zeit wie eine leise Melodie im Hintergrund gewesen. Sein Penis war nicht ganz steif, aber zumindest so gut mit Blut gefüllt, daß er schwer und prall in seiner Hose gelegen hatte.

Nun, mit der warmen, wohlriechenden, willigen Frau im Arm, kam Nick vollends in Fahrt, sein kleiner Freund richtete sich auf und drängte gegen ihren Hintern. Nicolas interessierte sich jetzt überhaupt nicht mehr für die duftenden Krabben. Wie denn auch, wo er doch ihren Oberschenkel unter der Handfläche fühlte? Er strich daran entlang, er genoß Millimeter für Millimeter das Gefühl, diese samtweiche Haut zu streicheln und ihre Wärme in sich aufzunehmen.

Max schloß die Augen und lehnte den Kopf an seine Schulter, eine Weile gab sie sich einfach seiner Zärtlichkeit hin, dann wurde sie aktiv, indem sie sein Hemd aufknöpfte und seine Brust massierte. Er nahm es als Einladung, eine Hand unter ihrem Arm hindurch auf ihre Brust und die andere zwischen ihre Schenkel zu schieben.

Er sah, wie sich ihre Brustwarzen steil gegen den Stoff drückten, und tastete mit Zeigefinger und Mittelfinger so nahe heran, daß er hineinkneifen konnte. Die Reaktion gefiel ihm: Max stöhnte leise und spreizte die Beine. Sie war feucht und warm, sie schien seinem Finger, der von unten nach oben strich, entgegenzudrängen.

Max atmete schneller, als er mit dem Zeigefinger über die Klitoris streichelte.

»Du weißt, was mir guttut ...«

»Darauf kannst du dich verlassen!« versicherte Nick. Er küßte sie, und sie ließ sich prompt in seinen Arm sinken und drückte ihm das Becken entgegen.

»Nick – bitte! Steck deinen Finger in mich! Füll mich aus! Bitte!«

Er folgte ihrem Wunsch – der Daumen landete auf ihrem Kitzler, der Zeigefinger stieß in sie, und der Mittelfinger folgte; dabei betrachtete er ihr Gesicht. Sie hatte die Augen geschlossen, ihr Mund war etwas geöffnet, der Ausdruck sprach von Genuß und Lust. Obwohl er das Gefühl hatte, seine Hoden und sein harter Schwanz würden gleich vor Erregung explodieren, wollte er nicht aufhören, sie zu streicheln. Im Gegenteil: Sie sollte erst zum Höhepunkt kommen! Er wollte sehen und hören und fühlen, wie sie in seinen Armen schrie und sich wand. Er hatte die Finger nun bis zum Anschlag in ihr, sein Daumen rieb über die Lustperle und er spürte ihren Saft, der über seinen Handrücken floß.

Max konnte sich nicht mehr artikulieren, nur noch halberstickt ächzen. Doch Nick brauchte ja gar keine Regieanweisung mehr. Er wußte, was sie wollte – er wußte es so sicher, als ob sie es ihm diktiert hätte. Die Klitoris wollte sanft gestreichelt werden, dafür vertrug der G-Punkt einiges mehr an Druck. Und tatsächlich: Sie spannte alle Muskeln an, einen Augenblick war der Körper in seinem Arm stocksteif, dann stöhnte sie noch einmal laut und sank schweratmend an seine Brust. Er streichelte ihren Rücken und wartete geduldig, bis sie den Kopf hob und ihn anlächelte.

»Ich glaube, die Krabben sind schon wieder kalt!«

Er angelte mit spitzen Fingern eine aus der Schüssel und bot sie ihr an. Max biß die Hälfte ab, Nick schob die andere in den Mund.

»Hmm – schmeckt immer noch gut!« stellte sie kauend fest. Sie lächelte, ihre Zungenspitze spielte kurz über ihre Zähne, sie sah aus wie ein Kobold. »Aber Krabben allein machen nicht satt!« Bevor er eine Ahnung hatte, was sie plante, sprang sie von seinem Schoß. »Steh doch mal auf, bitte!«

Gehorsam erhob er sich.

»Was hast du vor?«

Max antwortete nicht, sondern zupfte sein Hemd aus der Hose und zog es von seinen Schultern. Mit flachen Händen streichelte sie über seine Brust.

»Hmm!« schnurrte sie. »Habe ich eigentlich deinen

Körper schon ausführlich gelobt?« Sie krabbelte mit den Fingerspitzen das Brustbein hinauf. »Mutter Natur scheint dich liebzuhaben. Sie hat deinem Körper vollendete Harmonie beschert. Es stimmt einfach alles: Du hast eine Pfirsichhaut, um die dich die meisten Frauen beneiden, du hast genau an der richtigen Stelle Muskeln ...« Während Max redete, öffnete sie seine Hose und schob sie mitsamt der Unterhose nach unten. Er bückte sich, um den lästigen Stoff vollends loszuwerden. Max lächelte auf ihn hinunter.

»Dein Hintern ist übrigens auch niedlich!« Als er wieder aufgerichtet vor ihr stand, griff sie mit beiden Händen nach seinem Steifen. »Und das hier paßt zu dir. Er ist nicht nur hübsch anzusehen, sondern fühlt sich außerdem großartig an!« Mit der einen Hand streichelte sie seine Hoden, mit der anderen umfaßte sie den Schaft an der Basis und drückte fest zu. Er hielt die Luft an, doch sie zog die Hände schon wieder weg und stupste ihn. »Setz dich! Ich möchte Krabben und dich!«

Er landete auf dem Stuhl, sein Penis ragte steil aus seinem Schoß. Allein ihr Blick erregte ihn maßlos! Und nun zog sie auch noch ihr Kleid aus, legte die Arme um seinen Hals und stand mit gespreizten Beinen über seinen Knien. Er griff nach ihren Pobacken und zog sie näher zu sich, seine Eichel bekam Kontakt mit ihrer heißen Feuchtigkeit, er zuckte mit dem Becken nach oben.

Max nahm sich seiner an. Sie führte seinen Stachel an ihre Muschel und senkte sich langsam auf ihn. Er schloß die Augen, biß die Zähne zusammen und hielt die Luft an. Nichts, wirklich gar nichts, war diesem Gefühl vergleichbar! In ihm fokussierte sich alles auf die Körpermitte, machte sie zum Zentrum des Glücks und erfüllte ihn mit einer Lust, die in ihrer Intensität schon fast Pein war.

Aber da war noch etwas. Max! Er schloß die Arme um sie.

»Liebling ...«

»Hmm?«

Nick zog die Schüssel mit den Krabben zu sich und steckte ihr eine in den Mund.

»Max, ich ...« Sie spreizte gerade die Beine noch ein bißchen mehr und drehte zudem das Becken. Er schnappte nach Luft. »Max – tu das nicht!«

Sie schluckte, stopfte ihm eine Krabbe in den Mund und schraubte sich noch einmal nach oben.

»Ich tu' das aber gerne!« lachte sie dabei.

»Du weißt, was du da anrichtest?«

»Und ob!« Diesmal hob sie sich rasch und so weit, daß nur noch die Spitze seines Steifen in ihr steckte. Sie verharrte einen Moment und schaute ihm in die Augen. »Ich mag das. Ich mag die Wirkung, die es auf dich hat. Und ich mag, wie es sich in mir anfühlt.« Sie ließ sich rasch auf ihn sinken, um sich dann sofort wieder zu heben. Nick stöhnte und angelte mit dem Mund nach der Brust, die ihn lockte wie eine frische Knospe. Er erwischte sie, und tatsächlich schmeckte sie frisch und süß. Daran zu saugen, war großartig, mindestens so gut, wie mit der Zunge über die kleinen, feinen Knubbelchen zu streicheln und ihre Reaktion zu spüren, zu erleben, wie sie den Kopf in den Nacken warf und sich auf ihrer Haut ein feiner Schweißfilm bildete. So schwer es ihm fiel – er löste seine Lippen wieder von der Brust.

»Max, wenn du so weitermachst, hast du nicht mehr lange was von mir!« warnte er – und mußte gleich wieder nach Luft schnappen, weil sie sich auf seinem Schoß wiegte und ihr festes Fleisch ihn massierte. »Ich bin wahnsinnig erregt! Du machst mich fast verrückt!«

»Das ist gut!« Ihre Stimme klang heiser. »Ich mag es, wenn du erregt bist ...« Bisher hatte sie ihn in leichtem Trab geritten, jetzt erhöhte sie das Tempo zu einem stürmischen Galopp.

»Max, ich komme gleich!« versuchte er noch einmal zu warnen.

Sie schien ihn nicht zu hören. Irgendwie gelang es ihm, die Augen zu öffnen und sie anzuschauen. Es kostete Mühe, er mußte sich darauf konzentrieren, sein ganzes Denken schien vernebelt durch Lust. Doch er wollte sie sehen. Er wollte lange genug durchhalten, um ihr einen Höhepunkt zu verschaffen. Und dazu mußte er sie anschauen!

Ja, sie war kurz davor. Er konnte es an ihrem angespannten Gesicht und ihren jähen Bewegungen erkennen, er hörte ihr keuchendes Atmen. Jetzt, ja – sie würde gleich kommen! Noch ein Stoß, er drängte sich ihr entgegen und biß sich dabei in die Unterlippe. In seinen Samenleitern staute es sich, er meinte, spüren zu können, wie heiße Flüssigkeit langsam, aber unaufhaltsam nach draußen drängte. Es konnte nicht mehr lange dauern, er konnte es nicht mehr zurückhalten. Jetzt – er ächzte wie im Schmerz, er krallte die Hände um ihren Hintern, um sie und sich festzuhalten. Und nun schrie sie – ein heller, unartikulierter Schrei, der in ein Gurgeln überging und ihn mitriß.

Als er wieder ins Diesseits zurückkehrte, fühlte er Max' zitternden Körper an seinem. Ihr Kopf lag an seiner Schulter, sie hatte die Arme um ihn geschlungen und schmiegte sich an ihn. Nick mußte einen dicken Klops in seinem Hals schlucken. Er war angefüllt mit Liebe und Zärtlichkeit für diese Frau auf seinem Schoß. Ganz sanft strich er durch die Locken, die sich aus dem Knoten gelöst hatten, zog die Nadeln heraus und ließ die Pracht über seine Hände fluten. O Himmel, er hätte ihr so gerne gesagt, daß er sie liebte, daß sie für ihn die Erfüllung war, daß er sie nie wieder loslassen wollte. Doch es war noch zu früh, sie war noch nicht reif für solche Bekenntnisse. Dabei war er so sicher, daß sie seine Gefühle erwiderte! In ihren Augen hatte er mehr als Lust gelesen! Da waren Leidenschaft, Hingabe, Vertrauen und Zärtlichkeit gewesen. Sie hatte sich verändert, aber doch nicht so, um ihre Empfindungen vor ihm verbergen zu können. Vielleicht konnte sie sich selbst etwas einreden – aber ihm nicht!

Er schob den einen Arm unter ihre Schultern und den anderen unter ihre Schenkel, dann stand er auf und hob sie hoch. Er war matt, seine Knie waren wacklig, doch das durfte jetzt nicht stören. Durch die Tür, über den Flur, die Treppe hinauf, oben stand eine Tür offen, er sah auf ein breites Bett, umgeben von einem deckenhohen Bücherregal. Sanft bettete er sie auf die Matratze, sank neben sie und zog sie an sich. Sie streckte sich und schob ein Bein über seine, ihr Mund lag an seinem Hals, mit der Fingerspitze kreiste sie über seine Brust und drehte gedankenverloren Löckchen in dem feinen Haar darauf. Nicolas schloß die Augen und hörte in sich hinein. Satte Zufriedenheit, Wärme, Behagen …

Wie lange hatten sie miteinander geschwiegen? Eine Viertelstunde? Oder war es gar eine halbe? Nick hatte das Gefühl für Zeit verloren. Draußen dämmerte die Nacht, eine Sommerbrise spielte in den Bäumen und brachte die Blätter zum Klingen, im Hintergrund hörte er das leise, beständige Rauschen der Großstadt.

Max richtete sich auf, indem sie sich an seiner Brust abstützte.

»Bist du schläfrig?« fragte sie.

»Nein. Nur schlapp und zufrieden.«

Sie tippte gegen seinen Penis, der klein und zufrieden in der Leistenbeuge lag.

»Schlapp ist der richtige Ausdruck!«

»Du magst ihn nicht in diesem Zustand?«

Max beugte sich nach unten, nahm ihn zwischen Zeigefinger und Daumen und drückten einen Kuß auf die Spitze.

»Ich mag ihn in jedem Zustand. Jetzt ist er reizend – und in Bereitschaftsstellung ist er aufreizend.« Sie ließ von ihm ab und angelte sich Aschenbecher und Zigaretten aus dem Regal. »Im eigenen Bett zu sein, hat seine Vorteile – unter anderem den, daß ich rauchen darf.«

Er nahm ihr die brennende Zigarette aus der Hand und zog daran. Max staunte ihn an.

»Bist du inzwischen unter die Raucher gefallen?«

»Unter die Gelegenheitsraucher!«, korrigierte er. »Auf jeden Fall aber bin ich darauf gekommen, welch ein Genuß die Zigarette danach ist!«

Max überließ sie ihm und zündete sich eine neue an. Der Aschenbecher landete auf seiner Brust und sie wieder in seinem Arm.

»Jetzt fehlt mir nur noch ein Schluck Wein!« seufzte sie zufrieden.

»Habe ich das als Aufforderung zu verstehen, die Flasche zu holen?«

»Hmm!« brummte sie bestätigend.

»Na gut!« Nick plazierte den Aschenbecher auf ihrem Bauch, nahm noch einen Zug an seiner Zigarette und erhob sich. »Kann ich dir außer Wein noch was mitbringen?«

»Ja. Wenn du die Tür gegenüber aufmachst, kommst du auf die Galerie. Sollte unser verfressener Sohn nicht wieder mörderisch zugeschlagen haben, dann steht dort noch eine Schale mit Litschis.«

»Hmm!« machte er in genießerischer Vorfreude. »Ich wüßte nicht, was ich jetzt lieber essen würde.«

Max saß im Schneidersitz auf dem Bett und schälte hingegeben die zehnte oder elfte Stachelfrucht. Nicolas hatte den Kopf auf ihrer Hüfte untergebracht, und Max hielt die tropfende Litschi direkt über seinen Mund. Er leckte sich über die Lippen, um den Saft aufzufangen.

»So läßt es sich aushalten!« verkündete er und griff nach der Frucht.

»He – du bist genauso verfressen wie dein Sohn! Kriege ich jetzt auch mal wieder eine oder darf ich nur schälen?«

»Die nächste gehört dir!« meinte er großzügig und steckte seine Eroberung in den Mund. Während er daran lutschte, schälte Max die nächste und schaute sie nachdenklich an.

»Weißt du, woran mich diese Frucht erinnert?«

Er lächelte.

»Ich weiß, woran ich dabei denke: an deine Klitoris. Diese Litschi fühlt sich ähnlich an: prall und glatt und feucht. Und sie schmeckt fast so gut wie du.« Er schluckte den letzten Rest und drehte sich auf den Bauch. »Und da ich sowieso keine Litschi mehr zu erwarten habe, werde ich mich alternativ an dir laben müssen.«

»Willst du damit sagen, daß ich nur ein Ersatz bin?« Max spielte die Entrüstete.

»Wenn du das so interpretieren möchtest«, feixte Nick und zog an ihrem Bein. Willig streckte sie es, so daß er ihr Lustzentrum erreichen konnte. Er rutschte auf dem Bett etwas nach unten, so daß er mit dem Kopf zwischen ihren Beinen landete. Sie war erregt – die Klitoris glänzte feucht, die zartroten Schamlippen hatten sich schon etwas geöffnet. Er brauchte nur zu pusten, um eine Reaktion zu bekommen, ein kleines Zusammenzucken, ein Zittern, das durch die Muskeln ihrer Oberschenkel ging. Er tippte mit der Zungenspitze gegen die Lustperle. Max seufzte leise und streckte sich, um die Schale mit den Litschis loszuwerden. Er tippte noch einmal. Diesmal kam sie ihm eine Winzigkeit entgegen. Jetzt ein Kuß, sie stellte die Knie auf und lehnte sich mit geschlossenen Augen zurück. Ihre Vagina lag nun offen und zartschimmernd vor ihm, schön wie eine exotische Blüte. Er konnte gar nicht anders, er mußte sie küssen und ihren Geschmack in sich aufsaugen.

»Nick – ich mag es, wenn du mich leckst!«

Er hob nur kurz den Kopf.

»Ich weiß«, sagte er ruhig und ließ die Zungenspitze wieder um die Lustperle herumspielen. Ihre Schenkel zuckten, sie spreizte die Beine noch weiter. Er leckte etwas tiefer, bohrte die Zungenspitze in den engen Eingang und schob die Hände unter ihren Hintern, um ihre Bewegungen steuern zu können. Ihr Atem ging noch schneller, als er sich wieder ihrer Klitoris zuwandte. Er öffnete den Mund, legte ihn darüber und saugte fest daran.

»Nicolas – Nick – bitte ... oh!« Ihre Stimme versagte. Sie keuchte, setzte dann neu an: »Nick, ich will dich. Nimm mich! Steck mir deinen Schwanz rein! Ich will kommen, wenn du in mir bist, ich will, daß du es fühlst!«

Als er angefangen hatte, sie zu lecken, war sein Glied noch weich gewesen. Doch ihre Erregung, der Anblick, der Geschmack ihrer Lust hatten es anschwellen lassen, und die Vorstellung, wieder in sie einzudringen, machte das Blut rauschen und schien alle Nervenenden in ihm unter Strom zu setzen. Er war froh, nicht so wahnsinnig geil zu sein wie beim erstenmal, denn nun würde er länger durchhalten und Genuß daran haben, ohne sich ständig disziplinieren zu müssen. Diesmal würde er seinen Steifen tief und fest in sie schieben können, ohne bei jedem Stoß die Explosion zu fürchten!

Nick schob sich auf dem Bett nach oben und legte sich ihre Füße auf die Schultern. Ihr Hintern hob sich von der Matratze, seine Stange fand ihren Eingang und drängte sich hinein, dabei wurde er noch steifer und härter.

Max schrie auf, als er die ganze Länge in ihr untergebracht hatte. Nick erschrak und hielt still.

»Tue ich dir weh?«

»Im Gegenteil!« Ihre Stimme war heiser. »Du tust mir wohl.« Sie schloß die Augen. »Dein Schwanz in mir ist so gut! Er füllt mich komplett aus, er ist in jedem Winkel. Es ist unbeschreiblich schön, das zu spüren.« Nick zog das Becken zurück – langsam, ganz langsam. Er wollte jeden Millimeter bewußt genießen. Jetzt war nur noch die Spitze in ihr, gehalten und gefaßt durch den festen Ring ihrer Muskeln. Mit einem Ruck stieß er hinein, und diesmal erkannte er ihren Schrei als Aufforderung, seiner Leidenschaft die Zügel schießen zu lassen. Mit beiden Händen faßte er nach ihren Brüsten. Ihre Brustwarzen waren jetzt so hart wie sein Mast, sie schienen sich in seine Handflächen bohren zu wollen. Wieder zog er ihn heraus, stieß wieder hinein, seine Hoden prallten gegen ihren Damm, in ihnen schien es zu kochen. Max hatte die Arme ausgestreckt, ihre Hände krallten sich links und rechts ins Laken. Nick verstand – sie lieferte sich ihm und seinen harten, tiefen Stößen aus. Jedesmal, wenn er sich wieder in sie bohrte, erschütterte es ihren ganzen Körper, jedesmal schrie sie, ihre Füße klammerten sich um seinen Hals, ihre Schenkel zitterten. Er wußte, daß sie kurz vor einem fulminanten Höhepunkt war und freute sich darauf, daß es bei ihm noch nicht wieder soweit war. Diesmal würde er sich ganz auf sie konzentrieren können, er würde jede ihrer Regungen bewußt miterleben, er würde die Wellen, die durch sie rauschten, spüren. Noch einmal – und noch einmal – ja, er sah die Spannung in ihrem Gesicht, sie riß die Augen auf, sie leuchteten ihn an, dann schrie sie noch einmal, eine ihrer Hände schnappte sein Handgelenk und hielten es fest, sie riß den Kopf hoch.

»Nick, ich komme – oh, ich komme!«

Max drehte sich zu ihm, stützte den Kopf in die Hand und schaute ihn an. Nick lag entspannt auf dem Rücken, einen Arm unter dem Kopf, den anderen an der Seite. Sein Penis lag dick und schwer auf seinem Bauch, immer noch erregt, wenn auch nicht ganz steif. Max erinnerte sich. Früher hatte er diesen Zustand mit »Ich stehe dir auf Abruf zur Verfügung« kommentiert und tatsächlich: Wann immer sie ihm dann durch eine Berührung, durch einen Kuß oder auch nur einen Satz gezeigt hatte, daß sie ihn wollte, war er wieder bereit gewesen. Manchmal hatten sie sich stundenlang geliebt, nur von kleinen Pausen unterbrochen, in denen sie miteinander redeten oder sich einfach nur aneinander festhielten. Sie hatte es nicht vergessen. Aber sie hatte es verdrängt. In all den Jahren hatte sie nicht daran denken wollen. Wenn es ihr manchmal doch eingefallen war, hatte sie die Erinnerung vor sich entschuldigt: »Er war der Erste, er ist Matthias' Vater, er hat mich geprägt. Es ist nur normal, daß er das Maß ist.« Und sie hatte gemessen! Jedesmal, wenn sie mit einem anderen Mann geschlafen hatte, war ihr Nicolas eingefallen, jedesmal hatte sie verglichen. Am Ende hatte sie oft genug in Gedanken geflucht: »Verdammter Mistkerl! Wahrscheinlich hast du mich für den Rest der Männlichkeit verdorben! Wenn du als Ehemann nur halb so tauglich wie als Liebhaber gewesen wärest ...«

Nick strich mit einem Finger über ihre Schulter.

»Du guckst mich an, als ob du meinen Schlachtwert einschätzen würdest!«

Max lachte.

»Nein, Nick, das dann doch nicht. Ich habe nur über deine Qualitäten als Ehemann nachgedacht.«

Er verzog das Gesicht.

»Soll ich gleich abhauen oder darf ich mich vorher noch anziehen?«

Max legte die Hand auf seine Brust.

»Ich habe nicht gesagt, daß ich schon bis zur Urteilsbildung gediehen bin.«

»Wenn ich mich richtig erinnere, ist mir das Urteil ›im Namen des Volkes‹ schon vor zehn Jahren kostenpflichtig zugestellt worden!« knurrte er unwillig.

Wieder schaute Max an ihm entlang – und mußte sich ein Grinsen verkneifen. »Von wegen ›der Schniedel führt ein Eigenleben‹! Der deine, lieber Nick, war schon immer so was wie dein Stimmungsbarometer! Und darum hat er sich jetzt wohl auch verdrückt«, dachte sie.

Aber warum bereitete es ihr immer noch so etwas wie Genugtuung, daß die Erinnerung an die Scheidung ihm die Laune verdarb?

Sie betrachtete ihn unter halbgesenkten Lidern. Er hatte die Hand auf der Brust zur Faust geballt, die Bauchdecke war so gespannt, daß Licht und Schatten in den Konturen spielte. »Jetzt würde er wahrscheinlich am liebsten abhauen«, fiel ihr ein.

Plötzlich schien in ihrem Kopf ein Filmprojektor angesprungen zu sein, der Szenen aus der Vergangenheit abspielte. Die erste Wohnung in Tübingen – zwei Dachkammern in einem alten Haus am Schloßberg, eng und nur über eine steile Stiege zu erreichen. Max sah die junge Maximiliane, den dicken Schwangerschaftsbauch unter einer Latzhose. Sie stand vor dem einzigen großen Fenster im Wohnzimmer, sah über die Dächer der alten Stadt und sagte zu einem skeptischen Nick: »Wir haben doch Fantasie! Schau: Ganz Tübingen liegt uns zu Füßen! All das gehört uns, ist unser Wohnzimmer!«

»Jetzt wird mir endlich klar, warum die Miete so hoch ist!« brummte er. »Könntest du das nächstemal, wenn wir eine Wohnung mieten, vielleicht darauf achten, daß man in teuer bezahlten Wohnungen auch Möbel aufstellen kann? Ich find's hier nämlich ein bißchen eng.«

Die neunzehnjährige Max hatte ihm seinen Pessimismus verübelt. Dafür hatte er ihre kategorischen Forderungen übelgenommen. Wie hatte er sie damals oft genannt? »Die Meisterin des Bedingungssatzes« – ja, das war es gewesen. »Wenn du mich liebst, hast du keine Zweifel« oder »Wenn wir es wirklich wollen, werden wir auch glücklich sein«.

Aber sie waren doch auch sehr oft glücklich gewesen! Max sah die nächste Szene: Matthias' erster Tag zu Hause. Als sie aus der Klinik gekommen war, hatte er wegen voller Windeln gebrüllt. Nick hatte ihn ihr abgenommen.

»Du bist für das Füttern des Knaben zuständig, ich übernehme dafür die Entsorgung der Überreste. Außerdem ...«, er lächelte auf den Winzling in seinem Arm hinunter, »... wird es Zeit, daß er und ich uns besser kennenlernen. In der Klinik scheint man zu glauben, junge Väter wären nicht fähig, ein Baby auch nur richtig zu halten.«

Er war vom ersten Tag an zu mehr fähig gewesen. Allerdings hatte sich Max – im Gegensatz zu ihrer Mutter und ihren Schwägerinnen – immer geweigert, seinen Einsatz als Vater und Koch als besonderen Verdienst anzurechnen. Sie hörte ihre Mutter noch:

»Kind, du hast mit deinem Nicolas wirklich das große Los gezogen! Als ich gestern bei euch vorbeigekommen bin, hat er gerade Fenster geputzt. Und kochen kann er ja auch! Und wie er sich um Matthias kümmert! Das ist wirklich phänomenal!«

»Wieso?« hatte Max prompt widersprochen. »Es sind ebenso seine wie meine Fenster, er hat ebenso Hunger, und sein Anteil an Thissy ist nicht kleiner als der meine. Bei mir findet es aber niemand phänomenal und rühmt mich als das große Los für ihn! Im Gegenteil: Mir wird unterstellt, daß ich meine Pflichten vernachlässige, denn wenn ich die erfüllen würde, müßte Nick ja nicht so phänomenal sein!«

»Vergiß nicht: Dein Nick ist ein junger Mann! Andere in seinem Alter sitzen abends mit ihren Kumpeln in der Kneipe und kümmern sich mehr um ihre Motorräder als um ihre Freundinnen. Guck dir doch mal deine Brüder an!«

»Meine Brüder haben noch keine Kinder!« schloß die damals zwanzigjährige Max das Thema ab. Und wenn ihre Mutter, die den Schwiegersohn immer geschätzt hatte, später die Rede darauf brachte, giftete Max: »Seinen Nachholbedarf in Sachen Vergnügen hat der Herr wohl erfüllt!«

Und das war dann die nächste Szene: Der Juninachmittag, an dem sie die Ente auf den Parkplatz vors Institut gefahren hatte.

»Kommst du mit, um Papa abzuholen?« fragte sie Thissy.

»Nö. Im Institut ist's langweilig und doof. Die Sekretärin vom Prof will mich immer küssen und sagt, ich sei niedlich!« nölte der Junior. »Ich gehe lieber voraus zu Oma und Opa.«

»Okay. Aber denk daran, daß wir nachher zu Hause zu Abend essen und hau' dich nicht wieder mit Kuchen voll bis zum Platzen!«

Sie sah ihm nach, wie er die Gasse hinuntertrödelte, eine schmale Gestalt, groß für seine neun Jahre und sich seiner jungen Würde schon sehr bewußt. Sie wußte, daß er im Haus ihrer Eltern schon auf der Treppe fragen würde: »Oma, hast du Kuchen?« Manchmal klagte sie bei Nick darüber: »Bei mir hatten sie's immer mit gesunder, regelmäßiger Ernährung. Aber Thissy stopfen sie mit Süßigkeiten voll! Der bekommt an einem Tag bei ihnen mehr Zucker ab als in einer ganzen Woche zu Hause!«

»Verwöhnen ist das Vorrecht der Großeltern! Eines Tages wirst du Thissys Kinder mit Kuchen und Schokolade füttern. Und es wird ihnen genausowenig schaden wie unserem Sohn.«

Max ging ins Institut hinein. Wie immer am Freitagnachmittag war es wie ausgestorben. Die von Thissy gefürchtete Sekretärin tippte eifrig, doch außer dem Klappern ihrer Maschine war kein Laut zu vernehmen, als Max über den langen Flur mit den hohen Bücherregalen zu Nicks Büro marschierte. Sie schaute auf die Uhr: kurz vor vier. Der Wochenendeinkauf stand ihnen noch bevor, außerdem brauchte Thissy neue Schuhe und Nick

Hemden. Deswegen war sie auch eine Stunde früher aufgebrochen.

Max repetierte im Geiste den Einkaufszettel: Scheuerpulver, Vollwaschmittel, Zucker …

Jetzt war sie an der Tür mit dem Schild: ›Dozent Dr. N. Berninck‹. Sie drückte leise die Klinke nach unten und schob den Kopf ins Zimmer. Das »Hallo, Liebling« blieb ihr jedoch im Hals stecken, als sie ihn sah! Er hatte seinen Schreibtischsessel bis ans Fenster zurückgeschoben und lag mit gespreizten Beinen darin, die Hose offen, und vor ihm kniete eine Blondine, die vollen Lippen um seinen kleinen Freund. Sie nuckelte hungrig daran, ihre Finger spielten darunter mit den Eiern.

Max stand wie gelähmt und starrte auf das Paar. Die beiden waren so miteinander beschäftigt, daß sie ihr Eindringen nicht bemerkten. Max erkannte an seinem gespannten Gesicht, daß er gleich kommen würde – und nun stöhnte er:

»Du machst das toll, Conny!«

Max hatte genug gesehen. Später konnte sie sich nicht erklären, wie es ihr gelungen war, die Tür leise wieder zu schließen und aus dem Institut zu kommen. Sie wußte nur noch, daß sie mit zitternden Knien den Schloßberg hinaufgerannt war und sich oben auf die Mauer gesetzt hatte. Der erste bewußte Gedanke war gewesen: »Das Hemdenkaufen ist für heute gestrichen!«

Ihr Magen zog sich zu einem schmerzenden Knäuel zusammen, sie rannte hinüber zur Toilette im Torhaus und schaffte es gerade noch in eine Kabine, bevor sie sich übergab.

Irgendwann war sie dann wieder auf die Beine gekommen und hatte ihren Mund mit kaltem Wasser ausgespült. Was nun? Sie hatte keine Ahnung! Vorher hatte sie nie auch nur eine Sekunde an seiner Treue gezweifelt. Natürlich hatte sie auch gemerkt, daß ihre Ehe nicht mehr in Bestform war. Nicht, daß sie gestritten hätten wie in den Anfängen – nein, mittlerweile beharkten sie sich mit spitzen Bemerkungen und quälten einander durch Schweigen. Aber trotzdem: Er liebte sie doch! Sie war sich seiner so sicher gewesen. Zu sicher.

Als sie zum Parkplatz zurückgekommen war, stand er neben ihrem Auto. Es bedurfte keiner Worte. Er wußte, was er getan hatte – und er sah ihr an, daß sie es wußte.

»Wie lange geht das schon, Nicolas?«

»Max ...«

»Ich habe dich etwas gefragt!«

»Ist das wirklich wichtig?«

»Nein. Eigentlich ist es nicht wichtig. Ob einmal oder zweimal oder schon seit einem Jahr – es macht keinen Unterschied.« Sie schloß das Auto auf.

»Max, laß dir erklären ...«, setzte er an.

Max wirbelte auf dem Absatz herum.

»Erklären? Was? Daß diese Conny dir einen geblasen hat und du es toll fandest? Nicht einmal dir, dem großen Rhetoriker vor dem Herrn, wird es gelingen, diese Tatsache wegzuerklären! Du hast mich betrogen. Nicht mehr und nicht weniger. Ich habe nicht vor, das hinzunehmen.«

»Max, bitte, laß uns miteinander reden!« bat er.

»Worüber? Darüber, daß du ein geiles Schwein bist?«

»Maximiliane!«

»Brüll mich nicht an, Nicolas!« Ihre Stimme war gefährlich leise geworden. »Du hast kein Recht, mich anzubrüllen – du nicht!« Er griff nach ihrem Arm, sie schlug die Hand weg. »Faß mich nicht an! Faß mich nie wieder an, du mieses Stück!«

Jetzt blitzten seine Augen wütend.

»Verdammt noch mal, was glaubst du eigentlich, wer du bist? Eine Göttin, die ich anzubeten habe, die sich alles erlauben darf, von der ich alles hinzunehmen habe?«

»Angriff ist die beste Verteidigung, wie? Du hast das

Recht, mir Vorwürfe zu machen, verspielt, Nicolas Berninck! Das einzige, was du von mir noch kriegen kannst, ist eine Scheidungsklage!«

»Findest du das nicht ein wenig übertrieben?« Er klang fast sachlich, und sie mußte sich beherrschen, ihn nicht zu schlagen. Wie konnte er so ruhig bleiben?

»Du bist ein Scheißkerl!« fauchte sie. Er schluckte, doch sein Ton blieb ruhig, als er fragte:

»Können wir nicht vernünftig darüber reden?«

»Nein!« schrie sie, stieg ins Auto und fuhr mit aufheulendem Motor davon.

Was dann folgte, nannte Max später sarkastisch ›die reibungslose Abwicklung der Ehesache Simon-Berninck vs. Berninck‹. Wieder einmal hatte ein Max-Bedingungssatz im Hintergrund gestanden: »Wenn er mich liebte, würde er es bereuen. Wenn ihm was an unserer Ehe läge, würde er sie nicht so einfach aufgeben.« Doch Nicolas dachte nicht daran, sich Asche aufs Haupt zu streuen und vor ihr auf die Knie zu fallen. Im Gegenteil: Er hatte sie angegriffen!

»Du bist so verdammt selbstgerecht! Du verwechselst Ehebruch mit Majestätsbeleidigung! Und wahrscheinlich bedauerst du, mich nicht wegen Hochverrats einkerkern zu können! Bist du eigentlich bereit, irgendwann mal darüber nachzudenken, daß du vielleicht auch Fehler gemacht haben könntest?«

Er hatte in ihrem Schlafzimmer vor ihr gestanden. Zum erstenmal in ihrer Ehe erlebte sie ihn richtig wütend, mit rotem Kopf und geballten Fäusten. Er, der sonst höchstens einmal eine spitze Bemerkung gemacht hatte, der ihrem lautstarken Zorn immer mit Gelassenheit begegnet war, brüllte. Nun bekam sie alles, was sich im Lauf der Jahre in ihm angestaut hatte, an den Kopf geworfen.

»Verdammt noch mal, warum knüpfst du eigentlich

an meine Gefühle Bedingungen? Warum nicht auch mal an deine? Wie wäre es zum Beispiel mit ›Wenn du mich liebst, zwingst du mich nicht, zu heucheln‹? Wie mit einem ›Wenn du mich liebst, gibst du mir eine faire Chance, mich zu verteidigen‹?«

»Du bist fremdgegangen! Du hast das Eheversprechen gebrochen. Es ist an dir, es wieder einzurenken, nicht an mir!«

»Vielleicht habe ich langsam die Faxen dicke? Vielleicht will ich unter deinen Bedingungen nicht mehr?« Er zog seine Tasche aus dem Schrank und stopfte wahllos Hemden und Pullover hinein. »Denk mal drüber nach! Du weißt, wo du mich finden kannst!«

»Wenn du mich liebst ...«

Die Worte klangen in Max nach – und weckten andere Erinnerungen, bessere, schönere. Ja, sie hatte ihn geliebt. Und mehr als das: Sie war ungeheuer stolz auf ihn gewesen. Noch heute, zehn Jahre nach der Scheidung, hatte sein Name nichts von der Magie verloren, den er in ihrer Jugend gehabt hatte. Immer noch konnte sie nicht in eine Buchhandlung gehen, ohne an dem Regal mit seinen Büchern stehenzubleiben. Und auch, wenn sie es nicht zugegeben hätte: Sie las seine Bücher, sie suchte immer noch zwischen den Zeilen das Persönliche. Sie verstand seine Sprache, sie konnte immer noch dechiffrieren, was er nicht deutlich sagen wollte.

Und darüber hinaus: Sie sah auch sein Büchermagazin. Mehr als das: Der Videorekorder im Büro zeichnete es regelmäßig auf. Und oft genug ›ergab‹ es sich dann am nächsten Tag, daß sie nach dem Abendessen mit Matthias noch einmal in die Firma zurückfuhr und das Band abspielte. Leah war einmal dazugekommen. Max hatte sich regelrecht ertappt gefühlt und ungefragt gesagt:

»Er ist Matthias' Vater. Matthias versäumt keine Ausstrahlung. Ich will nur wissen, was ihn daran so fasziniert.«

Leah hatte sich in den Besuchersessel gesetzt.

»Warum rechtfertigst du dich, Max? Wäre es so schrecklich, zugeben zu müssen, daß etwas von dir immer noch mit dem Mann verbunden ist, der ein Jahrzehnt lang dein Mann war? Ich finde es normal ...«

»Uns verbindet nur noch Matthias! Alles andere ist Vergangenheit.«

»Und wenn es anders wäre, würdest du es nicht einmal dir selbst eingestehen. Oh, Max – Stolz ist ein schlechter Bettgenosse! Er wärmt dich nicht, wenn dich friert, er tröstet dich nicht, wenn du dich schwach fühlst, er gibt dir keine Geborgenheit, wenn du dich ängstigst.«

Doch Max hatte ihren Stolz daran gesetzt, es allein zu schaffen. Ihr Credo, oft genug zwischen zusammengebissenen Zähnen hervorgeknirscht, hieß: »Ich will nie wieder abhängig sein!«

Denn hinter der ›Abwicklung der Ehesache Berninck‹ standen Erinnerungen, die Max mit niemandem teilen konnte und wollte. Ihr Anwalt hatte damals ihre Konsequenz gelobt. Sie hatte sich zusammenreißen müssen, um nicht in bitteres Gelächter oder gar Tränen auszubrechen. Was er »Konsequenz« nannte, verfluchte sie in unzähligen Nächten als Feigheit.

Nicolas war am See, sie wußte es, weil sein Anwalt es ihr mitgeteilt hatte. Sie hatte nicht nur einmal den Telefonhörer in der Hand gehabt. Ein paarmal hatte sie sogar seine Nummer gewählt, und zwei- oder dreimal hatte sie der Mut erst verlassen, als sie sein energisches »Berninck« im Ohr gehabt hatte. Zigmal hatte sie für sich den Satz geprobt: »Nicolas, ich liebe dich. Laß es uns noch mal miteinander versuchen.«

Nachdem sie es ihm am Telefon nicht sagen konnte, war sie dreimal in Richtung Bodensee unterwegs gewesen; das erstemal kam sie bis nach Singen. Nach einer Stunde auf einem Autobahnparkplatz drehte sie um und fuhr wieder nach Hause. Das zweitemal erreichte sie Konstanz – und saß zwei Stunden am Fährhafen, bevor sie mit dem Wagen nach Meersburg übersetzte und wieder heimfuhr.

Das drittemal war kurz vor Weihnachten gewesen. Matthias war bei ihrem Bruder Uli – und als dieser ihn abgeholt hatte, hatte er ihn gefragt, was er sich zu Weihnachten wünsche. Matthias hatte die Antwort sofort gewußt: »Papa soll zu uns zurückkommen!«

In der Nacht war sie nach Konstanz gefahren – wild entschlossen, ihre Feigheit zu überwinden. Als sie an seiner Tür klingelte, hatte die Nachbarin vom Zaun aus gerufen:

»Doktor Berninck ist nicht da. Kann ich Ihnen irgendwie helfen?«

»Ja, vielleicht. Wissen Sie zufällig, wo ich ihn finden kann?«

»Nein, keine Ahnung. Aber ich kann ihm was ausrichten.«

»Nein, danke. Es war nichts Wichtiges. Schönen Abend!«

»Frohe Weihnachten!« rief die Nachbarin und verschwand.

Max wartete noch zwei Stunden im Auto. Bei jedem Wagen, der in die Straße einbog, schlug ihr Herz bis zum Hals. Doch Nicolas kam nicht. Und mit jeder Minute des Wartens war sie mehr davon überzeugt, daß er in dieser Nacht auch nicht mehr kommen würde, daß er bei einer anderen Frau war, daß er kein Interesse an einer Versöhnung hatte. Schließlich machte sie sich auf den Weg zurück nach Stuttgart. Kurz vor Donaueschingen passierte es dann: Auf der vereisten Landstraße brach ihr Wagen aus und drehte sich dreimal um die eigene Achse, Max hatte Glück. Kein Mensch war in der

Nähe, außer einem kleinen Kratzer an der Stoßstange war nichts passiert.

Und doch dachte Max später oft an die bangen Sekunden, als sie die Kontrolle über das Auto verloren hatte, und daran, wie sie zitternd und mit flatterndem Puls am Steuer gesessen hatte. Sie hatte an Matthias gedacht. Was wäre aus ihm geworden, wenn ihr etwas geschehen wäre? Sicher, er hatte Nick und seine Großeltern und die heißgeliebten Onkels. Aber er liebte sie und er brauchte sie. Seinetwegen durfte sie nicht noch einmal ein solches Risiko eingehen! Sie würde nicht noch einmal nach Konstanz fahren. Sie würde sich nicht weiter mit einer unerfüllbaren Hoffnung quälen! Wahrscheinlich war sein Wunsch nach der Rückkehr des Vaters so präsent, weil er spürte, daß sie immer noch hoffte. Um seinetwillen mußte das aufhören. Klare Verhältnisse – in die würde er sich finden wie tausend andere Scheidungskinder auch.

Und tatsächlich, nachdem im Sommer darauf die Scheidung ausgesprochen worden war, sagte Matthias nie wieder »Ich möchte meinen Papa zurück«. Er fand sich ab, dachte Max, und begriff erst viele Jahre später, daß er sich nicht abgefunden, sondern nur geschwiegen hatte.

Was würde Matthias sagen, wenn er von ihrer Affäre mit Nicolas wüßte? Max zog fröstelnd die Schultern hoch. Wie hätte sie ihrem Sohn erklären können, was sie selbst nicht verstand? Als Nick sie bei Ilse angesehen hatte, war es wie ein elektrischer Schlag durch ihren Körper gezuckt. Jede Pore ihrer Haut, jede Faser in ihrem Leib erinnerte sich an ihn und wollte ihn. Die junge, frischverliebte Max hatte oft Lust auf ihn gehabt, so wie sie Appetit auf ein Stück Schokolade oder ein Eis mit Sahne hatte. Bei der erwachsenen Max war es mehr und anders gewesen: Hunger! Und die Erinnerung daran, wie sie mit ihm im Garten an dem Baum gelehnt hatte, wie sein heißer, harter Stachel sie ausgefüllt hatte, löste immer wieder neue Erregung aus. Sie schloß die Augen und genoß das Gefühl, dieses schwere, süße Sehnen, die Wärme und Feuchtigkeit, die sich zwischen ihren Beinen ausbreitete. Ihre Hand lag immer noch auf seiner Brust, ein widerspenstiges Haar kitzelte sie. Darunter pulsierte die Wärme seiner Haut. Max ließ die Fingerspitzen in die Grube unterhalb des Brustbeins hineingleiten und erinnerte sich daran, daß diese Stelle schon früher ihre Finger und ihren Mund angezogen hatte. Die Haut darin war weich und glatt wie Seide, sie schien direkt über Nervenenden zu liegen, denn ein Streicheln oder ein Kuß dort löste Gänsehaut bei ihm aus.

»Du begreifst meinen Körper und nimmst ihn damit in Besitz«, hatte er damals, als sie den Effekt entdeckt hatte, gesagt. Max erinnerte sich daran – und sah ihn auch jetzt an, als ob seine Gedanken auf seine Stirn geschrieben sein müßten. Erinnerte er sich noch daran? Wußte er noch, wie er damals mit Worten gespielt hatte? Er hatte Rilke zitiert: »Sie betasten sich wie Blinde, die sich erkennen ...«, und gefragt: »Weißt du, daß man ›erkennen‹ früher auch als Ausdruck für Sex verwendete? Ich mag die Vorstellung, daß unsere Körper einander erkennen ...«

Jetzt glitt seine Hand an ihrer Wirbelsäule entlang, die Fingerspitzen verweilten an jedem einzelnen Dornfortsatz und strichen zart darüber. Max meinte, nun brauche es kein Schriftband mehr auf seiner Stirn. Seine Finger erkannten sie wieder wie die ihren ihn. Mit der Wiederentdeckung kam auch das Gefühl tiefer Vertrautheit zurück. Max beugte sich über ihn, ihre Lippen strichen über sein Kinn, die Wange, das Lachgrübchen, den weichen, entspannten Mund, die Zunge kostete wieder den Geschmack seiner Lippen – noch süß von den Litschis, darunter der herb-frische Geschmack, der ihr vertraut war. Er zog sie an sich, ihre Brust rieb sich an der seinen. Während sie sich küßten, schob sie den Schenkel zwischen seine Beine und spürte das Pochen seines steifen Fleisches an ihrem Venusberg. Ohne sich aus dem Kuß zu lösen, schob sie das Bein vollends über seine Hüfte, wölbte den Rücken wie eine Katze und traf mit der feuchten Muschel an seine Spitze. Er hob das Becken und drängte ihr entgegen, sein Steifer rutschte an ihr entlang, fand aber nicht den richtigen Winkel. Max seufzte in seinen Mund hinein und half dann nach, umfaßte ihn an der Wurzel und pflanzte ihn ein. Nick streckte die Arme, seine Hände faßten um ihre Pobacken.

»Max, dich so zu spüren, ist besser als alles andere. Davon, daß du so auf mir sitzt, habe ich jahrelang geträumt.« Er spannte die Gesäßmuskeln an und schob sich noch tiefer in sie hinein. »Ich habe nie eine Frau getroffen, mit der es so vollkommen war! Ich glaube, du und ich sind füreinander geschaffen! Wir passen perfekt zueinander.«

Max antwortete nicht. Sie konzentrierte sich ganz auf das großartige Gefühl in ihrer Körpermitte. Sie wollte keine großen Bewegungen machen, sie würden nur von dem, was sie ausfüllte, und der sich langsam aufbauenden Lust ablenken. Sie konzentrierte sich ganz darauf, nur die Muskeln in ihrer Vagina spielen zu lassen: etwas anspannen, wieder lösen, in einem stetigen, ruhigen Rhythmus. Nick nahm ihn auf. Jedesmal, wenn sie den Druck erhöhte, kam er ihr etwas entgegen, um seine Rute dann in der Entspannungsphase wieder etwas zurückzuziehen. Obwohl ihre Körper sich kaum bewegten, brach ihnen der Schweiß aus, und ihr Atem ging schneller. Max meinte, den herannahenden Orgasmus sehen und greifen zu können. Er war wie ein kleiner, hell leuchtender Stern, der zum intensiv rotglühenden Riesen heranwuchs, in dessen Hitze sich alles verzehrte. Und der Riese wuchs, füllte ihr ganzes Universum, zuckte flakkernd und explodierte in einem intensiven Gleißen, aus dessen Wellen sie nach Atem ringend auftauchte und ganz entfernt, am Rand ihres Bewußtseins, Nick ächzen hörte. Dann tauchte der Druck seiner Hände, das Gewicht seiner Arme auf ihrem Rücken wieder in ihrem Denken auf, sein zärtliches Streicheln und seine tiefe Stimme.

»Pssst, mein Liebchen, halt still!«

Sie entspannte sich. Ein Muskel nach dem anderen bekam den Befehl, loszulassen, bis sie wie eine Marionette mit abgeschnittenen Fäden auf ihm lag. Ein paar Sekunden verharrte sie – vollkommen satt, vollkommen zufrieden. Dann wurde ihr bewußt, daß Nick immer noch in ihr war. Sein Stachel war keinen Millimeter kleiner geworden, im Gegenteil: Sie spürte, wie an seiner Basis das gestaute Blut in ihm pochte. Es machte ihr Appetit. Sie wollte ihn schmecken, sie wollte ihn anschauen und seine Lust miterleben.

Sie hob sich von ihm – und Nick seufzte, ein kleines Bedauern in den Augen. Er schaute ihr aufmerksam zu, als sie sich aufrichtete und auf dem Bett nach unten rutschte. Sie lag nun quer darüber, den Kopf auf Höhe seiner Hüften. Vor ihren Augen reckte sich seine stramme Erektion, die Spitze zartrosa glänzend und appetitlich wie eine reife Frucht. Sie strich mit der Zunge darüber und folgte dem Lauf einer Ader nach unten zu seinen Hoden. Sie fühlten sich an wie zwei feste, glatte Marmorkugeln in Samt. Max schob die Hand darunter und kraulte die Unterseite.

Sie machte es sich auf seinem Bauch bequem, denn sie hatte vor, sich ausführlich mit ihm zu beschäftigen und sich dabei Zeit zu lassen. Sie mochte die taktile Sinfonie, die ihr sein Steifer bot: seidigglatt die Eichel, warm und samtig die Haut darunter; an der Basis trat eine Ader stramm hervor und erinnerte an die Rispen in einem Blatt. Max ließ zuerst die Fingerspitzen über ihn streichen, mit allen Sinnen auf ihn und seine Reaktionen konzentriert. Sie bemerkte jede Regung – sein Bemühen, ganz ruhig zu atmen, die in dieser Anstrengung gespannten Muskeln seiner Bauchdecke und den feinen Schweißfilm, der seinen ganzen Körper überzog. Sie hauchte kleine, zarte Küsse auf die Spitze und freute sich an seinem leisen Seufzen. Nie war sie sich ihrer Weiblichkeit so sehr und so lustvoll bewußt wie in solchen Momenten. Sie war fähig, Lust zu spenden und sie konnte es steuern! Wenn sie intensiv an ihm saugte und gleichzeitig die Wurzel massierte, bäumte er sich auf und stieß in ihren Mund. Wenn sie dann das Tempo wieder zurücknahm und nur noch mit der Zunge um die Eichel spielte, wurde er wieder ruhiger. Sie wußte, daß seine Erregung dabei keinesfalls nachließ. Sie verlagerte sich nur. Sie sah, daß er die Hände zu Fäusten geballt hatte, sein Atem ging schneller. Jetzt war er kurz vor dem Höhepunkt. Sie züngelte über die Eichel, ihre Finger drückten auf den Damm – und dann spürte sie, wie sich seine Hoden zusammenzogen. »Max, Max – ich komme!«

Kapitel 9

Leah sammelt Sauerampfer und Erkenntnisse

Leah Diettrichs sauste über den schwankenden Holzsteg, umrundete elegant einen Eimer mit Mörtel samt den dazugehörigen Männern, klopfte mit skeptisch-professioneller Miene gegen eine Verschalung und stoppte schließlich vor dem Bauleiter, der mit gerunzelter Stirn eine Blaupause studierte.

»Du wolltest mich sprechen, großer Meister?«

Bernhard Lehmann schob den Helm etwas zurück und reichte ihr die Hand.

»Grüß dich erst mal, Leah! Du siehst heute mal wieder umwerfend aus!«

Leah schaute lachend an sich hinunter.

»Ja, vor allem die Gummistiefel zum Mini! In der Boutique, in der ich ihn für teuer Geld erstanden habe, meinte die Verkäuferin, das sei der Dernier Cri de Paris!« Sie nahm Lehmann den Plan aus der Hand. »Aber nun sag, Bernhard: Woran hängt's denn hier?«

»Wie so oft an deinen Freunden vom Kieswerk! Abgesehen davon, daß sie uns heute schon wieder mal hängenlassen, haben sie gestern eine Qualität geliefert, mit der man nicht mal eine stabile Hundehütte bauen könnte!« Er zündete sich eine Zigarette an und schaute sie ernst an.

»Leah, es mag sein, daß die superpreiswert sind, aber wenn die so weiterarbeiten, kommen wir in Schwulitäten! Du solltest dir den Müll von gestern mal ansehen!«

»Bernie, wenn du sagst, daß der Kies nichts taugt, glaube ich dir das aufs Wort. Ich rufe die Herrschaften an und mache ihnen Beine.« Sie beugte sich über das

Geländer und schaute auf die Männer, die im Treppenhaus eine neue Verschalung aufrichteten.

»Suchst du den Junior?« wollte Lehmann wissen.

»Ja«, nickte Leah. »Wie macht er sich denn als Bauarbeiter?«

»Sehr gut! Er ist anstellig, geschickt und fleißig. Allerdings ...«, Lehmann zögerte einen Augenblick, entschloß sich dann aber doch zum Weiterreden, »... meine ich, Max sollte ihren Sprößling mal über den Ton auf Baustellen aufklären. Heute morgen hat einer der Jungs einen – zugegeben nicht sehr geschmackvollen – Witz über Max und dich gemacht. Der Junior sah aus, als ob er auf ihn losgehen würde. Er scheint mir da ein bißchen sehr empfindlich.« Lehmann atmete tief durch, nahm den Helm ab und strich sich durch die blonden Haare. »Ich dachte, daß ein Gespräch unter Männern ihn da etwas beruhigen könnte, aber er hat mich ziemlich auflaufen lassen. Er habe nicht vor, seiner Mutter Privatleben auf der Baustelle zu diskutieren.«

»Ups!« machte Leah. »Ich glaube zu ahnen, was ihn piekst.« Sie lächelte den Bauleiter an. »Darf ich ihn dir für eine Stunde entführen?

»Klar – du doch immer!« Lehmann grinste. »Aber bleib' anständig! Bedenke: Männerseelen sind so empfindsam! Besonders, wenn sie erst neunzehn Jahre alt sind!«

Leah hatte Matthias beim Estrichgießen gefunden und seine unverhohlene Knurrigkeit bestätigte ihr, was sie von Lehmann gehört hatte: Der Junior war stinkig. Leah ahnte, was ihm im Magen lag, und beschloß, sein Muffeln zu ignorieren.

»Du kannst mir helfen, Thissy. Laß dir von Lehmann den Gesamtaufriß Front geben und komm nach. Ich gehe da hoch auf die Wiese.«

»Was soll ich da?« Matthias klang maulig.

»Lernen!« beschied Leah ihm freundlich. »Die heutige Lektion heißt: Geh auf Distanz und betrachte das Ganze. Sonst läufst du nämlich Gefahr, vor lauter Details den Überblick zu verlieren.«

Sie ließ ihm keine Zeit zu antworten, sondern marschierte energisch über den Bauplatz zur dahinter ansteigenden Wiese. Unterwegs begann sie, Sauerampfer zu pflücken – eine Tätigkeit, die ihr nicht nur Aussichten auf ihre Lieblingssuppe einräumte, sondern außerdem das Nachdenken förderte. Eine Freundin hatte einmal behauptet, Leah empfinde Muttergefühle für Matthias. Doch das war es nicht. Leah betrachtete sich selbst nicht als mütterlich – für sie war es nie schlimm gewesen, keine Kinder zu haben. Sie liebte ihren Beruf und ihre Freiheit viel zu sehr, um etwas davon opfern zu wollen. Doch Matthias lag ihr am Herzen. Sie hatte ihn großwerden sehen und seine Entwicklung verfolgt. Sie hatte mit ihm gelacht und vor Klassenarbeiten gepaukt, mit ihm gebangt, wenn es auf die Zeugnisse zuging, ihr hatte er von seinem ersten Kuß erzählt, und manchmal hatte sie zärtlich gedacht: »Kleiner Bruder! Wenn alle Männer so feinfühlig und liebenswert wären wie du …«

Als er endlich mit dem Plan neben ihr auf der Wiese erschien, hatte sie schon ein dickes Büschel Sauerampfer gesammelt. Sie legte ihn ins Gras und schaute Matthias an. Sein hübsches Gesicht war trotzig und verschlossen. Leah unterdrückte ein Seufzen.

»Er ist doch ein Mann«, dachte sie. »Zickig, empfindlich und stolz darauf, beleidigt zu sein, wenn es einmal nicht nach seinen Vorstellungen geht.« Es würde länger dauern, sein Weltbild zurechtzurücken.

Leah setzte sich ins Gras. Wenn sie schon eine größere Unterredung vor sich hatte, wollte sie wenigstens die müden Füße dabei ausruhen. »Willst du dich nicht zu mir setzen, Thissy?« fragte sie freundlich.

Er stand breitbeinig, wie eingemauert.

»Ich werde nicht fürs Rumhocken bezahlt«, knurrte er. »Und ich will mir von den anderen nichts vorwerfen lassen.«

»Die anderen wissen, daß du kein Bauarbeiter, sondern zukünftiger Architekturstudent bist. Demzufolge bist du nicht nur zum Schuften, sondern vor allem zum Lernen auf dieser Baustelle!« erklärte Leah. »Und jetzt setz dich bitte, ich möchte nämlich nicht die ganze Zeit zu dir hinaufbrüllen müssen.«

Unwillig ging er in die Knie und landete einen Meter von ihr entfernt im Gras. Er trug knappe Shorts, die seine schlanken, gebräunten Beine und das schmale Bekken betonten, dazu ein schon etwas angeschmuddeltes Hemd; die oberen drei Knöpfe standen offen, und Leah konnte seine unbehaarte Brust darunter erkennen. Sie rutschte etwas näher und strich die dicke Strähne blonden Haares, die ihm ins Gesicht fiel, zurück.

»Laß das!« fauchte Matthias – und merkte selbst, daß er zu schroff gewesen war. »Bitte, Leah! Ich mag's nicht, wenn ihr mich immer noch wie ein Kind behandelt.«

Leah legte die Hände in den Schoß.

»Ich sehe, daß du kein Kind mehr bist.«

»Ach ja?« Er fuhr herum und funkelte sie aus grünen Augen an. »Und warum meinst du dann immer noch, mich für blöd verkaufen zu können? Seid ihr so feige, weil ihr mich schonen wollt? Der arme kleine Thissy, der in dich verliebt ist – sein zartes Gemüt würde traumatisiert, wenn man ihm die Wahrheit sagen würde!«

Leah blieb ruhig. Sein Temperamentsausbruch erstaunte sie nicht. Er war der Sohn seiner Mutter – und ebenso empfindlich und verletzbar wie sie. Auch Max igelte sich mit nach allen Seiten aufgestellten Stacheln ein, wenn ihr etwas an die Nieren ging, Leah hatte es oft genug erlebt. »Und wenn ich nun besser wäre als mein Ruf?« zitierte Leah. »Von wem war das noch mal?«

»Beaumarchais, Hochzeit des Figaro«, antwortete Matthias kurz angebunden. »Aber wenn wir hier schon heiteres Zitateraten spielen – wie wär's mit meines Vaters Lieblingsspruch ›Duck dich, liebe Seel', es kommt ein Platzregen‹? Das stammt aus Johann Fischarts ›Gargantua‹.«

»Wenn du den Platzregen ohne Schirm ertragen kannst, dann wohlan – halten wir es mit Goethes Iphigenie: ›Zwischen uns sei Wahrheit‹!« Leah rupfte ein Gänseblümchen aus und betrachtete es. Nachdenklich sagte sie: »Du willst die Wahrheit wissen. Ja, ich bin bisexuell. Ich finde nicht nur Männer, sondern auch Frauen reivzoll. Dieser Wahrheit folgend, ist mir nicht nur aufgefallen, daß du ein Mann geworden bist und mit meiner Person gewisse Ideen verbindest, sondern eben auch, daß deine Mutter eine ausgesprochen schöne Frau ist …«

»Ich verstehe schon«, unterbrach er. »Du hattest die Wahl – und du hast dich für Mutter entschieden.« Er legte sich nach hinten und schob den Arm über die Augen. »Das wäre okay. Klar – man kommt sich blöd vor, wenn man plötzlich dahinter kommt, daß die eigene Mutter eine Beziehung zu einer Frau hat. Aber mein Vater hat recht – es ist ihr Leben. Und daß ich eifersüchtig bin, ist mein Problem. Daraus kann ich weder Mom noch dir einen Vorwurf machen. Aber was ich zum Kotzen finde …« Er richtete sich wieder auf. »Daß ihr mir noch nicht mal die Wahrheit gesagt habt! Als ob ich ein Idiot wäre! Als ob ich nicht sehen würde, was Sache ist, wenn meine Mutter mitten in der Nacht angeschwipst von einer Party zurückkommt, als ob ich es nicht mitkriegen würde, wenn ich am Wochenende zu Hause anrufe und du in ihrem Schlafzimmer bist, als ob ich nicht bis drei zählen und mir was denken könnte, wenn nach einer Nacht, die ich außer Haus verbracht habe, zwei Gläser in der Spüle stehen!«

Leah legte die Arme um ihre Knie, den Kopf darauf – ihre Lieblingsdenkstellung. Nein, sie war in diesem Moment nicht unbedingt gut auf Maximiliane zu sprechen! Was sollte so schwer daran sein, Matthias von der Beziehung mit Nicolas zu erzählen? Er war doch wirklich kein Kind mehr, dessen Seele durch eine unerfüllte Hoffnung Schaden nehmen konnte!

Doch Leah hatte Max versprochen, ihr Geheimnis zu wahren – und sie hatte nicht vor, ihr Wort zu brechen. Aber es gab Spielraum, den sie nutzen würde.

»Matthias«, begann sie ernst. »Ich glaube, du solltest mit deiner Mutter reden. Damit du dabei aber nicht weiterbohrst: Ich habe keine Affäre mit ihr.«

»Und wer hat dann vor einer Woche, als ich beim Abiausflug war, das Bett so zerwühlt? Wer hat mit ihr getrunken? Wer ...«

Leah unterbrach energisch.

»Ich glaube nicht, da es dich oder mich etwas angeht, wer aus Max' Becherlein getrunken und in ihrem Bettchen geschlafen hat. Weder du noch ich sind Teil von Max' Intimsphäre!«

Matthias schüttelte den Kopf.

»Das hat mein Vater auch gesagt.« Er schaute sie an, nun sah er wieder sehr jung aus. »Aber wenn Mom einen Lover hat – warum verheimlicht sie ihn? Ich erwarte doch nicht von ihr, daß sie keusch und allein lebt.«

»Ach, Thissy!« seufzte Leah. Sie rutschte neben ihn und nahm seinen Kopf in den Schoß. »Das Leben ist manchmal recht kompliziert, hmm?«

Er lächelte – ein müder Versuch, aber immerhin ein Lächeln. Dann sah Leah, wie sich seine Wangen röteten.

»Du, das was ich vorhin gesagt habe ...« Er stockte.

Sie half nach.

»Du meinst, daß du in mich verliebt bist?«

»Ja, das meine ich«, nickte er. »Du nimmst das nicht ernst, oder?«

»Doch, Matthias. Ich nehme das durchaus ernst, weil ich dich ernst nehme. Es berührt mich sehr.« Sie streichelte mit einem Finger zart über seine Stirn. »Ich hab' dich nämlich lieb.«

»Aber natürlich nur wie einen Sohn oder kleinen Bruder …« Da war wieder Trotz in seiner Stimme.

»Was erwartest du von mir?« fragte Leah ruhig.

»Nichts.« Das klang sogar sehr trotzig.

Beide schwiegen, Leah spielte immer noch in seiner Mähne, ihr Gesicht war ernst und nachdenklich. Endlich atmete sie tief durch und fragte:

»Möchtest du mit mir schlafen?«

Er fuhr hoch, drehte sich um und sah sie aus großen Augen an.

»Das ist nicht dein Ernst!«

»Warum nicht? Ich mag dich. Außerdem halte ich dich für einen ebenso feinfühligen wie sinnlichen Mann, du hast Temperament und kannst zärtlich sein – also müßtest du ein talentierter Liebhaber sein. Es spricht also eine ganze Menge dafür, mit dir ins Bett zu gehen.«

»Aber du liebst mich nicht!«

Leah lächelte.

»Wenn das Voraussetzung wäre, würden die Pillen- und Kondomfabrikanten mangels Umsatz pleite gehen und der Papst vor Begeisterung Freudentänze aufführen!«

»Und was meinst du, was meine Mutter dazu sagt, wenn ich mit dir schlafe?«

Leah mußte nicht über die Antwort nachdenken. Sie hatte sie parat.

»Max hat noch nie etwas verlangt, was sie nicht zu gewähren bereit wäre. Warum soll sie also deine Intimsphäre weniger achten, als sie die eigene respektiert haben möchte?«

Matthias nagte an seiner Unterlippe.

»Hast du es mir angeboten, damit ich das begreife?«

»Das wäre eine grobe Beleidigung deiner Intelligenz und Einsichtsfähigkeit. Ich habe es ernst gemeint. Ich finde dich sehr reizvoll.« Sie küßte seine Nasenspitze. »Denk drüber nach! Das Angebot steht.«

Kapitel 10

Matthias lernt dazu

Die Tür zum großen Hörsaal der Philologischen Fakultät an der Universität Konstanz knarrte, als Matthias sie vorsichtig auf- und sich hineinschob. Er lächelte entschuldigend einem blassen, nickelbebrillten Mädchen zu, das offensichtlich bemüht war, jedes Wort der Vorlesung mitzuschreiben. Neben ihr wühlte sich ein rundlicher Jüngling durch Berge von Büchern, als ob er den Rekord im Suchen einer bestimmten Stelle aufstellen wolle. Matthias blickte sich um. Sämtliche Pulte waren besetzt, selbst auf der breiten Mitteltreppe hockten Studenten. Dann entdeckte er doch noch einen freien Platz und pirschte sich auf Zehenspitzen zwei Reihen tiefer in die Bank. Er landete neben einem Mädchen, das mit in die Hände gestütztem Kopf aufmerksam zuhörte. Als Matthias sich neben sie setzte, drehte sie den Kopf – er sah in ein etwas herbes Gesicht, beherrscht von großen, aquamarinblauen Augen unter dunklen Brauen, die sie, erbost ob der Störung, unwillig zusammengezogen hatte.

Matthias versuchte es mit seinem nettesten Lächeln, doch die Dunkelhaarige hatte sich schon wieder weggedreht.

Von unten aus dem Halbrund hörte Matthias die sonore Stimme seines Erzeugers:

»… und um die Herrschaften, die in der Hoffnung auf ein paar einschlägige Lesetips gekommen sind, nicht zu enttäuschen, habe ich noch zwei Beispiele …« Nicolas, in eine helle Leinenhose und passendes Hemd gekleidet, nahm ein Buch vom Pult, schob die Brille etwas dichter vor die Augen und las vor: »Das Parfum dieser überhitzten Atmosphäre, das Geräusch erstickter Seufzer, das Stöhnen der Lust, das Schmatzen gieriger Küsse, die die unersättliche Wollust der Jugend ausdrückten, all das machte mich taumelig im Kopf ...« Er hob den seinen und lächelte ins Auditorium. »Ich gestehe, mir geht's gerade ähnlich, was aber weniger der beschriebenen Orgie als dem Stil zu verdanken ist. Doch ich will Ihnen den Rest des Satzes nicht vorenthalten. Dem Erzähler ist taumelig im Kopf, ›während mein Blut sich beim Anblick dieser dauernd wechselnden lasziven Stellungen verdickte, die den rasenden Paroxysmus der Ausschweifungen ausdrückten, der versuchte, sich selbst zu beruhigen oder eine erregende und intensive Sinnlichkeit zu empfinden, oder der unter dem Exzeß des Gefühls der Jünglinge verwehte und erstarb, während milchiger Samen und rubinrote Blutperlen ihre nackten Schenkel besprengten.‹« Er klappte das Buch zu, legte es aufs Pult und nahm die Brille ab. »Diese Perle haben wir dem angeblich so prüden Viktorianischen Zeitalter zu verdanken. Um genau zu sein: Oscar Wilde – und der nächste Besucher aus dem anglistischen Seminar, der hier zu behaupten wagt, die englische Sprache erziehe zu einem klaren Stil, muß den ganzen ›Teleny‹ – so heißt das Werk von Wilde nämlich – lesen!«

Ein paar Studenten lachten. Nick trat hinter sein Pult und nahm ein anderes Buch.

»Mein letztes Beispiel stammt von der Schriftstellerin Anaïs Nin.« Er schlug das Buch auf. »In diesem Fall belauscht die Heldin der Geschichte zwei Frauen bei einem lesbischen Akt. Frau Nin weiß dazu: ›Dann bemerkte sie, daß die Kadenz Leila zu irritieren schien. Sie wollte sie nicht hören. Sie war so eindeutig, so feminin, so typisch für weibliche Kissen weiblicher vom männlichen Speer durchbohrter Liebe, die jeden Schrei in die ekstatische Wunde mit einem kleinen Schrei der Lust begleitet. Was auch immer Frauen miteinander tun, es wird ihnen nie gelingen, dieses Crescendo, diesen vaginalen Gesang hervorzubringen. Nur die Folge von Stößen, der fortgesetzte Angriff des Mannes, konnte so etwas erzeugen ...‹«

Nicolas war gerade zu Ende gekommen, als von hinten eine etwas schrille Stimme rief:

»Das ist sexistisch und frauenfeindlich!« Matthias drehte sich um und wunderte sich nicht, die Schreiberin von vorhin zu erkennen, die jetzt aufgestanden war, ihre Kladde schwang und verkündete: »Ich protestiere gegen solche Aussagen!«

Nicolas lehnte an seinem Pult. Er lächelte freundlich.

»Ich bedaure, Ihren Protest nicht mehr weiterleiten zu können. Anaïs Nin ist leider schon verstorben und hat sich dadurch der Diskussion um den allgegenwärtigen Sexismus entzogen – worin ich ihr, wenn auch nicht um den Preis meines Lebens, nur allzugern folgen würde.«

»Das muß aber ausdiskutiert werden!« beharrte die Bebrillte. »Es ist total wichtig, daß so relevante Themen hier aufgenommen werden!«

»Blöde Kuh!« flüsterte Matthias' Pultnachbarin. Er lächelte – und diesmal erwiderte sie sein Lächeln und erklärte leise: »Egal, worüber er liest – diese Krampfhenne findet immer einen Grund, ihm Sexismus und Frauenfeindlichkeit vorzuwerfen! Ich glaube fast, die ist in ihn verknallt!«

»Dann hat sie aber eine eigenwillige Art, das zu äußern!« flüsterte Matthias.

»Jede, wie's ihr gegeben ist! Mit Anhimmeln kann man seine Aufmerksamkeit nicht erringen, weil er daran gewöhnt ist. Aber ihre Antihaltung bringt ihr wenigstens persönliche Ansprache ein!« Sie legte den Finger auf die Lippen.

Nicolas hatte das Verbalscharmützel mittlerweile für

sich entschieden und war wieder beim Thema, das im Vorlesungsverzeichnis mit ›Eros und Literatur‹ deklariert war.

»Den unterhaltsamen Teil haben wir absolviert, kommen wir nun also zum trockenen Ernst. Ich habe Ihnen an verschiedenen Beispielen belegt, daß der Geschlechtsakt in den mannigfaltigsten Formen immer Gegenstand der Literatur und der Literaten war. Ungleich wichtiger als die direkte Behandlung des Koitus erscheint mir Eros' Einfluß auf das jeweilige Gesamtschaffen eines Literaten. Und ohne darüber beckmessern zu wollen, mit welcher der von ihm angedichteten Damen Goethe das erstemal den Akt vollzog – wobei das Gegenstand einiger tiefgehender Analysen und Dissertationen war! –, möchte ich Ihre Aufmerksamkeit …«

Während er sie zuerst einmal in Richtung Shakespeare lenkte, schweifte sein Sohn ab. Sein Blick war am Profil seiner Nachbarin hängengeblieben: Ihr dunkler Schopf, blauschwarz schimmernd wie eine Rabenschwinge, verdeckte nun fast die leuchtenden Augen und die etwas scharfe Nase; Matthias stellte fest, daß ihm gerade diese Nase gefiel. Sie gab dem Gesicht Charakter, und das erschien ihm reizvoller als die glatte Niedlichkeit anderer Mädchen. Wie alt sie wohl sein mochte? Ihr konzentriertes Gesicht war schwer einzuschätzen. Auch der schmale Körper in dem blauen Kleid half ihm beim Rätselraten nicht weiter. Er betrachtete ihre Hand – eine schlanke, aber feste, dunkle Hand mit kurzen Nägeln, die locker auf ihrem Block ruhte. Daneben lag ein Füller, ein edles Stück mit Goldfeder. Matthias wußte es, obwohl die Kappe geschlossen war. Sein Vater benutzte denselben Federhalter, und wie seiner trug auch der des Mädchens am Schaft eine feine, weiß unterlegte Gravur.

Matthias stellte den Fokus scharf und konnte sie lesen: »Stella Hoven«. Stella hieß sie also. »Stella …« Matthias formte den Namen mit den Lippen. Stella, der Stern. Ob es wohl einen gab, an dessen Himmel sie strahlte?

»Als Beleg dafür, wie intensiv Goethe mit Erotik befaßt war, werden manchmal die ›Wahlverwandtschaften‹ angeführt …«, hörte Matthias jetzt von unten wieder die Stimme seines Vaters. »Ich erlaube mir, darin vor allem eine Verurteilung zu erkennen. Stella liebt den Hauptmann, aber sie gibt sich ihm nicht hin …«

Nick kam kurz aus dem Tritt, ein kaum merkliches Zögern nur – als er den Namen ›Stella‹ ausgesprochen hatte, hatte er den Blick gehoben und das Mädchen neben Matthias angeblickt. Als er dabei seinen Sohn entdeckte, stand für eine Sekunde eine steile Falte zwischen seinen Brauen. War er etwa ärgerlich? Matthias hatte sich nicht angemeldet – wie auch? Eigentlich hatte er vorgehabt, auch an diesem Tag auf der Baustelle zu arbeiten. Doch es regnete ununterbrochen, und Max hatte ihm darum freigegeben.

»Bei dem Wetter macht's sowieso keinen Sinn! Mach dir lieber zu Hause einen schönen, trockenen Tag!«

Die Idee, nach Konstanz zu fahren, war Matthias spontan gekommen. Er hatte nicht lange darüber nachgedacht, sondern sich ins Auto gesetzt. Seit drei Tagen beschäftigte ihn das Gespräch mit Leah und ihr Angebot. Darum war er nach Konstanz gekommen. Er hatte mit Nicolas darüber reden wollen. Doch jetzt war er sich nicht mehr sicher. Nicolas sah immer wieder zu ihm, aber in seinem Blick konnte Matthias kein freundliches Willkommen erkennen.

»Er ist nicht gerade begeistert, mich zu sehen …«

Jetzt schien das Mädchen neben ihm auch bemerkt zu haben, daß Nicolas ihren Nachbarn anschaute und wandte sich ihm zu. Matthias fühlte sich unbehaglich – was ging da vor? Hing es mit dem Mädchen zusammen?

Gehörte sie auch zu denen, an deren Aufmerksamkeit Nick gewöhnt war? Oder war da vielleicht noch mehr? Immerhin wußte Nicolas ihren Vornamen! Es konnte doch kein Zufall sei, daß er sie angesehen hatte, als er von Goethes Stella sprach!

Matthias schluckte. Jetzt war es mehr als Unbehagen! Er kämpfte gegen den Impuls an, aufzustehen und hinauszulaufen.

»Klasse!« dachte er zynisch. »Ich scheine wirklich ein glückliches Händchen zu haben. Die, in die ich verliebt bin, bietet mir ganz nonchalant an, mal mit mir zu schlafen. Und die nächste, die mir gefällt, ist Vaters Liebschaft. Sonst noch was? Vielleicht erzählt Mom nächste Woche, daß ihr Lover noch in die Schule geht? Wundern würde mich das wirklich nicht mehr!«

Er schaute auf die Uhr. Wie lange würde Nicolas denn noch reden? Matthias wollte endlich aus diesem Hörsaal raus! Er brauchte frische Luft! Der Regen draußen würde ihn abkühlen und ihm zu einem klaren Kopf verhelfen. Er mußte raus! Er wollte einfach nicht mehr warten! Nicht einmal die Viertelstunde, die es noch dauern würde, bis die Vorlesung zu Ende war!

Nicolas beugte sich über den Overhead-Projektor, um etwas aufzuschreiben. Matthias nützte die Gelegenheit. Wortlos stand er auf, drängte sich durch die Sitzreihe und eilte über die Treppen nach oben zum Ausgang. Als er die Tür hinter sich geschlossen hatte, atmete er erst einmal tief durch. Dann ging er langsam durch das leere Foyer. Unter dem kleinen Vordach blieb er stehen und zündete sich eine Zigarette an. Gierig saugte er daran und mußte prompt husten.

»Wer nicht rauchen kann, sollte es lassen!«

Matthias fuhr herum. Stella, einen roten Rucksack über der Schulter, war hinter ihn getreten. Jetzt, wo sie nebeneinander standen, fiel ihm auf, wie groß sie war –

ihre Augen waren fast auf derselben Höhe wie die seinen. Sie schaute reichlich skeptisch.

»Dein Vater kann sich wohl glücklich preisen, daß du nicht öfter seine Vorlesungen besuchst – und störst.«

Matthias fühlte sich wie ein gescholtener Junge und reagierte giftig. »Du kannst ihn ja um ein Privatissimum bitten! Ich verspreche, daß ich dabei bestimmt nicht störe.«

Stella schüttelte den Kopf, ihre dunkle Mähne flog.

»Oh, welch Wunder ist doch Elternliebe, gelingt es ihr doch, selbst Knaben wie dich zu verklären!« sagte sie ironisch. »Der Prof erzählt voll Stolz, wie differenziert und liebenswert der Sproß seiner Lenden sei. Tja – damit hat's heute wohl nicht so hingehauen.«

Matthias wurde jetzt wirklich sauer. Was bildete sich dieses Mädchen eigentlich ein?

»Hab' ich mit dem Verlassen der Vorlesung ein Sakrileg begangen? Mein alter Herr ist nicht der Papst – oder hältst du ihn dafür?«

»Dich interessiert, wofür ich deinen Vater halte? Ich habe nicht vor, dir darüber Rechenschaft abzulegen. Aber eines doch: Ich halte so viel von ihm, daß mir dein Auftritt hier nicht gefallen hat. Wenn du Streß mit ihm hast, mußt du das nicht in seinem Hörsaal ausleben!«

»Hast du vor, deine Qualifikation als potentielle Stiefmutter nachzuweisen?« fauchte Matthias. »Was das angeht, mußt du dich auf eine Enttäuschung gefaßt machen. Man behauptet zwar, daß mein Vater so ziemlich alles vögelt, was bei drei nicht auf den Bäumen ist – aber darüber hinaus ist er sehr zurückhaltend! Ich habe die letzten zehn Jahre einige Interessentinnen Leine ziehen sehen, nachdem sie mit ihren Hoffnungen gescheitert waren.«

Stella funkelte ihn aus eisblauen Augen an.

»Kann's sein, daß einige von ihnen sich diese Hoffnungen abgeschminkt hatten, weil sie dich kennengelernt haben? Wenn ich geahnt hätte, was du für ein Idiot bist, hätte ich mich nicht darauf gefreut, dir mal zu begegnen! Dann wäre ich auf dem Baum geblieben, den ich offensichtlich rechtzeitig erreicht habe – auf eins, denn ich hab' von da oben noch nicht mal mitgekriegt, daß dein Vater irgendwelche Absichten gehabt haben könnte. Zu deiner Beruhigung: Ich hab' auch keine auf ihn. Aber ich schätze ihn – sogar mehr als das: Ich habe ihn sehr gern. Er hat mir in einer Situation, in der es mir wirklich mies ging, geholfen. Und dabei hat er mir von dir erzählt. Er hängt sehr an dir.« Sie schüttelte noch einmal den Kopf, aber lange nicht mehr so erbost, denn Matthias sah nun eher betreten als wütend aus. »Vielleicht war's doof, mich in eure Probleme einzumischen. Aber als ich eben bei deinem Abgang sein Gesicht gesehen habe, hatte ich das Gefühl, ihm wenigstens den Versuch, dich aufzuhalten, schuldig zu sein.«

Matthias nagte wieder einmal an seiner Unterlippe und trat verlegen von einem Fuß auf den anderen.

»Ich glaube, ich habe mich gerade ziemlich bescheuert aufgeführt«, sagte er nach einer Weile. »Entschuldige – ich habe wirklich gedacht, du hättest was mit ihm. Ich bin im Moment ziemlich durchgeknallt ...«

Stella lächelte.

»Man könnte mir Schändlicheres nachsagen. Aber ...«, jetzt grinste sie, »... wenn's dir nicht gefallen würde, verspreche ich dir hiermit feierlich, ihm weder in Worten noch in Taten begehrlich zu begegnen. Gut so?«

»Sehr!« rutschte es Matthias heraus – und bevor er noch darüber nachgedacht hatte, hörte er sich schon sagen: »Das gefällt mir, weil du mir gefällst!«

»Oh!« machte Stella. Er errötete unter ihrem forschen Blick und studierte ein paar Sekunden lang seine Fußspitzen. Doch immerhin faßte er sich wieder.

»Ja, du gefällst mir«, wiederholte er. »Ich würde dich gerne besser kennenlernen. Gibst du mir eine Chance, meine Idiotie von vorhin wiedergutzumachen?«

Stella schaute über seine Schulter hinunter auf den im Dunst liegenden See.

»Das wäre vielleicht nett«, sagte sie nach einer Weile. »Aber ich glaube, es geht nicht.«

»Warum? Gibt es da schon jemanden?« Matthias war erstaunt über seine eigene Beharrlichkeit. Es mußte daran liegen, daß sie ihm immer besser gefiel, daß er den Klang ihrer Stimme mochte, daß sie gut roch und er gerne stundenlang in ihre Augen geschaut hätte. Er fürchtete sich fast vor der Antwort – und nun nickte sie auch noch; ihm sank das Herz in die Hose

»Ja. Da ist jemand.« Matthias schluckte, Stella schien es nicht zu bemerken. Ruhig sagte sie: »Der Jemand ist mein Sohn Jeremias. Er ist ein Jahr alt und der wichtigste Mensch in meinem Leben. Neben ihm und meinem Studium hat nicht mehr viel anderes Platz.«

»Auch keine Freunde?« fragte Matthias.

»Wer hat schon Lust, ständig Rücksicht auf die Bedürfnisse eines Kleinkindes zu nehmen?« fragte sie, ein wenig Bitterkeit im Ton. »Ich kann nicht einfach mal in die Disco oder Kneipe gehen. Ich brauche immer einen Babysitter. Und der kostet Geld, das ich nicht habe. Außerdem mag ich Jerry nicht gerne allein lassen. Übrigens muß ich jetzt los. Jerry wird heute geimpft.«

»Aber ...« Matthias wollte sie nicht einfach gehen lassen. »Ich bin fast jedes Wochenende bei meinem Vater. Wir könnten uns doch mal treffen und mit deinem Kleinen spazierengehen? Oder du könntest zu uns kommen – mit deinem Sohn! Dad hat einen tollen Garten, direkt am See ...«

»Ich weiß«, unterbrach sie seinen Redeschwall. »Hartnäckigkeit scheint bei euch Bernincks Familieneigenschaft zu sein! Ich überleg's mir – okay? Ciao, Matthias, ich muß jetzt wirklich!«

Ihm blieb nur noch, ihr ein »Tschüß!« hinterherzurufen, dann sprintete sie schon über den Parkplatz zu den Fahrradständern.

Während sie sich unterhalten hatten, war die Vorlesung zu Ende gegangen. Die Studenten strömten aus dem Hörsaal und an Matthias vorbei. Er wollte sich wieder nach drinnen drängeln, doch dann sah er durch die Scheibe Nicolas, der zum Ausgang eilte. Er hob die Hand.

»Dad!« rief er laut. »Ich bin hier!«

Nick winkte zurück, drückte sich an zwei Mädchen vorbei durch die Tür und blieb mit ernster Miene vor seinem Sohn stehen.

»Was ist passiert, Matthias?« fragte er statt einer Begrüßung.

»Nix!« Matthias war verdutzt. »Was soll passiert sein? Ich wollte bloß mit dir reden.«

»Du machst mir Spaß!« seufzte Nick. »Du hast vorhin ein Gesicht geschnitten wie fünf Minuten vor Weltuntergang!«

»Sorry, ich wußte nicht, daß mein Auftauchen gleich deine Katastrophenfantasien aktiviert! Ich habe wegen des miesen Wetters frei, und da kam mir eben die Idee, mal bei dir vorbeizuschauen.«

Nicolas musterte ihn besorgt.

»Du siehst müde aus, Junge. Bist du wirklich in Ordnung?«

»Aber ja doch!« versicherte Matthias. »Du mußt dir keine Sorgen um dein Baby machen, oller Gluckerich! Aber wenn wir gerade dabei sind: Du siehst auch nicht gerade taufrisch und blühend aus. Ist mit dir alles okay?«

»Ich bin ein bißchen erkältet.«

»Dann sollten wir nicht hier in Regen und Wind rumstehen!« entschied Matthias. »Hast du noch was vor oder können wir zusammen einen Kaffee trinken?«

»Kaffee klingt gut! Ich muß aber erst noch mal in mein Büro.«

»Weißt du, daß ich da noch nie war? Jedenfalls nicht, seit du hier bist.«

»Dann wird's Zeit – allzu lange werde ich nicht mehr hier sein.«

Nick ging vor Matthias durch das Foyer, in dem immer noch einige Studenten standen und sich unterhielten. Matthias sah die Blasse mit der Nickelbrille, die in der Vorlesung gestört hatte. Als sie Nicolas erblickte, löste sie sich aus ihrer Gruppe und kam auf ihn zu.

»Professor Berninck, ich muß mit Ihnen reden!« forderte sie – und ohne ihm auch nur eine Chance zur Antwort zu lassen, legte sie los. »Ich finde es mies, daß Sie immer alle frauenrelevanten Themen in Chauvimanier niederknüppeln! Sie zitieren regelmäßig und unreflektiert Männerbehauptungen und zementieren damit in Männerköpfen total alte, überholte Klischees! Ich hätte es wirklich relevant gefunden, bei dem Thema Frauen zu hören und feministische Literatur zu lesen! Alice Schwarzer hat zum Beispiel in ›Der kleine Unterschied‹ festgestellt, daß ...«

Nicolas war höflich stehengeblieben, aber nun unterbrach er ihren Redeschwall, indem er kurzerhand und mit volltönender Stimme ihren Satz beendete: »... die Penetration ein männliches Herrschaftsinstrument zur Unterdrückung der Frau ist. Das ist mir bekannt. Ich wage aber zu bezweifeln, daß man dieses Werk der Frau Schwarzer unter Literatur einzuordnen hat.« Er senkte die Stimme wieder etwas. »Ich unterrichte aber Literatur – falls Ihnen das bisher verborgen geblieben sein sollte. Und darum wäre ich Ihnen zum einen dankbar, wenn Sie mit solchen Themen zu meinen Kollegen der Fachschaften Soziologie oder Psychologie – die Wahl sei Ihnen überlassen – gehen würden, und zum anderen wäre ich Ihnen sehr verbunden, wenn Sie mir jetzt erlauben würden, in der von Frauengruppen so lautstark geforderten Weise meinen Vaterpflichten nachzukommen!«

Er nickte ihr noch einmal knapp zu. »Schönen Tag noch! Bitte komm, Matthias!«

Nick stürmte, immer zwei Stufen auf einmal nehmend, die Treppe hinauf. Oben schaute er Matthias an und sagte mit reichlich gequältem Lächeln: »Das war übrigens unsere Fachschaftsoberemanze, Frau Monika Faisst. Seit ungefähr zwei Jahren ist sie total betroffen, weil es ihr total mißlingt, mir den allgegenwärtigen Sexismus in der Literatur nahezubringen. Dazu tue ich ihr dann noch nicht einmal den Gefallen, die Angriffsflächen zu bieten, die ins Klischee passen würden. Letztes Jahr hat sie mir ein zwanzigseitiges Papier über die Notwendigkeit serviert, Frauenliteratur als eigenes Thema zu etablieren.«

»Klar!« grinste Matthias. »Ich finde auch, daß man den Mädels 'ne eigene Spielecke einräumen sollte!«

»Willst du mit ihr darüber diskutieren?«

»Bitte nein! Aber was hast du gemacht?«

»Meine sehr frauenbewegte Jungdozentin darüber lesen lassen! Seitdem haben wir eine fachschaftseigene Häkel-Still-Gruppe mit akademischem Anspruch. Wenn die Mädels Ausgrenzung wollen, können sie sie bei mir bekommen. Ich weiß allerdings nach jedem Kontakt mit ihnen: Ich liebe die Frauenbewegung!«

»Aber nur, wenn sie schön rhythmisch ist – oder?« Matthias grinste extrabreit.

Nick schmunzelte.

»Laß so was bloß nie die Dame Faisst hören! Die Strafe, die auf solche Sprüche steht, ist ein feministischer Vortrag nicht unter einer halben Stunde – und den müßte wahrscheinlich ich als dein dich fehlleitendes männliches Rollenmodell aushalten!«

»Stella meint, die Dame Faisst würde sich nur allzugerne mal ein wenig von dir penetrieren und unterdrükken lassen.«

»Ich weiß«, sagte Nick ruhig. »Sie hat's mir mal mehr oder weniger angeboten.«

»Ehrlich? Wie ging das denn?«

Sie waren mittlerweile im Bürotrakt über den Hörsälen angekommen. Nick schloß eine Tür auf und bat Matthias mit einer einladenden Handbewegung, einzutreten und Platz zu nehmen.

»In einer unserer unzähligen Debatten wagte ich zu äußern, daß mich die verbiesterte Lustfeindlichkeit der Frauenbewegung irritiere. Darauf meinte Frau Faisst, ich sei auf dem Holzweg und müsse dringend persönliche Erfahrungen mit der befreiten Sinnlichkeit einer emanzipierten Frau machen.« Er ordnete Papiere auf dem Schreibtisch und stopfte sie in eine Mappe. »Das wär's schon – wir können los.«

»Gut. Dein Büro ist nämlich nicht sehr einladend!« sagte Matthias nach einem Blick auf die kahlen Wände. Nick grinste und schlüpfte in das Jackett, das über dem Stuhl hing.

»Das war böse Absicht. Ich habe sowieso meist zu Hause gearbeitet. Hier habe ich nur Gespräche mit Kandidaten geführt, die mir sowieso ein bißchen hoffnungslos erschienen. Da war mir durchaus daran gelegen, daß es nicht zu gemütlich wird.«

»Du grenzt Studenten aus?«

Nicolas nickte resigniert.

»Ja – weil eine gutgemeinte aber dennoch falsche Bildungspolitik mir nichts anderes übrigläßt. Die Uni ist hoffnungslos überlaufen. Kein Professor hat mehr eine Chance, sich wirklich um einen einzelnen Studenten zu kümmern. Das ist mit ein Grund, warum ich nicht mehr will. Ich verwalte hier nur noch den Notstand und rudere vergeblich gegen die Misere an. Es frustriert mich, weil es in den Jahren, die ich an der Uni bin, immer noch schlechter statt besser geworden ist. Jetzt mag ich nicht mehr.«

»Wird dir nichts fehlen?«

»Ich weiß es nicht. Vielleicht. Aber …« Nick lächelte.

»… ich freue mich auf die neue Aufgabe! Es ist für mich Zeit geworden, noch einmal eine neue Herausforderung anzupacken. Ich habe das Gefühl, mein Leben tritt in eine neue Phase – und das gefällt mir.«

Eine Stunde später trug Matthias Kaffeebecher und eine Platte mit Kuchen auf die überdachte Terrasse vor dem Haus. Nick kam dazu, er hatte sich umgezogen und trug nun Jeans und ein bequemes T-Shirt. Er setzte sich an den Tisch und schenkte für Matthias und sich ein. »Hast du deine Mutter angerufen? Ich möchte nicht, daß sie sich Sorgen um dich macht.«

»Tut sie nicht!« beruhigte Matthias. »Sie meint, wenn ich wollte, könnte ich gleich übers Wochenende bleiben. In Stuttgart gießt es immer noch, morgen wird auf der Baustelle also auch nichts gehen.«

»Dann hoffe ich für deine Mutter, daß sie trotzdem ihre Termine halten kann.«

»Hmm …«, brummelte Matthias. Er rührte Milch in seinen Kaffee und schaute zu, wie sich die Flüssigkeiten mischten. »Dad«, begann er nach einer Weile. »Das Angebot der Emanze, von dem du vorhin erzählt hast – hast du es angenommen?«

Nick legte den Kopf etwas zurück und schaute seinen Sohn über die Brille hinweg an.

»Nein«, erwiderte er schließlich.

»Und warum nicht?« hakte Matthias nach. »So häßlich ist sie doch gar nicht!«

»Optik allein macht es nicht! Jedenfalls nicht bei mir. Ich möchte mich bestimmt nicht meiner nicht vorhandenen Tugend rühmen, aber so ein paar Prinzipien habe ich doch!«

»Und die wären?«

Nick nahm die Brille ab und knetete seinen Nasenrücken. Ohne die leicht getönten Gläser wirkten seine Augen noch müder, die Falten darum herum schienen

Matthias tiefer, als er sie in Erinnerung hatte. Aber die Bewegung, mit der Nick aufstand, war straff und elastisch.

»Difficile est satiram non scribere«, sagte er jetzt leise. »Zu deutsch: Es ist schwierig, keine Satire zu schreiben. Für mich ist es vor allem bei diesem Thema schwierig.« Er ging ein paar Schritte auf und ab. Matthias wartete geduldig, bis sein Vater wieder sprach. »Ich habe über Jahre behauptet und für mich in Anspruch genommen, daß Sex und Liebe, erotischer Reiz und tiefes Empfinden für einen Menschen nicht unbedingt Hand in Hand gehen. Um diese Weisheit herum habe ich die sogenannten Prinzipien aufgebaut. Das erste: Sex ist gut, aber nicht so gut, daß man ihm sein Leben unterordnen sollte, was kurz und deutlich heißt: Bums dich nicht in Schwierigkeiten! Auch wenn die Frau eines Rektors oder eine Studentin dir gefällt – so gut, daß es den Ärger wert ist, den du dir damit einhandelst, kann Sex mit ihr gar nicht sein. Zweite Regel: Das einzig wirklich sichere Verhütungsmittel ist ein Apfel – davor, danach und vor allem anstatt. Daraus folgt nicht, daß du nur mit einer Frau schlafen kannst, die du auch zu heiraten bereit wärest – wir leben schließlich im zwanzigsten Jahrhundert. Aber wenn dir bei der Vorstellung, die Lady wiederzusehen und die nächsten zwanzig Jahre was mit ihr gemeinsam zu haben, übel wird: Laß die Finger von ihr.«

Er setzte sich wieder, schenkte sich Kaffee nach und trank einen großen Schluck. »Die dritte Regel: Erwecke keine Erwartungen, die du nicht erfüllen kannst. Ich habe mal mit einem Mädchen geschlafen, das sehr in mich verliebt war. Danach schwärmte sie mir vor, das sei die Nacht ihres Lebens gewesen und sie sei so unendlich glücklich. Mir war beschissen, weil ich wußte, daß ich ihr weh tun mußte, daß ich ihr früher oder später klarmachen mußte, daß ich ihre Gefühle nicht erwidern konnte.«

Er schwieg. Matthias wartete einen Moment, dann fragte er:

»Was würdest du tun, wenn es andersrum wäre? Wenn du in eine Frau verliebt wärest, aber wüßtest, daß sie deine Gefühle nicht erwidert – würdest du mit ihr ins Bett gehen?«

Nicolas schaute ihn an – sehr aufmerksam. Dann strich er sich mit der flachen Hand über den Kopf und seufzte leise.

»Ach, Sohn, wenn ich dafür ein Rezept hätte, wär' mir deutlich wohler!« Er beugte sich nach vorne. »Generell ist es wohl von den Umständen abhängig. Die Frage, die zuerst zu beantworten ist: Warum will die Dame mit mir ins Bett? Weil sie meinen großen, bittenden Hundeaugen nicht widerstehen kann? Das würde mir nicht gefallen. Ich degradiere mich nicht freiwillig zum Kuschelteddy.« Er atmete tief durch. »Wenn ich aber überzeugt bin, daß die Dame mich reizvoll findet und wirklich Lust auf mich hat – dann würde ich vermutlich ja sagen und in Kauf nehmen, daß es weh tun könnte.«

Er stand auf und ging durch die Terrassentür zu seinem Schreibtisch. Mit Pfeife und Tabaksbeutel kam er wieder und machte sich schweigend daran, seine Pfeife zu stopfen. Matthias grub eine zerknüllte Zigarettenpakkung aus der Hosentasche und zündete sich eine an. Leise sagte er:

»Vermutlich kannst du dich schwer in eine solche Situation hineindenken.«

»So?« Nick hob eine Augenbraue.

»Ist dir so was schon mal passiert?« Matthias klang fast erleichtert. Nicolas lächelte ihn kurz an, steckte dann die Pfeife an und nickte.

»Ja, Sohn. Und darum kann ich mich sehr gut hineindenken und weiß, wie schwer eine solche Entscheidung ist.«

Ein Telefon klingelte – ebenso schrill wie impertinent. Matthias zog das Kissen über die Ohren und hoffte, damit das störende Geräusch ausblenden zu können. Doch es half nichts. Das Telefon klingelte und nervte weiter. Matthias wälzte sich auf die Bettkante und angelte blind nach dem Hörer. Als er ihn zum Ohr gestemmt hatte, hörte er Nicks Stimme:

»... allein im Bett und denke an dich. Es wäre schön, wenn du da wärest.« Matthias wühlte sich aus der Dekke heraus, den Hörer immer noch in der Hand. Nick schnurrte: »Ich würde gerne deine Brüste streicheln und küssen ...« Matthias schüttelte sich, öffnete beide Augen und fand endlich den grünen Knopf auf dem Apparat, mit dem er sich wieder aus dem Gespräch ausschalten konnte. Nachdenklich legte er den Hörer auf den Nachttisch und sich selbst ins Kissen zurück.

Wer war die Frau, mit der Nick sich in heißem Kopfkissengeflüster übte? Cosima? Aber von der hatte er sich doch – wie Matthias auf Nachfrage erfahren hatte – schon vor Wochen getrennt. Einen Grund dafür hatte er nicht genannt, dennoch erschien es Matthias unwahrscheinlich, daß sie am anderen Ende der Leitung war.

Er kratzte sich am Kopf und schob eine Hand über die Augen. Draußen schien die Sonne, ein schmaler, gleißender Lichtstreifen tastete durchs Zimmer. Er störte Matthias beim Nachdenken. Es hatte etwas Seltsames, sich den eigenen Vater als Liebhaber vorzustellen. Natürlich – Matthias hatte immer gewußt, daß er selber nicht in der Retorte zusammengerührt worden war. Aber seine Zeugung lag immerhin schon einige Jahre zurück, in denen sein Erzeuger zu ›Dad‹ geworden war, einem annähernd geschlechtslosen Wesen – in den Augen seines Sohnes. Gut, er hatte immer wieder mal eine Freundin gehabt, aber mehr als Küßchen auf die Wange und Händchenhalten hatte in Anwesenheit des Sohnes nicht stattgefunden.

Andererseits – Matthias war zwölf oder dreizehn Jahre alt gewesen, als ihm seine Männlichkeit bewußt wurde. Das war die Zeit, in der er errötete, wenn im Fernsehen ein nacktes Mädchen auftauchte – nicht, weil ihm ihre Nacktheit peinlich war, sondern weil er noch nicht genau wußte, wie er seine Reaktion darauf finden sollte. Und in der Schule! Manchmal hatte er gelitten! Da war die Englischlehrerin, eine langbeinige Dunkelhaarige, die immer wieder einmal ein enges T-Shirt oder einen knappen Rock trug. Dazu fand Matthias ihre rauchig-tiefe Stimme aufregend und ihr Parfüm umwerfend. Einmal beugte sie sich während einer Klausur über ihn – er hatte ihren Duft in der Nase, ihre Brust streifte seine Wange, und seine Konzentration war dahin. Er konnte nur noch daran denken, wie es sein würde, eine Frau zu streicheln, und sein Penis rieb sich prall und hart im festen Stoff seiner Jeans. Er hatte sich mit hochrotem Kopf über sein Blatt gebeugt und die ganze Zeit nur noch gefürchtet, die Lehrerin oder sonst jemand würde seine Erektion bemerken und ihn darauf ansprechen.

Das fürchtete er so sehr, daß er fast anfing, seinen immer munteren kleinen Freund zu hassen. Er nützte jede Gelegenheit, sich aufzublähen und ihn zu plagen! Sicher, Matthias wußte, wie man eine Erektion lustvoll entsorgt, und er hatte seine Freude daran. Aber weit größer war doch die Furcht vor peinlicher Entdeckung. Und die hatte ihn dann dazu veranlaßt, an einem Wochenende zu fragen:

»Dad, ist es eigentlich normal, daß ich … äh, also … ich kriege immer …« Er setzte neu an: »Ich krieg' immer einen Steifen, wenn ich irgendwo eine nackte Frau sehe oder so was.«

Sein Vater hatte lächelnd genickt.

»Ja, mein Sohn, das ist normal. Es zeigt, daß du langsam erwachsen wirst.«

»Uh!« machte Thissy. »Willst du damit sagen, erwachsene Männer haben dauernd …?«

»Nein, das dann auch wieder nicht. Es läßt wieder nach mit den Jahren.«

»Lernt man, es zu beherrschen? Gibt's da einen Trick?«

»Manche behaupten, es helfe, wenn man sich auf was anderes konzentriert. Bei mir hat das nie viel gebracht. Mein Hirn schafft es durchaus, in zwei Schichten zu arbeiten. In der einen kann ich mich an einem literaturwissenschaftlichen Problem festbeißen, in der anderen schlägt meine Fantasie Wellen und kurbelt die Hormonproduktion an.«

»Du bist multitaskingfähig, Dad!« hatte Matthias gegrinst, war dann aber sofort wieder ernst geworden. »Und was macht man, wenn einen jemand anspricht? Ich meine ...«, er zog die Schultern hoch, »... man sieht das ja durchaus, wenn man eine enge Hose anhat.«

»In einer Bundfaltenhose sieht man es noch viel besser! Und besonders gut kommt's im Smoking! Abgesehen davon: Wohlerzogene Menschen übersehen es. Bei denen mußt du nicht befürchten, darauf angesprochen zu werden. Wer's tut, zeigt damit, daß er mit dem Düsenjäger durch die Kinderstube geschossen wurde. Dementsprechend kannst du antworten. Bei Männern funktioniert übrigens ein freundliches ›Bist du neidisch?‹ ganz gut. Bei Frauen riskierst du zwar eine Ohrfeige, aber sie fragen bestimmt nicht noch mal, wenn du ihnen mit freundlichem Lächeln versicherst, daß es allein ihr umwerfender Sexappeal ist, der bei dir eine solche Wirkung zeitigt.«

In jener Zeit hatte Matthias hin und wieder einmal den Vergleich gesucht: Nach dem Sport schielte er in der Gemeinschaftsdusche schon einmal auf anderer Knaben Ausstattung. Und er erinnerte sich daran, auch Nick einmal sehr interessiert betrachtet zu haben. An Gelegenheiten dazu fehlte es nicht. Nicolas schlief nackt und hatte sich vor seinem Sohn immer unbefangen bewegt.

Wie Nicks Körper wohl auf Frauen wirkte? Stella schien ihm einigen Effekt zuzutrauen – und warum auch nicht? Durchtrainiert, breitschultrig, schmale Hüften, lange Beine: Zweifellos fanden ihn Frauen sehr männlich.

Matthias sah an sich herunter. Er war einige Zentimeter größer als Nicolas, aber deutlich schmaler; den knabenhaften Eindruck verstärkte die unbehaarte Brust. Hatte Leah ihm deswegen ein Angebot gemacht? Fand sie ihn reizvoll, weil er eben noch kein Mann war?

Er wußte immer noch nicht, wie er sich entscheiden sollte. Der Gedanke, Leah in den Armen zu halten, ihren zierlichen Körper zärtlich aus den Kleidern zu schälen, die festen, kleinen Brüste zu küssen – das war es doch, wovon er seit Monaten träumte! Und bei der Vorstellung, Leah würde seine Hose öffnen, wurde sein Fleisch steif und trommelte einen fordernden Wirbel auf seinem Bauch.

Warum also nicht? Weil er romantisch verklärte Vorstellungen von seiner Premiere gehabt hatte? Weil er gedacht hatte, es müsse mehr als körperliche Befriedigung sein? Andere hatten diesbezüglich anscheinend weniger Skrupel. Er erinnerte sich an einen Klassenkameraden, der am Morgen nach seinem achtzehnten Geburtstag damit geprahlt hatte, im Bordell gewesen zu sein.

»Ich hab's der Schlampe richtig besorgt! Sie hat gesagt, sie hätte noch nie so einen Hengst wie mich gehabt!«

Thissy hatte einen Mundwinkel nach oben gezogen und spöttisch gefragt:

»Hat der Sülz 'nen Hunderter extra gekostet?«

Am Wochenende hatte er dann Nick davon erzählt und sich neugierig erkundigt, ob der schon einmal in einem Bordell gewesen war. Nicolas hatte den Kopf geschüttelt.

»Nein, das entspricht nicht meinen Vorstellungen

von lustvollem Tun. Ich bin wohl zu eitel. Mich hat beim Sex immer auch das Gefühl angemacht, daß meine Partnerin scharf auf mich ist. Der Gedanke, ich müßte dafür bezahlen und die Frau würde mich vielleicht sogar dafür verachten, würde bei mir wahrscheinlich zur Impotenz führen. Ich möcht's nicht darauf ankommen lassen.«

Das konnte Matthias nachvollziehen. Aber gab es nicht etwas zwischen bezahltem Sex und dem großen, einzigartigen, innniglichen Liebesrausch? Bei Nicolas wohl schon. Aber bei dem ging es schließlich nicht um eine Premiere!

»Ich werde das nur einmal erleben!« dachte Matthias. Ein Chanson kam ihm in den Sinn: »Ob sie Prinzessin oder Straßenmädchen war … die Erste, die Erste, die vergißte nie!« Aber vielleicht war genau das ein guter Grund, mit Leah ins Bett zu gehen? Sie hatte Erfahrung, sie mochte ihn, sie wußte, daß er Anfänger war, und würde ihn führen. Bei ihr mußte er wenigstens keine Angst haben, etwas zu vermasseln. Andererseits: Sie liebte ihn nicht. Wie hatte sein Vater gesagt? »Ich degradiere mich nicht zum Kuschelteddy.«

Matthias schwang die langen Beine aus dem Bett und eilte barfuß die Treppe hinunter. Aus der Dusche neben Nicks Schlafzimmer hörte er Wasserrauschen, er klopfte und rief:

»Darf ich reinkommen?«

»Klar!« antwortete es von innen. Nick stellte das Wasser ab und angelte nach einem Handtuch. »Brauchst du einen Rasierer? Oben im Regal liegt der Apparat, unten findest du Klingen.«

»Eigentlich wollte ich dich was fragen.« Matthias drückte sich an Nick vorbei und hockte sich auf den Wannenrand.

»Darf ich mich dabei rasieren?« Nick lächelte ihm zu.

»Guten Morgen übrigens. Ich hoffe, du hast gut geschlafen.«

»Es ging so.« Matthias war nicht an einer Unterhaltung über die Nachtruhe gelegen. »Dad, wie war das, als du das erstemal mit einer Frau geschlafen hast? War das Mom?«

»Du stellst Fragen am frühen Morgen!« Nicolas griff nach dem Rasierapparat. »Unter den Umständen werde ich mir nicht selbst ein Messer an den Hals setzen.« Er steckte das Gerät ein. »Es war nicht deine Mutter.« Er zog die Haut an der Wange hoch, um das Kinn sauber unter die Klinge zu bekommen.

»Ich dachte, Mom war deine erste große Liebe?«

»Das war sie. Aber wie ich gestern schon sagte: Man kann auch mit jemandem schlafen, ohne verliebt zu sein. Bei mir war es eine dieser Bodensee-Sommer-Geschichten: ein Mädchen aus dem Ruhrgebiet, das sich im Urlaub langweilte und sich darum ein Abenteuer leistete.«

»Und?« fragte Thissy gespannt. »Findest du das okay oder wäre es dir lieber gewesen, wenn Mom die erste gewesen wäre?«

Nicolas rasierte sorgfältig die linke Wange.

»Du meinst in dem Sinne, daß ich das Premierenerlebnis mit ihr hätte teilen sollen oder wollen?« Er setzte den Rasierer ab und schaute seinen Sohn nachdenklich an. »Ich bin mir nicht sicher. Damals fand ich es gar nicht schlecht, schon eine Erfahrung zu haben. Ich war sowieso wahnsinnig aufgeregt und hatte Angst, etwas falsch zu machen. Ich wußte ja, daß es für Max das erstemal ist, und ich wollte es für sie so schön wie nur denkbar machen. Und wenn ich dann an meine eigene Premiere denke – da war ich eigentlich nur mit mir und meinem Körper, meinen Gefühlen und meinen Reaktionen beschäftigt.« Er setzte den Rasierer wieder an. Matthias kratzte sich hinter dem Ohr.

»Wenn man deine Aussage grundsätzlich nimmt,

würde einiges für die komische alte Sitte sprechen, nach der Väter ihre heranwachsenden Söhne in professionelle Hände gaben.«

»Ein Beitrag zur Allgemeinbildung wie Tanzstunde oder Führerschein?« Nicolas zog eine Augenbraue hoch. »Mein Geschmack wäre es nicht.«

Er schaltete den Rasierer ab, drehte sich um und betrachtete seinen Sohn. »Lieben ist kein Handwerk, das man erlernen kann wie die Bedienung einer Maschine oder das Kuchenbacken. Ob es dir gelingt, eine Frau glücklich zu machen, ist weder von der Größe deines Schniedels noch davon abhängig, daß du das Kamasutra rauf- und runterturnen kannst.«

»Und was macht es dann aus?«

»Die Einstellung, mein Junge! Und um die ist mir bei dir nicht bange. Du hast nicht vor, irgendeine Frau als Objekt deiner Befriedigung zu benutzen. Sonst würdest du wegen Leahs Angebot nicht solche Kreise fliegen.«

»Woher weißt du, daß es Leah war?« staunte Matthias.

Nicolas beugte sich vor und wuschelte durch seinen Schopf.

»Ich kenne dich, mein Sohn. Und mir ist nicht verborgen geblieben, daß du ein Faible für sie hast.«

Kapitel 11

Nicolas hat die Faxen dicke

Nicolas nahm die Brille ab und stand auf. Sein Rücken schmerzte, er saß seit dem Mittagessen am Schreibtisch und las Dissertationen. Dabei machte er sich auf einem Zettel Notizen für die Beurteilung, wobei ihn der Gedanke daran, wie viele er noch zu schreiben hatte, keineswegs fröhlich stimmte. Er würde bis zu seinem Abgang von der Uni noch einige Nachtschichten einlegen und Wochenenden am Schreibtisch verbringen müssen. Doch jetzt würde er seinem verspannten Kreuz erst einmal ein paar Schritte ums Haus herum gönnen und dann mit Thissy Tee trinken. Und abends würden sie zusammen ins Kino gehen. Nick war zwar nicht sonderlich scharf auf ein Science-fiction-Epos aus der Hollywood-Trickkiste, aber er freute sich auf das Zusammensein mit dem Sohn und das anschließende Bier.

Auf dem Weg zur Tür blieb er am Kamin hängen. Den Sims schmückte ein Foto von Max mit dem damals zehnjährigen Matthias. Nick hatte es am See während ihres letzten gemeinsamen Urlaubs aufgenommen. Es war ein Sonnentag wie aus dem Bilderbuch gewesen und folglich ein Bild wie aus dem Prospekt für ›Badeferien am Bodensee‹ geworden: Der Wind hatte in Max' Haaren gespielt, die Sonne ihre Haut mit einem Goldton überhaucht. Sie war so schön! Damals wie heute war sie schön. Er brauchte das Foto nicht, um sich daran zu erinnern. Wenn er die Augen schloß, sah er sie vor sich: die roten Locken, die leuchtenden Augen, den lockenden Mund. Er hatte ihren Duft in der Nase, er hörte ihr Lachen, die dunkle, immer etwas verhangene Stimme.

»Komm doch her!« hatte er ihr morgens am Telefon vorgeschlagen. »Hier ist das Wetter herrlich. Wir könnten segeln, baden und uns im Abendlicht am See lieben.«

»Und wie würdest du das unserem Sohn erklären?«

»Warum sollte ich das erklären müssen? Glaubst du, er würde es uns nicht gönnen?«

»Ach, Nick! Stell dich nicht dümmer, als du bist! Wir hatten das Thema schon: Thissy würde sich Hoffnungen machen. Möchtest du ihm dann sagen, daß wir nur mal Lust aufeinander hatten, sich daraus aber keine Konsequenzen ergeben werden?«

Verdammt! Warum mußte sie ihn immer wieder darauf stoßen, daß er ihr Vertrauen und ihre Liebe verspielt hatte? Warum konnte sie nicht zugeben, daß da mehr war als ›Lust aufeinander‹? Es war mehr! Er spürte es doch.

Vor ein paar Tagen war sie bei ihm gewesen – nur drei Stunden, auf dem Rückweg von einem Termin in der Schweiz. Sie hatten nicht miteinander geschlafen, Max hatte ihre Periode gehabt, und in dieser Zeit war sie noch nie ansprechbar gewesen. So waren sie miteinander am See spazierengegangen und hatten sich über dies und das unterhalten – gemeinsame Bekannte, ihr neues Projekt, seine Arbeit. Nach einer Weile hatte sie ihre Hand unter seinen Arm geschoben. Er hatte danach gefaßt und ihre Finger mit den seinen verschränkt. Zum Abschied hatte sie ihn umarmt und geküßt. Mehr war nicht passiert. Aber auch nicht weniger, als daß sie seine Nähe gesucht hatte, daß sie miteinander geredet und gelacht hatten wie alte Freunde oder ein eingespieltes, vertrautes Paar.

Nick war glücklich gewesen und hatte im nachhinein gedacht: »Es wird immer durchgeknallter! Jetzt freue ich mich schon, wenn sie kommt und nicht mit mir schlafen möchte.«

Seitdem hatten sie täglich miteinander telefoniert, frühmorgens oder spätabends, meist vom Bett aus. Und hatte sie gestern nicht sogar gesagt »Du fehlst mir«? Gut, das Eingeständnis hatte sich auf Sex bezogen. »Es sind meist sehr erotisch angehauchte Gespräche«, dachte Nick und tadelte sich im gleichen Atemzug: »Keine Euphemismen, Berninck! Das sind keine erotisch angehauchten Unterhaltungen, das gestern morgen war Telefonsex mit allem Komfort – und Komm-dabei!«

Und schon die Erinnerung daran löste ein kleines Prickeln in seinem Unterleib aus. Angefangen hatte es mit einer Blödelei, nachdem er sich dafür bedauerte, allein im Bett liegen zu müssen.

»Welche Verschwendung einer hübschen Morgenlatte!« hatte Max gelacht.

»Herzchen, da ich deine Neigung zum ausführlichen Telekom-Sponsoring kenne, habe ich den Gang ins Bad schon vor deinem Anruf absolviert! Ich liege also ganz entspannt im einsamen Bett.«

»Was? Du hast nicht mal einen klitzekleinen Ständer zu bieten? Nick, du wirst alt! Früher zeichnete sich dein Süßer durch Wohlerzogenheit aus und stand brav auf, wenn er es mit mir zu tun bekam!«

»Früher, mein Liebchen, pflegtest du ihn morgens mit einem Kuß zu begrüßen. Das mochte er sehr, und dafür erwies er dir dann gerne seine Reverenz.«

»Und das mochte ich. Um ehrlich zu sein: Ich mag's immer noch. Wenn ich jetzt bei euch wäre, würde ich ihn küssen.«

Nick schloß die Augen. Er spürte, wie das Blut in seinen Unterleib schoß und der Gegenstand der Unterhaltung sich aufrichtete. Er sah Max vor sich: ihren warmen, weißen Körper mit den vollen Brüsten, dem rötlich schimmernden Fellchen zwischen den Beinen, die schlanken Schenkel, die sich spreizten, um ihn aufzunehmen, und das Schimmern ihrer erregten Lustperle.

»Sprich ruhig weiter!« forderte er ironisch. »Dann kann ich bald mit mehr als einem klitzekleinen Ständer aufwarten. Dummerweise bist du aber nicht da, um dich und mich daran zu erfreuen.«

Ihre Stimme klang zunehmend heiser.

»Mein Guter, du wirst das Ding wohl selbst in die Hand nehmen müssen. Warum soll es dir auch besser gehen als mir?«

»Dir geht es besser als mir. Du hast mehr Dinge, die du in die Hand nehmen kannst. Und wenn ich mich richtig erinnere, sind es ausgesprochen hübsche Dinge! Ich denke da an zwei pralle Titten mit wunderschönen Nippeln, so rot und appetitlich wie reife Erdbeeren ...«

»Und sehr empfindlich, wenn man mit ihnen spielt!«

»Tust du das?« fragte er. Sein Penis war inzwischen so hart geworden, daß er fast schmerzte. Die Vorstellung, daß Max in ihrem Bett lag und an ihrer Brust spielte, löste ein Zucken aus. Nicolas nahm den Hörer in die linke Hand und schloß die rechte um sein heißes, hartes Fleisch.

Max stöhnte leise, dann sagte sie:

»Ich habe leider keine Hand für meine Titten frei. Ich muß meine Muschi bedienen. Sie ist feucht und heiß. Meine Klitoris will gestreichelt werden, und darunter wäre was zu füllen. Und du? Was tust du? Spielst du mit deinem Prachtstück? Oh, ich würde ihn jetzt so gerne in mir spüren!«

»Er findet auch, daß es in deiner Grotte besser wäre als in meiner Hand!«

Nick rieb etwas fester, er spürte, wie sich der Samen in ihm staute. »Ich würde dich jetzt so gerne stoßen, Max! Wenn du hier wärest, würde ich dich von hinten nehmen und dabei mit deinem Kitzler spielen!«

»Es macht mich verrückt, wenn du das tust! Aber wenn ich jetzt bei dir wäre, wollte ich dir zuschauen.

Ich wollte deine Hand an deinem Schwanz sehen. Du hast so schöne Hände – ich wollte immer mal zugukken, wenn du es dir selbst besorgst! Wirst du es mir zeigen?«

»Bei entsprechender Gegenleistung bekommst du eine komplette Show!« versprach er – und die Vorstellung brachte sein Blut vollends zum Kochen. Er konnte fast nicht mehr sprechen, dafür stieß er seinen Harten immer wieder in seine Faust.

»Nick, ich …« Max stöhnte. »Ich komme gleich!«

»Ja – ich auch!« ächzte er. Noch einmal zuckte sein Becken nach oben, dann schoß der Samen aus ihm heraus und hinterließ ein wohlige Gefühl der Sattheit und Entspannung. Er sank ins Kissen zurück. An seinem Ohr atmete Max schwer und sagte leise:

»Wenn ich mich jetzt noch bei dir ankuscheln könnte, wäre es perfekt!«

»Ich würde dich jetzt gerne im Arm halten, mein Liebling. Ich würde gerne deinen Duft riechen, deine Haare streicheln, deine Wärme spüren …«

»Ich muß am Mittwochmorgen nach Singen«, sagte sie leise. »Ich könnte am Dienstagabend fahren und zu dir kommen. Hättest du Zeit?«

»Ich habe bis sechs an der Uni zu tun, aber danach stehe ich ganz zu deiner Verfügung. Wir könnten mit der Fähre nach Meersburg übersetzen und wieder mal im ›Wilden Mann‹ essen, danach könnte ich dich im Mondschein auf dem Oberdeck küssen …«

»… und anschließend auf deinem Steg ausführlich lieben?«

»Auf dem Steg, im Schilf, auf der *Mamani,* in meinem Garten, in meinem Bett – wo immer du willst!«

»Auf dem Steg!« beharrte sie. »Ich möchte den Wind auf der Haut spüren und das Plätschern im Schilf hören. Aber du hast mir vorher noch was versprochen: die komplette Show …« Sie zögerte einen Augenblick, dann fragte sie: »Hast du eigentlich deine berühmte Lieblingsjeans noch? Die mit den Knöpfen?«

»Ja«, nickte er.

»Früher hast du sie manchmal auf nackter Haut getragen«, erinnerte sie sich. »Ich fand es immer aufregend – und wenn du sie aufgemacht hast ...«

»Ja?« hakte er nach.

»Ich fand es sehr sexy, wenn deine dunkle Haut unter dem verwaschenen Blau zum Vorschein kam, wenn sich da ein paar dunkle Löckchen kräuselten. Ich hätte dich immer schon beim zweiten Knopf anfallen können!«

»Hmmm!« machte er. »Das wußte ich gar nicht. Ich glaube, ich sollte am Dienstag diese Hose tragen.«

»Das ist eine wundervolle Idee! Und ich verspreche dir, daß ich mir auch etwas einfallen lasse!«

Nicolas freute sich darauf. Aber bei aller Freude an diesen erotischen Intermezzi: Es war nicht genug! Es reichte nicht, ab und zu mit Maximiliane zu schlafen. Er wollte sie wiederhaben, wollte mit ihr im Arm einschlafen, mit ihr aufwachen, mit ihr frühstücken, das Leben mit ihr teilen. Er atmete tief durch und drehte sich, um auf die Terrasse hinauszuschauen, wo Matthias in der Sonne döste. »Verdammt, Max«, dachte er, »du solltest hier sein! Dieser prachtvolle Junge ist unser Sohn, wir sollten uns gemeinsam an ihm freuen! Ich möchte mit dir an der Hand zu seiner Abiturparty gehen, ich möchte mit dir auf ihn stolz sein, und auch wenn's spießig klingt – ich möchte irgendwann mit dir zusammen seine Kinder, unsere Enkel, hüten!«

Langsam trat er in den Garten hinaus.

»Was hältst du von Tee und einem Stück Kuchen?«

Thissy schob die Sonnenbrille hoch und blinzelte verschlafen.

»Kannst du dich dafür von den Doktorarbeiten losreißen?«

»So spannend, wie die ausgefallen sind, könnte ich mich sogar für einen Krug Wasser und ein Stück trockenes Brot davon freimachen!« Nick ließ sich auf den Sessel fallen. »Ich habe da zum Beispiel ein 260 Seiten starkes Elaborat über die Integration kirchlicher Moralvorstellungen in der Literatur. Das ist der reinste Thriller! Man sollte es verfilmen! Seit ›Titanic‹ gab's kein Epos mehr, das so absäuft!«

»Man könnte aber auch die Geschichte eines Literaturprofessors verfilmen, der über der Korrektur solcher Werke wahnsinnig wird …«, grinste Matthias.

»Und der würde dann von Heiner Kalauerbach, dem Herrn aus der Potenzmittelwerbung, gespielt?« Nick zog eine Augenbraue hoch. »Ich glaube, ich fahre in die Apotheke!«

»Du willst dieses Mittel käuflich erwerben?«

»Nein. Ich erstehe eine Klinikpackung Baldrian, auf daß ich die Doktorarbeiten überstehe, ohne zum Vorbild für Herrn Kalauerbach zu werden! Wenn Shakespeare das aushält, ohne in seiner Gruft zu rotieren, werde ich es auch schaffen!«

»Was hat Shakespeare mit …«, begann Matthias und wurde prompt von einem grinsenden Nick unterbrochen:

»… Literatur zu tun? So was kann nur der Sohn einer Architektin fragen!«

»Dieser Architektinnensohn ist auch Sprößling eines Literaturprofs! Trotzdem weiß er nicht, was Shakespeare mit der Integration kirchlicher Moralvorstellungen in der Literatur zu tun haben könnte. Das Erwürgen ungetreuer Ehefrauen ist meines Wissens bei keiner der christlichen Kirchen üblich.«

»Das nicht. Aber mein Kandidat hat offensichtlich eine Neurose in Sachen vorehelichen Geschlechtsverkehrs. Er hält ihn – übereinstimmend mit Shakespeare – für den Quell allen Unglücks auf dieser Welt.«

»Shakespeare hatte was dagegen? Das wußte ich gar nicht.«

»Brichst du aber das Siegel ihrer Jungfernschaft, bevor alle geweihten Zeremonien nach vollem, heiligem Brauch verrichtet sind, so sollen die Himmel keinen süßen Regen senden, um euren Bund mit Wachstum zu segnen; nein, unfruchtbarer Haß, schielende Verachtung und Zwietracht sollen auf die Vereinigung eures Bettes so widerliches Unkraut streuen, daß es euch beide mit Haß erfüllt. Deshalb hütet euch, bis Hymnens Lampe euch zu Bette leuchtet!« zitierte Nicolas.

»Warum fällt mir jetzt Moms Empfehlung an einen großmäuligen Bauarbeiter ein?« überlegte Thissy.

»Wie lautete die?«

»Wenn du dich nicht mehr beherrschen kannst: Klemm' ihn in die Tür und hau' mit dem Schlappen drauf!«

»Autsch! Deiner Mutter Methoden sind manchmal etwas drastisch!«

Nick kreiste mit den verspannten Schultern. »Aber vielleicht hätte das meinem jungfräulichen Doktoranden auch geholfen und mich vor einem Werk bewahrt, das vor der Veröffentlichung vom Bundesgesundheitsamt geprüft werden müßte. Meines Erachtens sollte ein so schnell wirkendes Schlafmittel wenigstens apothekenpflichtig sein.«

Ein fröhliches Quietschen, und eine dunkle Stimme ertönte hinter ihm.

»Richtest du mal wieder arme, unschuldige Doktoranden hin, Prof?«

Stella erschien auf der Terrasse, einen blonden Jungen an der Hand. Der Kleine jubelte Nick entgegen, ließ sich auf die Knie fallen und krabbelte ihm entgegen. Nick ging in die Hocke und hob ihn auf Augenhöhe.

»Grüß dich, Lieblings-Jerry! Daß ihr uns besucht, finde ich großartig! Und ihr kommt gerade richtig zum Tee. Ich habe sogar Kuchen für dich!«

Der Kleine legte die Arme um Nicks Hals – und daran, wie der ihn unter den Arm klemmte und Jerry vor Vergnügen gluckste, erkannte Matthias, daß sein Vater und Stellas Sohn vertraut miteinander waren. »Wir waren spazieren, und da dachte ich …«, wollte Stella den Überfall erklären. Nick unterbrach mit einer Handbewegung:

»Du sollst nicht soviel denken, meine Süße! Frauen bekommen davon bekanntlich Falten!« Er setzte Jerry auf seinen vor die Brust gehaltenen Arm. »Schau mal, Jerry – das lange Elend da, das bloß blöd rumsteht, anstatt deiner Mama einen Stuhl anzubieten und Tee zu kochen, ist mein Sohn, an dem ich manchmal sogar Wohlgefallen habe!«

Matthias schluckte seine Befangenheit hinunter. Als er Stella gesehen hatte, war ein jähes Glücksgefühl in ihm aufgeschossen, das aber sofort wieder der Enttäuschung Platz gemacht hatte: Sie war nicht seinetwegen gekommen. Jedenfalls lächelte sie nicht ihn an, sondern Nick. Ob sie vielleicht doch in ihn verliebt war? Sie strahlte ihn aus blitzblauen Augen und mit Grübchen in den Mundwinkeln an.

»An mir wirst du heute Wohlgefallen haben, Prof – da bin ich ganz sicher!«

»Bist du etwa fertig?«

»Ja!« jubelte sie. »Während Jerrys Mittagsschlaf habe ich die letzte Zeile getippt.« Sie legte den Kopf schräg und schaute ihn bittend an. »Ich weiß, es ist ein bißchen unverschämt, aber ich habe gedacht, ich könnte die Arbeit einmal bei dir ausdrucken und dann noch mal in aller Ruhe auf dem Papier durchkorrigieren. Ginge das?«

»Klar! Aber erst nach dem Tee, ja?« Nick klopfte Jerry

mit der flachen Hand auf die windelgepolsterte Kehrseite. »Mein Freund, dein Odeur verrät mir, daß du eben etwas zu Entsorgendes produziert hast. Vielleicht entschließen sich deine Mutter und mein Sohn zum Teekochen, während wir beide nach einer frischen Windel für dich schauen?«

Stella streckte die Hände aus und wollte ihm Jerry abnehmen.

»Ich mache das!«

»Nix da!« wehrte sich Nick. »Das ist eine Angelegenheit, die Jerry und ich miteinander regeln! Jerry kennt mein Faible für Pampers und sorgt daher immer dafür, daß ich damit spielen darf. Von dir lassen wir uns das nicht vermasseln! Außerdem gehören Frauen und Söhne an den Herd!«

Er verschwand mit Jerry im Haus, Stella schaute Matthias an.

»Ich geh' in die Küche.«

»Ich komme mit.«

»Danke – Teekochen schaffe ich gerade noch alleine.« Sie marschierte schon durch die große Halle in Richtung Küche. Matthias folgte ihr. Etwas spitz sagte er:

»Du kennst dich hier ja gut aus.«

Sie öffnete die Küchentür.

»Geht das schon wieder los? Hat meine Erklärung vorgestern nicht gereicht?« Sie nahm die große Teekanne vom Regal und setzte Wasser auf. Matthias holte Teller aus dem Schrank, packte Löffel und Kuchengabeln darauf und wollte schon wieder in Richtung Terrasse marschieren, als Stellas leise Stimme ihn aufhielt. »Vielleicht sollte ich dir doch erzählen, wie und warum ich zum erstenmal in dieses Haus gekommen bin.«

»Du studierst bei meinem Vater und bist so was wie seine Lieblingsstudentin«, brummte Matthias.

Sie lehnte sich an die Spüle.

»Ich glaube, ich bin mehr für ihn. Ich bin so was wie

die Tochter, die er gerne gehabt hätte. Und er ist für mich der Vater, den ich gerne gehabt hätte. Wenn er nicht wäre, gäbe es Jerry nicht – und allein dafür, daß er mir den Mut zu Jerry gemacht hat, hätte er meine töchterliche Liebe und meinen Respekt verdient.« Sie atmete tief durch. »Ich war im fünften Semester, als ich schwanger wurde. Es war der typische Verkehrsunfall – Pille vergessen, Bingo. Mein Freund war gerade mit dem Medizinstudium fertig und wollte das Baby nicht. Er meinte, ich solle es abtreiben lassen, es würde uns sonst die Karriere verbauen. Dabei meinte er vor allem seine Karriere …« Ihre Stimme klang bitter. »Die hat er nämlich dadurch gefördert, daß er des Chefarztes Töchterlein anbaggerte.«

»Scheißkerl!« sagte Matthias empört.

Stella zuckte mit den Schultern.

»Er ist ehrgeizig. Viele Männer sind so. Mein Vater war auch der Meinung, es sei ein Fehler, das Kind zu bekommen.«

»Und deine Mutter?«

»Meine Mutter hat keine eigene Meinung. Darauf basiert das Eheglück meiner Eltern.« Noch ein tiefes Durchatmen. »Es war richtig witzig. Zuerst hatte ich Streß mit meinem Freund, dann mit meinen Eltern. Mein alter Herr drückte mir schließlich einen Scheck über 10 000 Mark in die Hand. Ich hätte die Wahl: entweder Babyausstattung oder eine Reise nach Holland. Sollte ich mich – unverantwortlicherweise meiner Karriere und dem Ruf der Familie gegenüber – nicht für den Hollandtrip entscheiden, brauchte ich mich nicht wieder bei ihm blicken zu lassen. Er hatte jedenfalls nicht vor, für mein uneheliches Balg aufzukommen.«

Matthias stellte den Tellerstapel ab und schwang sich auf den Küchentisch.

»Ich finde es stark, daß du dich trotzdem für dein Kind entschieden hast.«

»Alleine hätte ich es nicht geschafft«, sagte sie. »Hannes – der Erzeuger von Jerry – hat mich nämlich kurzerhand aus unserer Wohnung rausgeschmissen, als ich nicht nachgeben wollte. Ich konnte bei einer Freundin unterkriechen, aber das war natürlich nur für ein paar Nächte eine Lösung. Ich war ziemlich verzweifelt, und das hat man mir anscheinend angesehen. Jedenfalls hat mich dein Vater nach einer Vorlesung angesprochen. Er war der einzige, der mir Mut gemacht und geholfen hat. Übrigens hat er mir in dem Zusammenhang erzählt, daß deine Mutter und er auch noch sehr jung gewesen seien, als du geboren wurdest, und daß sie es trotzdem geschafft haben.«

»Meine Mom hat den Doktor gemacht, als ich in die zweite Klasse kam«, erinnerte sich Matthias. »Inzwischen führt sie ein sehr erfolgreiches Architekturbüro.«

»Ich weiß, er hat davon erzählt.« Sie goß kochendes Wasser in die Kanne, aromatischer Teeduft verbreitete sich in der Küche. »Er hat aber nicht nur geredet, sondern noch viel mehr getan. Die Wohnung, in der Jerry und ich leben, kennst du – da wohnte deine Großmutter drin, bevor sie ins Stift ging. Und dein Vater hat auch mit meinem Erzeuger geredet, seitdem kriege ich von dem wenigstens so viel, daß Jerry und ich einigermaßen durchkommen.«

»Davon hat er nie erzählt«, sagte Matthias leise.

Stella musterte ihn nachdenklich.

»Kann's sein, daß du nicht allzuviel über sein Leben hier weißt?«

»Ich komme zum Wochenende und bin daran gewöhnt, daß sich dann alles um mich dreht, daß er sich mit mir beschäftigt und für mich da ist. Das war für mich immer normal. Ich habe mir nie groß Gedanken darum gemacht, wie er lebt, wenn ich nicht da bin.«

Stella schielte in die Halle. Nick und Jerry waren noch

nicht wieder in Sicht, so nutzte sie die Gelegenheit, noch etwas loszuwerden.

»Ich habe das Gefühl, du hast ein ziemlich falsches Bild von ihm. Sicher, an der Uni sind einige Frauen hinter ihm her, und manchmal wird auch getratscht, aber nicht einmal seine Feinde – und davon hat er in der Fakultät ein paar! – konnten ihm je was anhängen. Er lebt allein – und ich glaube, genau das ist sein Problem. Eigentlich ist er nämlich ein Familienmensch. Er würde eine Frau und Kinder brauchen, ein richtiges Zuhause ...«

»Du weißt, warum meine Mutter ihn rausgeschmissen hat?«

»Ich habe ihn mal gefragt, warum er geschieden ist. Er hat mir erzählt, daß er deine Mutter betrogen hätte, daß er sich aufgeführt hätte wie ein Idiot, und hat die ganze Schuld auf sich genommen. Aber weißt du, was ich jedesmal denke, wenn er von deiner Mutter spricht? Daß er sie immer noch liebt.«

»Er hat sie seit zehn Jahren nicht gesehen!«

»Und? Muß er sie deswegen vergessen haben?«

»Bist du eine Romantikerin, Stella?«

»Bist du es nicht, Matthias?«

Jerry patschte mit flachen Händen gegen Nicks aufgeblasene Wangen und quietschte vor Vergnügen, als der prustend die Luft ausstieß. Nick angelte mit der linken Hand nach einem Stück Kuchen, mit der rechten hielt er Jerry fest, der versuchte, auf seine Schulter zu klettern.

»Magst du noch Kuchen?« bot Nick dem Kleinen an. Der sperrte den Mund auf und ließ sich füttern, dabei setzte er sich wieder hin und schaute Matthias skeptisch an. Der lächelte ein bißchen gezwungen. Er hatte keine Erfahrung im Umgang mit Kindern – und doch das Bedürfnis, sich mit Jerry anzufreunden. Es war nicht nur, weil Stella ihm so gut gefiel. Da war etwas an diesem Jungen, das ihn anzog, und er beneidete Nick fast darum, so fröhlich mit ihm scherzen und spielen zu können.

Während Jerry seine Krabbeltour auf Nick fortsetzte, erwischte der endlich einen Schluck Tee und lächelte von Matthias zu Stella und wieder zurück.

»Wäre die Fertigstellung deiner Magisterarbeit nicht ein Grund zum Feiern? Du könntest Jerry bei mir lassen und meinem Sohn die Konstanzer Discos zeigen!«

Matthias errötete, und der Blick, mit dem er Nick bedachte, war nicht gerade freundlich. Doch Stella lächelte.

»Ich würde gerne mal wieder tanzen. Aber du hast vor Semesterende auch noch eine ganze Menge zu tun. Ich kann dir doch nicht einfach Jerry aufhalsen!«

»Du kannst – und machst mir damit sogar eine Freude.« Er streichelte Jerry über den Kopf. »Was hältst du von einem Männerabend, Kumpel? Bleibst du heute nacht bei mir, Jerry?«

»Glucks!« Der Kleine sagte es überzeugt und fröhlich.

»Na, also!« Nick faßte in seine Hosentasche und warf Stella den Autoschlüssel zu. »Fahr los, hol dein Zeug, Matthias druckt unterdessen deine Arbeit aus.«

Matthias ging langsam durch den Garten zum Ufer hinunter. Er hatte Stellas Diskette in den Computer eingelegt, den Druckbefehl eingegeben und gewartet, bis die ersten drei Seiten fertig waren. Die Formatierung stimmte, so fütterte er den Drucker mit einer Handvoll Papier und folgte dann dem hellen Kinderjuchzen in den Garten. Die Aussicht auf den Abend mit Stella löste gemischte Gefühle in ihm aus. Er freute sich darauf, doch die Vorstellung, daß Stella vielleicht nur mit ihm ausging, um Nick einen Gefallen zu tun, löste profundes Unbehagen und etwas wie Trotz bei ihm aus. Wer war er denn, daß sein Vater meinte, Verabredungen für ihn treffen zu müssen? Und warum hatte er es getan? Weil ihm die Idee, Matthias könne Leahs Angebot annehmen, mißfiel?

Weil er hoffte, ihn damit von seiner Verliebtheit in Leah kurieren zu können?

»Das geht nicht auf, Dad!« dachte er zornig und blieb stehen. Ging das Konzept wirklich nicht auf? Seit er Stella am Donnerstag kennengelernt hatte, konnte er nicht mehr aufhören, an sie zu denken. Und er hatte sich gewünscht, sie wiederzusehen! Darum war er auch so glücklich gewesen, als sie gekommen war.

»Fange ich an, mich in Stella zu verlieben?« fragte sich Matthias. »Das kann doch nicht sein! Zwei Jahre liebe ich Leah – und ich habe immer gedacht, nie eine andere so mögen zu können. Ich wollte mit ihr zusammen sein, mit ihr arbeiten und mit ihr leben. Es war mir immer egal, daß sie fünfzehn Jahre älter ist. Sie ist eine richtige Frau, und das mochte ich ja gerade an ihr. Ich wollte nie so ein ständig kicherndes, gackerndes Küken wie die Mädchen in der Schule. Ich wollte eine Frau wie Leah ... oder? Kann es sein, daß ich in zwei Tagen alles auf den Kopf stelle, was ich zwei Jahre lang gewollt habe? Bin ich ein Fähnchen im Wind?«

Das Kinderlachen war verstummt, Matthias reckte den Kopf – wo waren Nicolas und Jerry? Eben hatten sie doch noch Enten gefüttert. Er ging den Weg hinunter; dann sah er Nick. Er saß unter der alten Linde am Ufer, den Rücken an den dicken Stamm gelehnt, Jerry auf dem Schoß. Der Kleine kuschelte an seiner Brust, das Köpfchen lag in Nicks Hand. Matthias trat unwillkürlich vorsichtiger auf, und tatsächlich legte Nick den Zeigefinger der freien Hand auf den Mund.

»Psst! Jerry ist gerade eingeschlafen.«

Matthias ging neben ihm in die Knie und betrachtete das schlummernde Kind.

»Er ist süß«, flüsterte er.

»Er erinnert mich an dich. Du warst genauso bereit, die Welt für dich zu erobern.«

»Scheint mir aber nicht besonders gut gelungen zu

sein ...« Thissy setzte sich neben Nick. »Jedenfalls lassen meine Erfolge bei der holden Weiblichkeit zu wünschen übrig.«

»Mit der ganzen holden Weiblichkeit wärst du sowieso überfordert, mein Sohn!« grinste Nick.

»Ich komme auch mit eingeschränkten Eroberungszügen nicht eben gut voran«, klagte Matthias. »So langsam weiß ich nicht mehr, wo vorn und hinten ist.«

Nick hob fragend eine Augenbraue.

»Stella?«

»Hmm«, brummelte Matthias. »Dad, kann das sein? Ich dachte, ich bin in Leah verliebt ...«

Nick schwieg eine Weile, dann sagte er leise:

»Shakespeare ...« Thissy schaute ihn mit zusammengezogenen Augenbrauen an, Nick lächelte. »Du erinnerst mich gerade an Romeo. Bevor er seiner Julia begegnet, übt er das Lieben an einer gewissen Rosalind. Sein Autor scheint gewußt zu haben, daß dem großen Gefühl die Bereitschaft zu tiefer Empfindung vorausgehen muß. Er läßt Romeo an Rosalind lernen, was er dann bei Julia zur frühen Meisterschaft bringt. Die Psychologen bestätigen Shakespeare darin. Zum Beispiel deuten sie die jugendliche Schwärmerei für einen Popstar oder Schauspieler, also die Verliebtheit in ein unerreichbares Objekt, als Vorstufe des Liebens in der Realität.«

»Willst du damit sagen, meine Gefühle für Leah waren nur Schwärmerei?« Matthias nagte an seiner Unterlippe. Nick schüttelte den Kopf und legte den Arm um seine Schulter. »Nein. Ich werde mir nicht anmaßen, deine Gefühle zu bewerten – jedenfalls nicht nach Schwarz oder Weiß.«

»Entschuldige, Dad. Ich bin dieses Wochenende wohl ziemlich schwer zu ertragen.«

»Habe ich mich beschwert?« Nick lächelte. »Ich freue mich, daß wir miteinander reden können.«

»Wir reden dauernd nur über mich und meine Probleme. Mir ist in den letzten Tagen klargeworden, daß ich nur sehr wenig von dir weiß. Ich komme mir langsam vor wie ein ganz mieser Egoist.«

»Habe ich mich beschwert?« wiederholte Nicolas. »Ich empfinde es nicht so, wie du es gerade darstellst. Aber selbst, wenn es so wäre: Es ist dein Recht, meine Fürsorge einzufordern. Ich habe dich in die Welt gesetzt und damit die Verantwortung für dein Heranwachsen übernommen. Von Eltern, die das als ein Geschäft auf Gegenseitigkeit betrachten und Dankbarkeit dafür erwarten, habe ich nie viel gehalten.«

Jerry in seinem Arm räkelte sich, suchte eine andere Stellung und schlief dann friedlich weiter. Matthias schaute schweigend zu, beobachtete die Zärtlichkeit, mit der Nick den kleinen Körper hielt und fühlte Stolz und Liebe.

»Vater ...«, begann er leise.

»Hmm?«

Matthias schluckte, holte tief Luft und sagte:

»Mir ist gerade wie in so 'ner blöden, amerikanischen Familienserie. Irgendwie habe ich das dringende Bedürfnis, dir zu sagen, daß ich dich sehr lieb habe – und ziemlich stolz darauf bin, dein Sohn zu sein.«

»In einer amerikanischen Szene müßte ich antworten: Ich liebe dich auch, mein Sohn.«

Matthias grinste.

»Mensch, hast du ein Glück, daß wir hier nicht im amerikanischen Fernsehen, sondern am sehr europäischen Bodensee sitzen! Da mußt du so was nicht sagen, weil die Söhne dort schlau genug sind, das schon bemerkt zu haben.«

Matthias rangierte den schweren Jaguar auf den Parkplatz neben seinen Golf, schaltete den Motor ab und legte mit einem kleinen, sehr zufriedenen Lächeln seine Hand an die Wange. Stella hatte ihn zum Abschied geküßt! Nach einer durchtanzten Nacht und einem langen, gemütlichen Frühstück hatte er Jerry und sie nach Hause gefahren. Er hatte Jerrys Buggy und das Gepäck in die Wohnung im zweiten Stock hinaufgeschleppt und dann hatte Stella die Hände auf seine Schultern gelegt und ihn geküßt.

»Danke! Es war ein schönes Wochenende mit dir! Ich habe schon lange nicht mehr soviel gelacht und mich so wohl gefühlt.«

Das hatte ihm den Mut gemacht, sie zu fragen:

»Sehen wir uns am nächsten Wochenende?«

»Wenn du Lust hast ...« Sie griff nach einem Zettel und schrieb ihre Telefonnummer darauf. »Ruf mich an, dann können wir was ausmachen!«

Er freute sich schon darauf.

»Montag – Dienstag – Mittwoch – Donnerstag – Freitag – Samstag«, zählte er an den Händen ab. »Sieben Tage, dann sehe ich Stella wieder.« Und bis dahin würde er an sie denken und von ihr träumen. Er war verliebt – er zweifelte nicht mehr daran. Wenn sie ihn anlächelte, schlug sein Herz schneller. Eine Berührung von ihr löste ein Flattern in seinem Magen aus. Und ihr Kuß – ach, es war schön gewesen! Er stieg aus dem Auto, schloß die Tür ab und atmete tief durch. Die Luft war klar und rein, vom See her wehte ein leichter Wind. Es war eine Lust zu leben!

Doch Nick schien es nicht zu spüren. Er saß immer noch am Schreibtisch, von Papierbergen umgeben und konzentriert auf die Arbeit, die vor ihm lag. Er sah müde aus. Matthias hatte schon beim Frühstück gedacht, daß Nick erschöpft wirkte – und obwohl er fröhlich geplaudert hatte, schien ein Mißton mitzuschwingen. Jetzt, wo er sich alleine glaubte und die Maske abgelegt hatte, wurde es deutlich: Etwas bedrückte ihn. Matthias meinte, fast körperlich mitfühlen zu können, daß eine Last Nicks Schultern beugte.

Leise trat er in den Raum.

»Ich bin zurück, Dad – und dein Auto ist ebenso heil wie unsere Gäste.«

Er wartete nicht auf eine Aufforderung, sondern setzte sich in den Besuchersessel gegenüber dem Schreibtisch. Nick schaute nur kurz auf.

»Entschuldige – ich brauche noch einen Moment. Ich bin gleich fertig.«

»Das glaube ich nicht«, sagte Matthias direkt. »Um es in der gebotenen Direktheit auszudrücken: Du hast schon fertig ausgesehen, als du heute morgen zum Frühstück erschienen bist. Du machst mir Sorgen. Was ist mit dir los?«

Nicolas machte noch einen Vermerk auf seinem Notizzettel, dann hob er den Kopf, nahm die Brille ab und massierte mit zwei Fingern seine Nasenwurzel.

»Du mußt dir keine Sorgen machen. Ich hatte die letzten Tage ein bißchen zuviel Arbeit und ein bißchen zuwenig Schlaf.«

Matthias überlegte ein paar Sekunden, dann schüttelte er den Kopf.

»So sorry, Vater – das kaufe ich dir nicht ab. Ich habe dich schon öfter im Streß erlebt, das geht dir normalerweise nicht so an die Nieren.« Er holte tief Luft. »Vater ...«

Nick unterbrach.

»Puh – du nennst mich schon das zweitemal Vater! Wird es jetzt ernst?«

»Ja!« Thissy ging auf den Versuch zu blödeln nicht ein. »Gestern habe ich noch gedacht, du seist wegen deines bevorstehenden Abschieds von der Uni traurig. Aber jetzt glaube ich mehr und mehr, daß es was anderes ist. Warum redest du nicht mit mir darüber? Du hast mir so oft geholfen. Vielleicht kann ich jetzt irgendwas Gescheites zur Lösung deines Problems beitragen?«

Nicolas stand auf und trat zum Kamin, mit einem leisen Seufzen stützte er sich beidhändig auf den Sims.

Matthias gab ihm Zeit. Er lehnte sich zurück und zündete eine Zigarette an. Endlich, nachdem er schon die Hälfte geraucht hatte, drehte sein Vater sich wieder um.

»Vermutlich bist du der einzige Mensch, der mir helfen könnte. Die Frage ist nur, ob ich diese Hilfe von dir verlangen kann.«

»Du kannst selbstverständlich jede Hilfe von mir verlangen!«

Nick schüttelte den Kopf und ging zurück zu seinem Sessel.

»Nein, Matthias. Ich könnte nicht von dir verlangen, gegen deine Überzeugung zu handeln.« Er seufzte. »Wie sag' ich's meinem Kinde?«

»Wenn ich früher nicht wußte, wie ich was loswerden soll, hast du mir immer empfohlen, einfach von Anfang an zu erzählen«, half Thissy.

»Das wäre sehr kompliziert.« Nick stopfte seine Pfeife. »Es würde zudem die Intimsphäre eines anderen Menschen verletzen. Ich probiere es lieber mit der vereinfachten Version.« Er seufzte noch einmal. »Es geht um eine Frau – eine wundervolle, gescheite, temperamentvolle, sensible und verletzbare Frau, der einmal sehr weh getan wurde. Ich liebe diese Frau.« Er hatte Tabak in seiner Pfeife, steckte sie in den Mundwinkel und zündete sie paffend an. Seine Stimme klang etwas undeutlich, als er weitersprach. »Ich liebe sie so sehr, daß ich mir ein Leben ohne sie nicht einmal vorstellen möchte, daß ich sie lieber heute als morgen heiraten würde, daß mir jeder Tag ohne sie wie ein verlorener Tag erscheint. Und irgendwo, tief in meinem Innersten, weiß ich, daß sie mich ebenso liebt. Aber sie will es nicht. Sie meint, Liebe mache verwundbar, und sie hat panische Angst davor, noch einmal verletzt zu werden. Darum will sie nicht mehr als eine unverbindliche Affäre.« Er nahm die Pfeife aus dem Mund, drückte mit konzentrierter Miene den Tabak fest und sprach dann weiter. »Sie schläft mit mir, wenn ihr danach ist. Doch mehr ist nicht. Sie verheimlicht mich den Menschen, die ihr nahestehen, mit der Begründung, daß es nicht mehr sei als eine Bettgeschichte. Sie verweigert jede Form von Zukunftsplanung und sie will nichts von Liebe hören.«

»Klingt nicht gut«, fand der Sohn.

»Ist nicht gut!« bestätigte der Vater. »Ich spiele mit, weil ich Angst habe, ganz aus ihrem Leben verbannt zu werden, wenn ich die Grenzen überschreite. Am Anfang war es einfach. Da dachte ich, die Zeit würde mir helfen, sie würde ihr zeigen, daß sie mir vertrauen kann. Doch jetzt merke ich, daß die Hecke, die mein Dornröschen um sich gebaut hat, nicht kleiner wird. Ich brauche jemanden, der mir hilft, eine Bresche zu schlagen.«

Matthias hatte gespannt zugehört. Jetzt drückte er die Zigarette aus, die schon bis zum Filter heruntergebrannt war, und fragte:

»Wie kann ich dir helfen?«

»Du kannst eine Bombe für mich legen.« Nick lächelte verlegen. »Ich komme mir komisch vor, daß ich dich darum bitte, aber ...«

Matthias unterbrach.

»Dad, ich würde so ziemlich alles tun – aber du mußt schon etwas deutlicher werden! Soll ich der Lady hundert Rosen und mich selbst zu Füßen legen? Soll ich sie mit meinem Charme bezaubern oder mit einer Suada über die Notwendigkeit, bestiefmuttert zu werden, an ihr gutes Herz appellieren?«

»Weder noch. Du sollst nur eine Bresche schlagen. Du bist der einzige, dem Dornröschen Zugang zu ihrer Burg gewährt. Und damit wären wir an der Frage der Zumutbarkeit für dich. Ich war der Mann, der sie verletzt hat. Ich bin schuld, daß sie die Hecke gepflanzt hat. Und da du sie liebst und mit ihr leidest, würde ich verstehen, wenn du mir nicht helfen wolltest.«

Matthias kratzte sich am Kopf.

»Dad, ich verstehe kein Wort. Kannst du Klartext reden? Wer ist meine potentielle Stiefmutter, die Lady, die du gerne heiraten würdest?«

Nick errötete. Er war sehr verlegen.

»Deine Frage ist gut«, sagte er schließlich. »Wechsle darin das überflüssige ›Stief-‹ gegen ein klärendes ›wieder‹ aus, und du hast die Antwort.«

»Wieder-Mutter?« Matthias kratzte sich noch einmal am Kopf und stockte dann mitten in der Bewegung. Sein Mund, ja, sein ganzes Gesicht, formten sich zu einem großen ›Oh‹, er starrte Nick an, dann sagte er langsam: »Mutter – wieder heiraten! Ich werd' verrückt! Du bist der Lover, den Mom mir vorenthält! Mit dir war sie zusammen, als ich auf der Klassenfahrt war – und ich Rindvieh bin nicht mal im entferntesten auf die Idee gekommen!« Er schlug sich mit der flachen Hand gegen die Stirn. »Aber ich verstehe eines nicht: Warum sollte es gegen meine Überzeugung verstoßen, wenn ich dir bei der Rückeroberung meiner Mutter helfe?«

»Weil du zum Beispiel denken könntest: Er hat sie schon einmal betrogen, er könnte es wieder tun, er ist der falsche Mann für sie.«

»Wie kommst du denn auf dieses schmale Brett?« Matthias war empört. »Ich will die Entscheidung, die Mom damals getroffen hat, nicht kritisieren. Das steht mir nicht zu. Aber ich glaube, kein Mensch ist vor Fehlern sicher. Mom sagt immer, jeder verdient eine zweite Chance – warum sollst du die nicht haben? Du wirst denselben Fehler nicht zweimal machen, da bin ich mir sicher.« Er sprang auf und war mit drei Schritten um den Schreibtisch herum, faßte nach Nicks Schultern und sagte: »Hey, Dad – ich könnt' heulen vor Wonne! Seit du weg bist, habe ich immer gehofft, es wäre nicht für immer – und das nicht nur, weil ich lieber euch beide zusammen als jeden von euch einzeln gewollt habe. Für mich habt ihr immer zusammengehört. Wenn ich dich mit einer anderen Frau sah, dachte ich immer ›das ist Moms Platz!‹, und wenn ich Mom alleine erlebte, dachte ich immer, du müßtest bei ihr sein. Ich würde Himmel und Hölle in Bewegung setzen, um euch zusammenzukriegen! Sag mir, was ich tun soll – und dann laß mich machen! Du weißt doch: Mir konnte sie noch nie widerstehen!«

Kapitel 12

Maximiliane mag Nicolas am liebsten ohne Hose

Boing! Die schwere Stahlschublade des Aktenschrankes krachte donnernd in ihre Ausgangsposition zurück, die Hängemappen darin hüpften erschreckt. Krawumm! Max zog die nächste Schublade auf, wühlte durch einige Akten, riß eine heraus, kippte den Inhalt über den Tisch und fauchte wenig damenhaft:

»Verdammter Mist! Kann hier eigentlich niemand Planungsprotokolle so ablegen, daß man sie ohne stundenlange Suche wiederfindet? Warum muß ich immer den Affen machen und anderer Leute Schlamperei aufräumen?« Sie funkelte die Sekretärin, die sich schon mit eingezogenem Kopf hinter ihren Bildschirm verzogen hatte, aus eisblauen Augen an. »Bekomme ich das Baumkataster eigentlich diese Woche noch oder müssen die Herrschaften bei Geodat erst noch die fürs Papierproduzieren gefällten Bäume neu eintragen? Treten Sie diesen Schnarchzapfen auf die Füße! So ist das doch keine Zusammenarbeit!« Sie stürmte in ihr Büro und begann, in den Unterlagen auf ihrem Schreibtisch zu wühlen. Nach kaum einer halben Minute brüllte sie lautstark: »Frau Schuster, ich kann die verflixte Ausschreibung von der Uni nicht finden!«

Die geplagte Sekretärin stand mit einem leisen Seufzen auf, ging hinüber, fischte das Gesuchte mit einem Griff aus einem Ablagekorb, legte es wortlos vor Max und wollte an ihren Platz zurück.

»Entschuldigung, Frau Schuster«, brummelte Max. Sie ließ sich nieder und sagte mit verlegenem Lächeln: »Ich bin schon den ganzen Morgen ziemlich widerlich. Tut mir leid …«

»Es ist schon in Ordnung. Jeder hat mal einen schlechten Tag – und bei Ihnen kommt das glücklicherweise nicht sehr oft vor.«

»Es ist trotzdem schlechter Stil, meinen Frust an Ihnen auszulassen. Ich danke Ihnen für Ihre Nachsicht!«

Die Sekretärin schaute noch einen Moment zu, wie Max sich in die Ausschreibung vertiefte. Dann ging sie leise aus dem Raum und in den Flur hinaus. Am Empfang blieb sie stehen und lächelte ihre Kollegin an.

»Ist Frau Diettrichs inzwischen da?«

»Sie ist vor zwei Minuten gekommen.«

Claudia Schuster kam um den Tresen herum und ordnete die Faxe im Eingangskorb. Mit einem kleinen Lächeln nahm sie eins, das an Leah Diettrichs adressiert war, und marschierte zielbewußt in deren Büro. Leah stand an ihrem Schreibtisch und sichtete Post, sie lächelte.

»Guten Tag, Frau Schuster. Gut, daß Sie gerade kommen. Ich suche nämlich das Gutachten des Wasserschutzamtes für das Projekt in Hohenstaufen.«

»Das hat Herr Lehmann mitgenommen – der will sich vor Ort mit dem Gutachter darüber unterhalten. Aber ich habe eine Kopie in der Akte. Soll ich die raussuchen?«

»Nein, danke. Wenn Lehmännchen sich darum kümmert, ist es schon okay.« Leah musterte die Sekretärin. »Was ist mit Ihnen? Sie lassen Ihr gewohntes Strahlen vermissen? Haben Sie Kummer? Kann ich Ihnen helfen?«

»Ja. Sie können eine mittelgroße Eiche samt passender Axt organisieren und Frau Doktor Simon bringen lassen. Dann müßte sie nämlich nicht mehr versuchen, unsere Aktenschränke in Kleinholz zu verwandeln.«

»Upsa! Was hat sie denn?«

»Ich weiß es nicht. Sie ist so wütend, wie ich sie selten erlebt habe. Sie kam schon zornig hier an – und hat dementsprechend hingelangt! Der kleine Meier bekam einen Anpfiff, weil er angeblich ihren Parkplatz versperrt hat. Mit Herrn Lehmann hatte sie Terz, weil eine Abrechnung noch nicht da ist, und Lemmel von der Stadtverwaltung Esslingen hat sie empfohlen, sein übliches Lamento nicht bei ihr, sondern bei seiner Häkelgruppe abzulassen.«

»Das klingt nach Max in großer Form!«

»Teilweise trifft's die Richtigen!« konnte sich die Sekretärin nicht verkneifen. »Sie hat vorher einen Brief an Frau Jensen-Pauly diktiert, der an Deutlichkeit nichts zu wünschen übrig läßt. Danach wird uns Madame Jensen-Pauly nicht mehr so auf der Nase herumtanzen!«

»Und Abrechnungen servieren, bei denen es mir jedesmal die Schuhe auszieht!« stimmte Leah zu. »Wenn Max der den Marsch blasen will, poliere ich ihr die Trompete!« Sie ging zur Tür. »Ich gehe mal zu ihr rüber. Sorgen Sie dafür, daß das Telefon mal eine halbe Stunde Ruhe gibt, dann garantiere ich Ihnen danach eine friedlichere Chefin.«

»Grüß dich, Süße«, sagte Leah fröhlich, als sie Max' Büro betrat.

»Hallo!« Max brummte, riß das Blatt von ihrem Zeichenblock, knüllte es zusammen und warf es neben den überquellenden Papierkorb. Leah setzte sich uneingeladen und zündete eine Zigarette an. Schweigend sah sie zu, wie Max wieder ein paar Striche zog, dann einen Fluch zwischen den Lippen zerdrückte und das nächste Papierknäuel unter den Tisch warf.

»Du, Max«, sagte sie nach einer Weile, »hattest du nicht vor einiger Zeit mal festgestellt, daß in diesem unserem Büro zuviel Material verbraten wird? Vielleicht solltest du deinen Mitarbeitern mal mit gutem Beispiel vorangehen? Wenn du deinen Zorn nicht weiter an unschuldigem Papier ausläßt, sondern dich bei mir auskotzt, kostet's weniger und bringt vielleicht sogar mehr.«

Max hob den Kopf und funkelte Leah an. Ihr lag schon ein Fauchen auf der Zunge, doch dann bremste sie sich. Leah konnte schließlich nichts dafür. Also seufzte Max erst einmal herzhaft.

»Ach, Leah – es gibt Tage, an denen man sich zusammenrollen, in eine Ecke legen und alleine vor sich hinstinken sollte!«

»Wenn dir danach wohler ist, räume ich dir gerne eine Ecke frei!« bot Leah an. Sie beugte sich über den Tisch. »Was ist los, Mäxchen? Wer oder was hat dich so geärgert?«

»Gibst du mir bitte eine Zigarette?«

Leah schob das Päckchen über den Tisch.

»So schlimm?«

»Hmm!« Max zündete eine an, hustete und verzog das Gesicht. »Brr – schmeckt auch nicht.«

»Dann gib sie mir! Der Bundesgesundheitsminister warnt eh davor.«

»Er macht sich unnötig Sorgen! Ein Volk, das die Schwarzwaldklinik und die Reden von Kohl überstanden hat, ist von so einem bißchen Nikotin nicht umzubringen!« Max nahm noch einen Zug. »Und was mich angeht: Ich bin hart im Nehmen. Ich habe eine Ehe mit Nicolas Berninck und die Aufzucht seines Sohnes überstanden, ohne dem kichernden Wahnsinn anheimzufallen.«

»Auch sonst keine Folgeschäden?« grinste Leah.

»Daran zweifle ich. Immerhin bin ich – wider besseres Wissen – ein zweites Mal auf den Herrn Professor Berninck hereingefallen. Dafür sollte man mir eigentlich das pinkfarbene Y-Chromosom mit Schniedel und Eichelstaub verleihen – den Preis für die größte weibliche Fehlleistung des Jahres!«

»Verrätst du mir, womit der Herr Berninck dich so verärgert hat?«

»Mit der Entdeckung der Seriosität!« schnaubte Max. »Herr Berninck meint anscheinend, seinem fortgeschrittenen Alter schuldig zu sein, endlich wieder Ordnung in seine Verhältnisse zu bringen. Deswegen will er wieder heiraten.«

»Wen?« staunte Leah.

»Leider hat er es bisher versäumt, mir die künftige Madame Berninck vorzustellen. Aber immerhin kennt sie unser Sohn schon und hat mir gestern abend freudestrahlend von ihr erzählt. Wenn ich seinen glückseligen, aber kurzen Bericht richtig verstanden habe, wird er sich mit der Stiefmama prächtig verstehen. Sie ist nur ein paar Jahre älter als er!«

»Und deswegen serviert Nicolas dich ab?«

»Aber nein!« höhnte Max. »So seriös ist er dann auch wieder nicht. Er heiratet eine kleine Studentin und hat gleichzeitig ein nettes, gepflegtes Verhältnis mit mir. Das ist doch nur fair! Warum sollten nicht zwei Frauen von seinen außergewöhnlichen Talenten profitieren? Ein Mann wie er ist doch in einer monogamen Beziehung schlichtweg verschwendet!«

Leah war aufgestanden und auf Max' Seite gegangen. Sie lehnte sich an die Tischkante und sagte ruhig:

»Mäxchen, sei nicht so zynisch! Du tust dir damit weh!«

»Kommt es darauf an?«

»Ja, für mich schon. Mir liegt nämlich an dir. Darum könnte ich Herrn Berninck auch sonstwohin treten. Aber ich sehe nicht gerne zu, wie du dir Tritte verpaßt.«

»Was soll ich deiner Ansicht nach tun? Rotz und Wasser heulen?«

Leah nickte.

»Wenn dir danach ist – warum nicht?«

»Mir ist nicht danach!« Maximiliane brüllte fast. »Herr Berninck ist keine Träne wert! Er ist noch nicht mal wert, sich über ihn aufzuregen!« Sie stand auf und tigerte neben ihrem Schreibtisch auf und ab. »Aber der wird mich kennenlernen! Der wird Spaß an mir kriegen! Ich gehe jetzt einkaufen – besondere Anlässe erfordern besondere Investitionen. Und der morgige Abend ist ein besonderer Anlaß!«

Max bremste, blinkte und zog das Cabrio auf den kleinen Wanderparkplatz. Sie stieg aus und holte eine große Tüte aus dem Kofferraum. Während sie leise pfiff »Oh, wie so trügerisch sind Weiberherzen!«, schlüpfte sie aus den flachen Schuhen und der hellen Hose, legte sie sorgfältig zusammen und verstaute sie im Kofferraum. Die helle Seidenbluse folgte, barfuß ging sie zur offenen Wagentür, setzte sich auf den Fahrersitz und löste den Haarknoten. Dann nahm sie eine Bürste aus der Seitentasche und striegelte die Locken, bis sie kupferrot glänzend über ihre Schultern fluteten. Kopf nach unten, mit beiden Händen durchwuscheln, Blick in den Rückspiegel – doch, die Mähne konnte sich sehen lassen. Mit spitzen Fingern nahm sie eine schwarze Seidenbluse aus der Tüte, streifte den BH ab und zog den Stoff über die nackte Haut. Als nächstes folgten hauchdünne, schwarze Strümpfe mit Spitzenabschluß. Max zog sie an und war sehr zufrieden mit dem Kontrast zwischen der nackten, milchweißen Haut am Oberschenkel und dem Schimmern darüber. Jetzt war der Rock dran: schwarzes Leder, knalleng und sehr kurz. Max mußte die Luft anhalten, um den Reißverschluß schließen zu können, doch dafür schmiegte sich das weiche Material wie eine zweite Haut um ihren Po. Nun holte sie noch eine Lederjacke, schwarze Stilettos und eine Parfümflasche aus der Tüte. Sie hüllte sich in die großzügig geschnittene Jacke, schloß den Bund und stellte den Kragen auf – perfekt! Der Gegensatz enger Mini – weite Jacke und Leder – Seide gefiel ihr. Jetzt noch eine nicht zu kleine Portion Parfüm hinters Ohr und zwischen die Brüste – brr! Max fand den schweren Duft eher gräßlich, aber auf ihren Geschmack kam es heute nicht an.

Mißtrauisch betrachtete sie die Pumps – und warf sie dann unter den Sitz. Fahren würde sie lieber barfuß, es würde schlimm genug werden, sich nachher auf diesen Marterwerkzeugen fortzubewegen. Sie ließ den Motor an und fädelte sich in den abendlichen Verkehr auf der Uferstraße ein. Dem zwischen den Bäumen immer wieder aufblitzenden See gönnte sie keinen Blick – ihr war nicht nach landschaftlichen Schönheiten. Einem Beobachter hätte auffallen können, daß ihre Augen so blau wie das Wasser leuchteten und ihre Haut unter der roten Mähne durchscheinend blaß war. Doch die Männer in den Autos um sie herum achteten nur auf die im Fahrtwind wie ein Banner flatternde Mähne – und mancher konnte sich ein Hupen nicht verkneifen. Max achtete auch darauf nicht. Sie kreuzte konzentriert durch den Konstanzer Stadtverkehr und rollte die Straße zum Fährhafen hinunter, an einer Baustelle vorbei, auf der ihre Mähne reichlich Aufsehen erregte. Sie hatte Glück: Vorne auf dem kleinen Parkplatz neben der Anlegestelle fuhr gerade jemand weg. Max setzte den Blinker, drängelte sich an einem verschlafenen Sonntagsfahrer mit Hut vorbei und war schon in der Parklücke. Sie stellte den Motor ab, mit den Zehen angelte sie nach den Schuhen, mit beiden Händen zupfte sie noch einmal die Haare in Form und stellte mit eisig-zufriedenem Lächeln fest, daß Nicks silbergrauer Sportwagen nur wenige Meter entfernt geparkt war – und er selbst stand unten am Steg, in die Levi's 501 und ein passendes Jeanshemd gekleidet.

»Sehr gut! Ich liebe pünktliche Nicks!« sagte Max leise, fischte einen Lippenstift aus der Handtasche und trug ihn sorgfältig auf. Dann öffnete sie die Tür, schwang die langen Beine hinaus und stöckelte, von Bauarbeiterpfiffen verfolgt, zum Steg hinunter. Dabei mußte sie das Lächeln an den Ohren festzurren – diese Schuhe waren verflixt unbequem! Aber Maximiliane fühlte sich wie die Indianer auf dem Kriegspfad – die kannten keinen Schmerz oder gaben ihm zumindest nicht nach, bis der Skalp am Gürtel hing!

Immerhin ließ der Effekt ihres Auftretens nichts zu wünschen übrig; Nick pfiff leise, neigte den Kopf, beugte sich zum Kuß über ihre Wange und sagte:

»Du hast nicht zuviel versprochen. Du siehst umwerfend aus!«

»Danke, du gefällst mir auch ganz gut«, lächelte Max zuckersüß, legte die Arme um ihn und küßte ihn ausführlich und mit viel Körperkontakt. Einer der Bauarbeiter nebenan sah aus, als ob er sich gleich den eigenen Fuß aufmeißeln würde, dem Mercedesfahrer mit Hut entglitten die Züge, während seine Gemahlin mit zusammengezogenen Lippen an seinem Arm zerrte, und auch Nick blieb nicht kalt. Max spürte, wie sich unter seiner Jeans etwas regte, und mußte sich ein zufriedenes Grinsen verkneifen. Oh, es würde ein netter Abend für ihn werden! Sie würde dafür sorgen, daß er Spaß hatte! Sie legte die Hand in seinen Nacken.

»Du hast mir richtig gefehlt, Schätzchen!« hauchte sie in sein Ohr und dachte: »Und wie! Ich brauche dich ungefähr so sehr wie Hämorrhoiden und Schweißfüße! Einen Mann wie dich sollte jede Frau mal gehabt haben. Danach weiß sie dann, welche Vorzüge das Singledasein hat.«

Nick deutete mit dem Kinn auf die Fähre, die eben anlegte. »Wollen wir?«

»Aber ja doch!« freute sich Max. »Ich habe nämlich Hunger! Erst auf Felchen …« Sie senkte die Stimme und übte Augenaufschlag unter Einsatz der schwer getuschten Wimpern: »… und danach auf dich!«

Max wunderte sich. Konnte es denn wahr sein? Merkte er wirklich nicht, daß sie ihn am liebsten an die Wand genagelt hätte? Sie hatte das Gefühl, ein ganz mieses Schauspiel abzugeben. Ja, hörte er denn die falschen Untertöne nicht? Sie klang doch wie das Blondchen in der Vorabendserie beim vergeblichen Versuch, den Vamp darzustellen! Aber dem souveränen, welt- und frauenerfahrenen Professor Doktor Nicolas Berninck schien gar nichts aufzufallen. Er fraß ihr geradezu aus der Hand – wenn er nicht gerade damit beschäftigt war, in ihren Ausschnitt zu starren!

War es das, was er immer gewollt hatte? Max kuschelfreudig? Max als Sexy Hexy? »Soviel zum Thema Intellekt und Stil!« dachte Maximiliane. »Er ist ein Mann wie jeder Mann. Das Y-Chromosom – hab' Sonne in der Hose und Nebel im Hirn!«

Doch was sie am meisten daran ärgerte: Sie war erregt. Seine heisere Stimme, seine Berührungen, seine Blicke erregten sie. Ihre Brustwarzen stachen steil durch den Stoff der Bluse, zwischen den Beinen wurde es warm und wärmer. Ihr Körper reagierte immer noch auf den seinen, trotz ihrer Wut, trotz ihrer Enttäuschung. Er hatte den Arm um ihre Schultern gelegt, er schien nicht zu bemerken, wie angespannt ihre Muskeln waren, wie steif ihr Gang. Auch während des Essens war ihm nicht aufgefallen, daß sie mehr in ihrem Fisch herumgestochert als davon gegessen hatte. Ihm war nicht aufgefallen, daß sie manchmal nur einsilbig antwortete, er hatte nicht bemerkt, daß ihre Augen blitzten. Am liebsten hätte sie ihn angebrüllt: »Wie schaffst du das, Nicolas? Du flirtest mit mir, du unterhältst dich mit mir wie mit einer Freundin, du erzählst mir, du freust dich auf eine Nacht mit mir. Und irgendwo drüben, am anderen Seeufer, sitzt eine junge Frau, die dich liebt und dir vertraut. Wie wäre dir, wenn sie dich so hintergehen würde?«

Sie war froh, daß die Sonne untergegangen war und er im schwachen Licht der Anlegestelle ihr Gesicht nicht mehr erkennen konnte. Ihre Wangenmuskeln schmerzten vom aufgesetzten Lächeln nicht weniger als ihre Füße in den verdammten Pumps. An ihrer Wirbelsäule schien jemand zu ziehen und zu zerren, ihr Magen krampfte sich zusammen. »Ich sollte dem ein Ende machen«, dachte sie. »Ich könnte ihm einfach sagen, daß Thissy mir von seiner bevorstehenden Hochzeit erzählt hat und daß ich ihn mies finde, daß ich ihn nie wiedersehen will, daß er die Enttäuschung meines Lebens ist. Dann könnte ich mich ins Auto setzen und heimfahren. Ich könnte ihn endgültig aus meinem Leben streichen. Es kann doch nicht so schwer sein. Er hatte zehn Jahre keinen Platz darin. Ich kann ohne ihn leben. Ich habe es bewiesen.«

Warum tat sie es nicht? Weil seine Hand in ihrem Nakken lag, weil sie warm und trotz alledem wohltuend war? Weil sie seinen Geruch in der Nase hatte? Weil irgend etwas in ihr sich nach ihm sehnte, in seiner Nähe bleiben, ihn sehen, hören und berühren wollte? Warum war das nur so? Alte Gewohnheit? Immerhin hatte er einmal zu ihrem Leben gehört, immerhin hatte sie ihn einmal für den Mann angesehen, mit dem sie alt werden würde. Und er war der Vater ihres Sohnes, des Menschen, den sie mit jeder Faser ihres Selbst liebte. »Das ist es«, dachte sie. »Ich kann ihn und Matthias nicht trennen. Wie sollte ich auch? So wie Matthias ein Teil von mir ist, ist er ja auch ein Teil von Nicolas. Was auch immer geschieht: Nicolas bleibt sein Vater, er bleibt der Mann, von dem ich mein einziges Kind empfangen habe. Aber mehr darf es nicht mehr sein. Mehr soll es nie mehr sein. Es schmerzt schon so genug.«

Die Fähre legte an, die Rampe wurde geöffnet, ein paar Jugendliche eilten an Land, gefolgt von drei Autos und einem kleinen Lieferwagen, auf dem Bierkisten und Fässer klirrten. Max stöckelte hinter Nick her, balancierte die steilen Stufen aufs Oberdeck hinauf, ließ sich auf eine der Bänke fallen und streckte die Füße in den Marterinstrumenten aus. Am liebsten hätte Max die Stilettos ausgezogen, doch sie war sicher: Danach hätte es des Zehenabhacktricks von Aschenbrödels Schwester bedurft, um wieder hineinzukommen. Also begnügte sie sich damit, die schmerzenden Füße hoch- und den Kopf an Nicolas' Schulter zu legen. Er schob den Arm um sie und grub die Nase in ihr Haar.

»Erinnerst du dich noch, Max? Als wir das erstemal nachts über den See fuhren? Da lagst du genauso in meinem Arm, aber ich hatte die Hand auf deinem Bauch und spürte zum erstenmal, wie Matthias in dir strampelte ...«

»Hmm!« machte Maximiliane. Sie konnte nicht mehr sagen, weil sie an einem zähen Gefühlsbrei aus Wut, Enttäuschung und Ärger zu schlucken hatte. Er zog sich wie Tapetenkleister, er hatte einen verdammt bitteren Nachgeschmack. Mußte Nick denn jetzt auch noch sentimental werden? Mußte er sie wirklich daran erinnern, wie anders es einmal gewesen war? Ja, sie erinnerte sich! Vor allem erinnerte sie sich daran, daß sie sich damals für unbesiegbar gehalten hatte! Damals hatte ihr Wahlspruch ›Amor vincit omnia‹ gelautet, damals hatte sie geglaubt, die Liebe könne wirklich jedes Hindernis überwinden. Damals war sie sicher gewesen, ihre Liebe zu Nick und seine zu ihr würden ausreichen, bis ans Ende ihrer Tage miteinander zu leben und glücklich zu sein. Sie war so dumm gewesen! Und er war – ja, was war er eigentlich? Max fielen einige wenig nette Bezeichnungen für ihn ein, am passendsten erschien ihr noch ›mieser Macho‹! Und miese Machos mußten bestraft werden! Sie würde ihm in die Suppe spucken, sie würde ihm zumindest zeigen, daß sie sich nicht einfach von ihm vorführen ließ!

Sie nahm seine Hand, die auf ihrer Schulter lag, und schob sie zur Brust, dabei streichelte sie mit der anderen Hand seinen Nacken und schnurrte.

»Ist das nicht ein herrlicher Abend? Ich würde am

liebsten in den See springen und nackt schwimmen. An solchen Sommerabenden fühlt sich das Wasser an der Oberfläche wie tausend kleine Finger an, die einem über die Haut krabbeln. Und wenn man sich dann ein bißchen sinken läßt und von unten die kälteren Schichten kommen – ich mag diese Kontraste ...«

»Klingt gut!« Das Oberdeck war leer, er erlaubte sich, die Hand in ihren Ausschnitt zu schieben und die feste Brust zu streicheln. Max schloß die Augen und konzentrierte sich auf den Nahkampf mit dem lasziven Luder, das sich in ihr räkelte und immer wieder lockte: »Nur noch einmal! Du kannst ihm hinterher genausogut, wenn nicht sogar noch wirkungsvoller, einen Denkzettel verpassen!« Nichts da! Sie würde nicht nachgeben. Diesmal nicht.

Die Fähre tuckerte in den Konstanzer Hafen und legte sanft an. Max und Nick standen bereits wartend auf dem Autodeck, nur noch von einem müden Schaffner flankiert. Maximiliane rekapitulierte zum wiederholten Mal an diesem Abend ihren Plan. Es kam nur darauf an, selbst ans Steuer zu kommen. Aber das würde nicht schwer sein, denn sie hatte in weiser Voraussicht nur Mineralwasser getrunken, während er dem Wein kräftig zugesprochen hatte. Sie schmiegte sich an ihn. »Lassen wir ein Auto hier? Ich muß morgen eh auf die Fähre ...«

»Kein Problem, nehmen wir deinen Wagen! An einem so schönen Abend bietet sich das Cabrio an.«

»Und ob!« dachte Max beim Einsteigen. »Am besten in einem Rutsch von Litzelstetten am Bodensee nach Stuttgart. Und dort dann ins eigene Bett! Mein Schlafzimmer wird ab sofort wieder zur nick-freien Zone erklärt! Nie wieder Nicolas Berninck, nie wieder den Ärger darüber, daß er trotz alledem so reizvoll ist!«

Doch davor galt es, die Atmosphäre zu erhalten und

ihr Opfer in Sicherheit zu wiegen. »Er merkt nichts. Er glaubt wirklich, er wäre so umwerfend, daß eine Frau ihm alles verzeiht. Gut, Euer Harmlosigkeit – Ihr werdet heute Eure Lektion bekommen!« fauchte sie im Geiste, während ihre Finger an seinem Oberschenkel zur Knopfleiste seiner Jeans hinaufkrabbelten. Sein Penis reagierte prompt – er drückte gegen den Stoff und ihre Hand. Max preßte ihn.

»Hmm – das fühlt sich gut an!« schnurrte sie kehlig. »Ich kann es kaum erwarten, ihn endlich auszupacken!«

»Dann solltest du losfahren! Wenn du mich hier vernaschst, kriegen wir nämlich Ärger mit der Polizei!«

»Gut!« Max küßte noch einmal sein Kinn, zog die Schuhe aus und startete den Motor. Das sonore Brummen des schweren Wagens beruhigte sie – wie immer.

Manchmal amüsierte sie sich über ihr enges Verhältnis zu ihrem Auto. Nicht nur, daß es schon immer ein Stück Freiheit und Unabhängigkeit für sie gewesen war, nicht nur, daß sie gerne alleine große Strecken fuhr, weil es ihr Gelegenheit bot, die Seele baumeln zu lassen – nein, dieses Cabrio stand auch für etwas, worauf sie stolz war: Sie hatte es geschafft. Von der kleinen Pfarrerstochter aus Tübingen, der viele Schlauberger prophezeit hatten, daß sie sich mit ihrer frühen Schwangerschaft Leben und Karriere vermasseln würde, zur Stararchitektin. Das Symbol dafür war dieses Cabrio, seine Eleganz, seine Stärke, seine Ausstrahlung. Max stand dazu, daß sie es als ›Statussymbol‹ verwendete, und freute sich jeden Tag wieder daran, daß sie es sich hatte leisten können. Machte das nicht einiges wieder wett? Vielleicht sogar, daß sie eine Ehe in den Sand gesetzt hatte, daß sie als Frau nicht genügt hatte?

Nick spielte am Radio, leise Musik ertönte. Maximiliane erkannte Shirley Basseys rauchigen Alt. Sie verkündete »I am what I am, I am my own special creation … I don't want praise, I don't want pity.« Maximiliane sang mit, ungeachtet ihres Zuhörers. Offensichtlich gefiel ihm, was er hörte. Er legte die Hand auf ihren Schenkel und lächelte.

»Wer hätte gedacht, daß du das einmal so überzeugt singen würdest? Du bist erwachsen geworden, Maximiliane. Früher warst du Potential, früher warst du eine Hoffnung, ein Versprechen für die Zukunft. Heute bist du eine Persönlichkeit. Und auch wenn ich wenig Anteil an deiner Entwicklung hatte: Ich bin stolz auf dich. Du schmeichelst meiner Eitelkeit. Du bist der lebende Beweis dafür, daß ich schon als neunzehnjähriger Bengel nicht ganz blöd gewesen sein kann.«

Max biß sich auf die Unterlippe und verkniff sich die spitze Antwort, daß er dafür ein paar Jahre später um so blöder gewesen war. Schweigend schaltete sie einen Gang höher und drehte das Radio noch ein wenig auf. Dann legte sie die Hand auf seinen Schenkel.

»Willst du die Haltbarkeit meiner Jeansnähte erproben?« fragte Nick.

Maximiliane lächelte, schob die Hand noch etwas höher und kitzelte mit drei Fingern die dicke Auswölbung in dem weichen, verwaschenen Stoff. Zu schade, daß sie nichts mehr mit ihm würde anfangen können!

Sie waren jetzt an Egg vorbei, die Wegweiser zur Mainau wurden häufiger und die Autos auf der Strecke seltener. Immerhin war es kurz vor Mitternacht und Nachsaison. Max war froh darüber und hoffte, im Dunkeln eine geeignete Stelle zu finden. Irgendwo hinter der Abzweigung zur Mainau mußte es klappen.

Der Wagen glitt an dunklen Bäumen vorüber, die Scheinwerfer beleuchteten immer wieder das Seeufer. Wasser glitzerte. Da war es – ein wunderhübsches, blaues Parkplatzschild an einer Stelle, an der die Straße sich wieder ein wenig vom See entfernt hatte. Hinter Max fuhr niemand – gut so! Sie konnte auf den Blinker verzichten und mit einer raschen Bewegung das Steuer herumziehen. Das Cabrio holperte auf den Parkplatz, sie bremste, schaltete Motor und Licht ab, dann wandte sie sich Nicolas zu.

»Küß mich, Tiger!« Ihre Lippen suchten seinen Mund, ihre Zunge schob sich zwischen seine Lippen, sie drückte seinen Steifen und flüsterte in seinen Mund hinein: »Hält der ein Bad durch? Ich möchte mit dir in den See!«

»Wenn du so weitermachst, falle ich im Auto über dich her!« drohte Nick.

Max lächelte – und war mit einem Satz aus seinen Armen und aus dem Wagen.

»Dazu mußt du mich erst mal kriegen!«

Ach, war es gut, sich endlich wieder ohne die Gefahr eines Knöchelbruches bewegen zu können! Sie genoß den weichen Sandboden unter ihren Füßen und lief unter den Bäumen hindurch zum Strand. Nicolas folgte ihr lachend, erwischte sie und zog sie in die Arme.

»Du bist die aufregendste Frau, die ich je kennengelernt habe!« sagte er und drückte sie an sich.

»Ich bin verrückt nach dir, Max!« Sie tauchte aus seinen Armen nach unten weg, ließ die Lippen über den Stoff seines Hemdes gleiten und verharrte am Hosenbund. Langsam öffnete sie den oberen Knopf. Er war tatsächlich nackt darunter. Sie küßte die glatte Haut, dann richtete sie sich wieder auf. »Laß uns schwimmen gehen!«

»Mir wird Abkühlung nicht schaden.« Nick streifte die Mokassins von den Füßen, zog das Hemd über den Kopf und schlüpfte aus der Hose. Mit steil aufragendem Stachel stand er vor Max. Sie öffnete langsam, Knopf für Knopf, ihre Bluse, er konnte die Augen nicht von der nackten Haut abwenden, die ihm im Mondschein entgegenleuchtete. Sie verharrte und legte die Hand auf seinen Bauch.

»Ab ins Wasser mit dir! Ich muß mich erst noch mal in die Büsche schlagen!«

Aus schmalen Augen schaute sie zu, wie er mit einem kraftvollen Hechtsprung in der Uferbrandung untertauchte. Sie grinste: Wie praktisch, sich auf seine Wohlerzogenheit verlassen zu können! Er würde sich nicht umdrehen, solange er sie bei der Erledigung unaufschiebbarer Geschäfte vermutete. Das gab ihr den Vorsprung, den sie brauchte! Sie schlich in den Schatten der Bäume. Er hatte Hose und Hemd einfach über einen Busch geworfen. Sie griff danach, schaute einige Sekunden lang nachdenklich auf seine Schuhe – nein. So fies wollte sie dann doch nicht sein. Leise kichernd wickelte sie seine Klamotten in ihre Jacke und verschwand unter den Bäumen hindurch zum Parkplatz. Sie warf das Bündel auf den Rücksitz, auf dem schon sein Jackett lag, klemmte sich hinters Steuer, löste die Handbremse und trat die Kupplung durch. Der Wagen rollte lautlos Richtung Straße. Max drehte den Zündschlüssel, der Motor brummte los, sie gab Gas und schaltete das Licht ein.

»Zu schade, daß ich sein Gesicht nicht sehen kann, wenn ihm aufgeht, daß er statt der heißen Liebesnacht einen kühlen Heimweg vor sich hat! Aber er kann ja nach Litzelstetten schwimmen, die paar Kilometer sind genau richtig zur Abkühlung!« lachte sie in sich hinein.

Ein paar Minuten später fuhr sie vor seinem Haus vor, angelte eine Visitenkarte und einen Stift aus der Handtasche, schrieb auf dem Lenkrad zwei Zeilen und suchte in seinem Jackett nach dem Hausschlüssel. Anschließend nahm sie Jackett und Hemd und ging damit ins Haus. Sie ließ die Klamotten mitten in der Halle fallen, Visitenkarte und Schlüssel kamen obendrauf. Zufrieden machte sie sich auf den Heimweg.

Kapitel 13

Nicolas darf ins Bett – ausführlich

»Mein Lieber, ich habe zwar keine Ahnung, wie du es geschafft hast, dir bei diesem Wetter eine Blasenentzündung einzuhandeln, aber ich weiß, wie du sie wieder loswirst.« Dr. Cosima Benthin drückte mit zwei Fingern in den Unterleib ihres Exliebhabers und quittierte sein schmerzliches Stöhnen mit einem gnadenlosen: »Sei nicht so wehleidig!«

»Wenn's aber weh tut?!« quengelte Nicolas.

»Das haben Blasenentzündungen so an sich. Und darum wirst du brav im Bettchen bleiben und Antibiotika futtern.«

»Cosima, ich habe keine Zeit, krank zu sein. Ich bin nur noch sechs Wochen an der Uni, ich muß davor ...«

Sie zog die Decke hoch und unterbrach ihn. »Soll ich dir erzählen, was aus einer nicht auskurierten Blasenentzündung werden kann? Interessiert dich das *en détail?*«

Er seufzte. »Bist du immer so nett zu deinen Patienten?«

»Ja, wenn sie so stur sind wie du!« Sie räumte ihre Utensilien in den Koffer, beugte sich über ihn und küßte seine Stirn. »Ich komme morgen abend wieder vorbei. Bis dahin laß dir von deinem Hausdrachen mindestens fünf Liter Tee oder Mineralwasser servieren und rühr dich nur aus dem Bett, wenn du die Flüssigkeit entsorgen mußt!«

Cosima Benthin war kaum aus dem Zimmer, als Nick nach dem Buch griff, das auf dem Nachttisch lag. Doch er schlug es nicht auf, sondern schüttelte es nur. Eine Visitenkarte fiel heraus. Auf ihrer Vorderseite war in feiner, grauer Schrift gedruckt: Dr. ing. Maximiliane Simon – Architektin. Auf der Rückseite stand in etwas krakeligen Buchstaben: »Ich sagte dir doch, daß ich heiß auf deine Jeans bin. Die Erwärmung des Inhalts überlasse ich allerdings gerne deiner Verlobten!« Nick hatte die Karte in den letzten drei Tagen so oft gelesen, daß er sie auswendig konnte. Trotzdem mußte er jedesmal wieder lachen – und dann husten. Das Husten tat allerdings weh, ebenso wie die verkühlte Blase. Aber das war es wert gewesen!

»Wenn ich die Geschichte eines Tages unseren Enkeln erzähle ...«, dachte er grinsend. Er war sicher: Max würde dann neben ihm sitzen. Schon am Montag war er sicher gewesen. Da hatte Matthias die Frühstückspause auf dem Bau genutzt, um ihn anzurufen.

»Ich habe ihr gestern abend bestgelaunt von deiner Verlobung erzählt.«

»Und?« hatte Nick gespannt gefragt.

»Sie hat bitterböse gesagt, deiner Künftigen könne man gratulieren. Du seist ein ganz besonderes Prachtstück.« Matthias hatte die Stimme gesenkt. »Dad, ich glaube, sie liebt dich wirklich. Sie ist so was von oberstinkesauer! Also, wenn ich du wäre, würde ich mich in den nächsten Tagen nicht unter ihre Augen trauen. Irgendwas hat sie im Sinn – und ich glaube nicht, daß es die üblichen Verlobungsglückwünsche sind!«

Nicolas hätte diese Warnung nicht gebraucht. Als sie in Konstanz am Hafen auf ihn zukam, dachte er: »Hoppla – Max im Kampfdreß! Sie hat was vor. Fragt sich nur, was.« Er hatte beim Essen keine Sekunde auf eine Liebesnacht gehofft. Er kannte sie viel zu gut! Doch sie war schön in ihrem Zorn.

»Meine Prinzessin aus Milch und Honig«, hatte er gedacht. Tatsächlich erinnerten ihn die Locken an rotgolden leuchtenden Honig, die Haut darunter schimmerte in makellosem Weiß, die Augen ließen an edles Porzellan denken. Wie hatte er sich nur ein Jahrzehnt lang einreden können, ohne sie leben zu können und zu wollen? Wie hatte er es nur zulassen können, daß sie ihn aus ihrem Leben verbannte?

Cosima – ja, sie hatte es vor ihm gewußt.

»Mach dir doch nichts vor, Nicolas«, hatte sie gesagt. »Du bist im Grunde gar nicht bindungsfähig, weil du dich nicht aus einer alten Bindung lösen kannst. Deine Frau ist für dich immer noch das Maß aller Dinge. Ich frage mich nur: Warum machst du halbherzige Versuche mit anderen, anstatt dich um sie zu bemühen?«

Er hatte heftig widersprochen.

»Ich weiß nicht, wie du darauf kommst. Ich habe nie über Max und meine Gefühle für sie gesprochen. Ich beschäftige mich nicht mehr damit. Es ist vorbei! Ich lebe seit zehn Jahren gut ohne sie.«

»Gut?« hatte Cosima zweifelnd gefragt. »Wirklich gut? Lebst du gut mit einem Schiff, dessen Name dich immer noch an sie erinnert? Lebst du gut in einem Zimmer, in dem ihr Bild immer noch auf dem Kaminsims steht?«

»Auf meinem Kaminsims steht ein Bild meines Sohnes – auf dem zufällig seine Mutter zu sehen ist! Soll ich verdrängen, daß Matthias nicht meinem Kopf entsprang wie Pallas Athene Jupiters Haupt? Er ist ebenso mein wie Maximilianes Sohn! Wenn ich das verleugnen würde, würde ich einen Teil von ihm ablehnen – und einen Teil meines Lebens! Aus der Tatsache, daß ich dem Raum in meiner Vergangenheit gebe, entspringt doch nicht, daß es Ansprüche an meine Gegenwart stellt!«

»Tut es nicht?« Cosima hatte langsam den Kopf geschüttelt. »Ach, Nicolas – du machst dir und mir etwas vor. Ich würde auf nichts lieber hoffen als auf eine Chance mit dir. Aber ich spüre, daß ich dir nicht wirklich nahekommen kann, daß da etwas zwischen uns steht, daß du mich zwar gerne magst, aber nicht liebst. Ich bin nicht die Frau, mit der du leben willst ...«

»Wie kommst du darauf? Wir leben doch schon fast zusammen! Ich war die letzten Wochen mehr bei dir als bei mir zu Hause ...«

Noch ein Kopfschütteln. »Nein, Nicolas. Wir teilen das Bett, aber nicht das Leben. Erinnerst du dich an unsere erste Nacht?«

Natürlich erinnerte er sich daran. Er erinnerte sich daran, wie er Cosima ein paar Wochen zuvor kennengelernt hatte. Es war wieder einer dieser Abende gewesen, die er eigentlich gar nicht mochte. Ein befreundeter Kollege hatte ihn zum Essen eingeladen und im Nebensatz erwähnt, es käme auch noch eine Freundin seiner Frau. Nick hatte sich die vorhergegangene Szene vorstellen können. Er hörte richtig, wie des Kollegen Ehefrau gesagt hatte:

»Lieber, ist es nicht schrecklich, daß die arme Angela-Sabine-Ursula-Monika jetzt geschieden und so alleine ist? Sie hockt dauernd zu Hause rum und ist so traurig! Die braucht dringend wieder einen Mann! Weißt du was? Wir laden sie ein und dazu Nicolas. Der ist doch auch alleine! Für den wär's Zeit, wieder zu heiraten!«

Auf diese Art hatte er schon sämtliche geschiedenen oder bisher unbemannten Angelas, Sabines, Ursulas und Monikas im Bekanntenkreis seiner Kollegen kennengelernt und eine Vielzahl von Abenden verbracht, an denen sein Sonntagsbenehmen und jede seiner Äußerungen von einer Gastgeberin und einem Gastgeber kritisch hinsichtlich der Kompatibilität zur ebenfalls eingeladenen Freundin beäugt wurde. Lächelte er? Und wenn ja: Wie lächelte er? Freundlich? Oder gar mehr als freundlich, nämlich interessiert? Wenn ja, betrachtete es die Gastgeberin als Belohnung ihrer guten Absichten. Wenn aber nein – war das dann nicht beleidigend ihr und ihrer Freundin gegenüber? Er meinte, hören zu können, wie so manches Kollegenehegespons nach einem solchen Abend giftig gesagt hatte: »Dem Berninck muß man wohl eine backen? Er glaubt wohl, er hätte Anspruch auf eine Schönheitskönigin? Gut, Angela-Sabine-Ursula-Monika ist flach wie ein Brett und hat Raffzähne. Aber sie hat doch ein goldenes Herz und ist wirklich witzig! Was glaubt der denn? So schön ist er mit seiner Glatze nun auch wieder nicht!«

Ein paarmal hatte er sich mit einer dieser Monikas verabredet. Er hatte sich die Geschichten gescheiterter Ehen angehört, Versuche, bei ihm Trost zu finden, hatten ihn gerührt – und gleichzeitig abgestoßen. Wer war er denn? Der Trostpreis? Und wer waren diese Frauen, daß sie offensichtlich so sehr bemüht sein mußten, wieder einen Mann an ihre Seite zu bekommen? Konnten sie denn nicht alleine leben? Mit Cosima war es anders gewesen – wohltuend anders. Schon als sie einander vorgestellt wurden, hatte sie ein Blinzeln im Augenwinkel gehabt, eine Spur von Amüsement und Ironie, die ihm gefiel. Und sie hatte ihm nicht von ihrer gescheiterten Ehe erzählt, sie hatte auf jegliches Lamento verzichtet. Er hatte ihre dunklen Augen gemocht, ihr Lachen, ihren schnellen Witz und ihre Schlagfertigkeit. Und als sie ihn gefragt hatte, ob er Lust habe, mit ihr zu einer Vorstellung der Seebühne zu gehen, hatte er freudig angenommen.

Er hatte eine Zeitlang gehofft, es könne sich zwischen ihnen mehr entwickeln als Sympathie und Freundschaft. Immerhin hielt er sie gerne in den Armen, er mochte ihren weichen, weiblichen Körper, er mochte ihre Zärtlichkeit.

Die erste Nacht – Cosima hatte ihm nichts über seinen Vorgänger erzählt, nur einen Satz: »Wir haben uns auseinandergelebt«; doch dabei waren ihre Augen noch dunkler geworden, verschlossen und bitter. Sie waren an diesem Abend am See spazierengegangen, danach hatte sie ihn noch auf ein Glas Wein zu sich gebeten. Ihre Wohnung gefiel ihm, er mochte die Atmosphäre, die vielen Bücher, die Pflanzen, die Musik, die sie aufgelegt hatte – Vivaldis Flötenkonzerte, sanfte, silbrige Töne, die zum Sonnenuntergang paßten. Als er sie in die Arme genommen hatte, hatte er einen ganz kleinen Widerstand gespürt, ein ganz kleines Erschrecken in ihren Augen gelesen und gedacht: »Der Herr Vorgänger muß ihr sehr weh getan haben.« Er hatte ihr Zeit gelassen, sich an seine Nähe zu gewöhnen, er hatte nur den Mund an ihre Schläfe gelegt und ihre Hände gehalten, bis sie nach einer Weile den Kopf hob und ihn küßte. Und natürlich hatte er seinen ganzen Ehrgeiz darein gesetzt, ihr Behagen und Lust zu schenken. Er erinnerte sich noch, wie sie schließlich die Arme um ihn gelegt und an seinem Ohr geflüstert hatte: »Ich möchte mit dir schlafen.« Erst da hatte er sie hochgehoben und in ihr Schlafzimmer getragen. Er hatte sie zärtlich ausgekleidet und dabei ihren ganzen Körper liebkost, er hatte sie in den Armen gehalten und ihre Brüste gestreichelt, er hatte sich Millimeter für Millimeter an ihrem Oberschenkel hinaufgearbeitet, mit allen Sinnen auf ihre Reaktionen konzentriert. Er hatte wohl bemerkt, wie schwer es ihr fiel, loszulassen und sich hinzugeben. Obwohl sie heiß und feucht war, war sie nicht wirklich für ihn bereit gewesen, ihre immer noch so gespannten Muskeln verrieten es ihm. Doch ihm war nicht bange um seine Lust. Er wußte, daß er sie mit ihr gemeinsam finden würde – als Preis der Geduld und des Eingehens auf sie. Und so hatte er sich auf dem Bett nach unten geschoben und ihre Beine gespreizt, er hatte über die Innenseite ihrer Oberschenkel geleckt und kleine Küsse auf ihrer rotschimmernden Muschel verteilt, bis ihr Atem schwerer ging und sie die Schenkel noch weiter öffnete. Dann erst hatte er angefangen, an ihrer

Klitoris zu spielen, sie mit der Zunge anzustupsen und daran zu saugen. Er hatte gefühlt, daß diese Zärtlichkeit ihr mehr gab als körperliches Behagen, daß sie sich darin angenommen und geliebt fühlte. Der explosionsartige Höhepunkt, in dem ihr ganzer Körper erbebte, in dem sie schrie wie im Schmerz, hatte ihm mehr verraten, als sie ihm mit Worten hätte erklären können. »Verdammt, warum müssen so zauberhafte Frauen nur immer an Egoisten und Idioten geraten, die nicht begreifen, wie schön es ist, eine Frau zu befriedigen?« hatte er gedacht, als sie ihn danach mit fast überraschtem Staunen geküßt hatte. Und danach hatte er sie bremsen müssen. Offensichtlich meinte sie, ihm die Lust zurückzahlen zu müssen, und wollte ihn schon über sich ziehen, als ihr Körper noch bebte. Er hatte nur den Kopf geschüttelt und ihre Stirn geküßt. »Laß uns Zeit, Cosima. Ich habe es nicht eilig. Ich finde es wunderschön, dich im Arm zu halten, dich zu schmecken und zu riechen. Ich will das noch nicht beenden.«

Irgendwann in der Nacht war er dann aber aufgestanden und auf den Balkon hinausgegangen. Er brauchte frische Luft, ihm war warm geworden. Doch das alleine war es nicht gewesen. Tief in ihm war wieder diese Trauer gewesen, dieses Gefühl der Leere. Er hielt eine Frau in den Armen, sie schlief zufrieden und gesättigt an seiner Schulter, und doch fühlte er sich einsam. Würde er dieses Gefühl je wieder verlieren? Würde er je wieder vollkommen und rundum ausgefüllt sein, vollkommen und rundum befriedigt?

Cosima hatte bemerkt, daß er aufgestanden war. Sie folgte ihm – und er war ihr dankbar, daß sie ihn nicht anfaßte, sondern nur neben ihm stand. Er wollte nicht berührt werden. Vielleicht war es das: Etwas in ihm weigerte sich, berührt zu werden, etwas in ihm wollte diese Wehmut und diese Traurigkeit. Es war das letzte Bindeglied. Diese kleine Reue – sie galt immer noch Max, auch wenn er es damals nie zugegeben hätte. Solange er das noch spürte, hatte er nicht alles verloren, solange war ihm, als ob da noch eine Verbindung, ein ganz kleiner, schmaler Steg wäre. Doch wohin führte er? Ins Tal der Tränen? Oder auf die Insel der Seligen? Auf jeden Fall war es ein Ort, an dem er sich komplett gefühlt hatte, an dem sein Leben Sinn gehabt hatte.

Doch, Cosima hatte recht. Er war nicht wirklich willens zu einer neuen Bindung. Er konnte sich hundertmal Hesses Gedicht von den Stufen vorsagen: »Wohlan denn, Herz, nimm Abschied und gesunde!« Das Herz war zurückgeblieben. Es wollte nicht Abschied nehmen, es hing mit allen Fasern an etwas Verlorenem und wollte wenigstens den Schmerz darum behalten.

Cosima – gerade in diesem Gespräch hatte er gedacht: »Du wärest richtig gewesen!« Sie hatte ihm keine Vorwürfe gemacht. Sie hatte ihn am Ende sogar noch in den Arm genommen und leise gesagt: »Es ist schade, Nicolas. Ich könnte dich sehr lieb haben, und du würdest mir es lohnen. Aber was du brauchst, bin eben nicht ich.«

Es war Maximiliane. Es war immer Maximiliane gewesen. Ob er wollte oder nicht – diese Liebe saß so tief, war so sehr Bestandteil seines Selbst, er konnte sie nicht ausreißen. Sie war jeden Versuch und jede Blasenentzündung wert.

Wie gerne hätte er ihr das an diesem Abend in Meersburg gesagt! Wie sehr war ihm danach gewesen, vor ihr in die Knie zu gehen und auszusprechen, was er fühlte! Doch es war zu früh. Er kannte sie gut. Sie hatte sich festgebohrt, und wenn Max erst einmal auf dem Holzweg war ...

Früher hatte er das manchmal verflucht und ihre ›verdammte Sturheit‹ genannt. Doch mit den Jahren war er auch klüger geworden und hatte begriffen: Ohne diesen Dickschädel hätte sie weder Karriere gemacht, noch ihn derartig faszinieren können. Ihr fester Wille war ein nicht zu kleiner Teil ihres Charismas – ebenso wie ihre Fähigkeit, Fehler einzugestehen und sich zu korrigieren.

Ob sie es wohl eines Tages als ›Fehler‹ empfinden würde, ihn nackt im See ausgesetzt zu haben? Er hoffte es nicht. Dazu hatte ihm der Abend zuviel Spaß gemacht.

Er hatte nicht gemerkt, daß sie weggefahren war, aber ihm hatte so etwas geschwant, als sie nach zehn Minuten immer noch nicht wieder aus den Büschen zurück war. Als er dann bemerkt hatte, daß seine Kleider nicht mehr da waren, hatte er sich erst einmal in den Sand gesetzt und schallend gelacht. Dabei war ihm allerdings kalt geworden. Er war aufgestanden und hatte überlegt – wie sollte er jetzt nach Hause kommen? Ein Taxi rufen? Ohne Geld und Telefon? Heimschwimmen? Er war ein gutes Stück von seinem Ufer entfernt, zwischen ihm und dem heimischen Steg lag zudem eine große Schilffläche, die er hätte umschwimmen müssen. Anhalter spielen? Ohne Hose wahrscheinlich ein sinnloses Unterfangen. Was blieb ihm also anderes übrig, als im Schutz der Dunkelheit auf Seitenwegen gen Litzelstetten zu marschieren und darauf zu hoffen, daß ihm niemand begegnen würde? Immerhin: Der Dauerlauf würde ihn wärmen. Etwas vom Amüsement verging ihm, als er nach einer halben Stunde querfeldein am Ufer entlang vor einem Zaun stand. Schwimmen oder über die Straße flitzen? Zum Schwimmen war ihm zu kalt, also spurtete er den Weg hinauf, um das eingezäunte Grundstück herum und an der Uferstraße entlang. Ein Auto fuhr vorbei. Nick meinte, eine großäugig staunende ältere Dame am Steuer gesehen zu haben, und lachte. »Wenn sie das erstemal einen nackten Mann gesehen hat, sei's ihr vergönnt!« Dennoch wäre ihm wohler gewesen, wenn er wieder unter Bäumen Schutz gefunden hätte. Doch im Anschluß an den Zaun kam eine Mauer. Nun gut – danach, das wußte er, bog der Pfad zum Ufer ab. Allerdings würde er auch dort nicht lange ungestört durch die Botanik joggen können, denn erst kam der Schilfgürtel vor Litzelstetten und der reichte hoch bis zur Straße! Danach dann die Uferpromenade ... Eines mußte er Maximiliane lassen: Sie hätte sich kaum eine bessere Stelle aussuchen können!

Auf der Uferpromenade ereilte ihn das Schicksal; hinter ihm leuchteten zwei Scheinwerfer auf, und die Stimme des Gesetzes rief: »Bleiben Sie stehen und geben Sie Ihre Personalien an!«

Nicolas stoppte brav und wartete, bis der Polizeiwagen neben ihm war. Ein rundlicher Beamter stieg aus, die Daumen links und rechts in den Gürtel gehakt.

»Darf ich vorsorglich darauf hinweisen, daß ich zwar nicht vorhabe, der Staatsgewalt Widerstand zu leisten, mich aber dennoch außerstande sehe, Ihnen meine Papiere zu zeigen?« fragte Nicolas freundlich.

Der Beamte schien den Satz erst verdauen zu müssen; einige Sekunden vergingen, dann traf der Dorfsheriff eine Entscheidung:

»Wenn Sie keine Papiere und keine Hosen haben, dann muß ich Sie zur Wache mitnehmen! Dann sind Sie nämlich ein öffentliches Ärgernis!«

»Ich sehe hier zwar keine Öffentlichkeit, die durch meinen Anblick zu verärgern ich imstande sein könnte, aber ich folge Ihnen dennoch mit Freuden. Mir wird nämlich langsam kalt!«

Zu Nicks Erleichterung schien der zweite Beamte, der nun aus dem Wagen stieg, keine ganz so lange Leitung zu haben. Er holte eine Decke aus dem Kofferraum und reichte sie Nicolas, der sich dankbar darin einhüllte.

Zehn Minuten später fand er sich auf der Polizeiwache wieder – zusammen mit dem Begriffsstutzigen, der sorgfältig einen Formularsatz mit Durchschlagpapier ausstattete und, die Zunge zwischen die Lippen geklemmt, in die Schreibmaschine einspannte. Endlich hatte er es geschafft und schaute Nick an.

»Ihr voller Name?«

»Berninck – Professor Doktor phil. Nicolas Philipp Berninck. Den Nicolas bitte mit ›c‹, den Philipp mit doppeltem ›p‹ und den Berninck mit ›ck‹«, erläuterte Nick geduldig. Doch der Polizist tippte nicht, sondern äugte mißtrauisch über die Maschine.

»Professor wollen Sie sein?«

Nick lächelte freundlich.

»Ob ich das will, spielt hier wohl keine Rolle. Sie hatten mich nach meinem vollen Namen gefragt – und da der akademische Grad Bestandteil desselben ist …«

»Sie, wenn Sie mich an der Nase herumführen wollen, gibt's Ärger!« polterte der Gesetzeshüter.

»Ich beabsichtige nichts Derartiges«, erklärte Nicolas. »Aber ich denke, wir sollten in unser beider Interesse das Verfahren abkürzen. Ich bin Nicolas Berninck, ich wohne in Litzelstetten, am Seeufer 24. Wenn Sie mich dahin begleiten, kann ich Ihnen gerne meinen Paß, meine Geburtsurkunde, den Nachweis über meine Promotion, die Bestallung zum ordentlichen Professor und den Impfausweis des verstorbenen Goldhamsters meines Sohnes vorführen.« Nick wurde langsam müde, zudem kratzte die Decke.

»Sie, so einfach ist das nicht!« schnaubte der Polizist. »Ich muß hier erst ein Protokoll ausfertigen! Und dazu brauche ich Ihre Personalien!«

»Tja …«, Nick zuckte mit den Schultern und bemühte sich, ernsthaft auszusehen. »Ich bin schon lange der Meinung, daß man dem modernen Menschen einen maschinenlesbaren Strichcode auf den Hintern tätowieren sollte – möglichst gleich nach der Geburt. Dummerweise ist das aber noch nicht eingeführt. Darum habe ich einen anderen Vorschlag: Ich rufe meinen Anwalt an und der holt mich ab. Dabei kann er dann auch gleich allen Ihren Wünschen entsprechen.« Er faßte nach dem Telefonhörer. »Darf ich?«

Zu seinem Erstaunen hatte der Polizist keine Einwände, und Nick war wieder einmal froh über sein gutes Verhältnis zu seinem Nachbarn, einen wohlbeleumundeten Konstanzer Juristen. Der war keineswegs verärgert ob der nächtlichen Störung, sondern amüsierte sich blendend und ließ seine Frau am Spaß teilhaben.

»Wie? Du sitzt splitterfasernackt bei der Bullerei und sollst dich ausweisen?« lachte er ins Telefon und rief im gleichen Atemzug seiner Frau zu: »Gaby, der Nick braucht 'ne Hose!«

»Aber was für eine? Er ist doch viel schlanker als du!«

»Das macht nichts! Er soll darin nicht im Fernsehen auftreten. Oder, Nick? Möchtest du, daß ich ein Team von RTL mitbringe? Vielleicht Frau Schrobacke? Das wäre doch die Story: ›Prominenter Literaturprofessor als Exhibitionist verhaftet!‹ Mensch, Nick, danach verkaufen sich deine Bücher wie warme Semmeln!«

»Arthur«, warf Nick ein, »können wir das vielleicht morgen bei einem Bier diskutieren? Ich weiß, es ist reichlich unverschämt. Aber ich wäre dir sehr dankbar, wenn du mich erst mal hier abholen würdest.«

»Klar doch, mein Alter! Ich bin schon auf dem Weg! Aber dafür mußt du mir dann verraten, welchem aufgebrachten Ehemann jetzt seine Frau erklärt, warum deine Klamotten in ihrem Schlafzimmer liegen!«

Arthur Merz hatte diese Abendunterhaltung reichlich genossen! Er erschien, von einem Ohr bis zum anderen grinsend, auf dem Revier, einen Jogginganzug unter dem Arm, und begrüßte Nick mit einem fröhlichen: »Na, du Exhibitionist? Wie viele einsam Wanderinnen am nächtlichen See hast du durch die Zurschaustellung deiner edelsten Teile um den Schlaf gebracht?« Zu Nicks Erleichterung schaltete er dann aber doch auf Professionalität um und wandte sich an den Polizisten.

»So, Herr Wachtmeister, nun zu Ihnen. Ich bin Rechtsanwalt Dr. Merz, zu- und niedergelassen in Konstanz, hier sind meine Papiere. Ich bezeuge hiermit, daß der von Ihnen aufgegriffene Herr mein mir seit langem persönlich bekannter Mandant und Nachbar Professor Dr. Nicolas Berninck ist – damit wäre der Pflicht zur Feststellung der Personalien wohl Genüge getan.«

»Moment!« wehrte sich der Beamte, weil Nick schon aufstehen wollte. »Da ist noch ein Vergehen nach Paragraf 183a des Strafgesetzbuches anhängig!«

Arthur Merz schüttelte den Kopf und schaute Nick an. »Wenn ich dich richtig verstanden habe, hat dich der Arm des Gesetzes auf der Uferpromenade ereilt. Warst du dort allein?«

»Ja«, bestätigte Nick.

»Hattest du eine Erektion?«

»Wie bitte?« Nick betrachtete seinen Freund und Anwalt wie ein fremdes Insekt.

»Ob du erregt warst!« hakte Merz ungerührt nach.

»Sag mal, Arthur – sehe ich aus wie der kleine Bruder von Priapus? Wenn ich nach einem Bad im See und einem einstündigen, einsamen Marsch ohne Hose durch die kühle Nacht eine Erektion hätte, würd' ich mich der Anatomie stiften!«

»Aber lebend, hoffe ich, damit die Damen dort was davon haben!« feixte Merz. »Weiter im Text: Hast du dem Herrn Wachtmeister oder seinem Kollegen einen unsittlichen Antrag gemacht oder dich ihnen sonstwie in eindeutiger Absicht genähert?«

Nick, inzwischen im viel zu weiten Jogginganzug seines Nachbarn, mußte lachen. »Um es mit den Worten des amerikanischen Präsidenten auszudrücken: Nein, ich hatte kein unanständiges Verhältnis. Und ich bin bereit, an Eides statt zu beschwören, auch keine diesbezüglichen Absichten gehabt zu haben.«

Dr. Merz wandte sich wieder dem Polizisten zu. »StGB 183a besagt: ›Wer öffentlich sexuelle Handlungen vornimmt und dadurch wissentlich und absichtlich ein Ärgernis erregt ...‹ Mein Mandant hat weder eine sexuelle Handlung vorgenommen, noch wissentlich und absichtlich ein Ärgernis erregt. Sie können ihm also nur vorwerfen, daß er sich nicht ausweisen konnte. Das ist nur eine Ordnungswidrigkeit, die Sie berechtigt, Herrn Berninck eine Geldstrafe aufzubrummen und sein Erscheinen mit Papieren zu verlangen. Alles Weitere wäre unverhältnismäßig.« Der Polizist sah aus, als ob er so viele zusammenhängende Sätze an einem Stück erst einmal verdauen müsse. Merz ließ ihm keine Zeit dazu. Er klopfte Nick auf die Schulter. »Erhebe dich, mein Alter. Dank meiner Gesetzeskenntnisse und der Nettigkeit unseres uniformierten Freundes und Helfers bist du jetzt wieder frei und darfst dich ins Bett verfügen.«

Im Auto hatte Merz seine Neugierde dann nicht mehr zügeln können. Er hopste fast vor Ungeduld.

»Sag schon: Wer hat dir denn die Klamotten geklaut? Eine Frau?«

»Ja«, hatte Nick zugeben müssen.

»Fein. Darf ich eventuell bei ihr auf Herausgabe deiner Hose klagen?« fragte Merz mit glänzenden Augen.

»Das wird nicht nötig sein«, befand Nick.

»Schade!« bedauerte Merz. »Das wäre endlich mal wieder ein Fall, an dem ich Spaß hätte. Bist du wirklich sicher, daß du nicht ...«

»Ja«, unterbrach ihn Nick. »Sosehr ich dir Spaß gönne – ich denke, daß ich genug für deine Unterhaltung getan habe.«

»Tja, so ist das mit uns Juristen: Deine entgangenen Liebesfreuden dienen meinem Amüsement. Dir sind doch Liebesfreuden entgangen, oder?«

Nick verdrehte die Augen, mußte dann aber doch lachen. »Bevor dich die Neugierde schlaflos macht: Ja. Ich bin meiner Hose davor verlustig gegangen. Aber das heißt nicht, daß die Dame und ich schon miteinander fertig sind. Der Hosenklau war der Höhepunkt des dritten Aktes. Es folgen noch zwei weitere …«

Kapitel 14

Matthias mag Verhältnisse – am liebsten klare

Der Aufzug glitt leise surrend nach oben. Matthias nützte die Gelegenheit, die zehn langstieligen, cremefarbenen Rosen aus dem Papier zu wickeln und das Knäuel in die hintere Hosentasche zu stopfen. Als der Lift sein Ziel im zwölften Stock erreicht hatte, marschierte er zielstrebig auf die weiße Tür mit dem kleinen, goldenen Namensschild zu und klingelte.

Leah Diettrichs öffnete schon nach ein paar Sekunden. Sie trug ein enges, an der Seite geknöpftes Kleid aus einem gold- und rotschimmernden Gewebe und lächelte ihn aus Mandelaugen an. Wieder einmal fühlte sich Matthias durch das aparte Gesicht unter dem wie gelackt schimmernden Pagenkopf an eine Eurasierin erinnert und bedauerte, statt einer Orchidee nur Rosen gekauft zu haben.

Obwohl er seine Rede an Leah x-mal im Kopf repetiert hatte, fiel es ihm nun doch schwer, etwas zu sagen. Aber es war gar nicht nötig. Leah nahm ihn am Arm, zog ihn durch die Tür und stellte sich auf die Zehenspitzen, um seine Wange zu küssen.

»Schön, daß du gekommen bist. Nachdem du mir die letzten vier Wochen so aus dem Weg gegangen bist, habe ich eigentlich nicht mehr mit dir gerechnet.« Sie schob ihn in den großzügigen Wohnraum. »Möchtest du etwas trinken?«

»Nein, danke.« Matthias streckte ihr die Rosen hin. »Die sind für dich.«

»Danke, sie sind wunderschön.« Leah nahm den Strauß und roch daran. »Sie duften sogar!«

»Ich habe extra nach welchen mit Geruch gesucht. Ich weiß doch, wie sehr du das magst.«

Leah küßte ihn noch einmal auf die Wange. »Du bist wirklich ein Schatz!«

Matthias stand stocksteif. O verdammt, warum fiel das jetzt bloß so schwer? Draußen vor der Tür war er noch so sicher gewesen! Aber egal, es mußte sein. Er räusperte sich. »Du, Leah«, begann er, »ich bin eigentlich nur gekommen, um zu sagen, daß ich …« Er stockte, schluckte und schaute sie hilfesuchend an.

Leah sprang lächelnd ein. »Um zu sagen, daß du nicht kommen willst – jedenfalls nicht bei mir?«

»Ja!« nickte Matthias erleichtert. »Es ist nicht so, daß ich nicht überlegt hätte – äh, ich meine … ich wollte sagen: Du bist sehr schön und aufregend. Ich glaube, neunundneunzig Prozent der Männer auf dieser Welt würden mich einen Volltrottel nennen, weil ich ein Angebot von dir ablehne. Aber ich kann das nicht tun.« Er wuschelte mit beiden Händen durch seinen Schopf. »So blöd es vielleicht klingt, ich bin stolz darauf, daß du meine erste Liebe warst. Ich finde, ich habe damit guten Geschmack bewiesen. Daß ich für dich in Frage gekommen wäre, macht mich fast eingebildet. Aber jetzt ist da jemand …«

Leahs Lächeln war fast ein bißchen wehmütig. »Ich hoffe, dieser Jemand weiß dich zu schätzen. Du bist etwas ganz Besonderes – und ich war immer stolz darauf, daß du mich erwählt hast.« Sie legte ihm die Hände auf die Schultern und schaute tief in seine Augen. »Ich möchte eines Tages auf deiner Hochzeit tanzen. Ich hoffe nämlich, wir bleiben so gute Freunde, daß du mich dazu einladen wirst.«

Diesmal fand er den Mut, sich zu ihr zu beugen und sie zu küssen. »Das wünsche ich mir auch. Und …« Jetzt war sein Lächeln doch wieder ein wenig verlegen, »ich glaube, daß dir ›jemand‹ auch gefallen wird.«

»Ich bin neugierig! Also setz dich und erzähl mir etwas von ihr. Wie heißt sie? Wo hast du sie kennengelernt?«

Matthias schaute auf die Uhr. »Ich muß in einer halben Stunde wieder los.«

»Das reicht für einen Kaffee und ein paar Takte über jemand! Komm, setzt dich! Ich stell' nur schnell die Rosen ins Wasser.«

Leah versorgte die Blumen, dann kam sie mit einer Thermoskanne und zwei Bechern wieder zurück, schenkte ein und setzte sich Matthias gegenüber.

»Erzähl schon! Wie ist sie?«

»Gescheit, witzig, herzlich, warmherzig, selbstbewußt – genauso, wie ich mir mein Mädchen immer gewünscht habe.« Matthias' Augen strahlten. »Und außerdem heißt sie Stella, ist dreiundzwanzig Jahre alt und bald Magister der Germanistik. Sie studiert bei meinem Vater, und wir haben uns in einer seiner Vorlesungen kennengelernt.«

»Klingt gut«, fand Leah. »Mag sie dich?«

»Ich hoffe!« antwortete Matthias inbrünstig. »Es gibt da nur noch ein Problem: Stella hat ein Kind. Jerry ist süß, aber sein Vater muß ein richtiges Ekel gewesen sein. Er hat Stella sitzengelassen, als sie mit dem Kleinen schwanger war. Jetzt ist sie natürlich total vergrätzt und den Männern im allgemeinen und im besonderen abhold. Doch das kriege ich schon wieder hin.«

»Wer, wenn nicht du?« Leah legte ihm die Hand auf den Arm. »Ich bin auch nicht gerade eine Freundin des angeblich starken Geschlechts. Aber du bist eine Ausnahme. Dich würde ich sofort als Bruder adoptieren.« Sie nippte an ihrer Tasse, schielte dann über den Rand und sagte, gespielt nonchalant: »Und über die Erfahrungen als Stiefpapa von Jerry kannst du dich dann ja mit deiner künftigen Stiefmama austauschen.«

»Mom hat dir davon erzählt?«

Leah nickte und wartete ab, während Matthias nachdenklich an der Unterlippe nagte.

»Leah ...« Er knabberte immer noch. »Leah ... versprichst du mir, Mom nichts von dem zu erzählen, was ich dir jetzt sage?«

Sie überlegte einen Augenblick, dann nickte sie. »Weil du es bist – bei dir kann ich davon ausgehen, daß du nie etwas tun würdest, was ihr schadet.«

»Ich habe etwas getan, von dem ich sicher war, daß es ihr mittelfristig nützt. Aber kurzfristig – puh, momentan ist mir alles andere als wohl dabei.« Er schaute auf. »Leah, was hältst du eigentlich von meinem Vater?«

»Ich kenne ihn nicht gut genug, um mir ein Urteil über ihn erlauben zu können«, wich Leah aus.

»Du willst nichts sagen?« Matthias hatte verstanden und zog die Schultern nach oben. »Okay, dann sollte ich vielleicht die Karten aufdecken: Ich weiß, daß Mom und er ...«, er stockte und suchte nach einem passenden Ausdruck, »... ein paarmal miteinander geschlafen haben. Mom wollte mir nichts davon erzählen, damit ich mir keine Hoffnungen auf eine endgültige Versöhnung mache. Genau darauf arbeitet Vater aber hin.«

»Wie bitte?« unterbrach Leah. »Dann bedient er sich aber einer sehr eigenwilligen Methode! Will er zum Islam übertreten und einen Harem aufmachen?«

»Kein Gedanke daran. Er will Mom – nur sie. Und wenn sie nicht so verbohrt wäre, wüßte sie das.«

»Jetzt verstehe ich gar nichts mehr. Du hast ihr doch erzählt, daß er irgend so ein halbgares Hascherl heiraten wird?«

Matthias schüttelte den Kopf. »Habe ich nicht! Ich habe ihr nicht mehr als die Wahrheit erzählt: Vater ist verliebt und möchte heiraten. Außerdem habe ich erzählt, daß Stella am Wochenende zu Besuch war. Den falschen Zusammenhang hat Mom hergestellt.«

Leah faßte sich an die Stirn. »Und du hast sie nicht

aufgeklärt, weil du gedacht hast, sie spricht deinen Vater darauf an, und das würde ihm eine Möglichkeit geben, sich ihr zu erklären? Das ist wohl schiefgelaufen.«

Matthias grinste. »Ihre Hosenklau-Aktion meinst du? Die fanden Dad und ich zum Quietschen komisch.« Er wurde wieder ernst. »Aber seitdem vergeht mir das Lachen mehr und mehr. Wenn ich Mom so anschaue ...« Er nagte wieder an der Unterlippe. »Am liebsten würde ich ihr die Wahrheit sagen. Ich weiß bloß nicht, ob sie dann nicht richtig sauer wäre. Seit der Nacht, in der sie Dad die Hose geklaut hat, ist sie zu wie ein Banktresor am Wochenende. Ich komme überhaupt nicht mehr an sie ran.« Er beugte sich vor. »Könntest du vielleicht irgendwie ...«

Leah trank ihre Tasse leer. »Laß mich das erst mal auf die Reihe bringen. Dein Vater liebt Max. Und sie behauptet zwar, nichts mehr für ihn zu empfinden, leidet aber wie ein Hund, weil sie glaubt, er würde eine andere heiraten.«

»Sie liebt ihn!« Matthias war sicher. »Wenn sie ihn nicht lieben würde, wäre sie doch nicht so eifersüchtig! Sie ist nur zu stolz, es sich einzugestehen!«

»Sie ist stur und stolz. Man sollte sie aber deswegen nicht falsch einschätzen. Sie ist nämlich außerdem eine kluge Frau. Ich habe momentan das Gefühl, sie ist sehr nachdenklich – und darum sollte man ihr Ruhe lassen. Sie wird von selbst draufkommen, sie wird es sich eingestehen – und genau das muß es sein. Ich glaube, daß das der einzige Weg zurück ist.«

Stella zog die Decke über Jerrys Schultern und steckte sie fest, dann gab sie ihm einen Kuß auf die Stirn.

»Schlaf gut und träum was Schönes! Mama hat dich sehr lieb.«

Jerry blinzelte noch einmal, schnaufte tief und zufrieden, dann war er eingeschlafen. Stella richtete sich auf und lächelte Nick an. Er öffnete die Tür und ließ ihr mit einer angedeuteten Verbeugung den Vortritt. Vorsichtig zog er die Tür hinter sich ins Schloß.

»Dein Sohn verfügt über eine kräftige Stimme. Wenn er brüllt, höre ich ihn durchs ganze Haus, also können wir hier zumachen.«

»Ich habe ein schlechtes Gewissen«, sagte Stella leise. »Das ist jetzt schon das dritte Wochenende in Folge, an dem du babysittest und ich mich vergnüge!«

Nick ging lächelnd die Treppe hinunter.

»Da siehst du mal wieder, wie opferfreudig und sozialkompatibel ich bin! Für dein und meines Sohnes Vergnügen verzichte ich darauf, mich selbst zu amüsieren! Ich nehme davon Abstand, mich ins wilde Konstanzer Nachtleben zu stürzen. Übrigens: Kennst du den Unterschied zwischen dem Wiener Zentralfriedhof und der Konstanzer Amüsiermeile?«

»Nein.«

»Der Zentralfriedhof ist halb so groß und doppelt so lustig!«

»Väterchen, deine Witze waren schon mal jünger!« Matthias kam gerade in die Halle, legte einen Strauß zartroter Rosen auf den Tisch und packte seinen Rucksack auf die untere Treppenstufe. Er umarmte Nick. »Grüß dich, Dad. Wie geht's der Blase?«

»Danke der Nachfrage. Ich bin wieder stubenrein, obwohl einige Leute immer noch behaupten, ich wäre nicht ganz dicht.« Er schielte an seinem Sohn vorbei zum Tisch. »Warum vermute ich, daß der Blumenstrauß nicht für mich bestimmt ist?«

»Weil du ein schlaues Kerlchen bist?« Matthias griff nach den Blumen, wickelte sie aus dem Papier, drückte das seinem Vater in die Hand und lächelte dann Stella an. »Die sind für dich!«

Er bemerkte gar nicht, wie Nick sich auf Zehenspitzen in sein Arbeitszimmer schlich, weil er viel zu beschäftigt war, in Stellas leuchtende Augen zu sehen und das kleine Erröten auf ihren Wangen zu beobachten. Sie steckte die Nase in die Rosen.

»Sie sind so schön«, sagte sie leise. Als sie wieder aufschaute, glitzerte etwas in ihren Augenwinkeln. »He, ich fange gleich an zu heulen! Ich habe noch nie Rosen von einem Mann bekommen.«

»Du hast bisher noch nicht den richtigen Mann getroffen«, wußte Matthias.

»Hmmm ...« machte Stella. Sie kam die Treppe ganz nach unten und legte ihm die Hand auf den Arm. »Danke, Thissy. Ich freu' mich wirklich. Aber jetzt stelle ich die Blumen ins Wasser – und du guckst nach deinem Vater? Ich habe ihm gegenüber ein so schlechtes Gewissen! Nicht nur, daß ich ihm dauernd meinen Sohn aufhalse – ich entführe dazu auch noch den seinen!«

»Mach dir keinen Kopf deswegen! Ich habe vorgestern mit ihm gegessen und gestern ausführlich mit ihm telefoniert. Er muß sich nicht vernachlässigt fühlen. Aber ich werde trotzdem noch eine Zigarette bei ihm rauchen. Ich muß ihm nämlich noch etwas erzählen.« Er strich mit zwei Fingern über ihre Wange und marschierte dann hinüber in Nicks Zimmer.

»Na, Sohn?« Nick lehnte sich zurück und legte die Arbeit, in der er gelesen hatte, in den Schoß. »Kann es sein, daß es dich ziemlich heftig erwischt hat?«

»Ja.« Matthias seufzte. »Was meinst du? Bin ich zu jung für Stella?«

»Ich finde dich sehr reif – manchmal. Und manchmal bist du für mich ein Baby mit Schuhgröße 46. Aber ich bin dein Vater, und mein Maßstab dürfte ein anderer als der von Stella sein.«

»Hmm.« Matthias klemmte sich auf Nicks Sessellehne und sagte leise: »Ich war vorher bei Leah und habe ihr gesagt, daß ich ihr Angebot nicht annehme.« Nick schaute fragend zu ihm auf. Matthias grinste. »Keine Sorge, ich habe mich all deiner erzieherischen Mühen erinnert und ihr die Absage mit Komplimenten und blumenumrankt überreicht.«

»Brav!« lobte Nick. »Und«, er zögerte einen Moment, »wie geht's deiner Mutter?«

»Die gibt sich gerade die ultimative Lektion in Sachen Stolz und Sturheit. Sie ernährt sich von Magentabletten und schlägt sich die Nächte im Büro um die Ohren.«

»Klingt großartig«, kommentierte Nick sarkastisch. Er legte seinem Sohn die Hand auf den Arm. »Junge, ich hoffe bloß, du machst es besser als deine verbohrten Eltern. So wie wir muß man nicht unbedingt miteinander umgehen. Du solltest dir wirklich kein Beispiel an uns nehmen.«

Matthias gab sich einen Ruck und faßte nach Stellas Hand. Zu seiner Freude überließ sie ihm die nicht nur, sondern verschränkte die Finger mit den seinen und rückte ein wenig näher. Matthias dachte, sie müsse sein Herz klopfen hören. Ihm jedenfalls ließen die schnellen Schläge das Blut in den Ohren rauschen. Immer, wenn ihr nackter Arm den seinen berührte, stellten sich die Härchen auf seiner Haut auf, und in seinem Magen kribbelte es. Irgend etwas sagte ihm, daß dieser Spaziergang am nächtlichen Seeufer mehr bieten würde als freundschaftliche Plauderei – und das war es auch, was das Reden so schwer machte. Er wußte nicht mehr, was er sagen sollte, worüber er sich mit ihr unterhalten sollte. Er wußte nur, daß er gerne gezeigt hätte, was sie ihm bedeutete! Aber wie anfangen? Sie war nicht irgendein kleines Mädchen, mit dem man eben mal knutschte! Und vielleicht mochte sie ihn auch gar nicht? Vielleicht ging sie nur mit ihm aus, um Nick einen Gefallen zu tun? Vielleicht hielt sie ihn für einen dummen Jungen und bemerkte gar nicht, daß er sie begehrte und mehr von ihr wollte, als ab und zu einmal tanzen zu gehen? Doch wie sollte er sie fragen? Welche Worte sollte er wählen? Oder konnte er sie einfach festhalten und küssen? Würde sie das nicht falsch verstehen? Sie sollte in keinem Fall denken, daß er bloß mit ihr ins Bett wollte! O verdammt, warum war das nur so schwer? Er kickte ein Steinchen vor sich her und starrte auf die Spitzen seiner Turnschuhe. Er mußte irgend etwas sagen! Wahrscheinlich hielt sie ihn mittlerweile schon für einen Idioten, weil ihm so gar nichts einfiel. Warum konnte er mit ihr nicht wenigstens über Wind und Wellenschlag plaudern – oder wenigstens über das Treiben auf dem See? Es waren noch Segelboote draußen. Ein Katamaran rauschte unter vollen Segeln an einer kleinen Jolle vorbei, er konnte das Singen des Windes in der Takelage hören.

»Bist du romantisch, Matthias?«

Stellas Frage schreckte ihn aus den Gedanken. Sie stand neben ihm und schaute auf den See hinaus. Die Sonne tauchte ins Wasser, ein glutroter Feuerball, dahinter das Samtblau des Abendhimmels und das Gleißen des Wassers.

»Ich weiß nicht …«, stotterte er.

»Schade«, lächelte sie.

»Warum?«

»Wenn du romantisch wärest, hättest du diese postkartenreife Abendstimmung genutzt, um mich zu küssen.« Sie lächelte. »Aber wenn ich mir das so überlege – ich bin romantisch. Also könnte ich dich ja küssen.«

Sie legte die Arme um seine Schultern. Obwohl sie groß war, mußte sie sich recken, um seinen Mund zu erreichen. Matthias fand, daß ihre Lippen süß und frisch schmeckten – ein wenig kühl zuerst unter den seinen, doch dann gaben sie nach, wurden warm und öffneten sich, eine vorwitzige Zungenspitze tippte gegen seine. Er traute sich, fester zuzupacken, ihren geschmeidigen Körper an sich zu drücken und mit beiden Händen der

Linie ihres Rückens bis zur fast zerbrechlich wirkenden Taille zu folgen. Stellas Finger streichelten unterdessen seinen Nacken, erkundeten seinen Hinterkopf und spielten mit einem kleinen Haarwirbel. Matthias schloß die Augen. Am liebsten hätte er die Weit angehalten. Er wollte nicht, daß sie sich weiterdrehte, er wollte nicht, daß dieser Kuß endete. Es war nicht sein erster Kuß, aber trotzdem empfand er ihn wie eine Premiere, wie den Anfang von etwas, das wichtiger war als alles, was er bisher erlebt hatte. Stella war es, die den Kuß beendete, indem sie sich sanft, aber bestimmt aus der Umarmung löste. Matthias wartete unsicher, was sie als nächstes tun oder sagen würde. Zu seinem Erstaunen lächelte sie nur, schaute sich um, nahm dann seine Hand und führte ihn von dem steinigen Weg auf die dahinter ansteigende Obstwiese. Sie setzte sich und zog ihn neben sich, er legte den Arm um sie und freute sich, als sie ihren Kopf an seine Schulter lehnte. Schweigend beobachteten sie, wie die Sonne vollends im See versank und die ersten Sterne funkelnd aufstiegen. Ein Motorboot preschte nahe am Ufer entlang, sie hörten laute Musik und das schrille Kichern eines Mädchens, dann war es wieder ruhig; nur das Plätschern des Wassers gegen die Steine am Ufer brach die Abendstille.

»Ich hab' dich lieb, Stella«, sagte Matthias endlich.

Sie seufzte leise. »Ich dich auch, Matthias. Ich hätte es nicht für möglich gehalten, aber ich habe mich tatsächlich in dich verliebt.« Sie griff nach seiner Hand und strich über die Finger, drehte sie dann und zog die Innenfläche an die Wange. »Ich wußte nicht, daß es so was wie dich gibt. Manchmal kommt es mir vor, als ob ich dich schon immer kennen würde, als ob du mein ältester, bester Freund wärest, jemand, bei dem ich mich ganz ruhig und geborgen fühle. Und dann schaue ich dich an, und in meinem Bauch schwirren Hummeln.« Sie ließ sich nach hinten ins Gras sinken und streckte ihm die Arme entgegen. »Halt mich fest, Matthias – halt mich einfach nur fest!«

Thissy war, als ob er träume – nein, es war sogar besser als in seinen Träumen, denn nicht einmal darin hatte er sich vorstellen können, daß es so einfach und selbstverständlich sein könnte: Festhalten, küssen, Hände, die ihn streichelten, über seinen Kopf und den Nacken zu den Schultern, den Rücken hinunter. Und als er gerade dachte, er müsse die Hüften etwas aus ihrer beunruhigenden Nähe schieben, landete die Hand auf dem Ansatz seines Hinterns und drückte ihn an sich. Matthias hielt die Luft an. Sie mußte es doch spüren! In seiner Hose pulste steinhartes Fleisch und schien den Reißverschluß sprengen zu wollen. Stella mußte es merken, denn jetzt preßte sich der Steife an ihre Seite. Doch sie wich nicht aus. Im Gegenteil, sie küßte ihn sogar noch intensiver, ihr Mund saugte sich an seinen, und unter seiner Hand, die unterhalb ihrer Brust lag, konnte er das rasche Pochen ihres Herzens spüren. Langsam, ganz langsam schob er die Hand etwas höher, streckte den kleinen Finger aus und fühlte einen festen Hügel darunter. Er traute sich noch einen Zentimeter weiter, seine Fingerspitze traf auf die Brustwarze, die sich gegen die Bluse stemmte. Stella atmete schneller, als er ihn mit dem Zeigefinger umkreiste.

Matthias wußte plötzlich, was er zu tun hatte. Er löste den Mund von ihrem und ließ ihn an ihrem Hals entlang abwärts gleiten in ihren Ausschnitt. Flink öffnete er die Knöpfe ihrer Bluse und schob den feinen Stoff zur Seite. Im Mondlicht sah er ihre Haut – schimmernd wie polierte Bronze, die Brustwarzen hellrosa abgesetzt. Er meinte, noch nie etwas Schöneres gesehen zu haben. Doch besser noch, als sie anzuschauen, war, diese Haut unter seinen Händen zu spüren, sie mit den Fingerspitzen zu erforschen und schließlich die Lippen darauf zu legen und zärtlich zu saugen.

Stella atmete schneller, ihre rechte Hand war in seinem Haar, ihre linke wanderte über seinen Bauch. Matthias schnappte nach Luft, als sie seine Erektion fand und drückte. Für einen Augenblick fürchtete er, unter dieser Berührung zu explodieren.

»Ich möchte mit dir schlafen, Thissy«, sagte Stella leise. »Aber ich glaube, hier wäre das ein bißchen unbequem und hart.« Sie kicherte. »Außerdem könntest du dir dabei die Blase verkühlen – ihr Bernincks scheint da empfindlich zu sein.«

»Laß uns heimfahren!« schlug Matthias vor. Ob sie ihm die Erleichterung darüber ansah, daß sie ihm den Vorschlag in den Mund gelegt hatte? Nicht, daß er nicht gerne hier und jetzt und möglichst sofort und umgehend mit ihr geschlafen hätte. Er war verrückt nach ihr, aber trotz des Verlangens hatte er fieberhaft überlegt, wie er zu einem Kondom kommen konnte. Jetzt löste sich das Problem – und er dachte dankbar an Nick, der ihm am vorigen Wochenende eine Packung in die Hand gedrückt hatte.

»Abgesehen davon, daß ich mich für Großvaterwürden noch etwas zu jung fühle, macht's einen besseren Eindruck, wenn du wenigstens so tun kannst, als ob du selbst daran gedacht hättest. Und bevor du mir jetzt empört ins Gesicht springst: Die Dinger sind ein Jahr haltbar. Ich bin sicher, du wirst in der Zeit mal Verwendung dafür haben. Und«, er hatte gelächelt, »wenn ich dir einen Rat geben darf: Die erste Anprobe findet am besten im stillen Kämmerlein statt.«

Stella war aufgestanden und hatte ihre Bluse wieder geschlossen. Er nahm ihre Hand, gemeinsam gingen sie über die Wiese zu seinem Wagen. Davor blieb sie stehen und küßte ihn noch einmal. »Ich freue mich so! Allerdings sollten wir vielleicht lieber in meine Wohnung fahren. Ich weiß nicht, wie dein Vater ...«

Thissy legte ihr einen Finger auf die Lippen. »Keine Sorge! Der stört nicht – es sei denn, du rufst lautstark um Hilfe!« Er schloß ihr die Tür auf, Stella kletterte in den Wagen.

»Wirst du seine Hilfe brauchen?« lächelte sie.

»Ich hoffe nicht!« grinste Matthias. »Zudem weiß ich ja nicht, wie gut er in der Praxis ist. Eine Bekannte meiner Mutter behauptet neuerdings, Dad wisse von Sex nicht mehr, als was Shakespeare darüber geschrieben hätte.«

Stella lachte. »Die Dame muß deinen Vater mit einem seiner Kollegen verwechseln. Wir haben ein paar Kandidaten an der Fakultät, bei denen man meinen könnte, daß sich ihr Wissen darüber auf das beschränkt, was sie in Büchern gelesen haben.« Sie räkelte sich im Sitz, offenkundig entspannt und zufrieden. »Wir Philologen sind eben Schöngeister.«

»Und darum jenseits von Gut und Böse?« Matthias grinste. »Vater erzählt da immer von einem speziellen Kollegen ...«

»Oelwein!« unterbrach Stella sofort. »Das ist unser Fakultätsclown. Der ist vom Sündenfall weit entfernt – wahrscheinlich glaubt er noch, daß man vom Küssen schwanger wird. Er war's übrigens, der nach einem Sommerfest an der Uni Stöhnen aus dem Gebüsch am Dozentenparkplatz hörte, hinrannte und ins Dunkel hineinrief, was denn da los sei, ob da jemand umgebracht würde, ob man seiner Hilfe bedürfe. Dein Vater soll ihn darauf am Kittel geschnappt und gesagt haben: ›Im Gegenteil, Herr Kollege – und deswegen werden wir uns jetzt diskret entfernen!‹ Seitdem rätselt Oelwein, wie dein Vater das gemeint haben könnte.«

»Vielleicht sollte er mal jemanden fragen, der was davon versteht? Habt ihr in Konstanz nicht auch Biologen?«

»Wir haben sogar Agrarbiologen! Aber mit denen

kann man einen Philologen nicht konfrontieren. Die schweben nämlich normalerweise mindestens eine Handbreit über dem Boden. Oelwein kann dir zum Beispiel jederzeit mit jeder Menge Zitaten belegen, wo sich Oscar Wildes Homosexualität in seinen Werken niedergeschlagen hat. Aber ob er's je zu praktizierter Sexualität bringen wird, bezweifelt die ganze Fakultät. Und Frau Lönen, die Assistentin deines Erzeugers, ist so frauenbewegt, daß sie ihren Vibrator zu Ehren von Alice Schwarzer ›Emma‹ genannt hat – das behauptet jedenfalls die Uni-Fama.« Sie reckte sich. »Ach, diese durchgeknallten Typen werden mir richtig fehlen!«

»Wieso? Gehst du weg von der Uni?« fragte Matthias erschrocken.

»Ja. Ich bin fertig. Ich habe den Magister praktisch in der Tasche. Den Doktor kann ich mir im Moment nicht leisten. Jetzt muß ich nämlich erst mal ein bißchen Geld verdienen.«

»Und wo wirst dazu hingehen?«

Stella legte die Hand auf sein Knie. »Keine Sorge – nicht allzuweit von dir weg! Im Gegenteil: Ich rücke dir ein wenig auf den Pelz. Ich werde Lektoratsassistentin in Stuttgart.«

»Das ist klasse!« freute sich Matthias. »Ich mache meinen Zivildienst in Stuttgart, und danach will ich an der Stuttgarter Uni studieren.«

»Ich weiß!« lächelte Stella und streichelte über seinen Arm. »Ich freue mich schon darauf.«

Matthias stand in seinem Zimmer unter dem Dach und fühlte sich unbehaglich. Was sollte er jetzt tun? Stella hatte sich im ersten Stock mit einem Kuß von ihm entfernt:

»Ich schaue nach Jerry und komme dann zu dir hoch.«

Er war brav nach oben marschiert – und hatte sich erst einmal davon überzeugt, daß die Kondome in der

Schublade lagen. Aber was nun? Ausziehen und ins Bett krabbeln? Nein. Das würde ja aussehen, als ob er es nicht erwarten könnte. Es war zwar so, aber das mußte er nicht so deutlich zeigen – oder Musik – ja, er würde Musik machen. Irgend etwas Schönes, Sanftes. Er eilte zum Regal und sichtete die CDs. Mist, die Klassiker waren in Stuttgart, und die Rockballaden auch. Aber Moment, da war doch noch – ja, richtig: Nick hatte doch ein Album von Joe Cocker! Das würde passen! Matthias pfiff leise die Anfangstakte von ›You are so beautiful‹ und sauste über die Hintertreppe hinunter in Nicks Wohnzimmer. Der lag auf dem Sofa und las. Als Matthias hereinstürmte, hob er die Augen über das Buch.

»Kann ich dir helfen?«

»Ja – leihst du mir deine Joe-Cocker-CD?«

Nick deutete zum Regal. »Bedien' dich!«

Matthias fand nicht nur die gesuchte Aufnahme, sondern außerdem noch eine von Bob Dylan. Er grinste. »Manchmal hat dein konservativer Musikgeschmack was Gutes!«

»Oldies, but Goldies!« Nick hob sein Buch wieder vor die Augen. »Schönen Abend übrigens!«

Matthias spurtete wieder nach oben. Auf dem Treppenabsatz im ersten Stock blieb er stehen und lauschte in Richtung Gästezimmer. Im Badezimmer daneben rauschte die Dusche. Matthias schluckte – er sah Stellas Brüste vor sich, ihre dunkle Haut und ihre fragile Taille. Er stellte sich vor, wie sie sich einseifte. Oh, diesen Job hätte er gerne für sie übernommen! Aber sie hatte ihn nicht eingeladen, also ging er weiter nach oben und schob die Cocker-CD in die Anlage. »With a little help from my friends« röhrte es aus den Lautsprechern, und Matthias dachte: »Mensch, Joe – die könnte ich jetzt brauchen! Ich habe keine Ahnung, was ich als nächstes tun soll. Duschen?«

Stella lächelte ihm entgegen, als er, nur mit einem Handtuch um den Bauch, aus dem Bad kam. Sie lag in seinem Bett, die leichte Decke unter den Armen festgeklemmt. Ihre Schultern kontrastierten dunkel gegen das weiße Kissen, die kleine Lampe über dem Bett setzte blauschwarze Reflexe in ihr Haar. Sie rutschte ein Stück zur Wand und lüftete die Decke.

»Komm zu mir, Thissy!«

Und dann war es anders, als er es sich vorgestellt hatte – soviel einfacher! Sie mußte ihm nicht sagen, was er zu tun hatte. Er fühlte es. Er spürte, wie ihr Herz schneller schlug, wie sich ein feiner Schweißfilm auf ihrer Haut bildete, wie ihre streichelnden Hände für einen Moment verharrten, als seine Finger zum erstenmal ihre Lustperle berührten, er hörte ihr leises Stöhnen, den schneller werdenden Atem, ihr Flüstern: »Ja, Matthias, ja. Du machst das gut! Es ist schön, es ist so schön …«

Und doch war er erstaunt, wie sie sich anfühlte. Warum hatte er, als er damals das erstemal ein Mädchen gestreichelt hatte, gar nicht bemerkt, wie zart die Haut an ihren Oberschenkeln war? Warum war ihm nicht aufgefallen, daß sich in ihrer Muschel die verschiedensten Reize verbargen? Da war, fast kühl und glatt wie polierte Bronze, diese kleine Perle, die er nur anzustupsen brauchte, um ihren Körper beben zu lassen. Und ein paar Millimeter darunter, warm und wie mit Nektar überzogen, öffnete sich etwas unter dem sanften Druck seines Fingers und führte ihn auf den verborgenen Eingang zu, in dem sich festes Fleisch um sein vorsichtiges Tasten schloß. Mit der Fingerkuppe konnte er eine Stelle erreichen, an der lauter winzige Juwelen unter der Oberfläche verborgen schienen. Wenn er dagegen drückte, seufzte und zitterte sie.

Er war mit allen Sinnen auf sie konzentriert. Da war dieser Geruch, den ihr Körper ausströmte und der ihn an Meer und Früchte erinnerte, da war die Anspannung auf ihrem Gesicht, das Flattern und Pulsieren einer Ader an ihrer Schläfe, ihr Lächeln und der weiche Mund, der sanfte, gurrende Geräusche von sich gab.

Er spürte kaum, daß sein Körper schweißüberzogen war, daß sein Stachel zu glühen schien. Es war Hintergrundmusik zu diesen faszinierenden Entdeckungen, zu dem überwältigenden Erlebnis der Hingabe an ihre Lust. War sie Lehrerin und er Schüler? Er hatte es befürchtet, um nun festzustellen: Sie vertraute ihm, sie überließ es ihm, sie war seiner sicher. Und so wurde er es, vertraute von Sekunde zu Sekunde mehr seinem Gefühl und war der Beschenkte, als ihr schmaler Körper in seinen Armen bebte, sich ihre Hände in seine Schultern klammerten und sie in langen Wellen kam. Er hielt sie und – gönnte ihr eine Verschnaufpause.

Sie öffnete die Augen und schaute ihn an, dann sagte sie leise: »Das war wundervoll. Ich habe mich so nach dir und deiner Zärtlichkeit gesehnt. Und jetzt möchte ich dir ganz nahe sein. Ich möchte dich in mir spüren.«

Er hätte nicht mit dem Kondom üben müssen. Stella half ihm, rollte es geschickt und zärtlich über seinen aufragenden Mast, streichelte hinunter zu seinen Hoden und lächelte. »An dir ist alles außergewöhnlich!« Sie drehte sich auf den Rücken und spreizte die Beine. »Komm, komm – ich will es fühlen!«

Und auch das war so leicht, so natürlich! Es konnte gar nicht anders sein – da gehörte er hin, da und nur da war alles Glück, alle Seligkeit! Sein Körper hatte nur darauf gewartet, mit dem ihren tanzen zu dürfen, in ihr zu versinken, gehalten und umfaßt von ihrer Wärme und Liebe, in dem Rhythmus, den sie ihm vorgab. Immer wieder leuchteten einzelne Empfindungen aus dem Kaleidoskop von Gefühlen: ihr Atem, der seinen Hals streifte; ihr leises »Ich liebe dich, Thissy«; ihre Hand auf seinem Rücken, die zärtlich Wirbel für Wirbel liebkoste; der Druck ihrer festen, kleinen Brüste an seiner Brust; das

Gefühl, als ob tausend Fingerchen sein hartes Fleisch drückten und massierten; die warme Feuchtigkeit an seinen prallvollen Hoden, wenn er sich tiefer und tiefer in sie senkte und sich an ihr rieb – und dann, plötzlich, wie das Auflodern eines Feuers im Wind, Lust, intensivste Lust, die von der Wurzel seiner Erektion nach oben stieg, alles um sich herum erfaßte und ihn für einen endlos erscheinenden Moment aus Zeit und Raum hinauskatapultierte in vollendete, reine Glückseligkeit. Irgendwo da war noch Platz für einen Gedanken, für ein erstauntes: ›Das ist es also! Jetzt verstehe ich!‹

Und dann fand er sich in ihren Armen wieder, entdeckte, daß ein paar Flaumhärchen am Ansatz ihrer Stirn klebten, daß es in ihren Augen feucht glitzerte, und beugte sich zu ihr, um sie zu küssen.

»Ich liebe dich, Stella«, flüsterte er an ihrem Ohr. »Stella – der Stern. Mein Stern.«

»Matthias.« Sie kuschelte sich an ihn. »Matthias – Thissy ...«

»Hmm?«

»Nichts. Nur Matthias.«

»Ich habe dich bei deinem Namen gerufen, du bist mein«, fiel ihm ein. Wer hatte das immer zu ihm gesagt? Ach ja – der Großvater.

»Paß auf, Matthias Berninck – ich könnte dich beim Wort nehmen!« Stellas Finger spielten über seiner Brust.

»Ich wüßte Schlimmeres!« Er fühlte sich so unbeschwert, daß er am liebsten laut gelacht hätte – einfach so!

»Und wie viele Mädchen in Stuttgart weinen, wenn ich dich exklusiv für mich beanspruche?«

»Keine!« Er drehte sich zu ihr. »Ich muß dich warnen, Stella. Ich bin erblich vorbelastet. In meiner Familie liebt man nur einmal, dann aber richtig. Mein Großvater hat seine erste Liebe geheiratet – und als er zwei Monate nach ihr starb, waren seine letzten Worte: ›Rieke, ich komm jetzt.‹ Und meine Eltern haben es zwar mit aller ihnen zu Gebote stehenden Idiotie zu verhindern versucht, aber es hat nichts geholfen: Sie kommen nicht voneinander los.«

Stella richtete sich auf und guckte ihn erstaunt an. »Willst du mir damit sagen, ich sei die erste gewesen?«

»Ja«, nickte er – und mußte dann lachen: »Du, das war meine Entjungferung! Ab jetzt bin ich ein richtiger Mann!« Er trommelte scherzhaft mit den Fäusten gegen seine Brust. »Ich fühle mich großartig!«

Stella konnte es nicht fassen. »Sag das noch mal! Du hast wirklich noch nie mit einer Frau geschlafen?«

Jetzt war er fast verlegen. »Ich war halt ein Spätentwickler – darin wenigstens. Aber ich kenne noch ein paar Jungs in meinem Alter ...«

»Matthias, du schaffst mich!« Stella unterbrach lachend. »Ich habe vorher einen Moment gedacht, daß du mir eigentlich fast schon zu erfahren wirkst. Ich dachte, du hättest schon wer weiß wie geübt!« Sie küßte seine Nasenspitze. »Ich scheine ein Naturtalent entdeckt zu haben!«

»Mein Vater hat vor kurzem gesagt, das Lieben sei kein Handwerk, das man erlernen könne wie Kuchenbacken. Es komme vor allem darauf an, ob man eine Frau glücklich machen wolle.«

»Der Prof ist ein kluger Mann.« Sie drehte sich auf die Seite und seufzte zufrieden. »Und er hat einen klugen Sohn.« Sie küßte ihn sanft, ein wenig Rührung in den Augen. »Seit Hannes mich damals verlassen hat, habe ich gedacht, ich könnte nie wieder einem Mann vertrauen, ich könnte nie wieder lieben. In mir war alles tot, und nichts außer Jerry war mir wichtig. Es hat mich nicht gestört, daß fast alle Männer, die sich für mich interessierten, sofort den Rückzug antraten, wenn sie von Jerry erfuhren. Ich wollte sowieso keinen mehr. Aber dich habe ich gewollt – vom ersten Moment an, als du mich im Hörsaal angelächelt hast.«

»Und deswegen hast du mich erst mal durch den Wolf gedreht?« lächelte Matthias. »Dabei war ich so eifersüchtig auf Vater, weil du mir so sehr gefallen hast! Aber sag mal, woher hast du eigentlich gewußt, wer ich bin? Hast du Fotos von mir gekannt?«

»Das im Arbeitszimmer des Profs hatte ich natürlich mal angeguckt. Aber da warst du ja noch sehr jung. Im Hörsaal war es mehr die Ähnlichkeit zwischen euch. Du bewegst dich wie er, du hast seine Hände, seine Nase, sein Kinn. Und wenn du sprichst, wird es noch offenkundiger, du klingst nämlich wie er. Allerdings mußt du im Wesen auch einiges von deiner Mutter haben – du bist impulsiver als dein Vater, spontaner und direkter. Und ich vermute, daß du nicht soviel schluckst und grummelst, sondern deinem Ärger Luft machst.«

»Hmm«, nickte Matthias. »Ich bin ungeduldig. Das habe ich von Mom. Dad hat normalerweise die Ruhe weg, dafür kann Mom ziemlich schnell fuchsteufelswild werden. Dad nannte sie früher ›Duracell – die mit dem Kupferkopf‹ und das nicht nur, weil sie rote Haare hat, sondern weil sie so ein Energiepaket ist. Ich glaube, du wirst sie mögen.«

»Ich bin sicher, daß ich sie mögen werde!« Stella biß spielerisch in seine Nase. »Deine Erfahrung sagt mir, daß blöde Gockel meist von dummen Hühnern aufgezogen worden sind, während hinter interessanten Männern fast immer eine starke Frau steht. Bei den älteren ist's die Ehefrau, bei den jüngeren meist die Frau Mama. Deine scheint dich zum Beispiel daran gewöhnt zu haben, daß Frauen nicht nur kuschelfreudig und anschmiegsam sein können, sondern eine eigene Meinung haben und vertreten.«

»Und ob!« stimmte Matthias zu. »Ich habe schon sehr früh gelernt, Weiblichkeit nicht mit Schwäche zu verwechseln. Und …«, er biß sich auf die Unterlippe, sprach dann aber doch entschieden weiter, »ich habe von ihr gelernt, daß man nur jemanden lieben kann, den man auch respektiert.«

Ein Sonnenstrahl streichelte über Thissys Gesicht, fiel auf die geschlossenen Lider und weckte ihn. Verschlafen blinzelte er ihm entgegen und räkelte sich. An seinem Rücken spürte er Wärme und den sanften Druck eines anderen Körpers – Stella! Zum erstenmal wachte er morgens neben einer Frau auf, zum erstenmal hatte er sein Bett mit jemandem geteilt. Es war schön. Es war pures, reines Glück, neben ihr aufzuwachen!

Stella – im Schlaf sah sie wie ein kleines Mädchen aus. Ihr weicher Mund lächelte entspannt. Wovon träumte sie wohl? War er in ihrem Traum? Er wünschte es sich – nicht weniger, als noch oft so mit ihr aufzuwachen.

Aber obwohl er sich nie wohler gefühlt hatte, mußte er aufstehen. Eine volle Blase und ein trockener Hals forderten seine Aufmerksamkeit. Und da war noch etwas! Matthias schaute auf die Uhr: Es war kurz vor sieben. An den letzten Wochenenden hatte sich Jerry immer um die Zeit herum wegen voller Windeln und leerem Bauch gemeldet. »Stella braucht ihren Schlaf. Dad hat die letzten Nächte am Schreibtisch verbracht. Also wird der junge Mann heute morgen mal mit mir vorlieb nehmen müssen«, dachte Matthias, angelte nach seinen Jeans und machte sich auf, die Rolle als Ersatzpapa zu übernehmen.

Jerry war schon wach. Er saß im Bett, rieb sich die Äuglein und wußte nicht so recht, ob er sich über Matthias' Erscheinen freuen oder wegen der feuchten Windel weinen sollte. Matthias erlöste ihn aus dem Zweifel. Er lachte und streckte ihm die Arme entgegen. Jerry entschloß sich zum Strahlen und krabbelte an Matthias hinauf. Der schnupperte, rümpfte die Nase und stellte fest:

»Jerry, du stinkst!«

Der Kleine legte das Köpfchen schief und bestätigte ernsthaft: »Jerry stinkt. Jerry Hose voll.«

»Dann sollte ich dich davon befreien.« Matthias sah sich um – auf dem Sessel stand die Tasche mit Windeln und Kinderkleidung, darüber hing die Wickelunterlage. »Die Operation ›Windelnwechseln‹ habe ich zwar noch nie durchgezogen, aber ich habe zugeguckt. Also werde ich es mit deiner Hilfe schon schaffen«, machte Matthias sich und dem Kleinen auf seinem Arm Mut. Erst mal mußte er aber Jerry aus dem Schlafanzug schälen. Das war kein Problem: Die Druckknöpfe an den Schultern aufmachen, den weichen Stoff hinunterstreifen. Brr – darunter kamen Hemd und Höschen in desolatem Zustand zum Vorschein! Matthias überwand auch diese Hindernisse und kitzelte Jerry den runden Bauch, was der zum Quietschen fand.

»Knabe – das Spielen sollten wir noch ein bißchen aufschieben! Du riechst im Moment wirklich reichlich streng!« Matthias klemmte sich den Winzling unter den Arm und trug ihn ins Badezimmer. Über dem Waschbecken befreite er ihn mit spitzen Fingern von den Pampers, entsorgte sie in den Mülleimer und hielt des Juniors Kehrseite kurzerhand unter lauwarmes Wasser. Dem gefiel die Behandlung, er gluckste vergnügt. Matthias packte ihn in ein dickes Handtuch und marschierte zurück ins Gästezimmer – was nun? Jerry brauchte eine frische Windel, Hemd, Höschen, Söckchen und einen Anzug. Wahrscheinlich fand sich alles in der Tasche, also legte er den Knaben erst einmal aufs Bett. »In unser beider Interesse: Stürze dich bitte nicht von der Kante! Sonst tust du dir weh, und ich kriege Ärger mit deiner Mom.« Jerry schien ihn zu verstehen, allerdings wollte er bestochen werden.

»Will Mufti!« forderte er.

»Mufti?« Matthias überlegte – ach so, klar, sein Lieblingsplüschtier, das Eselchen Mufti! Das lag im Bett und wurde übergeben. Jerry war zufrieden, und Matthias konnte in Ruhe Kleidung für ihn zusammensuchen.

Doch wie funktionierte das mit der Windel? Matthias faltete das ominöse Ding auseinander und betrachtete es mit gerunzelter Stirn. Also, der eine, dickere Teil unter den Hintern, der Rest mußte nach vorne geklappt werden.

»Sieht doch schon gut aus!« fand Matthias.

»Fein!« bestätigte Jerry.

»Dann kann ich das Teil also befestigen?«

Jerry lutschte an seinem Mufti und grummelte:

»Hunger!«

»Ich soll mich also beeilen? Okay. Ich tue mein Bestes.« Zu dumm, daß er bei der Fernsehwerbung nicht besser aufgepaßt hatte! Irgendwo mußten da doch Klebestreifen sein! Wo bloß? Jerry langweilte die Aktion, er wollte sich umdrehen. Matthias hielt ihn fest. Jetzt kam er ins Schwitzen. Auf was hatte er sich da bloß eingelassen? Uff, da waren ja die Klebestreifen!

»Jerry, sei lieb und halt still!«

Jerry beäugte ihn skeptisch, verkündete noch mal »Hunger!«, stellte aber das Strampeln ein. Matthias nützte seine Chance – Windel zu, Höschen drüber, tiefes Durchatmen.

»Hunger!« Jerrys Forderung klang zunehmend dringlicher.

»Na, dann hilf mir mal!« Matthias kämpfte mit dem Hemdchen. Wie sollte er es gleichzeitig über Kopf und Arme stülpen? »Junge, muß man dich dazu verbiegen oder das Teil verziehen?« Jerry hielt ihm die Hände hin, Matthias fummelte den Stoff darüber, zuppelte ihn irgendwo auch noch über den Kopf und zog ihn nach unten. Der blaue Overall aus Frottee gedieh dann zur leichtesten Übung, und auch die Schuhe waren nicht schwer an den Mann zu bringen. – Matthias fand sich richtig gut, nahm Jerry samt Mufti auf den Arm und trabte in die Küche. Unten schaute er den Kleinen nachdenklich an.

»Was ißt du denn zum Frühstück?«

»Mamalade!« forderte Jerry.

»Gut. Marmeladebrot also. Und dazu Kakao?«

Matthias setzte Jerry und Mufti auf dem Boden ab.

»Kaba!« rief der fröhlich.

»Deine Wünsche sind mir Befehl!«

Matthias goß Milch in einen Topf und rührte Schokoladenpulver hinein. Während die Milch sich erwärmte, schmierte er ein Butterbrot, verteilte Erdbeermarmelade darauf und schnitt es in jerrygerechte Portionen. Ein paar Minuten später saß Matthias am Tisch, Jerry auf dem Schoß und hauptsächlich damit beschäftigt, marmeladenverschmierte Krümel von seinem nackten Bauch zu pieken, denn der Kleine hatte »selbst essen!« verlangt und schien darunter gerechtes Teilen zu verstehen: einen Bissen in den Mund, einen als Erdbeer-Butter-Packung auf Matthias' nackten Bauch.

»Guten Morgen!« Nicolas stand gähnend in der Küchentür, nur mit einer Short bekleidet. »Schön, daß du die Raubtierfütterung übernommen hast!« Nick ging neben Matthias in die Knie und lächelte Jerry an. »Guten Morgen, Amigo! Du hast aber ein feines Brot bekommen!« Jerry fand das auch – und ließ Nick gleich doppelt daran teilhaben: Mit der Linken stopfte er ihm ein Schnittchen in den Mund, mit der rechten patschte er auf Nicks Kopf. Der lachte.

»Danke! Du machst mir wieder einmal bewußt, daß Glatze ein echter Vorzug ist. Wo andere Haare waschen müssen, reicht bei mir ein Zewa-wisch-und-weg!« Er stand auf, kochte Tee und richtete zwei Wurstbrötchen. Eines schob er Thissy zu, an dem anderen kaute er, bis sein Tee fertig war und er ihn in zwei Becher füllen konnte. Jerry strampelte sich energisch von Matthias' Schoß und krabbelte zu seiner Spielkiste. Er holte eine kleine

Lok und brachte sie Nick. Der bedankte sich freundlich und fuhr die Eisenbahn mit »puff-puff-prust-piep« über den Tisch. Jerry gefiel das Spiel. Er brachte ein paar Holzklötzchen. Nick baute daraus eine Brücke über den Teebecher. »Puuuuh – puff-puff-puff ...« Die Lok fuhr auf die Brücke, und Jerry juchzte vor Begeisterung.

»Noch mal!« verlangte er.

Nick wiederholte die Überfahrt.

»Jetzt bist du dran!« Er gab Jerry das Spielzeug, der ließ sich wieder auf seinen windelgepolsterten Hintern plumpsen und schob die kleine Eisenbahn mit fröhlichem »puff-puff« durch die Küche.

Matthias hatte Nick zugesehen. Fast erstaunt sagte er: »Ich wußte gar nicht, daß du so gut mit Kleinkindern umgehen kannst.«

Nick hob eine Augenbraue. »Klagen? Ich dachte immer, ich sei auch ganz gut mit dir klargekommen.«

»An die Zeit, als ich so klein wie Jerry war, kann ich mich nicht mehr erinnern. Und später – du warst eigentlich immer derjenige, der mir Geschichten vorgelesen und Märchen erzählt hat.«

»Stimmt. Und deine Mutter spielte unterdessen mit deinen Lego-Steinen«, erinnerte sich Nick.

Thissy stand auf und beugte sich über den Herd, um zu sehen, was Jerry auf der anderen Seite trieb. Der war vollkommen damit zufrieden, Körbchen aus dem Regal zu räumen und aufzustapeln.

»Dad«, begann er, nachdem er sich wieder gesetzt hatte, »eigentlich bist du an ein Einzelkind verschwendet. Wenn ich so sehe, wie du mit Jerry umgehst ...«

Nick rührte mit gesenktem Kopf in der Teetasse.

»Ich mag Kinder – und ich hatte mir zwei oder drei gewünscht.« Er schaute seinen Sohn mit einem wehmütigen Lächeln an. »Sosehr ich dich schätze – ich wollte immer noch eine Tochter dazu. So ein rothaariger Wildfang wie Max, so mutig und frech und sensibel. Vielleicht habe ich davon geträumt, einmal von einem weiblichen Wesen vorbehaltlos angehimmelt zu werden? Bei Töchtern soll es eine Phase geben, in der Papa Superstar ist.«

»Das kannst du doch noch haben! Du bist erst Mitte Vierzig. Da werden viele Männer noch mal Väter.«

Nick zuckte mit den Schultern.

»Ich weiß nicht. Das Erfolgsmodell Zweitfrau mit Zweitkind mochte ich nie. Ich fand das immer etwas albern.«

»Du bräuchtest keine Zweitfrau! Du könntest ja in der Zweitehe mit der Erstfrau ...«

Nick lachte.

»Das solltest du mal deiner Mutter vorschlagen! Abgesehen davon, daß sie zur Zeit nicht einmal mit mir redet – mir würde es schon reichen, wenn ich sie zurückbekäme. So weit, mir noch ein Kind zu wünschen, versteige ich mich nicht.«

»Schade. Ich fände eine kleine Schwester toll.« Matthias schaute noch einmal nach Jerry, der friedlich auf dem Boden spielte. Dann wandte er sich wieder Nick zu. »Hast du eigentlich eine Idee, wie du jetzt mit Mom weiter verfahren wirst?«

»Ja«, sagte Nick. »Ich werde mich provozieren lassen.«

Kapitel 15

Maximiliane geht in sich – und gerät dabei außer sich

Max zog die Handbremse an, legte den Leerlauf ein und nahm den schmerzenden Fuß von der Kupplung. Verdammter Stuttgarter Abendstau! Wieder einmal quälte sich die Autoschlange zäh die Weinsteige hinauf, immer wieder von Radfahrern und Fußgängern überholt. Aus dem Radio gab's dazu eine penetrant fröhliche Stimme, die kundtat, daß es woanders auch nicht besser aussah: Stau wegen Baustelle am Leonberger Kreuz, Stau wegen Unfall am Flughafen, zähflüssiger Verkehr auf der B 10, Stau auf der B 27. In und um Stuttgart herum ging gar nichts mehr – und Max hing, schwitzend und fluchend, mal wieder mittendrin im abendlichen Desaster. Dabei war sie so müde! Ein anstrengender Tag lag hinter ihr, dazu eine Nacht, in der sie kaum geschlafen hatte. Die Aussicht aufs bevorstehende Wochenende tröstete sie nicht. Sicher, sie würde ausschlafen können. Aber was dann? Matthias hatte sich am Morgen schon mit einem Kuß und der Mitteilung, daß er direkt von der Baustelle aus an den See fahren würde, verabschiedet. Und diesesmal konnte sie sich noch nicht einmal darauf freuen, ihn am Sonntagabend zu Hause zu haben. Matthias hatte Urlaub und würde die nächste Woche am See verbringen. Und wie hatte er letzte Woche auf die Frage geantwortet, wie's gewesen sei? »Gigantisch! Wir hatten soviel Spaß!«

Sie gönnte es ihm – aber dennoch gab es ihr einen Stich. Früher hatte er mit ihr ›soviel Spaß‹ gehabt! Doch jetzt? »Mit dem Kopf ist er seit Wochen nur noch am

See!« dachte Max. Manchmal wünschte sie sich, er würde wenigstens davon erzählen und sie auf diese Art an seinem Leben teilhaben lassen. Doch dann war sie wieder froh, daß er so schweigsam war. »Ich könnte es wohl nicht ertragen, wenn er mir auch noch vom jungen Liebesglück am blauen See vorschwärmen würde!« Sie bekam schon so mehr als genug mit! Am Vorabend hatte er einen riesigen Sack in seinem Auto verstaut und erklärt:

»Hab' ich gerade beim Segelmacher geholt – die Fock von der *Mamani* war so was von brüchig! Wir haben letztes Wochenende befürchtet, sie fliegt uns um die Ohren!« Max hatte sich auf die Zunge beißen müssen, um nicht zu fragen, wann das Schiff denn umgetauft würde – und hätte bei der Vorstellung, daß eine andere Frau auf der *Mamani* in Nicks Armen lag, heulen können! Das wiederum hatte sie erbost. »Was rege ich dumme Nuß mich auf? Er hat in den letzten zehn Jahren sicher so manche Lady auf unserer *Mamani* vernascht. Warum soll er jetzt nicht seine künftige Frau dort bumsen? Weil ich ihm dieses Schiff geschenkt habe? Weil die *Mamani* für mich ein Symbol war? Das zählt für ihn nicht mehr.«

Selbst in ihren Gedanken war Nicolas nur noch ›er‹. Sie wollte ihn nicht mehr beim Namen nennen, und wenn sie gezwungen gewesen wäre, über ihn zu sprechen, hätte sie ihn als ›den Herrn Berninck‹ apostrophiert. Nicolas – oder gar Nick – war für die anderen, aber nicht mehr für sie, nie mehr für sie!

Dabei fuhr sie immer noch seine Hose spazieren. Sie lag neben dem verwegenen Lederkostüm in ihrem Kofferraum. Warum hatte sie diese Jeans bloß mitgenommen? Weil sie in ihrer Fantasie eine Rolle spielte? Weil sie das, was sie damit verband, der anderen Frau nicht gönnen wollte? Manchmal schwelgte Max in Vorstellungen, was sie mit dieser Hose anstellen könnte. Zum Beispiel könnte sie das gute Stück in edles Geschenkpapier wickeln, eine Schleife darum binden und damit auf seiner Hochzeit erscheinen. Dort könnte sie dann der strahlende Braut, die ob der Freundlichkeit ihrer Vorgängerin sicher ganz gerührt sein würde, vor allen Gästen die Hose zum Auspacken überlassen. Und dazu könnte sie lächelnd sagen:

»Die ist Ihrem Mann bei unserem letzten Treffen abhanden gekommen. Ich fand immer, daß er darin sehr sexy aussieht, vor allem, wenn er nichts darunter anhat. Die Freude, ihn so zu sehen, wollte ich Ihnen nicht länger vorenthalten.«

Hach, was würden die Hochzeitsgäste tuscheln! Und ›er‹ würde sie sicher mit Blicken erdolchen! Aber das konnte sie nicht mehr treffen, denn schließlich spielte er in ihrem Leben keine Rolle mehr. Doch dummerweise war da noch Matthias – offensichtlich ganz begeistert von der Stiefmama in spe. Der würde Max eine solche Aktion übelnehmen.

Aber es gab ja noch andere Möglichkeiten, die diskreter, aber nicht weniger wirkungsvoll gewesen wären. Sie könnte bei Nacht über den Gartenzaun klettern, mit Lippenstift ein dickes ›M‹ auf den Hosenhintern malen und die Jeans dann an seinem Fahnenmast hochziehen. Dann würde ›er‹ seiner Braut einiges zu erklären haben! Vielleicht reichte auch schon ein einfaches Foto von Max in der Hose? Wenn sie den Bauch einzog, paßte sie – und war für jeden, der sie einmal geöffnet hatte, eindeutig als Nicks Hose zu erkennen, denn das zweite Knopfloch war einmal eingerissen und mit dunklerem Stoff stabilisiert worden. Wahrscheinlich hatte seine Braut leidenschaftlich am Verschluß gezerrt, den Schaden verursacht und dann auch repariert. Vielleicht würde sie beim Anblick eines Fotos von Max in dieser Hose fragen: »Wie kommt deine Exfrau zu der Hose?«

Aber Maximiliane wußte: Soviel Genugtuung es ihr auch bereitete, solche Pläne auszuhecken und sich auszumalen, wie er ins Schwitzen kommen würde – sie würde nichts unternehmen. Nicht nur wegen Matthias, sondern auch, weil ihr die junge Frau leid tat. Sie hatte Max nichts getan. Andererseits: Hätte sie nicht eine Warnung verdient? Nick zu lieben konnte verdammt schmerzhaft sein. »Und dabei«, dachte Max, »hat er bei mir mit dem Fremdgehen wenigstens erst ein paar Jahre nach der Hochzeit angefangen. Davor waren mir ja ein paar gute Jahre vergönnt.«

Max erinnerte sich nur zu gut daran, wie es gewesen war, von der Uni heimzukommen und schon auf der Treppe Thissys fröhliches Lachen und Nicks sonore Stimme zu hören. Wie oft, wenn sie müde und erschöpft war, hatte sie in seiner Umarmung neue Kraft gefunden! Und damals, als sie sich an der Uni mit dem unausstehlichen Professor Wevelsepp angelegt hatte! Nick hatte sie gewarnt:

»Halte still, bis du dein Diplom hast! Im Moment kannst du gegen ihn nur verlieren!«

Sie aber hatte sich groß, stark und unbesiegbar gefühlt, sie war sich der Solidarität ihrer Kommilitonen sicher, also hatte sie seinen Rat in den Wind geschlagen – und war auf den Bauch gefallen. Wevelsepp hatte zurückgeschlagen und seine Macht ausgespielt. Maximilianes Mitstreiter fielen um wie eine Reihe Dominosteine, und am Ende stand sie allein in der Schußlinie des erbosten Allgewaltigen.

»Ich werde dafür sorgen, daß Sie an dieser Universität keinen Blumentopf mehr gewinnen – geschweige denn ein Diplom!« hatte er gebrüllt. Vor ihm hatte Max sich nichts anmerken lassen, aber zu Hause brach sie in Tränen aus.

»Der vermasselt mir alles! Ich kann gleich aufgeben, ich habe keine Chance mehr.«

Nick hatte sie in den Arm genommen.

»Na, komm! Es wird nicht alles so heiß gegessen, wie es gekocht wird!«

»Er will mich nicht zum Diplom zulassen und dafür sorgen, daß es auch sonst keiner an der Fakultät tut!«

»Und wie will er das begründen? Mit seiner persönlichen Aversion gegen dich? Damit, daß du dich über seine mangelhafte Diensterfüllung beschwert hast?«

»Er ist Leiter der Fakultät!«

»Ja, aber dennoch ist über ihm nicht nur der Himmel, sondern sein Rektor, das Kultusministerium und das Gesetz. Und wenn er wirklich meint, dich mit fiesen Tricks ausbremsen zu können, dann gibt es da ein paar Beziehungen zwischen deiner und meiner Uni, die ich aktivieren kann.«

»Aber du warst doch gegen meine Aktion!«

Er hatte genickt.

»Ich war und bin der Überzeugung, daß dein Vorgehen blödsinnig war.«

»Und trotzdem springst du für mich in die Bresche?«

»Schätzchen – was wäre Loyalität, wenn sie von Übereinstimmung abhängig gemacht würde? Du bist meine Frau! Wenn du morgen auf die Idee kommen würdest, Wevelsepp zu erschlagen, wäre ich sicher nicht damit einverstanden. Aber ich würde dir trotzdem helfen, die Leiche in einen Brückenpfeiler einzuzementieren. Ich habe dir nämlich versprochen, in guten wie in bösen Tagen zu dir zu halten.«

Von dem Versprechen war später noch einmal die Rede gewesen. Maximiliane erinnerte sich im Stau daran – weil es bei einer Fahrt die Weinsteige hinauf gewesen war, daß sie ihrem Vater von der bevorstehenden Scheidung erzählt hatte.

Prälat Simon hatte geschwiegen. So lange, bis sie ihn gefragt hatte:

»Was denkst du, Vati?«

Der Prälat hatte mit den Schultern gezuckt.

»Was erwartest du von mir? Ich denke an eure Trauung. Ich habe dich gefragt, ob du mit diesem Mann in guten wie in schlechten Tagen leben willst. Du hast es versprochen.«

»Und er hat versprochen, mich zu lieben, zu ehren und mir die Treue zu halten, bis daß der Tod uns scheidet. Das Versprechen hat er gebrochen.«

»Und nun fühlst du dich nicht mehr an das deine gebunden?«

»Es war ein Abkommen auf Gegenseitigkeit, Vati!«

»Auge um Auge, Zahn um Zahn«, zitierte Simon. »Allerdings solltest du bedenken, daß nicht nur du von der Scheidung betroffen bist. Du trennst Matthias von seinem Vater.«

»Der hat sich von uns getrennt!« hatte Maximiliane aufbegehrt.

»Hat er das wirklich?«

»Verteidigst du ihn?«

Prälat Simon schüttelte den Kopf.

»Nein, Tochter. Ich bin enttäuscht von ihm, ich bin wütend auf ihn, und ich würde ihn am liebsten dafür schlagen, daß er meinem Kind solchen Schmerz zugefügt hat. Aber der gesunde Menschenverstand sagt mir, daß ein Mann wie Nicolas nicht aus heiterem Himmel aus der Rolle fällt. Maximiliane, in eurer Ehe muß etwas schiefgelaufen sein – und daran hast du auch deinen Anteil!«

»Ein Grund mehr, der Sache ein Ende zu machen!« hatte Max damals gesagt.

Aber was hatte es ihr gebracht? Ein leeres Haus, vor dem ihr graute, einsame Abende, in denen ihr Körper vor Sehnsucht nach Nähe fast schmerzte, Nächte, in denen sie aus verworrenen Träumen aufwachte und etwas darum gegeben hätte, neben sich Nicolas atmen zu hören. Er war auch in diesen Träumen – seine schlanken, nervigen Hände, die über ihren Körper strichen; seine dunkle, warme Stimme, deren Klang sie erregen und trösten konnte; seine gescheiten Augen, die ihre Maske durchschauten – ach, er fehlte ihr so! Maximiliane sprach es aus – laut und deutlich:

»Er fehlt mir so!«

Niemand konnte sie hören. Ihre Stimme ging im Brummen der Motoren unter. Selbst wenn sie laut geschrien hätte – wen interessierte schon, was sie fühlte?

»Max, nun krieg' dich wieder ein!« mahnte sie. »Ein Jahrzehnt nach der Scheidung die Krise zu kriegen, ist wirklich gaga. Du hast alles, was du brauchst: einen Beruf, der dich erfüllt, einen gesunden und talentierten Sohn, Freunde, die zu dir stehen. Ein Telefonat, und du könntest den Abend in netter Gesellschaft verbringen. Vermutlich müßtest du nur eine Andeutung machen, und schon würden dir sämtliche Bekannte ihre alleinstehenden Freunde vorstellen. Es gäbe sicher genug nette Männer in der Sammlung. Warum jammerst du hier rum?«

Laut antwortete sie sich:

»Ich will nicht irgendeinen Mann. Ich will Nicolas!«

Wie bitte? Was hatte sie da eben gesagt? Das konnte doch wohl nicht wahr sein! Er hatte sie betrogen! Er hinterging seine Braut! Er konnte einfach nicht treu sein. Oder?

»Er war jahrelang treu. Und vielleicht wäre er nicht fremdgegangen, wenn ich nicht so zickig gewesen wäre ...« Sie hatte immer versucht, ihren Kopf durchzusetzen. Sie hatte nur ihre Ansprüche und ihre Werte gelten lassen. Wie hatte Nick einmal gespottet?

»Einer deiner vielen Vorzüge ist die Großzügigkeit, mit der du andere am Quell deiner Weis- und absoluten Wahrheit teilhaben läßt – ob sie wollen oder nicht.«

Damals hatte sie beleidigt geschwiegen. Warum hatte sie nicht einmal darüber nachgedacht? Nick hatte selten direkte Kritik an ihr geäußert. Es war nicht sein Stil, den

Finger zu heben und anklagend zu sagen: »Du tust dies, du tust jenes, du nervst.«

Sie war des Prälaten einzige, verwöhnte Tochter gewesen, strotzend vor Selbstbewußtsein und überzeugt davon, daß Nicolas sich vierundzwanzig Stunden am Tag glücklich preisen mußte, eine Frau wie sie bekommen zu haben. Sie hatte nicht weniger als kritiklose Anbetung verlangt – und ihre Quittung bekommen: Er hatte sie betrogen. Und jetzt würde er eine andere heiraten – wahrscheinlich eine, die nicht ständig kritisierte, eine, die ihn bewunderte. Eine ›Bequeme‹ also …

O verdammt, warum tat es nur so weh, sich das vorzustellen?

»Ich hab's verpfuscht«, dachte Max. »Ich kann es drehen und wenden, wie ich es will. Das Ergebnis bleibt gleich. Ich habe den einzigen Mann verloren, den ich je gewollt habe.« Ja, sie wollte ihn! Sie wollte ihn immer noch.

Max war endlich an der Abzweigung nach Sillenbuch angekommen und konnte das Gas durchtreten. Der Wagen schoß nach vorne, die Tachonadel pendelte sich auf hundert ein und Max fragte sich, warum sie es eigentlich so eilig hatte. Zu Hause wartete doch niemand.

»Vielleicht sollte ich mir eine Katze anschaffen«, dachte Max. Das würde dem neurotischen Silberpudel der Nachbarin wahrscheinlich den Rest geben – und seiner Besitzerin einen Nervenzusammenbruch bescheren. Doch der wäre immerhin ein Ereignis, das dieser für die nächsten Jahre Gesprächsstoff geben und vielleicht sogar ihre vor vierzehn Jahren vollzogene Gallenoperation und die Anschaffungen der neuen Frau ihres Exmannes als Lieblingsthema für eine Weile würde verdrängen können. »Ob ich auch einmal so werde? Ob ich auch einmal in den Büschen des Schulhofes stehe und die Kinder meines Exmannes beobachte? Werde ich auch einmal so voller Neid und Bitterkeit sein?« fragte sich Max.

Sie fuhr das Auto in die Garage, schnappte sich die Einkaufstüte vom Rücksitz und ging ins Haus. Die Reinemachfrau hatte morgens die Post angenommen und auf das Schränkchen im Flur gepackt. Max blätterte den Stapel durch – Telefonrechnung, Werbung, das Angebot eines Pizza-Service, eine Karte für Matthias, ein Brief an sie, die Adresse in einer nicht vertrauten Handschrift. Mit dem kleinen Finger schlitzte sie den Umschlag auf und zog eine Karte heraus. Auf der Vorderseite prangte das Foto eines Cocktailglases mit fröhlich bunten Schirmchen darin, darunter stand »Sommerfest beim Heidebrecht-Verlag«. Max klappte die Karte auf und las den gedruckten Text auf der Innenseite: »Liebe Freunde, beim Heidebrecht-Verlag wird sich einiges verändern: Dr. Gerhard Heidebrecht verabschiedet sich in den Ruhestand, Prof. Dr. Nicolas Berninck tritt die Nachfolge an. Wir finden, das ist ein Grund zum Feiern, und würden uns freuen, Sie und Ihre Begleitung am 12. September um 20 Uhr bei uns begrüßen zu dürfen. Herzlich ...« Die Karte war von Gerhard Heidebrecht unterschrieben, und es gab einen handschriftlichen Zusatz:

»Liebe Max, seit wer weiß wie vielen Jahren lade ich Sie ein. Sie haben mich immer aufs nächste Jahr vertröstet. Jetzt wird es mein letztes Sommerfest. Bitte seien Sie diesmal nicht feige! Kommen Sie! Ich würde mich sehr freuen. Der Ihre – G. H.«

Max atmete tief durch und ging mit der Karte in die Küche. Sie füllte den Wasserkocher, schaltete ihn ein und löffelte Tee in den Filter der Glaskanne. Was Matthias jetzt wohl tat? Er mußte schon vor einer Stunde am See angekommen sein. Ob er mit Nick Tee trank? Vielleicht sprachen sie gerade über das Sommerfest? Ob Nick wußte, daß Heidebrecht sie eingeladen hatte? Wahrscheinlich war er alles andere als scharf darauf, sie dort zu sehen. Er würde wohl seine Verlobte dort präsentieren, zudem war er sicher noch wegen der geklauten Hose sauer.

Also würde sie Heidebrecht wieder einmal absagen. Sie bedauerte es, aber es ging wohl nicht anders. Der alte Verleger war immer so lieb zu ihr gewesen – und sie hatte ihm eine ganze Menge zu verdanken. Immerhin hatte er ihr den ersten größeren Bauauftrag gegeben – das lichtdurchflutete Verlagsgebäude, in dem Nick künftig arbeiten würde, war auf ihrem Reißbrett konzipiert worden. Ein Modell davon hatte monatelang auf ihrem Tisch gestanden. Und in der Bauzeit hatte sie oft im alten, zu engen Büro des Verlegers gesessen und sich mit ihm unterhalten.

Gerhard Heidebrecht hatte zu den Freunden gehört, die sich nach der Scheidung nicht von ihr abgewandt, sondern den Kontakt gehalten hatten. In den ersten Jahren danach hatte er verstanden, daß sie nicht an seinen Festen teilnehmen wollte.

»Sie möchten Nicolas nicht treffen. Schade für mich, aber verständlich. Man muß nicht in alten Wunden wühlen.«

Aber würde er es nun verstehen? Zehn Jahre nach der Scheidung? Er schrieb ja: Er würde ihr eine erneute Absage als ›Feigheit‹ auslegen.

Der Tee war fertig. Max hob den Filter aus der Kanne, schenkte sich einen Becher ein, trank einen Schluck und ging die Treppe hinauf in ihr Arbeitszimmer. Auf dem Weg kam sie an Matthias' Zimmer vorbei. Die Tür stand offen. Zu ihrem Erstaunen hatte er es trotz der Hektik seines Aufbruchs geschafft, sein Bett frisch zu überziehen. Dann hatte er aber seinen Rucksack auf dem Kissen abgestellt, ein Abdruck kündete davon. Max ging hin und schüttelte die Federn auf. Ihr Blick blieb an dem Bild hängen, das auf dem Regal stand. Das Foto zeigte Nick. Er saß am Schreibtisch, die Pfeife in der Hand, ein kleines Lächeln spielte um seinen Mund.

Max nahm das Bild und setzte sich damit aufs Bett.

»Tja, Nick«, begann sie ein Gespräch mit dem stummen Nicolas auf dem Foto, »du könntest jetzt mal wieder feststellen: Max leidet unter Erkenntnissen! Und die Formulierung wäre sehr treffend, denn ich leide wirklich unter einer Erkenntnis. Sie heißt: Ich will dich wiederhaben. Aber dummerweise bin ich zu spät darauf gekommen, denn du bist anderweitig engagiert und offensichtlich nicht mehr scharf auf mich. Halt, falsch formuliert: Du warst in den letzten Wochen des öfteren mächtig scharf darauf, mit mir zu schlafen. Aber mehr war es nicht, obwohl ...«

Ja, manchmal hatte es nach mehr ausgesehen. Manchmal hatte sie gemeint, in seinem Lächeln etwas von der Zärtlichkeit ihrer ersten, glücklichen Jahre zu erkennen. Und ein paarmal hatte er den Ausdruck in den Augen gehabt, der früher dem Satz »Ich liebe dich« vorausgegangen war.

Sie strich mit dem Finger über die Wange des fotografierten Nick. »Ich glaube, ich würde dich brauchen«, sagte sie leise und schüttelte wegen dieser umständlichen Formulierung den Kopf. Aber bitte: Es war ein erster Versuch gewesen! Sie hatte noch nie – nicht einmal vor sich selbst! – zugegeben, jemanden zu brauchen. Und auch noch Nick, den sie jahrelang verteufelt hatte!

Aber das änderte nichts an der Erkenntnis: Sie brauchte Nick. Sie liebte ihn. Sie hatte nie einen anderen geliebt. Sie hatte nie mit einem anderen leben wollen. Der Gedanke, den Rest ihrer Tage auf ihn verzichten zu müssen – nein!

Damals, im ersten Jahr ohne ihn, hatte sie sich von Jahreszeit zu Jahreszeit gehangelt. Sie hatte gelernt, im Sommer alleine zu leben; sie hatte sich daran gewöhnt, nicht mehr an seiner Hand durch raschelndes Herbstlaub zu gehen; sie hatte den Winter ohne ihn durchgestanden und gefroren. Und jetzt das Ganze noch mal? Und diesmal mit dem Gedanken »selbst schuld – wenn du damals nicht so stur und stolz gewesen wärst ...«?

Zu spät! Max stand auf, stellte das Bild wieder ins Regal, nahm ihren Teebecher und ging hinüber ins Schlafzimmer. Langsam und müde zog sie das Kostüm aus und hängte es in den Schrank.

Plötzlich stockte sie in der Bewegung. Zu spät? Wo stand das geschrieben?

»Wenn er nichts mehr für mich empfinden würde, wenn ich ihm vollkommen egal wäre, dann hätte er nicht mit mir geschlafen«, dachte sie. »Bei ihm ist da noch etwas. Er hat mich genausowenig vergessen wie ich ihn! Und immerhin ist er bisher nur verlobt und noch nicht wieder verheiratet!«

»Ich will ihn wiederhaben!« sagte Max laut. »Ich will ihn wiederhaben, und deswegen werde ich um ihn kämpfen.«

Kapitel 16

Leah kriegt zuviel

Leah ließ sich in den bequemen Sessel auf der Terrasse des Schloßgarten-Cafés fallen, stellte die drei Einkaufstüten neben sich ab und streckte mit einem leisen Seufzen die Beine. Wer hatte bloß das Märchen in die Welt gesetzt, Shopping würde Spaß machen? Leah jedenfalls haßte es, durch die überfüllte Innenstadt rennen zu müssen und dabei doch nie das zu finden, was sie eigentlich gewollt hatte! Fünf Boutiquen und drei Kaufhäuser hatte sie abgesucht, um ein schlichtes Sommerkleid aufzutreiben! Und weil in Blau nichts zu bekommen gewesen war, hatte sie sich – zähneknirschend – auf ein grünes Kleid eingelassen, doch dazu hatte sie weder eine passende Jakke noch Schuhe. Also hatte sie noch eine Runde über die Königstraße zur Calwer Passage und wieder zurück mit müden Füßen gemacht – und jetzt hatte sie so genug vom Drängeln, an Kassen Warten und Suchen, daß sie sich den allfälligen Wochenendeinkauf kurzerhand geschenkt hatte. Mineralwasser, Brot und Zigaretten gab es auch an der Tankstelle, und für alles weitere würde der Pizza-Service sorgen. Was sie jetzt brauchte, war ein Kännchen Kaffee und einen großen Eisbecher! Sie blätterte in der Karte. Vanilleeis mit heißen Himbeeren? Oder lieber Birne Helene? Oder ein Nußeis mit etwas Likör?

»Leah? Leah Diettrichs?« Die erstaunte Frauenstimme scheuchte Leah hoch. Sie sah an kräftigen Schenkeln in einer weißen Hose und einer gutgefüllten roten Bluse entlang nach oben in ein rundes Gesicht unter blonden Ringellocken.

»Barockengel!« dachte sie und sagte im gleichen Atemzug. »Blandine! Mensch, was machst du denn hier?«

»Das könnte ich dich genauso fragen!«

Leah vergaß die schmerzenden Füße. Sie sprang auf und küßte Blandine Harden auf die Wange. »Gut siehst du aus, Blandine! Hast du ein bißchen Zeit? Trinkst du einen Kaffee mit mir?«

»Gerne.« Blandine Harden strahlte. »Leah – ich kann dir gar nicht sagen, wie sehr ich mich freue, dich zu sehen! Ich habe vor einem Jahr mal versucht, deine Mutter anzurufen.« Sie setzte sich. »Aber unter der alten Nummer hat sich niemand mehr gemeldet.«

»Meine Mutter ist vor drei Jahren gestorben«, sagte Leah ruhig. Blandine legte die Hand auf ihre.

»Entschuldige, ich wollte keine Erinnerungen aufrühren.«

Leah schüttelte den Kopf.

»Du mußt dich nicht entschuldigen. Mein Verhältnis zu ihr war nie sehr gut. Ich habe nicht vor, es jetzt nach ihrem Tod schönzureden.« Aber sie hob die Augen und lächelte die wiedergefundene Freundin an, »... jetzt erzähl: Was machst du in Stuttgart? Begleitest du Klaus-Dieter auf einer Geschäftsreise?«

Blandine winkte einer Serviererin, die beiden Frauen gaben ihre Bestellung auf, dann antwortete Blandine:

»Ich lebe in Stuttgart. Und der Gatte, den ich hatte, hieß erstens Klaus-Peter und hatte zweitens nicht die Gewohnheit, mit der eigenen Frau zu verreisen.«

»Entschuldige – ich konnte mir seinen Namen nie merken!«

Blandine lachte.

»Du konntest ihn nicht leiden! Aber das beruhte auf Gegenseitigkeit!«

»Er fand, ich seine emanzipierte Zicke, die nur mal von einem richtigen Hengst begattet werden müßte. Dafür habe ich ihm mal gesagt, daß er mir nicht mal dann unterkäme, wenn er das letzte männliche Exemplar unserer Spezies wäre. Vorher würde ich in eine Samenbank einbrechen!« Leah kicherte wie ein junges Mädchen. »Ich vermute, das hat seine Sympathie für mich nicht gesteigert.« Sie strich über Blandines Arm. »Sag – habe ich dich richtig verstanden? Du bist das Ekel losgeworden?«

»Ja! Wir sind seit fünf Jahren geschieden. Er meinte nämlich, er brauche was Jüngeres, Knackigeres – und da wollte ich ihm nicht mehr im Wege stehen. Ich hatte nämlich auch mehr und mehr das Gefühl, was Besseres als ihn verdient zu haben.«

»Entschuldige mal – die einzige Frau, die den verdient hat, wäre Messalina gewesen! Der hätte man so was wie deinen Klaus-Dieter von Herzen gegönnt! Aber du? Ich hätte heulen können, als du diesen ...« Leah suchte nach einem Ausdruck, Blandine half lächelnd aus: »Kotzbrokken!«

»Danke! Also, ich hätte heulen können, als du diesen Kotzbrocken geheiratet und deswegen deine Karriere aufgegeben hast! Du warst so gut!«

Der Kaffee wurde serviert, Blandine rührte Zucker in ihre Tasse.

»Leah, ich habe nicht aufgegeben. Ich habe nur unterbrochen – und jetzt kannst du mir gratulieren: Seit einem Jahr bin ich das Cello am zweiten Pult in der hiesigen Oper. Und wenn man meinem geschätzten Nachbarn zur Rechten in zwölf Monaten seinen Tatterich nicht mehr als Vibrato, sondern endlich als Pensionsreife auslegt, werde ich zur Stimmführerin aufrücken. Das ist mehr, als ich je zu hoffen wagte!«

Sie trank einen Schluck Kaffee. »Aber was machst du mittlerweile? Das letzte, was ich von dir weiß: Du hast in München Architektur studiert und mit dieser rasanten Ärztin zusammengelebt. Christina – oder wie hieß sie?«

Leah lutschte genüßlich Vanilleeis vom Löffel.

»Sie hieß Christiane – und wir haben uns schon vor langer, langer Zeit getrennt. Sie wollte damals München nicht verlassen, und ich wollte nach dem Studium nicht dort bleiben. Seitdem bin ich in Stuttgart, nach einer kurzen, aber heftigen Ehe wieder Single, dafür aber sehr zufrieden als Teilhaberin in einem Architekturbüro.«

»Du warst verheiratet?« Blandine konnte es nicht fassen. »Ich dachte immer du wärest ...«

»Ein bisserl bi schadet bekanntlich nie!« grinste Leah. Blandine rührte in ihrem Kaffee.

»Weißt du eigentlich, daß ich dich immer maßlos um die Souveränität beneidet habe, mit der du zu dir gestanden hast? Du hast schon in der Schule mit sechzehn gewußt, was du wolltest, und dich nicht durch blödes Geschwätz irritieren lassen!«

»Danke für die Blumen – aber so souverän fühlte ich mich damals gar nicht!« Leahs Lächeln war fast ein wenig verlegen. »Meine Mutter hielt es damals für eine Trotzreaktion. Sie war ein Leben lang hinter Männern her wie Nachbars Lumpi. Und jedesmal, wenn sie eine neue große Liebe an Land gezogen hatte, änderte sie ihre Meinung und ihr Outfit. Ich erlebte sie als hingebungsvolle Mutter mit Dauerwellen und Baumwollkleidchen – da becircte sie gerade einen reichen Witwer mit drei Kindern. Ich wurde abgeschoben, als sie für einen Nachtclubinhaber den Vamp spielen mußte, ich war wieder gefragt, als der ach so seriöse Rechtsanwalt aktuell war. Der fummelte an mir rum, worauf sie mir vorwarf, ihn verführt zu haben. Danach spielte sie eine Runde die Märtyrerin. Ich sag's dir: Wenn meine Frau Mama auf der Bühne nur halb so wandlungsfähig gewesen wäre wie im wahren Leben, hätte sie eine Bombenkarriere machen können.« Leah lachte bitter. »Aber wenigstens hatten ihre Verwandlungen den Vorteil, daß sie mir dazu verhalfen, sehr schnell und entschieden eine eigene Persönlichkeit zu entwickeln und zu verteidigen.« Sie atmete tief durch. »Oje – warum sülze ich dich eigentlich mit diesen alten Geschichten zu? Ich muß meinen sentimentalen Tag haben. Verzeih!«

Blandines Lächeln verbreiterte sich.

»Ich habe in den letzten zehn Minuten mehr über dich erfahren als in acht gemeinsamen Schuljahren. Das gefällt mir.« Sie schielte über den Rand ihrer Tasse hinweg. »Ich war so in dich verknallt damals!«

»Wirklich?« Leah streckte die Hand aus und streichelte nachdenklich über Blandines nackten Unterarm. »Komisch, daß wir uns heute getroffen haben. Vor ein paar Wochen habe ich mal einer Freundin von dir erzählt – daß ich dich gerne wiedersehen würde. Ich hatte mir vorgenommen, dich anzurufen, aber bin dann doch nie dazu gekommen. Außerdem war ich mir nicht sicher, ob du überhaupt noch Kontakt zu mir haben willst oder ob du inzwischen ein braves, spießiges Eheweib mit fünf Kindern geworden bist. Damals – du hast mich einmal geküßt – und dann hast du dich mit diesem Klaus-Peter-Dieter-oder-wie-auch-immer verlobt. Ich war so enttäuscht! Ich hätte heulen können! Und als du dann ein Jahr später nach München gekommen bist und mir erzählt hast, wie toll das doch ist, verheiratet zu sein und wie glücklich du mit ihm bist – brrr!«

Blandine fing Leahs Hand ein, drehte sie und betrachtete nachdenklich die Innenfläche. Dann beugte sie sich darüber und küßte die Stelle am Gelenk, an der sie den Puls fühlte. Sie ließ die Hand nicht los, als sie erzählte:

»Ich wollte es immer meinem Vater recht machen. Er hat mich spüren lassen, daß ich vom ersten Schrei an eine Riesenenttäuschung für ihn war. Er hatte einen Sohn und Erben gewollt. Dreihundert Jahre war die Reederei im Familienbesitz, und nun sollte er der letzte Mohikaner sein?« Sie zog die Schultern hoch. »Ein Mädchen –

nur ein Mädchen. Das war sein Kommentar, als er von meiner Geburt erfuhr.«

»Blödmann!« knurrte Leah. Blandine zuckte mit den Schultern.

»Was willst du machen? Für ihn zählten Frauen eben nicht.«

»Reizend! Warum hat er dann nicht noch einen Sohn gezeugt?«

»Er hat's versucht. Bis ich fünfzehn war, hat er meine Mutter mindestens einmal im Jahr geschwängert. Sie hatte eine Fehlgeburt nach der anderen – und wurde dann von ihm noch angebrüllt, daß sie nicht dazu fähig sei, ihrer ›biologischen Bestimmung‹ nachzukommen. Er drohte ihr ständig mit der Scheidung.«

»Warum ist deine Mutter nicht abgehauen?« wunderte sich Leah.

»Weil sie ein Hascherl war und sich einbildete, sie käme alleine nicht zurecht. Sie hat nie begriffen, daß sie ihn unter Druck hätte setzen können. Es war nämlich so: Mein Vater, der große Reeder, war als Geschäftsmann eine echte Pfeife. Als er mit zweiundvierzig geheiratet hat, war die Reederei fast pleite. Sein Schwiegervater durfte ihn erstmal sanieren – und der war schlau genug, dafür einen Ehevertrag zu verlangen. Mein Vater hätte sich nicht scheiden lassen können, ohne die Reederei zu verlieren.«

»Meinen Respekt vor deinem Großvater. Er muß ein kluger Mann gewesen sein. Dumm nur, daß er seiner Tochter nicht die Daumenschrauben mitgeliefert hat, die's für einen solchen Ehemann gebraucht hätte«, warf Leah ein.

»Tja – er war eben einer dieser konservativen hanseatischen Sturköpfe. Aber das habe ich alles erst viele Jahre nach seinem Ableben begriffen. Als ich jung war, meinte ich immer, ich müsse meinen Vater dafür entschädigen, daß ich ›nur‹ ein Mädchen bin.«

Leah kratzte den letzten Rest Eis aus ihrem Glas.

»Und deswegen hast du Klausi-Mausi geheiratet? War er nicht sogar bei deinem Vater angestellt?«

»Er war Verkaufsleiter und kroch unter Hinterlassung einer breiten Schleimspur hinter meinem Vater her, der das natürlich ganz toll fand. Er hat ihn gepriesen, als ob er eine Kreuzung aus Einstein und Adonis gewesen wäre! Der ideale Schwiegersohn, der ideale Nachfolger in der Reederei. Nachdem wir geheiratet hatten und Vater gestorben war, war mein Klausi-Mausi dann am Ziel seiner Wünsche: Vorstandsvorsitzender der Mercator-Reederei. Dummerweise – für ihn! – hat er erfolgreich verdrängt, daß mein Großvater auch uns einen Ehevertrag angehext hatte. Klausi-Mausi meinte, er könne mich mit seiner Sekretärin betrügen. Offensichtlich dachte er, ich sei genauso blöd wie meine Mutter.« Sie grinste. »Er hat sich verrechnet, und mir war es schließlich ein Vergnügen, ihn per Aufsichtsratsbeschluß abzuschießen. Jetzt lebt er von der Abfindung und beklagt das Schicksal, das ihn an eine so undankbare Person wie mich geraten ließ. Er hat mir und der Reederei seine Jugend und seine Manneskraft geopfert! Und was hat er dafür bekommen? Einen Fußtritt! Wenn das kein Beweis dafür ist, daß man Frauen keine Rechte einräumen sollte!«

»Männer!« kommentierte Leah mit abgrundtiefer Stimme. »Wenn ich solche Geschichten höre, bin ich der Göttin immer wieder dankbar, daß sie mir eine weitgehende Immunität gegen den Charme dieser Prachtexemplare verliehen hat!«

»O Schwester, wie recht du doch hast!« lachte Blandine. »Seit ich dazu stehe, mit der y-bechromosomten Krone der Schöpfung nichts mehr anfangen zu wollen, bin ich eine fast glückliche Frau! Seitdem bin ich aus dem Tanz ums Goldene Glied, das ach-so-empfindliche, schrecklich wichtige, anbetungswürdige, ausgeschieden.«

»Was fehlt dir jetzt noch zu deinem Glück?« fragte Leah – und spürte dabei ein ganz kleines Kribbeln in der Magengrube. Sie konnte die Antwort auf ihre Frage in Blandines Augen lesen. Warum war ihr früher nicht aufgefallen, wie überraschend diese Augen waren? Man erwartete Blau, passend zum goldblonden Haar. Doch es war ein warmes, intensives Braun mit winzigen, bernsteinfarbenen Sprenkeln. Die Lider waren gesäumt von fast schwarzen, seidigen Wimpern, die gegen das Porzellanweiß der Iris kontrastierten. Und obwohl sich feine Lachfältchen in den Augenwinkeln eingekerbt hatten, wirkte Blandines Gesicht mädchenhaft.

»Barockengelchen!« Diesmal dachte es Leah nicht nur, sie sprach es aus. »Du hast mich immer an einen dieser fröhlichen Putti in barocken Kirchen erinnert – zum Beispiel den Honigschlecker in Birnau.«

»Früher fand ich mich immer zu fett. Heute gefalle ich mir als Barockengel. Es hat den Vorteil, daß ich weniger Falten bekomme.« Blandines Blick streichelte Leahs Gesicht. »Aber du hast dich wundervoll gehalten! Du siehst immer noch aus wie ein junges Mädchen – und immer noch genauso exotisch. Was ich dich schon immer mal fragen wollte: woher hast du eigentlich deine aparten Mandelaugen? Gab es einen Eurasier unter deinen Vorfahren?«

»Nein – aber eine Inderin. Mein Urgroßvater war Seemann und hat eines Tages ein Souvenir aus Delhi mitgebracht. So kamen die dunklen Augen und die getönte Haut in die bis dahin blonde, blauäugige Familie Diettrichs.« Leah lachte. »Ich bin eine Promenadenmischung!«

»Wer oder was war dein Vater? Du hast früher nie von ihm gesprochen.«

»Ich kannte ihn früher gar nicht. Meine Mutter hat die verschiedensten Storys über ihn erzählt. Erst nach ihrem Tod habe ich seinen Namen und ein Bild von ihm bei ihren Papieren gefunden. Er ist Brite – ein Seeoffizier, der hin und wieder mal nach Hamburg kam. Er lebt übrigens noch. Ich habe ihn vor zwei Jahren in Liverpool besucht. Er ist sehr nett.«

»Hast du ihn nicht vermißt, als du klein warst?«

»Ja, schon. Aber heute kann ich ganz gut damit leben, daß er nicht dagewesen ist. Wer weiß, wieviel Krach und Knatsch er mit meiner Mutter und mir veranstaltet hätte?« Sie streichelte wieder über Blandines Arm. »Aber jetzt genug von der Vergangenheit. Nachdem uns der Zufall wieder zusammengeführt hat, möchte ich dich nicht noch mal aus den Augen verlieren.«

Blandine atmete tief durch, schluckte dann, hob die Augen und heftete den Blick auf Leah. Ihre Wangen röteten sich etwas. »Ich möchte noch mehr. Ich möchte mit dir schlafen, Leah. Ich habe jahrelang immer wieder davon geträumt. Wenn Klaus-Peter an mir herumstümperte, schloß ich die Augen und stellte mir vor, du wärest das.« Ihre Stimme wurde immer leiser, schließlich flüsterte sie fast. »Manchmal hat mich das so angemacht, daß ich einen Orgasmus hatte – und dann war Klaus-Peter immer ganz stolz auf sich und seine Fähigkeiten! Es war ein Glück, daß er nie erlebt hat, wie ich gekommen bin, wenn ich alleine war und von dir fantasiert habe! In meinen Träumen habe ich dich gestreichelt und geküßt, ich hab' dich ausgezogen…«

Leah mußte die Luft anhalten. Sie hatte in der letzten Stunde immer wieder auf die schmalen und doch so kräftigen Hände mit den kurzgeschnittenen Nägeln geschaut und sich vorgestellt, wie diese über ihren Körper streicheln würden. An der linken Hand erkannte Leah leichte Schwielen auf den Fingerkuppen – da, wo sie die Saiten des Violoncellos zu drücken hatten. Der Gedanke daran, von diesen trainierten Fingern berührt zu werden – Leah überlief eine wohlige Gänsehaut, zwischen ihren Beinen breitete sich Feuchtigkeit aus.

»Da bleibt mir wohl nur noch eine Frage.« Leah wunderte sich, wie heiser ihre Stimme klang. »Gehen wir zu dir oder zu mir?«

Blandine nahm ihre Hand und sah ihr eindringlich in die Augen. »Es ist mir vollkommen egal! Laß uns einfach gehen! Sonst gibt's hier nämlich einen Skandal, weil ich mich nicht länger beherrschen kann und dich vor aller Augen küsse!«

»Der Skandal wäre mir egal! Aber mir würde Küssen nicht reichen. Wo wohnst du?«

»In der Hausmannstraße. Und du?«

»In Botnang. Also gehen wir zu dir – das ist näher!«

Ein paar Minuten später saßen sie nebeneinander auf dem Rücksitz eines Taxis. Sie sprachen kein Wort, hatten aber die Hände ineinander verschlungen, und Leah meinte, daß dieser fast schmerzhafte Griff mehr aussagte als Worte. Wann hatte sie das letztemal jemanden so begehrt wie jetzt Blandine? Max? Nein. Das war anders gewesen. Die Nacht mit Max hatte sich ergeben, sie war schön gewesen, aber nicht so wichtig, wie es nun das Zusammensein mit Blandine sein würde.

Die Treppen hinauf, dann schloß Blandine eine Wohnungstür auf und schob sie in einen hell gestrichenen Flur, in dem der offene Kasten des Cellos neben der Garderobe gähnte. Die beiden Frauen ließen wie auf Kommando die Einkaufstaschen fallen und streckten die Hände nacheinander aus. Leah sank in Blandines weiche, warme Weiblichkeit, schnupperte einen süßen Duft nach Mandeln und Vanille, küßte an einer samtigen Haut entlang bis zu einem Mund, der sich für sie öffnete.

Ihre Hände strichen über Blandines Rücken zum Po und umspannten das feste Fleisch. Ohne sich aus dem Kuß zu lösen, schob Blandine Leah zwei Schritte vor sich her ins Schlafzimmer, ließ sich rückwärts aufs Bett sinken und zog die Freundin neben sich. Die konnte es kaum noch erwarten, endlich Haut zu schmecken. Mit zitternden Händen öffnete sie Blandines Bluse und schob sie zur Seite. Blandine trug nur einen einfachen, weißen BH darunter, ihre dunklen Brustwarzen schimmerten durch den Stoff. Leah streichelte darüber, Blandine seufzte leise, richtete sich auf, zog die Bluse vollends aus und streifte den BH ab. Sie legte die Hände unter die vollen, schweren Brüste und präsentierte sie Leah wie ein Geschenk.

»Gefallen sie dir?«

Leah hockte inzwischen auf den Knien und hatte ihr Shirt ausgezogen. Sie beugte sich vor und küßte Blandines rechte Brust.

»Sie sind wunderschön!« Mit beiden Händen umfaßte sie eine. »Oh, das fühlt sich gut an!« Sie drückte Blandine sanft ins Kissen zurück. »Magst du es, wenn ich daran sauge?«

Blandine zog statt einer Antwort Leahs Kopf nach unten. Leah tippte mit der Zungenspitze gegen die schokoladenbraune, feste Spitze, spielte daran und faßte gleichzeitig nach der anderen Brust. Blandine schloß die Augen und seufzte.

»O Leah – es ist noch besser als in meinen Träumen! Ich habe mir so oft vorgestellt, daß du das tust – und jetzt! O Leah, ich bin so geil, ich könnte aus der Haut fahren! Ich laufe schon über! Ich schwimme weg!« Leah hob den Kopf und ließ die Hand über Blandines Bauch nach unten wandern. Geschickt öffnete sie den Bund der Hose, zippte den Reißverschluß nach unten und schob die flache Hand ins Höschen der Freundin. »O Leah – ja!« stöhnte Blandine, als Leahs Finger über ihren Venusberg streichelten. Sie hob den Hintern und schob ihre Hose samt Slip nach unten, strampelte sie ungeduldig zur Seite und spreizte die Beine. »Leah, bitte besorg's mir! Streichle meine Klitoris! Sie hat so darauf gewartet, daß du das einmal tust! Ich weiß, ich bin egoistisch – aber ich brauche es jetzt so sehr! Nachher werde ich dich streicheln und lecken und ...« Sie konnte nicht mehr weitersprechen, sie ächzte nur noch, weil Leahs Hand nun genau da war, wo sie es sich ersehnt hatte: Der Mittelfinger entdeckte die Lustperle, drückte sanft dagegen, Zeige- und Ringfinger spielten mit den Schamlippen, streichelten sanft die Innenseiten und schickten kleine Schauer durch ihren Körper. »Leah, Leah!« Blandine weinte fast, stemmte das Becken nach oben, den wohltuenden, sanften Händen entgegen und der Lust, die von ihnen ausging. »Leah, ich verbrenne daran! Bitte streichle mich! Spiel mit mir! Laß mich spüren, daß du mich magst ...« Leah nahm die Knospe zwischen Zeigefinger und Daumen. Blandine schrie auf. »O Himmel – was tust du? Ich werde verrückt! Ich halte das nicht aus! O ja – ich komme gleich! Leah, ich bin so geil, ich hab' das noch nie so erlebt! Bitte, bitte ...« Leah schloß die Augen. Obwohl Blandine sie noch nicht einmal angefaßt hatte, war auch sie schon voll Lust. Und da waren ja auch noch diese Brüste, voll und rund und weiblich, die Brustwarzen wie kleine Türme. Sie bekam eine mit den Lippen zu fassen, ließ die Zunge darum herumwirbeln und biß sanft hinein. Blandine bäumte sich auf, ihre tropfnasse Vagina glitt seidig unter Leahs Hand entlang, sie zuckte und bebte. Leah fing die Klitoris wieder ein und rieb sie fester, gleichzeitig saugte sie intensiv an der Brust. Blandine schrie – ein unartikulierter Schrei wie im Schmerz. »Leah! Ich komme – oh, ich komme!« Genau in dem Moment schob Leah drei Finger in sie hinein und stieß hart und fest in die Muschel. Blandines ganzer Körper bedeckte sich mit Schweiß, ihr Kopf sank ins Kissen zurück, und Leah spürte, wie sie in langen Wellen ihren Höhepunkt genoß.

Noch eine Minute später hechelte sie in der Anstrengung, doch ihre Augen leuchteten, als sie Leah an sich zog und küßte.

»Du, ich kann dir gar nicht sagen, was das für mich bedeutet. Ich habe jahrelang davon geträumt, mir war schon, als würde ich explodieren, als du deinen Finger auf meinen Kitzler gelegt hast! Wenn ich gewußt hätte, daß es so gut ist, hätte ich dich schon viel früher gesucht! Dann hätte ich die ganze Welt auf den Kopf gestellt, um dich zu finden!«

Blandine küßte sie noch einmal. »Leah – ich bin so glücklich!«

»Ich hab' dich lieb, Blandine. Und es macht mich glücklich, wenn du so empfindest.« Leah richtete sich etwas auf und zog sich aus. Nackt streckte sie sich neben Blandine aus, schob ein Bein neben sie und genoß den Kontrast von dunkler und heller Haut. Blandine richtete sich auf.

»Du bist wunderschön, Leah«, sagte sie fast andächtig. Ihre Hand glitt zur Brust und legte sich darum; sie lächelte: »Ich hab' deine Brust immer gemocht. Schon früher, wenn du dich nach dem Sport ausgezogen hast, habe ich dich angeschaut und gedacht, daß ich dich so gerne mal streicheln würde. Deine Haut ist wie Samt.« Sie drückte die Brust etwas, dann lächelte sie fast verlegen. »Weißt du, was ich mir immer gewünscht habe?«

»Sag's mir!« forderte Leah sie auf.

»Ich wollte dich lecken. Ich wollte zwischen deinen Beinen liegen, deine Höhle anschauen und deine Klitoris küssen. Ich habe mir vorgestellt, wie ich dich austrinke, wie ich deinen Saft schmecke, wie du kommst, weil ich zärtlich zu dir bin.«

Leah ließ sich zurücksinken und faßte ins weiche Haar ihrer Freundin. »Blandine – tu's! Ich komme schon fast beim Gedanken daran, daß du mich leckst! Bitte, tu's!«

Blandine ließ sich nicht noch einmal bitten. Sie schob sich auf dem Bett nach unten zwischen Leahs Beine, mit beiden Händen streichelte sie vorsichtig und zart die Oberschenkel hinauf und senkte den Kopf.

»Du bist so schön, wie ich gedacht habe!« sagte sie leise. »Alles an dir ist vollkommen! Und du bist erregt ...« Ihr warmer Atem streifte über Leahs empfindlichste Stellen.

»Natürlich bin ich erregt!« Leah klang heiser, ihre Stimme schien noch eine Oktave tiefer zu sinken. »Ich bin wahnsinnig erregt.« Sie zog die Knie etwas an und drückte Blandine ihre Muschel entgegen. »Bitte, Blandine – ich brauche es auch! Ich brauche dich und deine Zärtlichkeit. Ich bin verrückt nach dir. Bitte, leck mich! Laß es mich spüren!«

Blandines Zungenspitze berührte Leahs Lustperle. Leah stöhnte und ächzte, heiße Lustwellen flammten durch ihren Körper. »Gut – gut – so ist es gut!« Blandines Zunge setzte von unten an, strich nach oben, voll und fest, Leah legte die Hände in ihr Haar. »O ja ...« Jetzt war die Zunge wieder an ihrer Perle, spielte darum herum, flitzte darüber, drückte etwas und kitzelte dann wieder sanft. Leahs Atem wurde schneller, ihr Herz raste in einem einzigen Wirbel. »Blandine! Saug' daran, mach fester! Du mußt mich nicht schonen – ich will es spüren! Ich bin verrückt danach!« Blandine folgte der Aufforderung, sie legte den ganzen Mund über Leahs Lust, saugte und leckte daran, beschleunigte ihre Zungenschläge, spielte mit den Fingern am Eingang, schob schließlich einen hinein, drückte zart gegen das empfindliche Nervengewebe darin, knabberte vorsichtig an der Knospe – und Leah meinte, durch die Decke gehen zu müssen! Sie wurde nicht das erstemal so geliebt, nein, ganz sicher nicht. Aber war es je so gut gewesen? Hatte sie je so intensiv empfunden? Sie spürte, wie sich der Höhepunkt in ihr aufbaute, wie er näher kam, wie er sie mit strahlendem, leuchtendem Glück erfüllte und schließlich auf einen Gipfel hob, in ein Schweben hinein.

»Guten Morgen, Ihr Lieben!« Leah wirbelte in Max' Büro, küßte die Freundin auf die Wange, tätschelte Bernhard Lehmann spielerisch die Kehrseite und sank in einen Sessel. »Hattet ihr ein schönes Wochenende?«

»Ging so!« sagte Lehmann brummig. »Aber du siehst aus, als ob deines rundum befriedigend gewesen wäre!«

»Das kannst du singen, pfeifen und jubilieren!«

Max hockte sich auf die Kante des Besprechungstisches und schaute sie lächelnd an.

»Bist du verliebt, meine Süße?«

»Ja!« strahlte Leah. »Und ich könnte Bäume ausreißen!«

Max lachte und zog den großen Plan vom Tisch.

»Das laß lieber! Bernhard und ich überlegen gerade, wie wir auf dem Kindler-Gelände tausend Quadratmeter umbaute Fläche unterbringen, ohne allzu viele Bäume opfern zu müssen! Ich glaube, mir ist übers Wochenende eine Idee dazu gekommen.« Sie faltete das Baumkataster so auf, daß die beiden anderen mit hineinsehen konnten. »Guckt mal auf die Baumgruppe hier in der Mitte. Ich war gestern dort und habe mir das angeschaut. Das ist eine wunderschöne, alte Linde, das links davon sind zwei Gingkos, die anderen sind mehr oder weniger junge Birken, die einigermaßen ersetzbar wären. Aber um die Linde und die Gingkos wäre es jammerschade. Ich möchte drumrum bauen – Innenhof und das Ganze auf Säulen, damit wir keine Probleme mit den Wurzeln kriegen.« Sie legte den Plan wieder auf den Tisch und entrollte dafür eine Skizze. »So habe ich mir das gedacht.«

Leah betrachtete die Zeichnung aufmerksam.

»Nicht schlecht! Sehe ich richtig, daß du die ganze Ver- und Entsorgung über die Ecktürme ziehen willst?«

»Das wird mal wieder ein Spaß für die Statiker!« brummte Lehmann.

»Max rettet die Bäume – auf Kosten der Statik!«

»Muß nicht auf Kosten der Statik gehen!« fand Leah. »Wenn man die Mittelteile hier an den Türmen aufhängt, ist das statisch überhaupt kein Problem. Dann kann man sich sogar die Säulen da unten sparen! Max, was meinst du?« Sie tippte auf die Zeichnung. »Wenn man die Türme noch ein bißchen hochzieht und oben mit Stahlverstrebungen arbeitet – das könnte sehr elegant aussehen!«

»Hmmm, hat was«, überlegte Max. »Allerdings dürfen wir laut Ausschreibung nicht über 26 Meter Höhe des Gesamtbaukörpers kommen. Die brauchen wir, um tausend Quadratmeter unterzubringen. Aber theoretisch müßte es trotzdem gehen – die Säulen würden ja nicht zum Gesamtbaukörper zählen.« Sie machte drei rasche Striche auf ihrer Zeichnung. »So, Leah?«

Die nickte.

»Genau so! Und dann Anker auf der Mitte!« Sie nahm Max den Stift aus der Hand und zeichnete etwas ein. »Na, wie ist das?«

»Genial!« befand Max. »Ich stelle wieder mal fest, daß wir ein Dreamteam sind!«

Lehmann verzog das Gesicht.

»Mädels, ich habe nichts gegen eure Begeisterung! Aber bevor ihr euch an eurem Können und an der Eleganz berauscht – darf ich das mal durchrechnen?«

»Klar doch! Dazu haben wir dich doch!« grinste Leah.

»Jaja, der Lehmann für's Grobe!«

»Armer Berni! Willst du entwerfen?«

Er schüttelte den Kopf.

»Nein, Max. Du bist der kreative Part hier. Ich gehe jetzt rechnen.« Er faltete den Plan zusammen und klopfte Leah auf die Schulter: »Übrigens – wenn du nachher mal deine rosarote Wolke anschubsen und in die Talwiese schweben würdest? Da kannst du nämlich abnehmen, was unsere geschätzte Freundin Jensen-Pauly nach langem Gemoser endlich hingebracht hat!« Er verschwand, bevor Leah noch einen Kommentar loswerden konnte. So blieb ihr nur, Max mitleidheischend anzuschauen. Die lachte.

»Vom schönen Wochenende zurück in die böse Realität! Der Alltag hat dich wieder, die Nacht der Liebe hat sich nicht herabgesenkt, sondern gehoben. Armes Schätzchen!« Sie legte Leah die Hände auf die Schulter. »Aber jetzt erzähl mal! Wie heißt sie? Wann lerne ich sie kennen?«

Leah ließ ihren Kopf einen Augenblick an Max' Arm sinken.

»Es ist Blandine.«

»Die Blandine, von der du mir erzählt hast? Dein Jugendschwarm?«

»Ja, genau die. Ich habe sie am Samstagmorgen zufällig in der Stadt getroffen.«

»Das freut mich für dich!« sagte Max herzlich. Sie ging um den Schreibtisch herum und setzte sich. »Wie kommt sie nach Stuttgart? Ich denke, sie ist in Hamburg verheiratet.«

»Sie ist geschieden und Cellistin an der Stuttgarter Oper. Manchmal kegelt das Leben die richtigen Leute zur richtigen Zeit am richtigen Ort zusammen!« Sie seufzte. »Ach, Mäxchen – ich fühle mich wirklich wie auf Wolken! Ich glaube, das ist endlich die Richtige. Bei ihr möcht' ich bleiben!«

»Ich wünsche dir alles Glück der Welt!«

Leah musterte Max aufmerksam.

»Dein Wochenende scheint auch nicht ganz übel verlaufen zu sein. Du siehst deutlich besser aus als am Freitag. Was hat sich denn bei dir getan?«

»Ich hatte eine interessante Begegnung mit mir selbst. Ich bin etwas in mich gegangen. Leah, ich brauche einen Mann!«

»Wieso das denn? Willst du 'ne neue Badewanne installieren lassen?«

Max streifte die Sandaletten von den Füßen, legte sie hoch und spielte versonnen mit den Zehen.

»Schwester, auch wenn du nicht unbedingt darauf stehst: Frau kann mit einem knackigen Kerl auch noch was anderes machen, als Installationen verlegen zu lassen! Ich brauche einen Mann – nicht fürs traute Eigenheim, sondern als Begleiter zu einer Festivität. Und darum muß es auch ein besonders knackiges, repräsentatives Exemplar sein. Fällt dir zufällig ein solches ein, das am nächsten Wochenende Zeit hat?«

»Dein Sohn?«

»Nein!« Max schüttelte den Kopf. »Ich brauche einen, der Nick imponiert!«

Leah zündete sich eine Zigarette an.

»Du erwartest jetzt nicht, daß ich das verstehe?«

»Nö!« bestätigte Max. Sie stand auf und trat auf nackten Füßen ans Fenster. »Ich will Nick wiederhaben. Ich liebe ihn. Und darum werde ich mit einem möglichst imposanten Mann zum Sommerfest des Heidebrecht-Verlags auflaufen.«

Leah klappte die Kinnlade, die ihr vor Staunen hinuntergerutscht war, mit der flachen Hand wieder in Position.

»Mädchen, wenn du vom Bauen so viel Ahnung hättest wie von der Liebe, müßten wir uns ein mittelgroßes Hungertuch erbetteln und gemeinsam daran nagen! Was versprichst du dir von einer solchen Aktion? Daß der gute Professor sein Gschpusi stehenläßt, den Knaben, den er für deinen Liebhaber hält, mit einem gezielten Kinnhaken niederstreckt und dich dann auf seinen starken Armen ins Zauberreich der Liebe entführt?«

Max zupfte an den Blättern des Ficus Benjamini, der neben ihr auf der Fensterbank stand.

»So ungefähr – wenn auch nicht ganz so dramatisch …« sagte sie leise.

Leah seufzte herzhaft, stand und ging zu ihrer Partnerin hinüber.

»Maximiliane«, begann sie ernst, »glaubst du nicht, daß dein Verhältnis zu Nicolas Berninck schon kompliziert genug ist? Warum willst du da zusätzliche Verwicklungen einfügen? Was ihr braucht, sind keine Spielchen, sondern endlich klare Worte!« Sie nahm Max bei den Schultern und drehte sie zu sich. »Was hindert dich daran, ihm einfach zu sagen, daß du ihn liebst?«

»Du bist gut!« Max lachte bitter. »Was, wenn er mir dann mitteilt, daß er daran nicht interessiert ist?«

»Dann mußt du damit klarkommen!« beschied Leah sie. Ihre Hände auf Max' Schultern faßten etwas fester zu. »Max, was ist dir wichtiger? Dein verdammter Stolz oder Nicolas? Warum erwartest du immer noch, daß er vor dir auf die Knie geht? Du hast ihn rausgeschmissen, du wolltest zehn Jahre lang nicht mal mit ihm reden. Wenn du ihn jetzt wiederhaben willst, mußt du dir einen Ruck geben und mit offenen Karten spielen!«

»Und wie soll ich das machen?« Max klang ganz kleinlaut. Leah lächelte.

»Du rufst ihn an und bittest ihn um ein Treffen. Oder ...« Leah war eine Idee gekommen, »... wenn dir das zu direkt ist: Du kaufst dir einen superschicken Fummel, in dem du dich richtig gut findest. Darin gehst du zu diesem Fest, schnappst dir den Professor und flüsterst ihm bei einem Tänzchen ins geneigte Ohr, daß dir seine Jeans nicht reichen und du daher gerne einen Nick hättest, der sie und dich ausfüllt.«

»Und wenn er mich dann abblitzen läßt?«

»Mäxchen!« Leah strich eine Locke aus Max Mähne zurück. »Das wird er schon nicht! Außerdem bin ich auch noch da und kann dir den Rücken stärken!«

»Und seine Braut?« zweifelte Max immer noch. »Er wird sie mitbringen.«

Leah mußte sich auf die Zunge beißen, um nichts zu verraten. Sie haßte es, Max sich so quälen zu sehen. Aber sie hatte Matthias versprochen, nichts zu verraten, und beschränkte sich darum auf die Bemerkung: »Du wirst das schon schaffen! Vertrau mir und meinem Gefühl! Es spricht alles für dich!«

Kapitel 17

Maximiliane hört die Signale und zieht ins letzte Gefecht

»Manchmal könnte ich den Bengel auf den Mond schießen!« schimpfte Max. »Wenn ich ihn mal brauche, hat er prompt was anderes vor! Er muß seine Begleiterin abholen, und darum fährt er direkt zum Verlag.«

Sie knallte die Haarbürste auf die Kommode. »Und meine Frisur kann ich auch vergessen! Ich sehe schlichtweg besch...eiden aus!«

Leah setzte sich seufzend aufs Bett.

»Deine Frisur ist okay. Hör auf zu maulen!«

»Wenn mir aber nach Maulen ist?«

Leah lachte.

»Gut, wenn du das brauchst, dann maul' halt weiter!«

Max setzte ein Pinselchen im Augenwinkel an, rutschte prompt damit aus und fluchte wenig damenhaft: »Verdammt, das ist ins Auge gegangen. Ach, Leah – ich bin zu blöd, mich zu schminken! Ich hab' keine Frisur und wahrscheinlich wird mir, wenn ich vor Nicolas stehe, auch nichts Gescheites einfallen. Am besten, ich bleibe zu Hause und vergesse das alles.«

»Feigling!« sagte Leah kurz und knapp.

Max drehte sich um und bedachte die Freundin mit dem Blick eines waidwunden Rehs.

»Häuserbauen ist einfacher!«

»Ich weiß!« lächelte Leah. »Vor allem für dich ist es einfacher, denn beim Häuserbauen mußt du selten deinen Stolz aufgeben.«

»Ach, Leah – was mache ich bloß, wenn er mich nicht wiederhaben will?«

»Er will! Du stellst dich zwar manchmal doof an, aber das ändert nichts daran, daß du das Beste bist, was Herrn Berninck je passiert ist!« versicherte Leah. »Hasi, schnukkeliges, puschelohriges: Mach dich nicht verrückt! Pinsle einfach den notwendigen Verputz ins alabastergleiche Antlitz, raufe dein güldenes Haar in Form und schwing deinen Luxusbody in den Nobelfummel. Der Rest wird dann schon.«

Max stand auf.

»Du hast recht, Leah! Ich bin heute eine Nervensäge. Aber mir geht's wirklich nicht gut. Ich glaube, ich kriege meine Tage. Deswegen ist mein Busen auch so matschig und hängt ...«

»Sonst noch was? Willst du vielleicht vor deinem großen Auftritt auf diesem Sommerfest auch noch deinen Hintern schönheitschirurgisch korrigieren lassen?« Leah übte sich in Ironie, doch die gewünschte Wirkung blieb aus. Statt dessen faßte sich Max an die Kehrseite und sagte nachdenklich:

»Der war auch schon mal besser in Form!«

»Stimmt«, befand Leah trocken. »Das war aber in den längst vergangenen goldenen Tagen, in denen Herr Berninck sich noch nicht mit Waschlappen frisieren mußte!« Sie trat zu ihrer Freundin und legte ihr eine Hand auf die Schulter. »Mäxchen, Mäxchen – du kostet mich heute fast meinen Glauben an die Lernfähigkeit unseres Geschlechts! Waren wir uns nicht darüber einig, daß wir uns nicht dem männlichen Schönheitsdiktat unterwerfen werden? Jedenfalls so lange nicht, wie die Kerle es noch wagen, auf gräßlichen Sandalen zu wandeln und ihre Stachelbeerwaden und Bierbäuche für sexy zu halten! Soll das alles nicht mehr gelten, weil du dich Nicolas dem Kahlen in inniglicher Gattenliebe ergeben willst?«

Max seufzte und sank der Freundin für einen Moment an die Schulter.

»Ach, Leah! Liebe ist 'ne Art von fortschreitender Verblödung. Wie anders wäre es zu erklären, daß ich zwei Tage lang auf qualmenden Füßen quer durch Stuttgart gehechelt bin, um für ein Schweinegeld einen Fummel zu erstehen, den ich gerade mal vier oder fünf Stunden tragen werde?«

Leah grinste und zupfte am weiten Rock des Kleides, das an der Tür hing.

»Es ist eine alte Weisheit: Die Kleider, die man ganz schnell wieder loswerden will, kommen einen immer am teuersten zu stehen. Aber mit dem hier wirst du auf dem Heidebrecht-Sommerfest Furore machen!«

»Meinst du? Ich vermute, tout Stuttgart hat sich dementsprechend aufgeputzt. Wahrscheinlich stinke ich dagegen ab.«

»Gegen Ilse-Bilse-keiner-willse in zu engem und zu rotem Leder? Oder gegen Frau Automobilkonzern-Vorstandsvorsitzende, behängt mit der glitzernden Beute aus unzähligen Ehekriegen? Gegen die könntest du selbst im Kartoffelsack bestehen! Ich vermute, du wirst den ganzen Abend darauf achten müssen, daß dir der Herr Automobilkonzern-Vorstandsvorsitzende nicht in den Ausschnitt fällt! In deinem ist ein bißchen Sehenswerteres als in dem seiner Frau Gemahlin!«

Jetzt mußte Max doch lachen.

»Du meinst, meine Alabasterbrüste können sich gegen ihre Brillis behaupten?«

»Aber sicher können sie das!« Leah nahm das Kleid vom Bügel und öffnete den Reißverschluß. Sie half Max, den Stoff über den Kopf zu ziehen und den Rock glattzustreichen. »Du siehst sensationell aus!« fand sie.

Max trat vor den großen Spiegel. Das teure Stück, nach langem Suchen in einer Boutique erstanden, bestand aus weichem, in Meerfarben schimmerndem Gewebe, das sich eng um ihren Oberkörper schmiegte und in einem weiten, bodenlangen Rock auslief. Die Schultern blieben frei, der Ansatz der Brüste war sichtbar, und die Grün-Blau-Töne betonten ihre helle Haut und die grünblauen Augen.

»Dein Dekolleté ist vom Feinsten, aber ein wenig Schmuck könnte es vertragen. Möchtest du meine Perlen?«

Max schüttelte den Kopf.

»Nein, danke. Ich hab' was ...«

Sie zog eine Schublade an ihrer Kommode auf und holte ein schmales Kästchen heraus. Als sie es aufklappte, entfuhr Leah ein »Wow!«; sie strich mit einem Finger über die glitzernde Pracht.

»Du hast dein Konto anscheinend richtig geplündert!«

Max hob den Schmuck aus seinem Samtbett. Es war eine dicke Platinkette, an der ein Saphir grünblau funkelte.

»Das ist meine Beute – ein Geschenk von Nick zum fünften Hochzeitstag. Ich habe es seit unserer Trennung nicht mehr getragen. Aber heute paßt es.« Sie hatte den Schmuck schon fast am Hals, doch dann kam ihr eine andere Idee. Sie trat zum Spiegel, schüttelte die Locken und legte die Kette um die Stirn. Leah klatschte begeistert in die Hände.

»Das ist es! Jetzt siehst du wirklich aus wie eine Wassernixe!«

»Angeln Wassernixen?«

»Ich weiß nicht. Aber ich vermute, daß du dir heute auch ohne Angel einen dicken Fisch an Land ziehen wirst!«

Inge Jensen-Pauly konnte es nicht fassen. Sie krallte sich am Arm ihres Begleiters fest, mit der freien Hand zuppelte sie an ihrem um die Hüften zu prall sitzenden roten Rock und zischte:

»Das ist doch mal wieder typisch Maximiliane Simon! Erst kommt sie eine Viertelstunde zu spät, und dann rauscht sie noch an, als ob sie die Königin von Saba persönlich wäre! Und dieses Kleid! Schau dir nur dieses Kleid an! Das ist doch entschieden zu jugendlich! Sie ist die Mutter eines erwachsenen Sohnes! So was kann sie doch nicht mehr bringen!«

»Es steht ihr aber!« meinte Alexander Schulten. Er konnte den Blick kaum aus Maximilianes Ausschnitt heben.

»Du hast keinen Geschmack!« giftete Ilse Jensen-Pauly. »Du findest wahrscheinlich auch noch diesen Modeschmuck in ihrem gefärbten Haar toll! Ich würde so was Extravagantes nie tragen!« Sie reckte den Hals, um besser über die Wiese hinter dem Verlagshaus sehen zu können. »Sag mal, Alexander – der Bengel, der da mit der Begleiterin von Professor Berninck schäkert – ist das nicht Maximilianes Junior? Was macht der denn hier?«

»Vielleicht wollte seine Mutter auch mal mit einem attraktiven Mann zu einer Party erscheinen?« vermutete Alexander Schulten. Er legte besitzergreifend den Arm um Ilses Schulter und kicherte in ihr Ohr: »Was anderes als ihren Sohn konnte sie eben nicht aufbieten, nachdem ich mich für dich entschieden habe.«

Ilse tätschelte abwesend seine Hand.

»Mich würde ja mal interessieren, wer der Vater dieses Knaben ist! Ich habe in Maximilianes Büro mal einen Bruder von ihr getroffen. Stell dir vor: Der stellte sich als Ulrich Simon vor!«

Alexander begriff wieder einmal gar nichts.

»Was stört dich daran?«

»Simon!« betonte Ilse. »Wenn ihr Bruder Simon heißt, bedeutet das: Simon ist ihr Mädchenname! Sie war also nie verheiratet. Ihr Sohn ist unehelich.«

»Du meinst, sie wurde angebumst und sitzengelassen?« staunte Alexander. »Das hat frau davon, wenn sie sich mit irgendwelchen dubiosen Kerlen einläßt! Mit mir wäre ihr so was nicht passiert!«

Ilse hatte ihm wieder einmal gar nicht richtig zugehört, sondern mußte sich weiter über Maximiliane echauffieren.

»Die Dame ist keine Dame! Aber Heidebrecht macht ein Gedöns um sie, das man kaum noch mitansehen kann! Begrüßung mit Handkuß – der steht ja eigentlich nur einer verheirateten Frau zu! Und jetzt guck dir an, wie er sie zu Berninck führt! Man könnte wirklich meinen, Maximiliane wäre hier der Ehrengast!«

Max' Mund fühlte sich an wie die Wüste Gobi. Sie fürchtete, Gerhard Heidebrecht könne das aufgeregte Pochen ihres Herzens hören, und wunderte sich, daß sie trotz ihrer Nervosität noch Freundlich-Unverbindliches mit ihm plaudern konnte. Sie hatte Nick schon gesehen, als sie durch das festlich geschmückte Tor in den Garten getreten war. Er sah so verdammt gut aus! Weißes Dinnerjackett, schwarze Schleife, schwarzes Hemd, schwarze Hose, schmale, mattglänzende Slipper an den Füßen; gegen das Jackett hob sich der markante, dunkle Kopf mit dem kühnen Raubvogelprofil besonders gut ab.

Doch Max gönnte sich nur einen kurzen Blick auf Nick. Ihre Aufmerksamkeit galt der hochgewachsenen jungen Frau, die in einem schlichten schwarzen Kleid neben Nick stand. Er hatte die Hand locker zwischen ihren Schulterblättern liegen und lachte über eine Bemerkung, die sie gemacht hatte. Max meinte, ihr Herz würde bis in die Kniekehlen durchsacken. Nein, das war kein kleines Hascherl, das den großen Professor anhimmelte! Das sah nach einer ernstzunehmenden, willensstarken jungen Frau aus, einer, die sie unter anderen Umständen gerne kennengelernt hätte.

Verdammt, wo steckte nur Matthias? Als sie gekommen war, hatte er noch neben Nick gestanden, doch jetzt schien er sich verdrückt zu haben. Max wäre so froh gewesen, sich mit den Augen an seinem vertrauten Gesicht festhalten zu können!

Gerhard Heidebrecht parierte vor Nicolas und nahm Max' Hand.

»Den Herrn muß ich Ihnen wohl nicht vorstellen. Aber dafür präsentieren Nicolas und ich Ihnen mit Freude unsere neue Lektoratsassistentin: Stella Hoven.«

Max hatte das Gefühl, ihr würde das Lächeln an den Ohren festfrieren.

Ihre Hand war kühl, und sie mußte das Gelenk steifmachen, um das Zittern zu verbergen, bevor sie Stellas Finger ergreifen konnte. War da etwas wie Sorge in den auffallend blauen Augen der jungen Frau? Stella lächelte, schluckte und sagte leise:

»Ich freue mich, Sie kennenzulernen, Frau Doktor Simon. Ich habe schon viel von Ihnen gehört.«

»Das kann ich leider nicht erwidern.« Max' Stimme klang flach. »Matthias war in letzter Zeit nicht unbedingt mitteilungsfreudig.«

Stella schaute kurz zu Nick, Max meinte, etwas Hilfesuchendes in diesem Blick lesen zu können. Er senkte nur kurz die Wimpern, dann trat er einen halben Schritt nach vorne und beugte sich über Maximilianes Hand. Sein Lächeln erschien ihr reichlich gezwungen, an seiner linken Schläfe flatterte eine kleine Ader.

»Guten Abend, Maximiliane. Ich freue mich, daß du gekommen bist.«

»Ich wollte dir doch zum neuen Engagement gratulieren!« Max klang nicht weniger konventionell-kühl als er. Dabei schlug ihm doch ihr Herz entgegen, dabei mußte sie gegen den Impuls ankämpfen, die Arme um ihn zu legen und sich in seine Wärme zu schmiegen.

»Darauf, daß Dad jetzt auch in Stuttgart ist, sollten wir anstoßen!« Matthias war mit einem Tablett zur Gruppe getreten und bot Champagner an. Max war froh, ihn zu sehen – und wunderte sich: Hatte er nicht eine Begleiterin abholen wollen? Doch sie kam nicht dazu, ihn danach zu fragen. Gerhard Heidebrecht hatte ihr ein Glas in die Hand gedrückt und hob das seine.

»Schön, euch komplett zu sehen! Laßt uns darauf anstoßen, daß mit Stellas und Nicks Umzug hierher nicht nur für den Heidebrecht-Verlag, sondern auch für eure Familie eine gute, schöne Zeit beginnt.«

Max meinte, noch nie habe sie etwas soviel Beherrschung gekostet, wie nun lächelnd das Glas zu heben. Merkte denn nicht einmal Thissy, wie ihre Hände zitterten? Wunderte er sich denn nicht, daß sie, die doch jahrelang jeder Begegnung mit Nicolas aus dem Weg gegangen war, jetzt den Knigge mit ihm durchexerzierte? Wenigstens, fand Max, hätte ihr Sohn bewundern können, wie gut ihr das gelang!

»Hast du schon eine Behausung in Stuttgart?« hörte sie sich fragen.

»Nein«, antwortete Nick ruhig. »Im Moment nutzen Stella und ich noch Gerhards Gastfreundlichkeit.«

Max schluckte. Wahrscheinlich brauchten die beiden nur ein Zimmer, und Heidebrecht hatte in seiner Villa auf der Lenzhalde ja genug davon.

Der Verleger stellte sich auf die Zehenspitzen und schielte Richtung Eingang. Dann zupfte er seinen Nachfolger am Ärmel.

»Nick, Meyer-Lobkowitz ist eben gekommen. Den Herrn Großkritiker sollten wir begrüßen.« Er lächelte Max, Stella und Matthias an. »Entschuldigen Sie uns? Wir haben hier leider einige Gastgeberpflichten, die uns von den nettesten Gesprächen fernhalten!«

Max wunderte sich, daß Nick seine Stella nicht mitnahm. Erwartete er etwa, daß sie sich mit ihr in freundlicher Konversation erging? Zum Glück tauchte oben auf der Terrasse gerade Leah auf. Max atmete durch, hängte das Lächeln noch einmal nach oben und sagte:

»Ich muß mich leider auch entschuldigen. Meine Partnerin ist gerade gekommen.« Bevor Matthias oder Stella etwas erwidern konnten, raffte sie ihren langen Rock und stapfte über die Wiese zu Leah, obwohl sich dieser gerade Ilse Jensen-Pauly samt Anhang zugesellt hatte. Max hatte sich bis dahin zwar nicht vorstellen können, einmal freiwillig neben Alexander dem Klebrigen Platz zu nehmen – aber um Stella auszuweichen, hätte sie sogar mit dem Yeti die Eishöhle geteilt!

»Maximiliane, du siehst toll aus! Wo hast du dieses Kleid nur aufgetrieben?« log Ilse Jensen-Pauly. Max machte sich nicht einmal die Mühe, sie genauer anzuschauen. Sie wußte auch so, daß die Innenarchitektin wieder einmal wie die Wurst in der Pelle wirkte, und schmalzte darum zurück:

»Man tut, was man kann. Allerdings fällt's mir immer schwer, neben dir zu bestehen. Dein Stil ist einfach unvergleichlich!« Unter gesenkten Wimpern schaute sie Leah an, die ein Grinsen und die Olive aus ihrem Martini schluckte.

»Maximiliane, wer ist eigentlich diese entzückende junge Dame, die dein Sohn eben küßt?« fragte Ilse Jensen-Pauly neugierig.

Max war froh, keine Olive im Mund zu haben. Sie hätte sich mit Sicherheit daran verschluckt, denn Ilse hatte richtig beobachtet! Stella lehnte nur ein paar Meter entfernt an einem Baum, Matthias stützte sich mit einer Hand über ihrer Schulter am Stamm ab und plazierte gerade einen zärtlichen Kuß auf ihre Nasenspitze.

»Ein Augenblick, gelebt im Paradiese, wird nicht zu teuer mit dem Tod gebüßt«, fiel Max ein. Sie hatte es ausgesprochen, ehe sie darüber nachgedacht hatte. Moment, was war das? Warum kam es ihr gerade jetzt? Schillers Don Carlos – ja, der Infant Carlos sprach diese Worte zu

Elisabeth, seiner Stiefmutter, die er liebte und die ihm sein Vater, König Philipp, unter der Nase weggeheiratet hatte. Der Knabe Karl, der dem Vater unheimlich ward …

»Mäxchen, die Dame, die der Infant küßt« ist nicht die, mit der sein König die schwachen Stunden zu teilen beabsichtigt.« Leah sagte es leise, aber deutlich.

»Wie bitte?« Max fuhr herum und starrte Leah an. Die studierte hingebungsvoll ihren Martini, nahm einen Schluck und lächelte dann.

»Du hast die falschen Schlüsse gezogen, meine Gute. Die Heiratspläne Königs tangieren die Liebe des Infanten nicht. Es ist kein Drama in Sicht, der Großinquisitor bleibt außen vor.«

Ilse Jensen-Paulys Frettchenaugen flitzten zwischen den beiden Frauen hin und her. Sie hatte kein Wort verstanden, aber sie spürte, daß da etwas besonders Wichtiges geredet wurde. Sie sah, wie Max bleich wurde, wie ihre Augen funkelten, sie bemerkte, daß Leahs Ruhe nur gespielt war, und sie fand das Schauspiel sehr interessant!

»Wovon redet ihr?« fragte sie zuckersüß. »Magst du die Freundin deines Sohnes nicht, Maximiliane?«

Max' Augen waren eisblau.

»Oh, sie ist mir sehr sympathisch. Mindestens so sympathisch wie mein Herr Sohn und meine liebe Freundin Leah. Ich bin geradezu in tiefer Liebe zu meinem sozialen Umfeld entbrannt! Ich schätze es besonders dafür, wie gut es mich informiert hält.«

Leah sagte fest:

»Ich halte Versprechen!«

Ilse platzte fast vor Neugierde.

»Wem hast du was versprochen?«

»Matthias«, informierte Leah sie kühl. Sie legte Max die Hand auf den Arm. »Du solltest nicht urteilen, bevor du alle Fakten kennst.«

In diesem Moment trat Nick wieder zu Stella und Matthias. Weder Max noch ihre Sitznachbarn konnten verstehen, was er sagte, doch sein Lächeln und die Geste, mit der er durch Thissys Schopf wuschelte, kündeten von der Vertrautheit der beiden. Ilse meinte, etwas verstanden zu haben.

»Ist die Kleine die Tochter von Nick Berninck? Er erwähnte mal, daß er ein Kind habe.« Sie bedachte Maximiliane mit ihrem besten Haifisch-Lächeln. »Da hat dein Sohn ja einen Goldfisch an der Angel! Als Bernincks Schwiegersohn wären ihm Auskommen und Karriere sicher.«

»Mein Sohn«, sprach Maximiliane mit Eisklirren in der Stimme, »bedarf keines reichen Schwiegervaters, um seine Karriere und sein Auskommen zu sichern. Zudem ist die junge Dame nicht Nicolas Bernincks Tochter. Das von ihm erwähnte Kind ist ein Sohn.«

»Du bist aber gut informiert!« Ilse klang nun doch etwas gereizt.

Maximiliane lächelte – freudlos und kühl. Mit reichlich Spott in der Stimme sagte sie:

»Meine Informationen haben den Vorteil, nicht nur auf Gerüchten zu beruhen. Ich war dabei, als Herr Berninck seinen einzigen Sohn gezeugt hat. Es war derselbe Akt, dem mein Sohn seine Existenz zu verdanken hat.« Sie stand auf und nahm Leah am Arm. »Freundin, würdest du mich zum Nasepudern begleiten? Ich hätte noch ein paar Takte mit dir zu reden!«

Sie zog Leah in den Schatten einer Baumgruppe.

»Eigentlich müßte ich mich wohl glücklich preisen«, begann sie dort. Ihre Stimme triefte vor Sarkasmus. »Mein soziales Umfeld zeichnet sich durch die Fähigkeit zur Teamarbeit aus. Mein Exmann schenkt den Kakao ein, und meine Freundin und mein Sohn helfen ihm dabei, mich durch denselben zu ziehen. Das hat was! Es gibt mir das großartige Gefühl, nach allen Regeln der Kunst verarscht worden zu sein!«

Leah kreuzte die Arme über der Brust.

»Maximiliane, du kannst mir vielleicht vorwerfen, daß ich dich nicht aufgeklärt habe. Du kannst aber weder Nicolas noch Matthias vorwerfen, daß sie dich an der Nase herumgeführt haben. Dieses Vergnügen hast du dir ganz allein beschert – mit deiner Sturheit, mit deinem Stolz. Du wolltest Nicolas auf jeden Fall als den Bösewicht im Spiel sehen: Wer einmal fremdgeht, hat jeden Anspruch auf Glaubwürdigkeit verspielt. Ein Fehler, und schon ist man bei Maximiliane rückwirkend bis in die eisgraue Steinzeit unten durch. Meinst du nicht, du solltest endlich einmal damit aufhören? Meinst du nicht, daß das die Lektion war, die du gebraucht hast? Und vor allem: Meinst du nicht, daß du mit zweierlei Maß mißt? Ich mußte dich davon abhalten, hier in Begleitung aufzutauchen. Wäre das etwas anderes gewesen als das, was Nick dir mit Hilfe von Matthias vorgespielt hat?« Sie legte die Hände auf die Schultern der Freundin und schaute ihr bittend in die Augen. »Vermassel dir nicht noch mal mit Stolz und Sturheit das eigene Glück! Denk' einfach noch einmal über das nach, was dir dein Sohn vor kurzem über die Gefühle seines Vaters erzählt hat: Der sei verliebt und wolle wieder heiraten ...«

Max legte die Stirn in Falten. Ganz vorsichtig fragte sie nach einer Weile:

»Du meinst ...?«

Leah nickte.

»Ich bin ziemlich sicher!«

»Aber warum sagt er dann nichts?«

Leah verdrehte in gespielter Verzweiflung die Augen und rief:

»Frag ihn, nicht mich! Ich werfe mich unterdessen auf die Knie und richte ein paar Gebete gen Himmel, auf daß der da oben, so es ihn gibt, dir ein bißchen Vernunft einbläst, soweit das bei einem Sturkopf wie dir überhaupt machbar ist!«

Max hatte sich das erhitzte Gemüt und die Handgelenke abgekühlt, das Make-up erneuert und die Locken wieder in Form gezupft. Jetzt galt es, Nick endlich alleine in die Finger zu bekommen! Doch das würde, wie sie beim Schlendern durch den Garten merkte, gar nicht so einfach sein, denn wann immer sie ihn sah, war er im Gespräch mit einem seiner Autoren oder einer anderen Autorität. Max wollte ihn bei seinem ersten Auftritt als Verleger nicht stören. Darüber hinaus genoß sie es, ihn zu beobachten. Er sah so gut aus! Und er erfüllte seine Gastgeberpflichten mit geradezu umwerfendem Charme und beeindruckender Souveränität. Maximiliane fühlte etwas wie Stolz – und mußte plötzlich an den Jungen denken, in den sie sich vor über zwanzig Jahren verliebt hatte. Er hatte etwas schüchtern gewirkt – und dennoch hatte er damals schon Ausstrahlung gehabt, das unbegreifliche Etwas, das man ›Charisma‹ nennt und das eine Persönlichkeit ausmacht. Doch, sie hatte damals richtig gewählt.

»Lieber Gott – gib mir eine zweite Chance!« betete sie in Gedanken. »Ich bin jetzt reif genug. Ich habe es eingesehen. Bitte gib mir eine zweite Chance!«

»Mom?« Matthias stand neben ihr. »Bist du sehr sauer?«

Max legte die Hand auf seinen Arm und schaute an ihm entlang. Er trug einen dunklen Anzug und einen leichten, weißen Rollkragenpullover, seine Haare glänzten in sattem Weizenblond. Er war erwachsen geworden, ein Mann. Manchmal erschien es ihr unfaßbar, daß er ein Teil von ihr sein sollte, daß er sie nun mehr als einen Kopf überragte, wo er doch gestern noch an ihrer Brust gelegen hatte! Und doch war er ihr verbunden wie kein anderer Mensch. Sie lächelte ihn an.

»Ich war vorher sauer. Aber je mehr ich darüber nachdenke, desto mehr habe ich das Gefühl, dir danken zu müssen. Ich habe den Tritt in den Allerwertesten, den ihr mir verpaßt habt, wohl gebraucht.«

Die Sonne war inzwischen untergegangen, um so hübscher leuchteten die in Bäumen und Büschen aufgehängten Lampions in den Verlagsfarben Gelb und Rot. Mitten auf dem Rasen war ein Zelt mit Champagnerbar und kaltem Büfett aufgebaut. Max entdeckte Nicolas an einem der kleinen Tischchen davor. Rechts neben ihm stand eine Blondine, deren Versuch, Jugendfrische durch Schminke zu ersetzen, eindeutig gescheitert war. Von links bemühte sich ein blasser Literat in angegammeltem Existentialistenschwarz, Nicks Aufmerksamkeit auf sich zu ziehen. Maximiliane angelte sich ein Glas vom Tablett eines vorübereilenden Kellners, stärkte sich mit einem nicht zu kleinen Schluck, umrundete einen anderen Tisch und schob sich vorsichtig von hinten an Nicolas heran.

»Natürlich, lieber Berninck, ist mir die Tatsache, daß Lyrik heute nur noch schwerlich ihren Markt findet und Verleger an die Umsätze denken müssen, nicht unvertraut. Dennoch war und ist Lyrik unverzichtbarer Bestand jeder Zivilisation …«, vernahm sie den Literaten. Max nippte am Champagner und dachte: »Wenn der beim Schreiben so schwallt wie beim Reden, möchte ich ihn lieber nicht lesen!«

»Bester Professor, Sie ahnen ja gar nicht, wie sehr mein verstorbener Gatte Ihr Wirken schätzte!« ertönte nun der Blondine alles andere als zarte Stimme. »Melisande, hat er immer gesagt – wissen Sie, er nannte mich immer ›Melisande‹, weil er meinte, ich hätte so etwas Geheimnisvolles. Meine Augen, so sagte er, seien tief wie Bergkraterseen. War das nicht poetisch? Ach ja, mein Puschelchen war ja so poetisch und romantisch! Und darum hat er immer gesagt, Melisande, der Professor Berninck wird sich um dich und mein Werk kümmern, wenn ich einmal nicht mehr bin!«

Maximiliane war fast sicher: Nicolas würde nicht in Tränen ausbrechen, wenn sie die Eröffnungen der Poetenwitwe aus dem Eheleben unterbrach. Sie stellte kurzerhand den Ellbogen auf – schwungvoll und mit Ziel Literaten-Rippen; die Wirkung ließ nicht zu wünschen übrig. Der blasse Jüngling machte »Autsch«, Max zeigte sämtliche Zähne und legte los: »Nein, das tut mir aber leid, daß ich Sie gestoßen habe! Das ist ja geradezu unverzeihlich! Dabei fand ich Ihr Gespräch so interessant und lehrreich! Wissen Sie, ich habe auch gerade angefangen, einen Roman zu schreiben, und war ja so glücklich, als ich die Einladung von Doktor Heidebrecht erhalten habe! Ich hoffe schon seit Wochen auf eine Gelegenheit, mit einem richtigen Verleger über mein Buch zu sprechen!«

Jetzt mußte sie doch einmal Luft holen, aber die Blondine und der Dichter waren von ihrem Wortschwall so überwältigt, daß sie diese Chance nicht erkannten. Maximiliane läutete die zweite Runde ein, drängte den Blassen vollends zur Seite, beschenkte Nicolas mit einem Augenaufschlag, der ihn schlucken ließ und schwallte weiter: »Wissen Sie, ich fand ja schon immer, daß das Leben die besten Romanstoffe liefert! Schließlich wollen sich die Leser ja mit den Figuren identifizieren. In meinem Roman geht es um eine Frau, die tragische Erlebnisse mit einem Mann aufzuarbeiten hat und den schwierigen Prozeß der Selbstfindung und Selbstverwirklichung durchlaufen muß. Am Anfang der Geschichte …« An der Stelle bekam der Literat genug und hißte die weiße Flagge.

»Ich rufe Sie nächste Woche an!« verkündete er über Max' ungebrochenen Redeschwall hinweg. Sein Abgang glich einer Flucht, Max registrierte es zufrieden und beschloß zur Vertreibung der weiblichen Dichterhinterlassenschaft noch eins draufzulegen.

»Also, am Anfang der Geschichte ist sie noch verheiratet, hat aber schrecklich unter Dysmenorrhöe, Frigidität und Epidermophytie zu leiden. Und dann kommt sie zu einem Kurs für kreatives Töpfern und lernt dort eine Frau kennen, die ihr Mut zur Selbstverwirklichung macht ...«

So, jetzt war es geschafft. Die Blondine hatte Heidebrecht entdeckt, schwenkte ihre paillettenglitzernde Handtasche und wedelte mit einem mädchenhaften Kichern von dannen. Max begoß ihren Abgang mit einem Schluck Champagner und hob die Augen zu Nick. Der schmunzelte.

»Max, was Dysmenorrhöe ist, weiß ich, obwohl's mich nicht treffen kann. Aber was, zum Himmel, ist Epidermophytie?«

»Fußpilz!« sagte Max trocken. Weiter kam sie nicht, denn Nick brach in Gelächter aus. Er legte den Arm um ihre Schulter.

»Maximiliane, dafür verzeihe ich dir die geklaute Hose samt der nachfolgenden Blasenentzündung! Allerdings nur unter einer Bedingung.« Er blickte sich um und deutete mit dem Kinn zur Terrasse, auf der eine Band vergeblich gegen den Lärm anblies: »Tanze mit mir! Das ist wahrscheinlich meine einzige Chance, ungestört ein paar Minuten mit dir reden zu können.«

Auf dem Weg zur Tanzfläche hatte er nach allen Seiten zu grüßen und zu lächeln; um so mehr genoß Max es, als er den Arm um sie legte.

Sie schloß die Augen und lehnte sich an ihn. Obwohl sich sein Hemdkragen unter ihren Händen schweißfeucht anfühlte, roch er angenehm nach Zitrone und Lavendel. Und der Druck seines Körpers gegen den ihren – so vertraut und doch so aufregend!

Er drehte sie schwungvoll und brachte den Mund nahe an ihr Ohr.

»Max, versprichst du mir etwas?« Sein warmer Atem strich über ihren Hals und löste Gänsehaut aus. Max fühlte, wie ihre Knie weich wurden.

Sie brachte nur ein fragendes »Ja?« heraus. Nicks Arm

drückte sie fester an sich, mit der freien Hand zog er die ihre an die Brust.

»Schreib' den Roman nicht!« flüsterte er.

»Wie bitte?« Max war in Gedanken ganz woanders gewesen.

»Schreib' den Roman nicht!« wiederholte er »Ich würde es hassen, etwas von dir ablehnen zu müssen!«

Max legte den Kopf in den Nacken und schaute ihn an. In seinen Mundwinkeln bildeten sich Lachgrübchen. Seine grünen Augen blitzten amüsiert.

»Mistkerl!« flüsterte sie zärtlich.

»Hmmm!« schnurrte er. »So hast du mich seit mindestens zehn Jahren nicht mehr genannt! Mach weiter!«

»Ekelpaket!«

»Da fehlt noch was!« fand er.

»Stimmt. Es heißt: geliebtes Ekelpaket.«

Jetzt drückte er sie noch fester an sich und streichelte über ihren Rücken.

»Ich glaube, das war's, was ich all die Jahre vermißt habe!« Noch eine Drehung. »Duracell – am liebsten würde ich dich jetzt auf den Arm nehmen und mit dir durchbrennen. Ich habe dir soviel zu sagen!«

»Vorher muß ich dir aber was erzählen.« Max nahm Anlauf – und plötzlich erschien ihr die Hürde gar nicht mehr so hoch. »Nicolas«, begann sie, legte den Kopf schief, um ihn anzusehen, wie sie es immer getan hatte, wenn sie ihm etwas zu sagen hatte. »Nicolas, ich habe mich geirrt. Ich will nicht ohne dich sein. Ich liebe dich. Ich wünsche mir nichts mehr, als daß du zu mir zurückkommst.« Jetzt war es raus – und sie schaute ihn fast ängstlich an. Er lächelte. Oh, wie sie dieses Lächeln vermißt hatte! Wie sehr hatte sie sich nach diesem Ausdruck in seinen Augen gesehnt!

»Dickkopf!« flüsterte er. »Ich habe schon befürchtet, du würdest mir das nie wieder sagen.« Er legte die Wange an ihre. »Max, ich habe immer nur dich geliebt. Das sitzt ganz tief – so tief, daß ich es zwar mal übersehen, aber nie vergessen konnte.« Die Kapelle beendete den Tanz mit einem ziemlich schrägen Akkord, Max und Nick blieben stehen und schauten einander an. Er atmete tief durch.

»Wenn du wüßtest, wie gerne ich dich jetzt küssen würde!« sagte er leise.

»Wenn du wüßtest, wie gerne ich mich jetzt von dir küssen lassen würde!« erwiderte sie ebenso leise.

»Bedeutet das, ich bekomme meine Hose zurück?« Seine Stimme war etwas heiser.

»Ja.« Max flüsterte. »Aber du mußt sie dir abholen.«

»Ist dort rund um die Uhr geöffnet?« Max nickte nur.

Nick strich mit einem Finger über ihre Wange. »Gut. Dann werde ich meinen Sohn suchen und mit ihm die Hausschlüssel tauschen. Er darf heute nacht unter Heidebrechts Dach schlafen. Dafür hoffe ich bei dir Gastfreundschaft zu finden.«

Max raffte ihren Rock mit beiden Händen und stürmte die Treppe zu ihrem Haus hinauf. Im Flur angekommen, streifte sie die Pumps von den Füßen und kickte sie achtlos in eine Ecke, dann eilte sie in die Küche, klemmte sich eine Flasche Wein unter den Arm, schnappte zwei Gläser und den Korkenzieher und hüpfte laut singend nach oben in ihr Schlafzimmer. Flasche und Gläser stellte sie auf die Kommode, dabei strahlte sie die Maximiliane im Spiegel an, fummelte die Kette aus ihrem Haar und verrenkte sich, um den Reißverschluß ihres Kleides zu öffnen. Sie ließ die Tüllwolke achtlos auf ihre Knöchel sinken, sauste zum Schrank und begann, im unteren Fach zu wühlen. Ein paar Winterpullover landeten auf dem Boden, dann fand sie, was sie gesucht hatte: Nicks Jeans. Mit einem Satz war sie wieder auf den Beinen und vor dem großen Spiegel, breitete die Hosen vor ihren Hüften aus und lachte. Ja, es ging! Die Hose würde zwar hauteng sitzen, aber sie hatte ja nicht vor, darin den Mount Everest zu besteigen. Ihr stand der Sinn nach ganz anderen Höhepunkten – und da würde die Jeans schon im ersten Basislager zurückbleiben.

Doch zuerst mußte sie ihr Schlafzimmer wieder aufräumen. Sie sammelte das Abendkleid ein und hängte es auf den Bügel. Es war sein Geld wert gewesen – und dafür hatte es einen Ehrenplatz in ihrer Garderobe verdient! Die Pullover landeten wieder im Fach, sie zog die Tagesdecke vom Bett und warf ihre Schminkutensilien von der Kommode in die obere Schublade. Im Bad waren noch ein paar Handtücher einzusammeln, dann ging sie unter die Dusche – und damit war alles getan; jetzt hieß es warten. Nick konnte auf der Party nicht einfach gehen, er hatte Gastgeberpflichten zu erfüllen. Es konnte also dauern.

Immerhin zwängte sie sich schon einmal in die Jeans. Ein paar Stunden zuvor war sie nach einem Griff an ihre Kehrseite unzufrieden gewesen, jetzt gefiel sie ihr schon wieder besser. Zudem hatte Nick ihren Po immer gemocht.

War da nicht der Abend gewesen, an dem sie Thissy das erstemal für ein paar Tage als Ferienkind in die Obhut ihrer Eltern gegeben hatte, weil sie an ihrer Dissertation schreiben wollte? Sie erinnerte sich noch gut daran, wie sie von Tübingen zurückgekommen war. Nick hatte in der Küche am Herd gestanden, nur mit dieser Jeans bekleidet. Er kochte Spaghetti. Sie wollte den Tisch dekken und als sie sich das zweitemal zum Geschirrschrank hinunterbeugte, faßte er von hinten um ihre Taille und drückte sein Becken an ihren Po. Er war erregt gewesen, und als sie amüsiert gefragt hatte, was das denn werde, hatte er heiser gesagt:

»Streck mir deinen Hintern nicht so provozierend entgegen, Weib! Du weißt genau, daß mich dieser Anblick scharf macht!«

»Mich macht der Ständer scharf, den du dagegendrückst!«

Er hatte ihren leichten Sommerrock nach oben geschoben und in ihr Höschen gefaßt.

»Stimmt!« kommentierte er trocken. Max erinnerte sich nur zu genau daran, wie er sie gestreichelt hatte. Und sie hatte sich aus seiner Umarmung gewunden, das Höschen ausgezogen und war dann mit weit gespreizten Beinen bäuchlings über den Küchentisch gesunken. »Komm, Nick – schieb ihn mir rein! Laß mich spüren, wie sehr du mich willst!«

Es hatte nur fünf oder sechs seiner harten Stöße gebraucht, bis sie gekommen war. Und ein paar Sekunden später fiel er dann ächzend auf ihren Rücken.

Die Spaghetti – ja, die waren nicht mehr al dente gewesen. Das unterschied sie von Nicks Stachel, für den die Küchennummer nur eine appetitanregende Vorspeise gewesen war. Während des Essens hatte Max ihm erst die nackten Füße in den Schoß gelegt und mit den Zehen an seiner Erektion gespielt. Schließlich war ihr das aber nicht genug gewesen, und so hatte sie die Karamelcreme auf ihm sitzend genossen.

Wie hatte sie nur so lange ohne ihn leben können? Wie hatte sie es geschafft, all diese Erinnerungen zu verdrängen? Wie hatte sie vergessen können, wie glücklich sie mit ihm gewesen war? Aber jetzt war die Zeit des Vergessens vorbei. Jetzt konnte sie sich wieder an den Erinnerungen und auf ihn freuen.

Sie nahm eine weiße Hemdbluse aus dem Schrank, schlüpfte hinein und knotete die Zipfel unter der Brust zusammen. Noch ein Blick in den Spiegel: Ihre Haare ringelten sich feucht auf der Stirn. Sie bürstete sie mit energischen Strichen, faßte sie mit einem Band zusammen und drehte sie zu einem Ballerinenknoten im Nacken. Nick hatte es immer gemocht, in ihren Locken zu spielen, und sie wußte, daß es ihm Spaß machen würde, den Knoten zu lösen.

Gut zwei Stunden später saß Max auf dem Fensterbrett und lauschte auf die Straße hinaus. Ein- oder zweimal hörte sie leise Stimmen, ein paarmal fuhr einer der Nachbarn vor. Und dann, endlich, das satte Geräusch eines Zwölfzylindermotors, der in ihre Einfahrt bog und vor der Garage verstummte. Max sprang auf und eilte die Treppe hinunter, schaltete das Licht im Flur an und öffnete einladend die Tür. Nick stapfte die Treppe herauf, ein wenig atemlos sagte er:

»Ich habe schon befürchtet, einen Autor samt unserer gemeinsamen Freundin Ilse Jensen-Pauly erschlagen zu müssen, um endlich wegzukommen!« Er küßte ihre Wange. »Letztere erkundigte sich übrigens angelegentlich nach unserem Familienstand.«

»Und? Was hast du ihr gesagt?«

Er legte die Arme um ihre Schultern und grinste sie an.

»Daß ich jederzeit bereit bin, mich von dir in die Pflicht nehmen zu lassen – sogar in die außereheliche!«

»Das hast du nicht gesagt!«

Er biß in ihre Nasenspitze.

»Man sollte einer Frau, die einen so gut kennt, nichts vormachen wollen. Ich hab's nicht gesagt. Aber ich habe es gedacht!«

Max zog an seiner Schleife.

»Schön, daß du jetzt da bist!«

Er atmete befreit auf, als sie den obersten Knopf seines Hemdes öffnete.

»Darf ich das als Einladung verstehen, mich des Smokings zu entledigen?« Er schaute an ihr entlang. »Normalerweise wechsle ich aus so formeller Kleidung gerne in meine Lieblingsjeans. Aber die müßte ich dir ja erst ausziehen. Außerdem stehen sie dir besser als mir!«

Max nahm ihn an der Hand und zog ihn zur Treppe.

»Was hältst du davon, wenn ich dir die Hose oben übergebe?«

Er folgte ihr aufwärts.

»Das klingt nach dem besten Angebot, das ich heute bekommen habe! Allerdings ...«, sie waren im Schlafzimmer angekommen, er streifte die Schuhe von den Füßen, »... bin ich ziemlich müde.« Er setzte sich auf die Bettkante, faßte Max um die Taille und zog sie zwischen seine Knie, um dann die Stirn an ihren Bauch zu legen.

»Mein armer, müder Krieger!« Max streichelte über seine Schultern, den Nacken und Hinterkopf. Die kurzgeschorenen Haare schimmerten silbern. Aber sie fühlten sich immer noch an wie zarter Flaum. Und immer noch war die Kopfhaut darüber seidig glatt. Max drückte einen Kuß darauf. »Habe ich dir eigentlich schon mal gesagt, daß ich deine Glatze mag?«

»Du hast mich über ihre Entstehung mit der Feststellung getröstet, daß du künftig mehr Platz für Küsse hättest.« Er hob den Kopf, lächelte sie an und öffnete den obersten Knopf der Jeans. »Jetzt erobere ich mir meine Hose zurück!« Als er den dritten Knopf offen hatte, kamen rötliche Löckchen zum Vorschein. Nick spielte damit, wickelte sich eine um den Finger, zupfte sanft und streichelte dann abwärts. Max lehnte sich ein wenig zurück und schob das Becken vor. Sie war seit Stunden ein wenig erregt, es war eine angenehme Wärme gewesen, ein sanftes Ziehen, die Vorfreude auf ihn. Jetzt füllte sich ihre Klitoris vollends mit Blut, rieb sich an dem festen Stoff und wollte mehr. Max öffnete die beiden noch verbliebenen Knöpfe und schlängelte sich aus der Hose. Sie hob sie mit den Zehenspitzen und hielt sie ihm hin.

»Ich gebe dir mein Beutestück freiwillig zurück!«

Nick stand auf, nahm ihr die Jeans ab und legte sie über den Stuhl.

»Ich werd' sie ab morgen wieder selber tragen. Bis dahin ...«

Er zupfte an ihrer Bluse, der Knoten öffnete sich, er strich den feinen Stoff über ihre Schultern nach unten, zog dann die offene Schleife von seinem Kragen und knüpfte sie um ihren Hals. Grinsend sagte er: »Ich wollte schon immer mal ein Max-Bunny!«

Während sie sein Hemd aufmachte, fragte sie:

»Was willst du denn mit dem Max-Bunny anstellen?«

»Das, was man mit Bunnys üblicherweise tut!« Er legte das Jackett und die schwarze Bauchbinde ab. »Ich glaube, ich werde es vernaschen.«

Sein Mund suchte den ihren, er zog sie in eine feste Umarmung. »Was würde mein Bunny davon halten?« fragte er in ihren Mund hinein. Max küßte ihn, tauchte in seinen Armen ab und glitt mit dem Mund an seinem Hals entlang. Gleichzeitig öffnete sie seine Hose und fand das Objekt ihrer Begierde – sein hartes, heißes Fleisch, das sich ihr entgegendrängte. Sie schob den störenden Stoff nach unten und half ihm vollends heraus, dann bekam er einen Stups gegen den Bauch und landete auf dem Bett. Von seinen Zehen aus arbeitete sie sich nach oben, drückte seine Knie auseinander und streichelte die empfindliche Innenseite seiner Oberschenkel. Dabei konnte sie die Augen nicht von seinem Steifen abwenden. Zu sehen, wie er zuckte, wie sich die kleine Öffnung an der rotglänzenden Spitze weitete und ein Tropfen Gleitflüssigkeit austrat, erregte sie. Sie fühlte das Blut in ihrer Muschel pulsieren, die sensible Lustknospe schickte warme Wellen durch ihren Körper. Und dann war da noch dieses Ziehen und Sichweiten – sie war bereit für ihn, voll Vorfreude.

Als sie den Kopf über seinen Penis beugte und über die Eichel leckte, hielt er sie fest. Seine Stimme klang heiser, er atmete schwer.

»Bitte nicht, Max!« Er zog sie in die Arme. »Ich wäre

schon im Auto fast geplatzt! Auf der Party habe ich es mit Konzentration und Disziplin geschafft, nicht dauernd an dich zu denken. Als ich dann aber hierher unterwegs war, schlug meine Fantasie Purzelbäume. Ich bin so überdreht, daß eine Winzigkeit schon zuviel sein kann.« Mit einer geschickten Bewegung drehte er sie auf den Rücken. »Aber das macht nichts. Ich werde einfach dafür sorgen, daß du genauso scharf wirst.«

»Vielleicht bin ich es schon?«

Nick küßte ihren rechten Mundwinkel, seine Hand glitt über ihren Bauch zwischen ihre Beine, der Zeigefinger landete zielsicher auf ihrem Kitzler und drückte sanft dagegen. Max stöhnte und hob das Becken.

»Nick ...« Sie mußte nicht weitersprechen. Er wußte, was sie wollte. Sein Mund verschloß den ihren, seine Hand wanderte noch etwas tiefer, nun spielte der Daumen mit ihrer fast schon überempfindlichen Klitoris, zwei Finger glitten in sie hinein. Kleine, feste Stöße, jedesmal von einem Druck des Daumens begleitet, Wohltat und lustvolle Qual zugleich. Max wurde das Atmen schwer, sie drehte den Kopf von ihm weg, ihre Finger krallten sich in das Laken. »Nick – ich hab' dich so vermißt!«

Er antwortete nicht, sondern legte den Mund über ihre Brust und saugte daran. Max schloß die Augen. Sie hatte das Gefühl, an einer Felswand hinunterzufallen, in rasender Geschwindigkeit tiefer und tiefer ins Unbekannte hinein und dann, plötzlich und so überraschend, daß sie das Atmen vergaß, wurde aus dem Sturz ein Schweben, umgeben von einem fast greifbaren Behagen. Und doch blieb ein Rest Begehren – und der galt ihm, seinem geschmeidigen, starken Körper und der Erektion, die sie an ihrem Oberschenkel pochen fühlte.

»Nick.« Sie war immer noch außer Atem. »Ich möchte dich in mir spüren!«

Er drehte sich zur Seite und zog sie mit sich. Max verstand und legte den Oberschenkel über seinen. Die Spitze seines Steifen drückte gegen ihre immer noch so empfindliche Klitoris, Max zuckte zusammen wie unter einem elektrischen Schlag. Jetzt war er am Eingang, sie schob ihm das Becken entgegen und schloß die Augen, um sich ganz dem Augenblick hinzugeben und ihn mit jeder Faser zu genießen. Dieses unvergleichliche Gefühl, wenn ihr Fleisch dem seinen Raum machte und sich dann um ihn schloß, wenn ihre Körper verschmolzen und sich die Lust von diesem Zentrum aus in ihr ausbreitete und ihr ganzes Sein umfaßte – es war mit nichts zu vergleichen, nicht einmal mit dem Höhepunkt, denn in diesem Moment genoß sie mit allen Sinnen und hellwachem Bewußtsein.

Nicolas hielt still. Sein Atem ging kurz und stoßweise wie bei einer großen Anstrengung. Unter ihrer streichelnden Hand fühlte sie den feinen Schweißfilm auf seiner Haut und die angespannten Muskeln darunter. Er öffnete die Augen und sah sie an. Und wieder einmal rührte sie dieser Blick – nicht nur, weil er angefüllt mit Liebe und Zärtlichkeit war, sondern mindestens ebensosehr durch seine Offenheit. Nie wirkte der souveräne, selbstsichere Nicolas so verletzbar und sanft wie in diesem Augenblick.

»Ich liebe dich, Maximiliane.«

Hatte er es ausgesprochen, hatte er es nur gedacht? Es war angekommen. Sie hatte es verstanden, und ihr Körper verstand seinen, der sich nun vorsichtig bewegte. Max war fast sicher: Jetzt schlugen auch ihre Herzen in einem Takt, denn jetzt waren ihre Leiber in vollendeter Harmonie und wiegten sich miteinander nach einer sanften Musik, die nur sie hörten. Sie hatte pianissimo begonnen, in einem sanften Largo, doch sie steigerte sich langsam, der Rhythmus wurde schneller und härter, die Bewegungen ausholender. Nick begann zu keuchen, auf seiner Stirn trat eine Ader hervor.

Max spürte, wie das Feuer von ihm auf sie übersprang, und wollte sich fast dagegen wehren, wollte ihre Wachheit für all die kleinen Details nicht verlieren und wurde in einen Strudel hineingezogen, der ihr Bewußtsein in sich hineinsaugte und sie in einen Wirbel von Lust zog. Irgendwo war da noch ein Rest von Denken und Speichern von Erinnerungen – später würde sie wissen, wie seine Stimme klang, als er ihren Namen gerufen hatte, wie er plötzlich in der Bewegung erstarrte, wie sein Stachel in ihr zuckte, wie sie sich an ihn klammerte, als sie ihren Höhepunkt gefunden hatte.

Kapitel 18

Nicolas verliert eine Wette

»... von Ihnen zu hören. Punkt, der übliche Schmus drunter – das wär's dann für heute, danke!« Nicolas schaltete das Diktiergerät ab, ließ die Kassette aus dem Fach schnappen, stand auf und ging in sein Vorzimmer, wo eine grauhaarige, etwas behäbig wirkende Frau das Telefon auflegte und ihm mit einem freundlichen Lächeln die Kassette abnahm.

»War das der letzte Schwung Weihnachtsbriefe?« fragte sie.

»Ja!« Er atmete tief durch. »Wenn dann morgen endgültig alle diktiert sind, fange ich an, Weihnachtslieder zu singen!«

»Solange es nicht ›Uns ist ein Autor entsprungen‹ ist, singe ich mit!« lachte die Sekretärin. »Von entsprungenen Autoren habe ich nämlich heute genug!«

»Sagen Sie jetzt bitte nicht, daß Sie Herrn Janoth immer noch nicht wiedergefunden haben! Sonst könnte es nämlich sein, daß ich dem zum Feste nicht das Beste, sondern einen bitterbösen Brief beschere!«

»Sankt Nicolas mit der Rute?« fragte es von der Tür. Stella trat mit einem dicken Ordner unter dem Arm ein. »Entschuldigen Sie die Störung, Frau Kocher – aber ich möchte Ihren Chef noch mit einem Manuskript beglükken!«

»Vom Himmel hoch, da komm' ich her ...«, sang Nick, nahm ihr den Ordner ab, wiegte ihn mit skeptischer Miene auf beiden Händen und seufzte: »›Der guten Mär bring' ich soviel‹ hättest du nicht so wörtlich nehmen müssen, mein Engel!« Er blätterte. »631 Seiten! Stella, ist das ein Drehbuch für eine Seifenopfer oder die Fortsetzung von ›Krieg und Frieden‹?«

»Weder das eine noch das andere!« lächelte Stella. »Es ist ein Roman, den sowohl dein Cheflektor als auch deine jüngste Lektoratsassistentin in einem Rutsch gelesen haben und den wir dir trotz einiger Schwächen ans Herz legen wollten.«

»Brr!« stöhnte Nicolas und guckte seine Sekretärin mitleidsuchend an. »631 Seiten – und das zu Weihnachten!«

»Wie ich Dr. Bottmann und Frau Hoven einschätze, hat man Ihnen ein Exposé samt Gutachten beigelegt!« tröstete die Sekretärin. Stella nickte.

»Aber natürlich haben wir für alles gesorgt!«

»Ach, ihr habt erkannt, was ich seit Jahren zu verbergen bemüht war: daß ich zum Verständnis längerer zusammenhängender Texte nicht fähig bin und mich auf Exposés stütze!« Nick schlug den Ordner zu und klemmte ihn unter den Arm. »Doch auch das muß warten. Ich werde diese heiligen Hallen jetzt nämlich verlassen und mich eilenden Schrittes in die weihnachtlich verstopfte Stadt begeben, um dortselbst ein Geschenk zu erwerben, mit dem ich die Dame meines Herzens in eine mir gewogene Stimmung zu versetzen gedenke.« Er war während seiner Ankündigung wieder in sein Zimmer gegangen, hatte das Manuskript auf den schon vollgepackten Besprechungstisch gelegt und begonnen, andere Papiere zu ordnen. Stella war ihm gefolgt.

»Könntest du besagter Dame etwas ausrichten?« fragte sie. »Ich habe mich heute vergeblich bemüht, sie zu erreichen. Kannst du ihr sagen, daß Matthias, Jerry und ich uns aufs Wochenende am See freuen?«

»Gerne. So nette Nachrichten verkünde ich mit Wonne!«

Stella trat einen Schritt näher und senkte die Stimme. »Ich möchte nicht aufdringlich sein, aber – ist Max in

Ordnung? Ihre Sekretärin sagte heute morgen, sie sei beim Arzt – und als ich nachhakte, war's ihr offensichtlich peinlich, sich verplaudert zu haben.«

Nick schaute und runzelte die Stirn, dann seufzte er leise.

»O Max – das ist mal wieder typisch!« Er klopfte Stella auf die Schulter. »Du mußt dir, denke ich, keine Sorgen machen. Max hat nur einen akuten Anfall von Wettfieber.«

»Ich wußte gar nicht, daß man so was medizinisch behandeln kann!« staunte Stella. Nick lächelte – und dabei wurde sein Gesicht jung und weich.

»In unserem Fall ist der Medizinmann zum Schiedsrichter bestellt.« Er stopfte achtlos ein paar Akten in die Schreibtischschublade und schob sie mit dem Knie zu. »Verzeih meiner Rede dunklen Sinn. Ich verspreche dir: Wenn klar ist, was los ist, werde ich es nicht versäumen, Matthias und dich aufzuklären.« Er griff nach dem Jakkett auf der Sessellehne. »Ich muß los, meine Gute. Grüß deinen und meinen Sohn – und arbeite nicht mehr so lange!« Er küßte sie auf die Wange und eilte aus dem Büro.

Aus der Stereoanlage tönte Brahms, ein Chor klang über das Brummen der Motoren rund um Nicks Auto hinweg. Er fuhr langsam die Weinsteige hinauf, unter ihm lag die Stadt. Anscheinend war er dem Stau entkommen, offenbar hatten sich schon einige Stuttgarter in den Weihnachtsurlaub verabschiedet. Nick mußte an einer Ampel anhalten, und er erlaubte sich für ein paar Sekunden die Augen zu schließen und der Musik zuzuhören. Düster, unheilverkündend die Streicher, Celli, Bässe und Pauken mit leisem Pulsieren, jetzt setzten Flöten und Oboen ein, die Geigen folgten in raschen Läufen, der Chor sang:

»Doch uns ist gegeben, auf keiner Stätte zu ruh'n. Es schwinden, es fallen die Menschen, die leidenden Menschen, blindlings von einer Stufe zur anderen …« Eine andere Zeile drängte sich in seinen Sinn. »Oh, what a falling off was that ...« Das Bild des Sturzes, immer wiederkehrend – Shakespeare ließ den Geist von Hamlets Vater davon berichten, Hölderlin hatte es in seinem Schicksalslied als unabwendbares Fatum gezeigt, Goethe hatte seinen Mephisto als den ›gefallenen Engel‹ bezeichnet. Nick schüttelte energisch den Kopf.

»Einmal Prof, immer Prof!« sagte er laut. Was focht ihn an, gerade jetzt über den Sturz nachzudenken? Vielleicht, daß er sich im letzten Vierteljahr machmal wie ein Schiffbrüchiger vorgekommen war, der am Strand der rettenden Insel vorsichtig die Glieder bewegt und mit glücklichem Erstaunen feststellt, daß der Sturm ihn zwar gebeutelt, aber nicht zerbrochen hat? Er war glücklich – glücklicher, als er es je zu hoffen gewagt hatte. Da war nur noch etwas – o Max ...

»Ich gönne dir alle Sterne am Himmel. Aber bevor ich mich darauf kapriziere, den, der da ganz ferne strahlt, zu erringen und daran vielleicht zu scheitern, pflege und poliere ich lieber den, der zu uns zurückgefunden hat. Ich will nicht, daß er noch einmal trüb wird«, hatte er am Freitagabend zwei Wochen zuvor gesagt. Max hatte widersprochen:

»Du alter Pessimist solltest statt des Sterns mal wieder dein Fernglas polieren! Dann würdest du nämlich erkennen, was ich so klar sehe: Unser Planet hat zwei Trabanten. Der eine ist so groß und strahlend, daß er die Aufmerksamkeit sofort auf sich zieht. Der andere ist noch ganz winzig, aber er wird dir schon noch auffallen! Er ist da, ich weiß es – und ich halte jede Wette, daß du ihn auch bald bemerken wirst!« Ihre gute Laune hatte ihn trotz der Sorge um sie und ihr Wohlbefinden angesteckt.

»Spinnerin!« hatte er zärtlich gelächelt. »Ich bin zwar kein Naturwissenschaftler, aber so weit reichen meine Kenntnisse gerade noch, dir deine Trabantenentdeckung nicht abzunehmen!«

»Ich weiß, daß er da ist!« beharrte Max. »Ich habe es gespürt. Und ich wette wirklich drauf!«

»Ah ja? Und worum wettest du?«

Sie hatte einen Moment mit schräggelegtem Kopf überlegt.

»Um meinen Garagenstammplatz!« schlug sie dann vor.

»Deinen? Seit wann ist das deiner? Ich dachte, hier gelte das Recht des Erstheimkommenden!« lachte er.

»Nein!« widersprach sie. »Der linke ist ohne Kurbelei und Maßarbeit anzusteuern, also überläßt ein Kavalier ihn der Dame. Somit ist er mein Stammplatz. Wenn ich aber wegen des Trabanten nicht recht behalte, trete ich ihn an dich ab. Ich fahre dann sogar nach rechts, wenn ich zuerst heimkomme. Und von dem Geld, das du sparst, wenn dein Nobelblech nicht mehr jeden Monat lackiert werden muß, kannst du dann die Brillis kaufen, mit denen ich als Liaison eines erfolgreichen Verlegers eigentlich behängt werden müßte.«

»Liaison?« Er hatte die Augenbrauen gehoben. »Schätzchen, wenn du deine Wette gewinnst, werde ich dich unverzüglich in mein links geparktes Auto zerren, um mit dir beim nächst greifbaren Standesbeamten vorstellig zu werden!«

Max hatte ihn mit gespielt skeptischer Miene betrachtet.

»Und wie kommst du darauf, daß ich da ›Ja‹ sagen würde?«

»Du würdest!« behauptete er. Er zog sie in die Arme und küßte ihre Stirn. »Du würdest, weil du mich liebst und weil du weißt, daß du sowieso keinen anderen Ehewilligen abkriegst!«

»Eingebildeter Affe!« hatte Max befunden und sich in seine Umarmung sinken lassen. »Wenn du vor dem Standesbeamten ein ›Ja‹ hören willst, mußt du mir erst mal einen ordentlichen Antrag machen! Mit Blumen und auf den Knien! Das letztemal bist du drumrum gekommen. Diesmal werde ich es dir nicht ersparen.«

Ihr Cabrio stand rechts in der Garage. Nick registrierte es mit einem Stirnrunzeln, setzte seine Limousine zurück und rangierte links daneben. Mit einem kleinen Seufzen nahm er den eingepackten Strauß vom Rücksitz. Hoffentlich war sie nicht in zu düsterer Stimmung!

Auf dem Weg nach oben tastete er nach dem kleinen Etui in seiner Brusttasche. Ob dieser Abend der richtige Zeitpunkt war? Noch konnte er zurück. Er mußte die Rosen nur in den Mülleimer werfen und das Etui in seiner Schreibtischschublade verstauen.

Andererseits – vielleicht war genau dieser Abend und diese Stimmung richtig, um ihr deutlich zu machen, daß für ihn sie in erster Linie zählte?

Vor der Haustür zögerte er noch einmal – doch, das war schon fast Gewohnheit. Er konnte diese Tür nicht aufschließen, ohne vorher das Schild anzulächeln, das Max am Morgen seines Einzugs dort angebracht hatte. Dabei war es nur ein ganz gewöhnliches, kleines Metallschild, wie man es in jedem Kaufhaus anfertigen lassen konnte. Und es stand auch nicht mehr darauf als ›M. Simon + N. Berninck‹. Max hatte nach dem Anschrauben den Finger auf das Pluszeichen gelegt und gesagt:

»Zwei Striche nur – aber sie stehen für so viel!«

»Arithmetik der Liebe – im Widerspruch zu den Gesetzen der Mathematik addiert das Plus darin nicht nur, sondern potenziert das Glück, das sich wiederum durch Teilung vermehren läßt.«

Jetzt strich er kurz über das Plus, packte dann den Strauß aus und trat ein. Der Flur war beleuchtet, durch die Milchglastür zum Wohnzimmer drangen warmes Licht und leise Musik. Nick erkannte Knabenstimmen – eine Bach-Motette. Max kam ihm entgegen, nicht mehr im

Bürolook, sondern in einem Overall aus grünem Nickistoff, der ihre weibliche Figur betonte. Doch war sie nicht etwas bleich? Sie wollte anscheinend von ihm nicht so genau betrachtet werden, sondern legte die Arme um ihn und den Kopf an seine Schulter.

»Schön, daß du da bist, Nick.«

»Guten Abend, Max«, sagte er formell und lauschte dabei ihrer Stimme nach. Hatte sie nicht etwas belegt geklungen? Er legte die Rosen achtlos auf die Kommode und schob Max ins Wohnzimmer unter die Lampe. Am ausgestreckten Arm wollte er sie zur genaueren Betrachtung von sich halten, doch sie drehte den Kopf zur Seite. Dennoch hatte er genug gesehen – in ihren Augen schimmerte es noch, sie hatte geweint. Er unterdrückte ein Seufzen, ließ sich in den nächsten Sessel fallen und zog sie auf seinen Schoß. Ganz sanft streichelte er durch ihr Haar und drückte ihren Kopf an seine Schulter.

»Maximiliane, Liebste – ich habe noch nie eine Wette so ungern gewonnen! Ich würde mit Freuden die nächsten fünfundzwanzig Jahre rechts parken und einmal im Monat einen angekratzten Kotflügel reparieren lassen, wenn ich dir damit Kummer ersparen könnte!« Er küßte ihren Scheitel und streichelte ihren Rücken. Zuckte der gar? Weinte sie etwa wieder? Tröstend sagte er: »Liebes, du hast dich da ein wenig festgebohrt. Aber es gibt eben Dinge, die man nicht erzwingen kann. Aber das ändert nichts daran, daß wir uns lieben und glücklich miteinander sind – oder?« Er lächelte. »Außerdem kann diesmal niemand behaupten, ich hätte dir nur einen Heiratsantrag gemacht, weil's die Konvention so verlangt. Nicht einmal Ilse-Bilse, die Giftspritze, kann etwas unterstellen.«

Max hob den Kopf.

»Meinst du, sie würde rumerzählen, daß ich dich reingelegt habe?«

War das so wichtig für sie? Er hatte eigentlich einen

Witz machen wollen. Aber wenn ihr Ilses Meinung etwas bedeutete – gut. Er gestand ihr auch das zu.

»Ich traue ihr so ziemlich jede verbale Miesheit zu. Sie wird einfach nie verstehen können, warum ich dich liebe und nicht sie.«

Max schielte unter halbgesenkten Wimpern zu ihm empor.

»Machst du mir einen Heiratsantrag?«

»Würdest du ihn annehmen?«

»Frag mich doch!«

»So richtig, mit allem, was dazu gehört?

»Ja!« nickte sie.

»Okay!« lächelte er und schob sie auf die Sessellehne. Er stand auf, griff nach den Rosen, nahm das kleine Kästchen aus dem Jackett, knöpfte dieses zu und ging vor ihr in die Knie. Dann legte er die Rosen auf ihren Schoß und sagte: »Maximiliane, du weißt, daß ich dich liebe. Ich wünsche mir nichts mehr, als daß du wieder meine Frau wirst. Ich möchte für den Rest meines Lebens mit dir leben. Ich möchte jeden Morgen neben dir aufwachen, ich möchte abends mit deiner Hand in der meinen einschlafen. Ich will in guten und in schlechten Zeiten an deiner Seite sein. Bitte, heirate mich!« Sie legte den Kopf schräg und betrachtete die Rosen. Er klappte das Kästchen auf, nahm einen Ring heraus und faßte nach ihrer Hand. Sie sah auf den Ring, dann in seine Augen.

»Ja«, sagte sie leise.

»Ja?« fragte er zurück.

»Ja!« Sie streckte den Ringfinger der linken Hand aus: »Bitte!«

Nick steckte den Ring darauf und küßte die Hand.

»Du machst mich sehr glücklich, Max.« Er zog ihre Hand an seine Wange. »Und nun sag mir: Wann werden wir heiraten? Was hältst du von Mai? Am Bodensee, wenn die Apfelbäume blühen? So ganz romantisch?«

Max legte den Kopf schräg.

»Mai? Hmm ... ich weiß nicht.«

»Wann würde es dir denn passen?«

»Och – vielleicht im September oder Oktober?«

»Warum so lange warten?« fragte Nick etwas irritiert. »Wir leben zusammen, wir haben einen Sohn. Ich möchte nicht mehr warten. Vorhin war ich schon fast im Reisebüro. Ich hatte mir überlegt, ob ich dich über Weihnachten nicht nach Las Vegas entführen und dort zu einem Friedensrichter schleppen sollte.«

Max streichelte abwesend über seine Wange.

»Weihnachten in Las Vegas heiraten – du, das würde mir gefallen! Glaubst du, du kannst noch Tickets dafür kriegen?«

Nick schüttelte den Kopf.

»Max, du irritierst mich. Mai ist dir zu früh, aber Weihnachten würde passen?«

»Hmmm!« nickte sie. »Weihnachten würde mir sehr gut passen! Dann könnte nämlich niemand, nicht einmal die böse Ilse-Bilse, behaupten, ich hätte dich schon wieder ...« Sie verstummte.

»Was?« hakte er nach.

»Na ja«, machte Max mit einem Wiegen des Kopfes, »wenn wir Weihnachten in Las Vegas heiraten, könnte ich allen Leuten erzählen, daß wir das schon vor Wochen geplant hatten.«

»Und wieso ist das für dich wichtig?«

»Ganz einfach: Ich möchte nicht, daß jemand behauptet, ich hätte dich gleich zweimal durch ein Kind zum Heiraten gezwungen.« Max ließ sich vom Sessel rutschen und umarmte ihn. »Nicolas, du bist ein zauberhafter Mann. Du hast nur einen Fehler: Du bist viel zu skeptisch! Ich habe dir schon vor vierzehn Tagen gesagt, daß wir einen Treffer gelandet haben. Ich war ganz sicher, aber du wolltest mir ja nicht glauben. Du hast sogar den rechten Parkplatz darauf verwettet. Daß ich ihn dir heute noch mal überlassen habe, hast du allein meiner Großzügigkeit zu verdanken.«

»Moment«, stoppte er ihren fröhlichen Wortschwall. »Laß mich erst mal nachkommen: Willst du mir damit sagen, daß du wirklich und wahrhaftig schwanger bist?«

Max schmiegte sich an ihn.

»Ja, Nicolas. Genau das. Ich bin schwanger. Im Herbst wirst du wieder Vater. Und wenn du willst, können wir wetten. Ich bin sicher, es wird eine Tochter. Willst du dagegen setzen?«